Kristina Roy

Das Kristina-Roy-Lesebuch

FRANCKE
Verlag der Francke-Buchhandlung GmbH

Die Bücher erschienen früher in unserer Reihe „Heimatlicht“
als Band Nr. H 27, H 23 und H 64

Die Deutsche Bibliothek – CIP-Einheitsaufnahme

Roy, Kristina:
Das Kristina-Roy-Lesebuch / Kristina Roy. – Marburg an der Lahn :
Francke, 1998
(Heimatlicht-Geschenkausgabe)
ISBN 3-86122-385-6

35037 Marburg an der Lahn
Umschlaggestaltung: Reproservice Jung, Wetzlar
Umschlagillustration: Gudrun Dresbach
Satz: Druckerei Schröder, 35083 Wetter/Hessen
Druck: St.-Johannis-Druckerei, 77922 Lahr

Heimatlicht Geschenkausgabe

Inhaltsverzeichnis

Der Knecht

Motto:

„Des Menschen Sohn ist nicht gekommen,
daß er sich dienen lasse, sondern daß er diene.“

Matthäus 20,28

Der Knecht

Der Bauer Ondrášik erhält einen Knecht, mit dem er zufrieden sein kann

Gerade als der Bauer Ondrášik[1] Hilfe am meisten nötig hatte und nicht wußte, woher er sie bekommen sollte, da kam unerwartet und ungerufen ein junger Mann in sein Haus.

Es war an einem Sonntagabend zur Zeit der größten Erntearbeit. Ondrášik saß im Obstgarten vor seinem Hause und stützte den sorgenschweren Kopf in die Hände. Plötzlich bellte im Hof der Fiedel, und vor dem verwunderten Bauern stand ein junger, gesunder, gutgekleideter Mann. Nachdem sie sich begrüßt hatten, sagte er, er wäre hierhergekommen, um Arbeit zu suchen.

Ondrášik war keiner von denen, die gleich den ersten besten einstellten; aber der junge Mann gefiel ihm, und er brauchte notwendig einen Arbeiter. Seine Frau war krank. Die Schwiegersöhne waren fortgezogen, der eine letztes Jahr, der andere jetzt in diesem Frühjahr. Sie waren nach Amerika hinübergefahren und riefen nun auch ihre Frauen nach. So blieb ihm nur die jüngste sechzehnjährige Tochter zu Hause. Einen Kuhhirten hatte er zwar, aber der hatte mit den jungen Burschen im Dorf eine Schlägerei gehabt und lag nun krank bei seiner Mutter.

So nahm Ondrášik den jungen Mann auf. Er

dachte: Probieren kann ich's immerhin; ich behalte ihn wenigstens so lange, bis der Ondrej wieder gesund ist.

Sie einigten sich, wieviel Taglohn er bekommen sollte, und rechneten, wieviel Lohn es gäbe, wenn er über die ganze Ernte bleiben würde.

In jener Nacht schlief Ondrášik so gut, wie schon seit langer Zeit nicht mehr, und seine Frau, wenn sie auch nicht schlafen konnte, brauchte doch wenigstens nicht darüber nachzugrübeln, wie ihr Mann die große Arbeit bewältigen würde.

Den Ondrášiks gefiel alles an ihrem neuen Arbeiter. Nur hatte er einen wunderlichen Namen: Er hieß Method Ružansky. Zwar hieß der Apostel der Slowaken, der einst in Neutra gewohnt hatte und dem Volk das Wort Gottes predigte, auch Method; aber die Bauern gaben ihren Söhnen keine solche Namen, höchstens einige Katholiken, und Ondrášik war doch evangelisch.

Aber der Mensch gewöhnt sich an alles, und so gewöhnten sich die Leute im Dorf auch an Method, der sehr zurückgezogen lebte; das allgemeine Urteil von den Leuten, als sie vom Felde heimfuhren, lautete: „Ondrášik hat einen guten Arbeiter bekommen!"

Einen wie guten, das wußte der Bauer selbst am besten! Er trank nicht, so würde er gewiß auch nicht mit der Dorfjugend raufen; er rauchte nicht, also würde er ihm die Scheune nicht anzünden. In der Woche arbeitete er von früh bis spät in die

Nacht hinein, und am Sonntag las er. Ein böses Wort hörte man nicht von ihm, er war immer guter Laune. Wenn Dorka irgendeine Speise verdorben hatte und der Vater sie schalt, so entschuldigte er sie und war zufrieden.

Ondrášik gefiel das alles, darum wollte er ihn von Allerheiligen an als Knecht behalten.

„Gut“, sagte Method, „ich bleibe bei Euch, wenn Ihr mich für zwei Jahre dingt und wenn ich mir dort bei dem Schuppen eine Wohnung bauen darf.“

Der Bauer wunderte sich, was das für eine Wohnung sein könnte.

„Ihr werdet sehen, welch schöne Wohnung es geben wird. Was ich jetzt dabei auslege, das könnt Ihr mir ja zurückerstatten, wann es Euch gefällt und wenn Ihr sie verwenden könnt, falls ich einmal von Euch fortgehe. Wenn nicht, so werde ich das Häuschen auseinandernehmen und verkaufen.“

Ondrášik willigte ein. Als die ersten Regentage anbrachen, holte Method Bretter herbei und fing an zu zimmern. Als er fertig war, führte er den Bauern und seine Tochter hinein.

Ondrášik lachte. „Was für eine Stube er haben wird, schöner als wir! Aber wie wird das im Winter sein?“

„Nun, schlafen kann ich dort gleichwohl, und den Tag über kann ich mich ja bei Euch wärmen“, war die Antwort.

Von den übriggebliebenen Brettern zimmerte Method einen Tisch, dann kaufte er sich ein Strohbett[2] und einen ebensolchen Stuhl, und in der Ecke brachte er einen Schrank an mit Kleiderhaken.

Er hatte es hier sehr nett, besonders als er später die Fenster in das Dach einsetzte; denn durch diese konnte man auf die nahen Berge und Wälder sehen, die weiten Wiesen und Felder und den manchmal so schönen, wenn auch jetzt schon oft von Herbstnebeln verhüllten Himmel.

Ondrášiks nächste Nachbarn waren Petráš'.[3] Diese hatten einen schon zwanzigjährigen, sehr ordentlichen und stattlichen Sohn. Aber obwohl sie wohlhabende Leute waren, konnte er weder lesen noch schreiben; das kam daher, daß er lahm war. Er konnte sich zwar im Hause langsam umherbewegen und auch etwas tun, aber weiter gehen konnte er nicht.

Frau Petráš war ihr Sohn Samko das liebste ihrer Kinder. Der Vater war nicht besonders gut zu ihm; es ärgerte ihn, daß ein so großer Sohn im Hause nichts helfen konnte und daß er ihm nur immer zur Last fallen würde. Hätte Samko nicht die Liebe der Mutter gehabt, so wäre seine Jugend im Elternhaus eine ziemlich traurige gewesen; die Zukunft lag so düster vor ihm. Und wie es oft der Fall ist, daß gerade die, welche sich nicht rühren können, große Dinge in der Welt tun möchten, so war's auch bei ihm.

Einmal saß er am Sonntagnachmittag allein im Garten; alle waren fortgegangen; die einen waren beim Tanz, die anderen im Wirtshaus oder auf dem Felde.

Wie er so allein da saß, den Kopf in die Hände gestützt, in Gedanken versunken, stand auf einmal des Nachbars Knecht vor ihm mit einem Buch.

Den Jüngling überkam es wie Neid. „Er ist nur ein Knecht und kann lesen“, dachte er, „und ich bin so dumm.“ Kaum dankte er für den freundlichen Gruß.

„Wenn du so allein sitzest, hast du gewiß Langeweile“, redete ihn Method an. „Ich habe dir ein Buch mitgebracht.“

Samko errötete bis unter die Haare. „Was soll mir ein Buch, wenn ich keinen Buchstaben kenne?“ sagte er finster.

„Verzeih, das wußte ich nicht!“ antwortete besänftigend der Knecht, „aber wenn auch, ich bleibe bei dir, wenn du willst, und wir können dann zusammen lesen.“

So fing die Bekanntschaft mit dem neuen Nachbarn an.

* * *

An Petráš' Zaun stieß die Hütte des Juden David. Er wohnte ganz allein darin. Er hatte zwei Ziegen, mit denen er sich den ganzen Tag beschäftigte, und wenn er bei den Ziegen nichts zu tun hatte, so sammelte er alte Lumpen und Knochen und was es sonst gab. Die Bäuerinnen brachten sie ihm, er gab ihnen dafür Zwirn und Nadeln. In seinen jüngeren

Jahren war er zu diesem Zweck weit in der Umgegend herumgezogen; jetzt ging er nur noch so weit wie die Ziegen.

Niemand hatte je den alten David lächeln sehen, der im übrigen ein guter Mensch war. Die Welt um ihn her hatte ihm schon viel Unrecht getan. Er ertrug alles geduldig. Man erzählte sich, er habe auch einmal eine Frau gehabt, bevor er nach Hradova übersiedelte, aber jemand habe sie ihm entführt. Aber wer weiß, ob es wahr war oder nicht.

Auf der anderen Seite von Ondrášiks wohnte, zum nicht geringen Verdruß des Landwirts, Martin Podhájsky[4] ein Schuhmacher, aber ein solcher Trunkenbold, daß ihm jeder aus dem Wege ging. Bei ihm wohnte seine Mutter. Seine Frau hatte es nicht bei ihm aushalten können, ging lieber in einen Dienst und schickte für die Kinder Kleider und Schuhe, sonst hätten sie im Winter erfrieren müssen. Auch der Schwiegermutter schickte sie etwas für die Pflege der Kinder, anfangs auch für den Mann hie und da ein Hemd. Da er aber immer alles verpraßte, verdroß es sie, und sie schickte nichts mehr.

Wenn Ondrášik dem Podhájsky begegnete und dieser betrunken war – nüchtern war er fast nie –, dann wich er ihm lieber aus. Einmal fand Method ihn total betrunken im Sumpf liegen, dem Ersticken nahe. Mund, Nase und Ohren waren voll Schlamm. Allein konnte er ihn nicht herausziehen; es ging aber gerade ein Zigeuner vorbei, den bat er, ihm zu helfen. So trugen sie den unglücklichen Trinker zu Ondrášiks und legten ihn in den Schuppen aufs Stroh. Method wärmte Wasser und wusch den ganzen Mann ordentlich, wie – der Leser entschuldige den Vergleich – ein Schwein, wenn es im Troge liegt. Anfangs sträubte sich der Trunkenbold, aber nach und nach wurde er nüchtern und hörte auf zu fluchen, und als ihm Method noch die Haare geschoren, das Gesicht glatt rasiert und die langen Nägel abgeschnitten hatte, da war er selbst froh.

Seit der Zeit hatte Ondrášiks Knecht eine Macht über den Trinker; er konnte mit ihm machen, was er wollte. Er ließ sich bei ihm Stiefel machen, und Podhájsky mußte ihm versprechen, so lange nicht zu trinken, bis er mit diesen fertig sei. Er trank wirklich nicht. Damit er abends keine Langeweile hatte, ging Method zu ihm und las ihm aus den Büchern seiner Mutter, dem Gesangbuch und der Bibel vor und aus den Zeitschriften, welche er mitbrachte.

Es war schon November, und die Bauern hatten abends nicht mehr soviel zu tun.

Ondrášik freute sich darüber, daß sein Knecht auch Zeitschriften hielt. Selber hätte er sein Leben lang an so etwas nicht gedacht, aber es war doch eine schöne Sache. Dazu waren es gute Zeitschriften; sie halfen die Heilige Schrift verstehen und berichteten auch davon, was in der Welt vorging.

Die kranke Bäuerin lobte den Knecht: „Er pflegt mich wie ein Sohn, und dabei ist er ein kluger Mensch. Er überredete meinen Mann, den Sparherd in die Küche stellen zu lassen. Seitdem Dorka draußen kocht, ist mir viel leichter. Der Kochgeruch war mir unausstehlich. Und damit mein Alter nicht zürnt, daß wir soviel Holz verbrennen, holte er zwei Fuhren aus dem Wald. Ein anderer tut kaum das, was man ihn heißt; dieser tut es von selbst."

Eines Abends brachte Podhájsky die Stiefel, gerade als Method der Familie vorlas. Sie nötigten ihn, sich zu ihnen zu setzen. Er war nicht betrunken. Seit der Zeit ging Method nicht mehr zu ihm, sondern er kam her. Alle hatten Nutzen davon. In der Abenddämmerung ging Method immer zum Nachbarn Petráš; die Frauen erzählten sich, daß er dort Samko im Lesen unterrichte.

Einmal fragte er, ob er ihn nicht mitbringen dürfte. „Warum denn nicht", sagte die Bäuerin, „da wird ihm die Zeit schneller vergehen."

Die Winterabende eilten rasch dahin. Ondrej trieb sich nicht mehr mit den Burschen herum, Ondrášik ging nicht mehr ins Wirtshaus, er schnitzte lieber Kochlöffel, und Samko lernte es von ihm.

Als sie einmal so beieinandersaßen, erzählte Dorka, daß der alte David krank sei. „Es wird ihm dort kalt sein; wer weiß, ob er Holz zum Heizen hat."

An diesem Abend war Method gerade mit seinem Buch zu Ende; er sagte: „Gute Nacht!" und ging davon.

„Ihr werdet sehen, er geht zu dem Juden", sagte Ondrej.

„Oh, er geht ja öfters hin", sagte Samko, „mehr als

einmal habe ich ihn gesehen, wie er ihm Wasser holte."

„Geh, Ondrej, schau doch durch das Fenster, ob er dort ist", rief Dorka, „und was er dort macht!"

Ondrej ging. Es dauerte ziemlich lange, bis er zurückkehrte.

„Hast du ihn gesehen?" rief Samko.

„Ja, der Jude liegt im Bett, und Method kochte ihm zuerst irgendeinen Tee. Jetzt liest er ihm aus einem Buch vor."

„Und was liest er ihm vor? David kann nur Deutsch und Hebräisch lesen; er sagte es mir einmal, als ich ihn fragte."

„Was, weiß ich nicht, Slowakisch war es nicht. Aber der Alte hörte ihm so gespannt zu, daß er kein Auge von ihm wandte."

„Er ist ein sonderbarer Mensch, nichts und niemand scheut er", seufzte der anwesende Podhájsky.

„Wirklich sonderbar, aber gut, daß er gekommen ist", stimmte die Bäuerin bei. „Seit wir ihn haben, wissen wir immer, wie es den Kindern in Amerika geht. Früher hörten wir monatelang nichts von ihnen. Keiner von uns kann recht schreiben; aber er schreibt alles, so wie ich's ihm sage. Die Kinder sind ganz glücklich, daß sie soviel über uns erfahren; sie schreiben dann auch. Nur als ich ihm sagte, er solle auch etwas von sich schreiben, wollte er nicht. „Von mir will ich nicht erzählen", sagte er.

Der Winter verging, und der Frühling kam, aber die Leute wußten noch nicht mehr von ihm.

Eines Sonntags stand Ondrášik mit seinem Knecht im Obstgarten; vor ihnen lag der Sumpf und ein kleiner Hügel, der mit spärlichem Gras und Sträuchern bewachsen war.

„Hört, Herr“, sagte Method, „dieses hier verunstaltet Eure ganze Wirtschaft; Ihr könntet es von der Gemeinde kaufen.“

„Ich? Wozu? Was sollte ich damit?“ Der Bauer wunderte sich, daß sein gescheiter Knecht so etwas sagen konnte.

„Nun, den Hügel könnte man abtragen, aus dem Lehm gäbe es gute Ziegel, und mit dem übrigen könnte man den Sumpf zuschütten“, meinte Method.

„Ziegel brauche ich nicht, Felder habe ich genug, was sollte ich mit dieser Tatra[5]?“ sagte der Bauer.

„Wißt Ihr was? Kauft es für mich auf Euren Namen; ich werde es Euch dann abkaufen. Mir gefällt es hier bei Euch; ich habe ein paar hundert Gulden, und in zwei Jahren baue ich mir nach und nach eine Hütte und werde so Euer Nachbar.“

Der Bauer lachte über den vermeintlichen Scherz. Aber es war kein Scherz. Method hatte wirklich keine Ruhe, bis er den Bauer dazu brachte. Ondrášik kaufte den Hügel und den Sumpf von der Gemeinde und verkaufte sie Method.

Sie einigten sich, daß er, ehe die strenge Arbeit beginne, drei Stunden täglich, später zwei Stunden, an seinem Grundstück arbeiten könne.

Als die Aussaat vorüber war, sagte Method: „Wißt

Ihr, Herr, zwei Wochen oder gar drei haben wir nicht viel wichtige Arbeit; ich will bei Euch ein Vierteljahr ohne Lohn arbeiten, wenn Ihr jetzt in diesen Wochen Ondrej mir auf meinem Grundstück helfen laßt. Wollt Ihr?"

„Nun, meinetwegen; ich selber will dir auch helfen, denn ich möchte wirklich sehen, was du machen willst. Wenn du ein paar hundert Gulden hast, hättest du dir freilich besser irgendwo ein Häuschen gekauft."

„Das würde nur ein Häuschen gewesen sein; aber ich will ein Haus haben!" lachte der Knecht. „Ihr werdet sehen, mein Gott, dem ich vertraue, hilft mir."

Die Nachbarn kamen, das Wunder zu sehen, das Ondrášiks Knecht jetzt vollbrachte. Er dingte sich Podhájsky mit seiner Mutter, dazu dann Ondrej, hie und da auch Dorka; ja sogar der Bauer grub mit an dem Hügel und schüttete den kleinen Sumpf zu; sie fuhren so viel Lehm hin, bis das Stück nicht nur geebnet, sondern auch über die Straße erhöht und wie ein Garten ausgearbeitet war.

Aus dem Schulgarten kaufte Method Bäumchen und setzte sie in drei Reihen. Als der Sommer kam, hatten sie alle Wurzeln geschlagen. Dann begannen sie Ziegel zu brennen, und als die Feldarbeit die anderen rief, arbeiteten Podhájskys allein weiter, bis auch sie in die Ernte gingen.

„Wer hätte gedacht, daß uns Ondrášiks Knecht solch einen schönen Verdienst geben würde!" sagte

Frau Podhájsky und segnete Method. „Gott selbst hat ihn uns hergesandt." Martin trank nicht mehr. Als ob er es gar nicht mehr wäre, so zahm war er. Er bereute selber das schlechte Leben und betete zu Gott um Vergebung seiner Sünden.

Eine herrliche Lektion

Es war ein schöner Sommernachmittag. Die Leute gingen hinaus aufs Feld, die Früchte zu besehen. Unter denen, die sich dazu anschickten, war auch der Landwirt Petráš. Gerade als er den Rock anziehen wollte, trat Method in die Stube. Es war dem Petráš nicht gleichgültig, obwohl er sich so stellte, wieviel Gutes des Nachbarn Knecht seinem Sohn während der langen Winterzeit erwiesen hatte, daß er ihn gelehrt hatte, ziemlich gut die Buchstaben zusammenzufügen und zu schreiben. Er war ein stolzer Bauer, und es hatte ihn verdrossen, daß sein Sohn so dumm bleiben sollte. Methods Besuch war ihm also angenehm; er wußte, daß er zu seinem Sohn kam, aber er wollte selber einmal mit ihm plaudern. Er bot ihm einen Platz an und setzte sich ebenfalls. „Samko wird gleich kommen", entschuldigte er den Sohn. „Er ist hinausgegangen, und du weißt ja, daß er lange braucht, bis er zurückkommt."

„Es ist gut so", lächelte Method. „Es ist mir lieb, daß ich Euch treffe, Nachbar, und daß er nicht hier ist; ich möchte gerne mit Euch ein vernünftiges Wort reden, über etwas, das mir schon lange am Herzen liegt."

Der Bauer wunderte sich, was Method ihm zu sagen haben würde. „Nun, was willst du denn?"

„Habt Ihr schon darüber nachgedacht, was aus Eurem einzigen Sohn weiter werden wird?"

Der Mann zuckte überrascht die Achseln. „Ein Bettler", sagte er trocken. „Kann ich etwas dafür? Seinen Teil wird er ja bekommen, aber was soll er damit machen? Ein Bauer wird aus ihm sein Lebtag nicht."

„Das denke ich auch. Ich hörte neulich, daß Ihr einen Schwiegersohn ins Haus nehmen wollt. Solange Samko Eltern hat, geht das noch; aber was dann, wenn Ihr nicht mehr da seid? Er wird auf die Gnade oder Ungnade der anderen angewiesen sein; sie werden schlecht mit ihm umgehen, und er ist doch Euer einziger erstgeborener Sohn!"

„Warum sagst du mir das?" fragte der Bauer und stützte den Kopf in beide Hände. „Denkst du etwa, es drücke mich nicht genug, wenn ich ihn anschaue? Wozu ist er in der Welt?"

„Er hat sich nicht in die Welt gewünscht", antwortete ernst der junge Mann. „Nachbar, Ihr als Vater habt kein Recht, so zu sprechen. Wenn Gott ihm das Leben gegeben hat, so hat er für ihn gewiß auch eine Aufgabe; aber auch Euch hat er es zu verdanken, und es ist Eure Pflicht, ihm zu etwas zu verhelfen."

„Du hast gut reden, da du gesund bist; aber was soll ich mit ihm anfangen?"

„Wenn Ihr etwas für Euren Sohn tun wolltet, ich wüßte wohl einen Rat."

„Das will ich, sprich nur!" sagte der Bauer und nahm die Hand Methods in die seine.

„Ihr wohnt an der Straße. Alle Leute von den

Filialgemeinden gehen hier vorbei. Baut ihm neben Eurer Kammer eine Stube und eröffnet dort für ihn ein Geschäft. Er kann Schmalz, Mehl und dergleichen verkaufen. In die Stadt fahrt Ihr oft, da könnt Ihr ihm immer mitbringen, was nötig ist. Wenn Ihr ein paar hundert Gulden hineinsteckt, sichert Ihr Eurem Sohne die Zukunft. Solange Ihr noch lebt, kann er sich bei Euch verköstigen, Ihr werdet für ihn sorgen. Später kann er ja, da er gesund und ein stattlicher Mensch ist, auch heiraten. Gerne wird ihm ein ordentliches Mädchen die Hand reichen.

Mit Gottes Hilfe habe ich ihn schon lesen gelehrt", fuhr Method fort, während der Bauer nur den Kopf schüttelte und ihn ganz verwundert ansah. „Ich sprach auch mit dem alten David über ihn; der ist bereit, ihn im Rechnen zu unterrichten und ihn verkaufen zu lehren. Ihr wißt ja, daß im Geschäft niemand einem Juden gleichkommt. Überlegt es, worüber wir gesprochen haben, ehe Ihr Euch entscheidet. Ich gehe jetzt ein wenig mit ihm in den Wald."

Ehe sich's der Bauer versah, war er allein in der Stube. Er sah durchs Fenster, wie Method Samko in fröhlichem Gespräch mit sich führte, bis sie seinen Augen entschwanden.

„Was sagte er mir nur? Und wie er spricht! Wie ein Buch! Wer hätte an so etwas gedacht? An was der Bursche nicht alles denkt! Das ist gerade wie mit dem Sumpfzuschütten. Samko sagt, er müsse viel in der Welt herumgekommen sein und viel erlebt haben. Aber er hat recht; ich wäre selbst froh, wenn aus dem Jungen noch etwas werden könnte."

Der Bauer suchte seine Frau, sie sollte mit aufs Feld gehen; aber heute sahen sie sehr wenig von der Frucht, sondern berieten sich und überlegten, und die Bäuerin wurde ordentlich jung vor Freude, daß aus ihrem Liebling noch etwas werden sollte in der Welt.

Unterdessen saßen die beiden, über welche sie miteinander sprachen, in dem nahen Eichenwald; um sie herum eine Menge Kinder, und Method erzählte ihnen. Alle Kinder im Dorf kannten Ondrášiks Method.

Er hatte ihnen hinter seinem Hügel im Bach ein viereckiges Bassin ausgegraben, damit sie dort baden konnten. Auch einen Damm hatte er ihnen gemacht, damit sie besser die Fischlein fangen konnten. Auf den Weideplätzen half er den Hirten-Jungen manchmal aus der Klemme. Im Frühjahr, wenn er abends etwas Zeit hatte, hatte er aus Weidenzweigen Pfeifen, aus Holunder Spritzen und Knallbüchsen und jetzt wieder aus Nüssen Trommeln verfertigt, er hatte seine Taschen immer voll davon und verteilte sie unter das kleine Volk.

Sie liefen ihm nach wie Hündchen, und überall, wo er ging, ob im Dorf oder auf dem Felde, riefen sie ihm nach: „Onkel Method! Onkel Method!"

Öfters, wenn die Bäuerin ihm Brot mit Käse zur Vesperzeit auf das Feld mitgegeben hatte, verteilte er es unter die armen Gänsehirten.

Aber eine königliche Freude hatten die Kinder, wenn sie wie heute zu ihm kommen, sich zu seinen Füßen setzen und zuhören durften. Denn wie Onkel Method konnte niemand in der ganzen Welt erzählen, das war unter ihnen die ausgemachte Meinung.

Auf der nahen Wiese weideten Schafe und Kühe, an Pflöcke gebunden, und die Kinder saßen mäuschenstill und lauschten auch jetzt einer Erzählung.

Einer von den Jungen hatte eine junge, tote Schwalbe gefunden.

„Wenn ihr wollt, will ich euch etwas von den Schwalben erzählen", sagte Onkel Method, und die Kinder riefen: „O ja, o ja, von den Schwalben!"

„So hört zu, wie die Schwalben heimgekommen sind. Weit, weit, in einem Lande, wo zu Weihnachten die Bäume blühen und das Obst reif wird, dort, wo es so viele und herrliche Blumen gibt, wie sie bei uns gar nicht vorkommen, aber auch so viele Schlangen, daß einen ein Schauder überkommt, dort, im fernen Afrika, hielten die Schwalben eine Versammlung und Beratung.

Es war eine prächtige Versammlung. Alle Schwalben badeten zuerst im Tau, bürsteten ihre Kleidchen, und jetzt sah jede von ihnen aus wie ein ordentliches Mädchen: die schwarzen Haare glattgekämmt, die schwarzen Leibchen wie aus Samet, schwarze Äuglein, dunkle Weste, weiße Krawatte und den Rock mit langer Schleppe wie eine vornehme Dame.

Zu dieser Beratung flogen die Schwalben von allen Seiten zu Hunderten, ja zu Tausenden herzu. Als sie alle beisammen waren, begann die Versammlung.

Sie fingen mit Gesang und Gebet an. Wer nicht glaubt, daß die Schwalben beten, soll sie fragen und es im Wort Gottes nachschlagen. Ich weiß ganz bestimmt, daß sie beten und daß sie Gott, ihren Schöpfer, preisen.

Also, sie fingen an mit Gesang und Gebet. Nachher, als alle schwiegen, wurde ihnen eröffnet, es sei die Zeit gekommen, Afrika zu verlassen und in die alte Heimat zurückzukehren; es sollte nun beraten werden, welchen Tag und zu welcher Stunde der Zug zu beginnen habe, und es sollten Gesetze aufgestellt werden, wie man sich auf der Reise zu verhalten habe.

Die Schwalben wählten einstimmig aus ihrer Mitte die älteren als Ratgeber und hörten ihnen dann still zu.

‚Morgen, wenn die Leute den Ersten im Monat zählen werden, seid ihr verpflichtet, an dem Ort der alljährlichen Zusammenkunft zu erscheinen. Die sich verspäten, müssen in Afrika bleiben. Zuerst werden wir über wunderschöne Gegenden fliegen, bis wir zu einem großen Wasser kommen. Das Wasser heißt Meer. Seht darauf, daß ihr alle recht zusammenhaltet, so wie man euch verteilt, denn wer zurückbleibt, ist nicht sicher vor den wilden Vögeln. Vor tausend Schwalben haben auch die

Raubvögel Angst, aber eine oder zwei verschlingen sie.

Solange wir noch über schöne Gegenden fliegen, müßt ihr recht den Befehl beachten und oft und lange gemeinsam ausruhen. Und wenn noch so viele Mücken um euch herumfliegen, dürft ihr euch an ihnen nicht überfressen, damit ihr nicht zu fett werdet und dann zu schwer seid. Am Meer werden wir wiederum Versammlung halten und übergeben uns in die Hände unseres Gottes; denn wir haben dann einen gefährlichen Weg vor uns. Ihr werdet nichts anderes sehen als Wasser und immer Wasser, denn es gibt nichts, wo man ausruhen könnte. Alles liegt in der Hand unseres Schöpfers, darum werden nur die Schwalben über das Meer fliegen können, welche die uns gegebenen Gebote Gottes am besten befolgen und die am meisten beten werden. Auch jetzt laßt uns beten!‘

So beteten sie und sangen, und die Beratung war zu Ende. Am anderen Tag war das Ufer des großen und schönen Flusses ganz schwarz. Zuerst kamen hundert Schwalben herbeigeflogen, dann tausend, dann fünftausend, dann zehntausend, dann hunderttausend, und dann waren ihrer so viele, daß sie kein Mensch zählen konnte. Es sah aus wie ein Kriegsheer. Zwischen dem Heer flogen auch graue Schwalben hin und her und schafften Ordnung; diese wurden die Führer genannt. Aber es waren unter ihnen auch weiße Schwalben, so weiß und rein, daß es schien, als ob sie den Staub der Erde niemals berührt hätten; die flogen mitten durch die Abteilungen, ermahnten zum Gebet und zum Gehorsam gegen den heiligen Schöpfer, den lebendigen Gott. Und da es auch unter den Schwalben Jungen und Mädchen gibt, so spielten die Jungen miteinander, sie maßen ihre Flügel, wer die längsten habe und am besten würde fliegen können. Sie unterhielten sich: Über das Meer hinüberzufliegen, das sei weiter gar nichts. Sie machten sich untereinander bekannt, ja, sie begannen auch, sich zu raufen, um zu probieren, wie es im Kampf mit den Raubvögeln sein würde.

‚Laßt das!' ermahnte eine alte graue Führerin. ‚Ihr sollt ja nicht kämpfen, Gott wird für euch streiten; wir sollen nur beten, glauben und fliegen. Wenn ihr mit jedem Raubvogel kämpfen wolltet, kämet ihr nie zum Ziel.'

Die Mädchen hingegen schwatzten miteinander, was für ein Kleid jede habe, wer am schönsten gekämmt sei, welche von ihnen die schönste Krawatte, die längste Schleppe habe.

Eine weiße Schwalbe flog zu ihnen und sprach ernst: ‚Denkt an Gott und an den weiten Weg; die Schönheit kann euch vor dem Verderben nicht retten, und wenn eine von euch in das Meer fällt, wird sie samt ihrer Schönheit umkommen.'

Die alten Schwalben suchten ihre Jungen und Mädchen zusammen, machten sie ordentlich, soweit es nötig war, besonders die Jungen, die ganz zerzaust waren. Dann beteten sie und sangen, und aus tausend und abertausend Kehlen ertönte es: ‚Lebe wohl, Afrika! Lebe wohl, Afrika!‘

Die Sonne wurde von der schwarzen Wolke verdunkelt, die Leute hörten auf zu arbeiten, schauten der Wolke nach und sprachen: ‚Die Schwalben ziehen heim.‘

Ja, das war ein schöner Weg durch die prächtige Gegend bis zum Meer, schön auch wegen der vielen neuen Bekanntschaften, die die Schwalben miteinander machten. Auf den Befehl der Führer mußte man oft und lange rasten, so daß fast keine von den Schwalben Müdigkeit verspürte.

Plötzlich sahen sie in der Ferne das Meer. ‚Ausruhen!‘ hieß der Befehl. Viele wollten am liebsten gleich weiter, aber die Führer ließen es nicht zu; die Flügel brauchten Ruhe, und sie mußten sich mit Gebet stärken.

Die Führer musterten das ganze Heer. Wer eine kleine Verletzung oder vielleicht einen gebrochenen Flügel oder sonst etwas Krankes hätte, sollte es melden, die Versammlung werde auf ihn warten, bis er wieder ganz gesund sein würde.

Etliche bekannten es, andere beachteten so eine kleine Verletzung gar nicht; das würde unterwegs schon wieder gut werden. Andere wieder waren unfolgsam; als sie ringsumher so viele Mücken sahen, konnten sie sich nicht bezwingen und schnappten immer wieder nach ihnen. Die Warnung der weißen Schwalben, daß nur die, welche sich verleugnen und ihre Begierden bezähmen würden, über das Meer kommen könnten, ging ihnen zum einen Ohr hinein, zum anderen wieder hinaus.

In den wenigen Tagen, als das Heer am Strande rastete, waren sie so dick und faul geworden, daß, wo sie sich auch hinsetzten, sie einschliefen, und wenn sie nicht schlummerten, so schielten sie nur nach den Mücken. Sie schliefen auch bei der großen Gebetsversammlung, ja sogar als alle beteten, hörte man ihre Stimmen nicht, und selbst wenn sie mit den anderen sangen, ging ihr Verlangen nur nach den Mücken.

‚Also im Namen unseres Schöpfers ziehen wir weiter!' ertönte es im Heerlager.

‚Lebe wohl, Afrika! Lebe wohl, Afrika!' riefen wieder Tausende von Stimmen, ‚übers Meer ziehen wir heim', und das Echo erwiderte: ‚Heim!'

Die Jungen, die am Fluß gemeint hatten, das sei ja gar nichts, überzeugten sich bald davon, daß das Meer groß ist, und wie groß! Lange flogen sie, und nirgends sahen sie etwas als nur Wasser und wieder Wasser.

Die Füße und Flügelchen wurden müde, die Köpfchen begannen vor Ermattung sich zu senken, die Augen schauten, ach, schauten so sehnsüchtig aus nach einer Ruhestätte, und die Führer riefen immer nur: ‚Fliegen, fliegen!'

Die Schwalben, welche am Ufer ihre Verletzungen und gebrochenen Flügel nicht beachtet hatten, fielen eine nach der anderen in das grüne Wasser. Wenn eine gesunde hineinfiel, trug das Wasser sie eine Weile, und dann erhob sie sich wieder mit neuer Kraft, aber jene konnten sich nicht mehr emporschwingen, sie schwammen und ertranken.

Die mit Mücken übersättigten Schwalben blieben zurück, eine nach der anderen, zuerst nur ein wenig, dann immer mehr; die Kraft versagte ihnen. ‚Wartet auf uns, wartet!' riefen sie und baten – vergeblich, der Befehl der Führer lautete: ‚Fliegen, fliegen!' Und es war ein göttlicher Befehl; denn Gott gab einer jeden folgsamen Schwalbe so viel Kraft in ihre Flügel, wie sie zu dem Flug über das Meer brauchte; mit jeder Minute wurde die Kraft geringer, sie durften nicht verweilen und warten.

Die armen, unfolgsamen Schwalben! Dort am Ufer hatten sie ihren Gelüsten nicht widerstehen können, und jetzt waren sie zu schwer zum Flug; die Folge der Lust war, daß ihr Leib sie in das Meer hinabzog.

Dazu kamen plötzlich Gewitter, Regen und Sturm. Hunderte von den Schwalben fielen ins Meer; die, welche gehorsam waren und beten konnten, rafften sich wieder auf, aber von den Ungehorsamen wurde keine einzige gerettet. Durch ihren Ungehorsam starben sie in der schrecklichen Tiefe; niemals werden sie ihr Nestchen wiedersehen, nie, nie wieder heimkehren. Als es den Schwalben schon am schlimmsten ging, sahen sie von ferne ein Schiff nahen. Sie ließen sich darauf nieder, wo sie nur konnten. Oh das war eine Freude! Die Matrosen freuten sich zwar nicht darüber, aber die Reisenden und die Kinder, welche auf dem Schiff waren. Sie erfreuten sich an ihrem lieblichen Gezwitscher und trugen ihnen Grüße auf an die Heimat.

Nachdem die einen ausgeruht hatten, setzten sich die anderen und dann wieder andere, bis alle ausgeruht hatten.

Aber noch ein Gewitter lichtete die Reihen des Vogelheeres. Es schien den Schwalben: Es geht nicht, wir müssen alle umkommen! ‚Wir kommen nicht um', riefen die weißen Führer, ‚nur glauben und gehorchen, Gott wird uns stärken.'

‚Land, Land!' rief da plötzlich das erste Tausend. Das ganze Heer jubelte. Die Vöglein nahmen ihre letzte Kraft zusammen, und außer denen, die im letzten Augenblick ihren Glauben und die Hoffnung auf die Hilfe Gottes verloren, und die so ihre Kraft verließ, daß sie fielen und umkamen fast am Ufer von Europa, außer diesen erreichten alle das Land und breiteten sich aus zu einer langen, freudigen Rast.

Als sie sich etwas ausgeruht hatten und wieder aufgelebt waren, hielten sie Versammlung. Sie begannen mit Gebet und einem jubelnden Dankesgesang zu ihrem guten Schöpfer, der ihnen so wunderbar geholfen hatte. Dann wartete ihrer wieder eine wichtige Arbeit und Beratung. Bis dahin waren sie alle zusammen geflogen, jetzt wurden sie verteilt. Jede Schwalbe mußte ihren Geburtsort angeben.

Es waren da Schwalben aus England, Frankreich, Deutschland, Rußland, Italien, Österreich, Ungarn, und unter diesen waren auch böhmische und slowakische Schwalben. Man verteilte sie zuerst nach den Ländern, dann nach den Gegenden und zuletzt nach den Städten und Dörfern.

Das ganze Lager bedankte sich bei den grauen Führerinnen; alle nahmen noch die Ermahnung mit, wenn sie nach Hause kämen, mit großem Jubel einzuziehen und den Leuten den Sommer anzukündigen. Sie verabschiedeten sich, und schon flogen sie in die weite Welt hinaus. Noch im Fluge rief eine der anderen zu: ‚Wohin ihr?' ‚Nach Petersburg! Nach Moskau!' ‚Und ihr, wohin?' ‚Nach Paris!' ‚Und wir nach Prag!' ‚Wir nach Wien!' ‚Wir nach Rom!' ‚Fliegt mit Gott! Fliegt mit Gott!'

Nachdem sie sich voneinander getrennt hatten und diejenigen sich zueinander gesellten, welche näher beisammen wohnten, fingen die böhmischen Schwalben mit den slowakischen ein Gespräch an:

‚Wohin geht ihr?'

‚Wir nach Wien!'

‚Und wo wohnt ihr dort?'

‚Wir haben unser Nest an die Votivkirche angebaut; diese Kirche wurde zur Erinnerung daran gebaut, daß einst ein böser Mensch den Kaiser töten wollte und Gott es nicht zugelassen hat. Freilich sehen uns die Menschen dort nicht gern, aber wir fragten den Herrn, ob wir dürfen, und er sagte: Ja! Nun, so wohnen wir dort. Und die hier wohnen ganz oben am Stephansturm. Und woher seid ihr?'

'Wir wohnen in Prag am Hradschin, das war das Schloß der Könige von Böhmen, und an der St. Veitskirche. Schon oft dachten wir, daß wir den Leuten bauen helfen müßten, damit sie endlich einmal fertig würden. Sie bauen an der Kirche schon länger als hundert Jahre.'

'Wir gehen nach Trencin[6]!'

'Wo ist das?'

'Ach, im Waagtal.'

'Und wir nach Budapest; dort ist gut wohnen, denn bei der Donau sind viele Mücken.'

'Wohnt ihr vielleicht in der Burg in Ofen[7]?'

'O nein, dort wäre es uns zu traurig.'

'Und woher seid ihr?'

'Wir sind aus den Dörfern und wohnen nahe beisammen, nur über einen Hügel brauchen wir zu fliegen, so sind wir schon beieinander. Aber hier ist die Grenze; wir müssen uns trennen. Gott begleite euch!'

So kamen die Schwalben aus Afrika über das weite Meer, jede in ihre Gegend, in ihre Stadt und ihr Dorf, ja, jede in ihr eigenes Nestchen. Sie kamen in unser Dorf, in unsere Häuser. Sie kamen mit großem Jubel. Wir begrüßen sie auch mit Freuden: 'Die Schwalben sind gekommen, es wird bald Sommer werden!'

Nun, so sind die Schwalben heimgekommen", schloß Method.

„Aber wie werdet ihr einmal heimkommen?

Oder denkt ihr, ihr seid schon daheim und werdet hier bleiben bis in Ewigkeit?"

„O nein", überlegten die älteren Kinder, „denn wir müssen ja sterben."

„Und wohin geht's dann?"

„In das Grab", riefen die einen, „in den Himmel" die anderen.

„Ja, im Himmel ist unsere Heimat. Aber, was denkt ihr, kommt ihr ganz gewiß in den Himmel? Was machten die Schwalben unterwegs?"

„Sie beteten, sie gehorchten."

Ein kleiner Junge meldete sich: „Sie aßen nicht viele Mücken."

„So seht ihr, wenn ihr in den Himmel kommen wollt, müßt ihr auch dem gehorchen, was Gott befiehlt, und dürft das nicht tun, was er euch verbietet. Jetzt sagt mir den Vers, den ich euch gelehrt habe."

„Des Menschen Sohn ist gekommen, zu suchen und selig zu machen, was verloren ist."

„Wißt ihr noch, wer das ist ‚des Menschen Sohn'?"

„Der Herr Jesus", riefen die Kinder.

„Und wen kam er zu suchen?"

„Uns."

„Ja, uns. Er kam, wie ich euch schon gesagt habe, um am Kreuz für eure und meine Sünden zu sterben, und er sucht uns nun. Wer an ihn glaubt, der folgt ihm nach und braucht nicht mehr für seine Sünden zu sterben; er braucht weiter nichts, als zu gehorchen wie die Schwalben, so bringt der Herr Jesus ihn heim in den Himmel. Das wird eine große Freude sein. Dort wird ein jeder in sein Häuschen fliegen wie in ein Nest. Aber jetzt geht nur, euer Vieh ist schon ungeduldig; und vergeßt nicht, wie die Schwalben aus dem fernen Lande heimgekommen sind; habt sie gerne und achtet sie, die den weiten Weg gemacht haben, denn das sind die folgsamen Schwalben; die unfolgsamen sind ja in dem Meer ertrunken und dort begraben."

Die Kinder liefen auseinander auf die Wiesen zu ihrem Vieh, die Jünglinge blieben allein, in tiefes Nachdenken versunken.

„Höre, Method", sagte plötzlich Samko, „das ist eine außergewöhnliche Geschichte. Wenn das ein Bild unserer Heimreise in den Himmel sein soll, dann sind wir hier in Hradova noch nicht einmal auf dem Wege dorthin."

„So, meinst du? Und warum?" Über Methods Lippen flog ein schönes Lächeln.

„Nun, die Schwalben fingen alles mit Gebet an, sie bereiteten sich vor für die Abreise; aber wir leben so, als würden wir wirklich ewig hier bleiben, obwohl wir im Dorf einen Friedhof haben. Wir fangen nichts mit Gebet an."

„Und warum nicht? Ist Gott nicht gütig? Ist er es nicht wert, daß ihr ihn preist? Ist er nicht allmächtig, daß ihr alles von ihm erbitten dürft?"

„Ja, aber wir denken nicht an ihn."

„Samko, die Schwalben hielten einen Rat und eine

Gebetsversammlung, bevor sie die Heimreise antraten. Es wäre zwar sehr angebracht, wenn unser ganzes Dorf zusammenkäme, um sich im Gebet Gott zu übergeben und ihn zu bitten, daß er euch glücklich über das Meer zu den Ufern des ewigen Heils bringen möge; aber da es alle auf einmal nicht tun werden, können wir zwei da nicht anfangen und es jetzt gleich tun?"

„Jetzt hier? Das müßte doch wohl in der Kirche sein."

„Wir sind auch jetzt in einem Tempel, den Gott selbst erbaut hat, und er ist an jedem Ort. Meinst du nicht?"

„Das ist wahr; aber ich kann nicht beten."

„Willst du dich durch die Schwalben beschämen lassen? Die Schwalben können ihrem Schöpfer sagen, was sie brauchen; warum nicht du? Er ist wie ein guter Vater. Danke ihm für das, was er dir bis heute Gutes gegeben hat! Bitte ihn um Vergebung, daß du nicht an ihn gedacht hast, und bitte ihn, daß er dir helfe, von heute an so zu leben, daß du dereinst heimkommen kannst."

Es war schon spät am Abend, als die beiden Freunde heimkehrten.

Der in Gedanken vertiefte Samko merkte nicht, wie fröhlich die Eltern und wie gut sie zu ihm waren. Er sah im Hausflur ein Nest und ein hin- und herfliegendes schönes Vöglein, und in seinen Gedanken tönte es immer wieder: „So sind die Schwalben heimgekommen."

„Ach“, seufzte er aus tiefster Seele, „da sah ich sie jedes Jahr und wußte nicht, daß Gott sie mir sendet als eine lebendige Mahnung, daß auch ich mich für die Reise vorbereiten und einmal heimkommen soll.“

„Leset das Wort Gottes in euren Häusern, so werdet ihr Christus finden; er wird euch selig machen und durch seinen Geist lehren, wie ihr heimkommen könnt“, hatte Method gesagt, als sie sich trennten.

Samko wollte gehorchen und zuerst nur für sich lesen, weil er die Buchstaben noch nicht so gut kannte; wenn er sie erst besser verstünde, würden auch andere ihm zuhören.

Wie beim alten Juden David das Eis zu schmelzen begann

Vor seiner Hütte saß unter einem schattigen Nußbaum der alte Jude David und bröselte mit seinen mageren Fingern das trockene Brot für seine zahmen Hühnchen. Der Mond schien auf das graue unbedeckte Haupt des alten Mannes, eines Mannes, der auf der weiten Welt niemanden hatte.

Zwar waren das Häuschen, der Garten und dieser Nußbaum mit seiner Bank darunter sein Eigentum, aber seine Heimat war nicht hier. Er war ein Fremder unter Fremden, mit denen er niemals in seiner Muttersprache reden konnte. Er wurde alt in diesem Dorfe, aber er lebte sich hier so wenig ein, wie er sich auch irgendwo anders eingewöhnt hätte.

Nichts fesselte ihn hier. Die Leute gewöhnten sich an ihn und er sich an die Leute; aber zu gegenseitiger Liebe kam es nicht.

Als er im Winter krank darniederlag, wußten die Nachbarn davon, aber sie kamen nicht zu ihm. Wer würde auch zu einem Juden gehen! Nur einer kam, und der kam immer und pflegte ihn; er scheute sich nicht vor ihm. An ihn mußte der Alte immer wieder denken, so auch jetzt. Dem Alten, der am Rande des Grabes stand, geschah etwas Unerwartetes. Sein Herz, das er schon erstorben glaubte, begann für den fremden jungen Mann warm zu werden; und dieser junge Mann war ein Christ.

Anfangs hatte der Alte mit dem Mißtrauen eines echten Juden, der unter den Christen viel Unrecht erdulden muß, auf das ungewöhnliche Treiben des Fremdlings geschaut, der hier so plötzlich aufgetaucht war wie ein unerwartet hereinbrechender Lichtstrahl. Noch keiner von den Nachbarn hatte bis jetzt einen Unterschied zwischen sich und Ondrášiks Knecht bemerkt; – der Jude sah ihn längst.

Er sah ihn von dem Augenblick an, als ihm der junge Mann zum erstenmal Wasser vom Brunnen holte, sich dann in seiner ärmlichen Hütte hinsetzte und so freundlich mit ihm sprach, als hätte er den alten David lieb, ihn, den niemand liebhatte und den die Nächsten verlassen hatten. Mißtrauisch beobachtete der Alte den jungen Mann, ob er nicht in die Sünden falle, in welchen die anderen Christen lebten. Aber vergebens. Bis heute sah er an seinem tadellosen Wandel keinen Flecken. Er trank nicht, er fluchte nicht, er kannte die Gebote Gottes, welche den Juden am Sinai gegeben wurden, und hielt sie Tag für Tag. Der Jude wußte, daß der junge Christ Gott liebte und daß er wirklich auch die Menschen liebte. Er forschte heimlich nach, aber es gab keinen Nachbarn, dem Method nicht schon einen Dienst geleistet hätte.

„Im Winter“, hatte der alte Nachtwächter erzählt, „als ich, ein Bündel Holz auf dem Rücken, aus dem Walde heimkehrte, holten mich Ondrášiks ein. Method sprang gleich vom Wagen herunter, bot mir seinen Platz zum Sitzen an, und er selbst ging zu Fuß neben dem Wagen bis zu seiner Hütte."

Und im Frühjahr, als sie bei Ondrášiks auf dem Felde pflügten, hatte er der alten unfreundlichen Witwe Hlinárka, die einen Acker neben ihren Feldern besaß und vor der sich jeder fürchtete, weil sie so furchtbar fluchen konnte, den Acker umgegraben. Bis heute hatte ihr niemand etwas Gutes getan außer dieser fremde junge Mann.

Es waren nicht große Dinge, die er tat; er konnte ja auch nicht, denn er war nur ein einfacher Knecht. Aber eines war sicher, er bemerkte alles, was den Leuten fehlte, und wenn es in seiner Macht lag, so diente er ihnen aus Liebe. Ja, er tat es, als könne er gar nicht anders.

Der Jude hatte aufgepaßt, wie er sich als Knecht bewähren und ob er nicht bald untüchtig werden würde. Aber er war schon manche Jahre hier, und er sah, daß die Schwiegersöhne von Ondrášik auf seine Sachen niemals so achtgaben wie dieser Knecht. Was er auch auszubessern fand, ob im Hause oder in der Wirtschaft, er veranlaßte seinen Herrn dazu. Auch Elieser konnte dem Abraham nicht treuer gedient haben als dieser Knecht dem dummen Bauern.

Der Jude nämlich hielt Ondrášik für dumm. Oft sah er, wie es bei ihm rückwärts anstatt vorwärts ging: aber er wollte ihn nicht warnen. Was ging ihn der Heide an! Er verachtete ihn geradeso wie der Bauer den Juden. Der Jude merkte, daß Method klüger war als sein Herr, aber niemals hörte er den Knecht über seinen Herrn anders sprechen als mit Ehrfurcht und Liebe.

Alles war an ihm rein. Er war noch jung. Ondrášiks hatten eine Tochter, Petráš' zwei. Der Brunnen war gerade vor den Fenstern des Juden. Er paßte auf, ob er bei ihm nicht ähnliches sehen würde wie bei den anderen jungen Leuten, das, was die Leute Scherz und Übermut der Jugend nannten. Oft sah er alle drei Mädchen und wie Method ihnen Wasser schöpfte und dabei freundlich mit ihnen sprach; sie lächelten ihn an und er sie wie ein Bruder. Unwillkürlich verglich der Jude ihn mit Joseph in Ägypten. Obwohl die Töchter von Petráš' sonst recht ausgelassen waren, benahmen sie sich doch ihm gegenüber ziemlich anständig, ja sie wurden sogar ordentlicher, seitdem er öfter zu Samko kam.

Als Method die vergangene Woche zu ihm gekommen war, hatte sich der Jude gefreut, weil er sich in seiner Schuld fühlte und dem jungen Mann seine Liebe schon gerne irgendwie vergolten hätte; jetzt kam der Jüngling selber, ihn um einen Dienst zu bitten.

Vielleicht niemandem in der Welt zuliebe hätte David es getan, aber da ihn Method darum bat, willigte er freudig ein; doch er sagte: „Warum sorgst du so für den Nachbarn? Was geht er dich an? Er hat Eltern und Verwandte, mögen sie für ihn sorgen." Dabei wartete der Alte auf ein böses Wort, das Method vielleicht gegen Petráš' aussprechen würde.

„Wißt Ihr, Nachbar“, sagte der Knecht, „du sollst Gott, deinen Herrn, lieben von ganzem Herzen und deinen Nächsten wie dich selbst. Wenn ich zum Beispiel lahm wäre, würde es auch mir wohltun, wenn jemand für mich sorgte.

Die Eltern haben Samko lieb; wenn sie aber bis heute nichts für ihn getan haben, so muß ich es tun. Gott gab mir diesen Gedanken, und ich glaube, daß ein guter Rat ihnen guttun wird.“

Ja, in allem mußte der Alte den jungen Christen bewundern und lieben, nur wegen einer Sache haßte er ihn fast: daß er ihm mit seinem Christus keine Ruhe ließ. Immer wieder erzählte er von ihm, bei jedem Kapitel des Alten Testaments kam er auf ihn, jedes Gespräch endigte mit den Worten: „Er liebt Euch!“

Der alte David wollte nicht an diese Gespräche denken; wenn er sie nur vergessen könnte, dann würde er auch nicht daran denken. Warum hatte er ihm erlaubt, die Geschichte von dem vorzulesen, der den Kopf der Schlange zertreten, der Abrahams Same sein sollte, in dem alle Geschlechter auf Erden gesegnet werden sollten, der der Sohn Davids sein sollte, der verheißene Messias!

Seine Religion war so gut; sie war eine Religion der Liebe; sie stahl sich in das durch Unrecht verbitterte Herz des Alten wie ein heilendes Öl. Hätte David vorher die Lehre Christi gekannt, so würde er verächtlich gelacht haben; denn von denen, die um ihn lebten und sich Christen nannten nach jenem Christus, so lebte doch keiner nach seiner Lehre. Sie schimpften, fluchten, schlugen sich, mordeten, stahlen, gingen von Gericht zu Gericht und vergaben einander nicht. Sie gingen in die Kirchen, taten aber nicht danach, wie ihnen dort gepredigt wurde.

Es waren im Dorfe zwei Kirchen zweier Bekenntnisse, Katholiken und Evangelische. Sie haßten einander, sie verachteten einer des anderen Bekenntnis und Lehre, und dabei glaubten sie an den, der Liebe und Barmherzigkeit gepredigt hatte. Der Alte hätte häßlich gelacht, wenn einer von ihnen zu ihm gekommen wäre und ihm die Lehre Christi angeboten hätte; er hätte sie mit dem Leben ihrer Bekenner verglichen.

Aber dieser gute, fremde junge Mann lebte, er lebte wirklich so, wie es Christus fordert; er liebte diesen Christus und gehorchte ihm; er konnte es. Wenn er es aber konnte, warum nicht die anderen? Warum war zwischen ihm und den übrigen ein so großer Unterschied?

Der Alte hielt inne in seinen Gedanken; niemand konnte ihm diese Frage beantworten.

„Guten Abend!“ klang es da unweit von ihm; vor ihm stand der, an den er heute schon so viel gedacht hatte und den er kaum erwarten konnte.

„Ich dachte schon, ich würde Euch nicht mehr besuchen können.“

„Auch ich glaubte schon, daß du nicht mehr kommen würdest.“ Über das runzelige Gesicht des

Alten flog ein Freudenschimmer. Wenn man lange niemanden gehabt hat und dann jemanden zu lieben beginnt, so geht es meistens tief.

„Setze dich her!“ Der Mann machte bereitwillig Platz. „Ich bin neugierig, was du bei Petráš’ ausgerichtet hast und wie es dir ergangen ist.“

Method setzte sich und erzählte. „Wer weiß, wer weiß“, schüttelte der Jude mißtrauisch den Kopf, „ob er es sich nicht noch anders überlegen wird.“

„Ich hoffe das Beste; ich betete auch jetzt, daß die Sache gelingen möge, und glaubte, daß ich erhört werde.“

So sprachen sie eine Weile, und der Greis selbst machte Pläne, wie es Petráš am besten anfangen sollte. Das Herz des alten Geschäftsmannes begann sich in ihm zu regen.

„Nachbar“, sagte plötzlich Method, „wenn Ihr gewußt habt, wie geeignet dieser Ort zu einem Geschäft wäre, warum habt Ihr nicht selbst eins angefangen? Warum habt Ihr Euch mit den Lumpen geplagt?“

Method nahm die Hände des alten Mannes und schaute ihm freundlich in das Gesicht, das plötzlich von tiefem Schmerz umwölkt wurde.

„Wozu? Was hätte mir ein Geschäft genützt? Wer hätte für das übrige gesorgt? Ich stehe allein in der Welt wie ein Baum in der Wüste. Etwas tun, mich irgendwie ernähren mußte ich. Ohne Arbeit wäre ich in meiner Verlassenheit und in meinem Schmerz gestorben; nun, so tat ich, was ich konnte. Aber warum erwähnst du das?"

Der Alte zog seine Hände fast ungestüm zurück, bedeckte damit sein Gesicht und stützte die Ellbogen auf die Knie. Eine Weile saß er so zusammengesunken da, von dem Schmerz der Erinnerung gänzlich überwältigt. Method schaute ihn an mit unverhohlenem Mitleid und Bedauern, dann schloß er ihn in seine Arme und lehnte den alten grauen Kopf an seine Brust. Den Alten hatte schon lange niemand mehr umarmt, schon lange hatte er nicht mehr die Wonne gefühlt, liebkost zu werden. Einst, als er jung war, da wußte er, wie solch ein Liebesbeweis beglückt. Dann, nachdem das Glück entschwunden war, für immer entschwunden, als er seine Arme leidenschaftlich, aber umsonst ins Leere ausstreckte und sein Herz vor Sehnsucht verschmachtete, umsonst, umsonst! – da bezwang er sein Herz so lange, bis er daraus jedes menschliche Gefühl verdrängt zu haben glaubte und dachte, es sei schon wie ein Fels. Aber jetzt zeigte es sich, daß es kein Fels war, es war nur Eis. Das Eis begann zu schmelzen, als die Sonne kam.

Der Mann erlebte in der Umarmung Methods, wie wenn der Sturm einen alten Baum erschüttert. Ein heißes Schluchzen entrang sich seiner Brust, nach langen Jahren rannen die ersten Tränen über die runzeligen Wangen. Der Jüngling wehrte dem Schluchzen des Mannes nicht; er lehnte sein junges Haupt an das graue des Mannes; die Augen wurden ihm feucht, und da die Hände des Weinenden das Gesicht nicht mehr bedeckten, trocknete er ihm die Tränen von den Wangen und Augen.

„Laß mich!“ sagte der Alte schluchzend. „Warum plagst du dich mit einem alten Juden ab? Jeder verabscheut mich; warum kümmerst du dich um mich?“

„Weil ich Euch liebhabe, lieber Nachbar!“

„Weshalb solltest du mich liebhaben?“ brach der Greis von neuem in Schluchzen aus. „Mich hat schon lange niemand mehr liebgehabt – ehemals meine Mutter; dann dachte ich, ‚sie‘, aber das war nur Täuschung.“

„Was war Täuschung?“

„Laß mich los und frage mich nicht!“ sagte der Alte, indem er sich aufraffte.

Method ließ ihn los.

„Glaubt es mir, Nachbar, es wäre Euch leichter, wenn Ihr jemandem sagen würdet, was Euch schon jahrelang drückt. Ich bin fremd, verraten kann ich Euch nicht; wenn Ihr Vertrauen zu mir habt, sagt es mir. Ich habe Euch lieb und werde mit Euch fühlen können.“

„Meinetwegen!“ Der Jude richtete sich auf, in seinen fast erloschenen Augen loderte plötzlich ein Feuer. „Du hast mir viel Gutes erwiesen, auch jetzt, wo du dich des alten Mannes angenommen hast. Du bist gut, die Welt aber schlecht; vielleicht kann ich dich vor einem Unglück bewahren, und du wirst vorsichtiger sein als ich. – Wenn du mich anschaust, meine gekrümmte Gestalt, mein runzeliges Gesicht und die halbblinden Augen, wirst du vielleicht kaum glauben, daß ich auch einmal jung und schön war wie ein Baum im Walde, so wie du jetzt“, begann der Alte; er lehnte seine magere Gestalt an den Baum und nahm des Jünglings Hände in die seinen.

„Meine Eltern hatten mir ein schönes Geschäft hinterlassen, und obgleich ich nicht reich war, glaubte ich doch, daß der Gott meiner Väter mich segnen würde. Nun, ich war trotzdem ein reicher Mann, denn ich hatte eine Frau wie eine Blume vom Libanon und ein Kind – ach, ein Kind! Auch Mose konnte nicht schöner gewesen sein, als sich die Tochter Pharaos über seine Schönheit erbarmte. Wenn ich an mein Glück und die Seligkeit von damals denke, so meine ich, daß auch Adam im Paradiese nicht glücklicher sein konnte; ach, und nun ist das alles dahin!

Wie soll ich es sagen? Ich war oft weg von zu Hause; das unglückselige Geschäft rief mich fort, und ich wußte nicht, daß auch ein anderer Augen hatte. Einst kehrte ich heim, voller Freude und Hoffnung kam ich heim – das Haus war leer.“

Der Greis fuhr sich in die Haare. „Es war ein anderer gekommen und hatte mir den Schatz meiner Augen, das Kleinod meines Herzens genommen. Wenn es noch ein Goi[8] gewesen wäre, aber einer von uns, von uns!

Ich verzweifelte, lief wie wahnsinnig zum Gericht – alles umsonst! Ich mußte den Scheidungsbrief geben, und das Gesetz hat ihr auch das Kind zugesprochen. Er war angesehener als ich, ein Beamter vom Komitat; mich elenden Juden fertigten sie ab: Nirgends fand ich Gerechtigkeit für mich, selbst bei Gott nicht. Ihnen ging alles nach Wunsch, bis sie fortzogen. Dann verschwanden sie aus Ungarn, und ich konnte nie mehr erfahren, wo mein Kind war und was aus ihm geworden ist.

Ach Method, wenn ich daran denke, möchte ich mit Hiob fragen: ‚Wo ist Gott, daß ich zu ihm gehe und dort meine Klage vorbringe?' Er allein weiß, was aus meiner Tochter Esther geworden ist und was aus meiner Frau. Sie hat mich verlassen, verraten, verraten, aber ich kann noch immer nicht glauben, daß sie schuld gewesen ist. Sie war sehr jung, als wir heirateten; er war ein schöner Mann, ein vornehmer Herr; er hat sie verführt. Wenn sie hätte zurückkehren wollen, so hätte ich ihr alles verziehen und hätte sie gerne wieder angenommen, o wie gerne!

Aber mich hat man nicht zu ihr gelassen, und ihr hat man vielleicht gesagt, ich würde böse und grausam sein; sie fürchtete sich, hat es geglaubt, und so war alles verloren.

Ich floh aus jener Stadt, begrub mich und meinen Schmerz in dieser Gegend und erwartete im Winter den Tod, daß er mich erlöse aus dieser Trübsal und ich meinen Schmerz mit ins Grab nehmen würde, – und du hast mich veranlaßt, alles zu erzählen, und nun wird alles wieder lebendig: der Verlust, die Sehnsucht, der Schmerz – alles! Was hast du davon?"

„Sehr viel, lieber Nachbar! Ich weiß nun, wofür ich beten soll; und es wird einmal die Zeit kommen, daß Ihr nicht bereuen sollt, mir Euer Vertrauen geschenkt zu haben."

Method erhob sich, der Jude unwillkürlich auch. Sie gingen in die kleine Hütte hinein.

Nachdem der Alte Licht gemacht hatte, bemerkte Method die leeren Krüge; er nahm sie und holte frisches Wasser. Darauf ordnete er das ärmliche Lager, wie er es während der Krankheit getan hatte. Dann setzte er sich zu ihm auf die Bank an den Tisch, öffnete das große, alte Buch und begann zu lesen. Der Jude bedeckte sein graues Haupt mit einer Mütze, und auch Method setzte seinen Hut auf, um ihn nicht zu ärgern; weil nämlich die Juden es für eine Nichtachtung des Wortes Gottes halten, wenn ein Mann mit unbedecktem Haupte darin liest.

Heute, obwohl sie das 53. Kapitel des Jesaja lasen und Method erzählte, von wem es handle, widersprach der Alte nicht. Still und ernst gingen sie auseinander.

„Unter den Schwalben, welche heimfliegen“

Manchmal vergeht Woche um Woche, Monat um Monat, und man weiß gar nicht, wo die Tage hin sind. So war es auch bei Ondrášiks. Zwar gab es bei ihnen viel Arbeit; aber in keinem Sommer wurden sie so leicht fertig wie in diesem Jahre.

„Vielleicht kommt es daher“, dachte die Bäuerin, „daß wir jetzt immer mit Gottes Wort und Gebet anfangen und auch aufhören.“

Sie selbst war schon wieder so weit hergestellt, daß sie kochen konnte. Dorka brauchte nicht von der Feldarbeit wegzubleiben. Nur brachte sie ihr morgens mit Method und Ondrej Wasser oder Holz, oder was sonst nötig war, herzu. Und wer dem Hause am nächsten war, der ging hin und wieder nachschauen, ob sie nichts nötig habe. Noch nie in ihrem Leben war es der Frau Ondrášik so gutgegangen wie jetzt.

Früher war der Mann oft böse und hart gewesen; auch sie hatte einen harten Kopf. Wenn er angetrunken war, obwohl er kein Trunkenbold war, und sich im Hause schlecht benahm, hatte sie gezankt; dann sprachen sie manchmal wochenlang nicht mehr miteinander. Die Töchter waren verheiratet, und die Schwiegersöhne wollten nicht gehorchen. So ging es mit der Wirtschaft nicht vorwärts. Heute fühlte es die Bäuerin: Es war auf dem ganzen

Hause kein Segen Gottes gewesen. Sie hatten das ganze Jahr hindurch nicht viel gebetet, außer wenn sie zum heiligen Abendmahl gingen, morgens beim Aufstehen murmelte jeder etwas, dachte sich aber nichts dabei. Undankbar waren sie und schlecht, ganz von Gott abgefallen; wie hätte er sie segnen können. Die Frau erkannte, daß sie zu Gott zurückkehren müsse, und so bekehrte sie sich von ganzem Herzen. Sie fühlte, wenn irgend jemand in der Welt einen Heiland brauchte, so wäre sie es; so öffnete sie ihr Herz dem Sohne Gottes, Jesus Christus, und er nahm sie an.

Als sie einmal abends mit ihrem Manne zusammensaß, gestand sie es ihm und bat ihn, er möge es ihr verzeihen, daß sie ihm keine so gute Frau gewesen sei, wie sie hätte sein sollen; aber sie wolle, da ihr Gott das Leben von neuem geschenkt habe, besser nach Gottes Willen leben und ihren Hausgenossen besser dienen.

Ondrášik fühlte sich beschämt, Tränen traten ihm in die Augen.

„Nun, vergeben wir uns gegenseitig!“ antwortete er. „Du warst mir eine bessere Frau, als ich dir Mann gewesen bin. Aber Method hat recht, so kann es nicht bis zum Tode weitergehen; denn was dann? Wir müssen haltmachen und neu anfangen!“

„Wirklich, wir lebten ganz gegen den Willen Gottes!“

„Ich habe es noch niemandem gesagt, dir sage ich es: Wenn ich den Burschen sehe, wie er lebt, und bedenke, wie ich in meiner Jugend und bis heute gelebt habe, so muß ich mich immer wieder schämen. Wir haben auch das Wort Gottes, aber wir lesen es das ganze Jahr hindurch nicht; ja, gestehen wir es uns nur: Wir lebten schlechter als das dumme Vieh. Das frißt, schläft und arbeitet, frißt, schläft und arbeitet, aber es flucht wenigstens nicht. Auch wir haben geschlafen, gearbeitet, gegessen, aber dabei getrunken, Gott gelästert und den Menschen geflucht, und so haben wir auch unsere Kinder erzogen. Es wundert mich nicht, daß sie davongelaufen sind; sie haben wenig Gutes zu Hause gehabt."

So redeten Mann und Frau miteinander. Es war an demselben Abend, einem katholischen Feiertag, als sich im Obstgarten wieder Samko Petráš mit Dorka unterhielt. Er saß auf der Bank, welche Method für die Bäuerin gemacht hatte; sie stand ihm gegenüber, an einen alten Birnbaum gelehnt, und hörte ihm zu, wie er ihr die schöne Geschichte von den Schwalben, wie sie heimgekommen waren, erzählte. Dabei sagte er ihr, daß er auch schon auf dem Wege sei, daß er jeden Tag mit Gebet anfange und beschließe und daß er sich fürchte, die Gebote Gottes zu übertreten. Dann erzählte er ihr, wie er bei dem alten David rechnen und besser schreiben lerne, daß der Vater ihm ein Geschäft eröffnen wolle und daß der neue Anbau eine Wohnung für ihn enthalten würde.

Das Mädchen freute sich aufrichtig. Schon von

Kind auf hatte sie Samko bedauert und später öfters gedacht, was wohl einmal aus ihm werden würde. Damals konnte er freilich fast nicht gehen; jetzt ging es schon besser, wenn auch langsam; sonst war er ein schöner Jüngling. Er würde also nicht nur so nutzlos vor dem Hause oder im Garten sitzen müssen. Zwar wußte Dorka schon längst von seinen Schwestern, was man bei ihnen plante, doch wollte sie ihm die Freude nicht stören und stellte sich, als wüßte sie nichts davon.

Ondrej kam dazu, gerade als Samko wieder die Schwalben erwähnte; er hatte es schon einmal von ihm gehört. Sie überlegten miteinander, wie schön und dienlich es wäre, wenn sie so zusammenkämen und solche Gebetsversammlungen hielten wie die Schwalben.

„Wißt ihr", sagte Dorka, „wenn jeder Tag ein Stück von der Heimreise ist, so sollten wir jeden Tag so anfangen; die Schwalben sangen und beteten immer, bevor sie ein Stück des Weges flogen."

Als dann bei Ondrášiks die Familie zum Abendessen zusammenkam und nach dem Essen der Bauer Method aufforderte, aus der Bibel vorzulesen, da schaute Dorka den Ondrej an und er sie, dann blickten sie auf ihre Eltern, und in ihrer Seele stieg der Gedanke auf: Es scheint, sie wollen auch mit den Schwalben ziehen.

Die umliegende Welt schlief indessen weiter in Sünden; aber die Familie Ondrášik und ihre Nachbarn wachten langsam auf. Der Heilige Geist öffnete ihnen die Augen und die Schrift. Sie fingen an, Gott zu suchen, sich selbst und ihre Sünden zu erkennen; aber sie begannen auch Christus zu erkennen und traten mit den Schwalben die Heimreise an, aber leider – nicht alle.

* * *

In diesem Herbste gab es sehr viele Pflaumen in der Gegend. Prachtvoll hingen ihrer so viele an den Bäumen, daß die Äste unter ihrer Last brachen.

„Weißt du was", sagte eines Nachmittags der Bauer Petráš zu seinem Sohne, „ich werde mir im Gemeindehaus die Erlaubnis zum Brennen holen; wir werden Slibowitz[9] brennen. Auch von anderen kaufe ich noch dazu; bekomme ich dann die Lizenz, so kannst du Slibowitz verkaufen. Und wenn du den Leuten davon anbietest, werden sie um so lieber in den Laden kommen."

Dem Jüngling taten die Worte weh, aber er sagte dem Vater nichts. Als dieser in die Scheune gegangen war, begab er sich zu Method. Er fand ihn auf seinem Grundstück beim Graben. Unweit von ihm arbeiteten auch Podhájskys.

„Willkommen, Samko! Was führt dich her?"

„Ja – nur so; ich muß dir etwas erzählen."

Die Freunde begrüßten sich, und Samko erzählte, was ihm der Vater gesagt hatte.

Methods Gesicht wurde düster. Ein Blitz des Zornes, wie es Samko noch nie bei ihm gesehen hatte, zuckte aus seinen Augen.

„Das ist ein Teufelsgedanke! Samko, was würdest du sagen, wenn dir dein Vater befehlen würde, mit diesem Spaten dort den Nachbarn Podhájsky zu töten?"

„Aber Method, was redest du! So etwas würde mein Vater mir niemals befehlen", rief Samko erschrocken aus, „und ich würde es nie, niemals tun!"

„O du wirst es tun; eröffne nur ein Wirtshaus, ob geheim oder öffentlich; du weißt, welch ein furchtbarer Trunkenbold Podhájsky war, und wie es ihn an Leib und Seele zugrunde gerichtet hat, und daß er schon war wie ein Tier. Jetzt ist durch Gottes Gnade eine Umwandlung bei ihm geschehen; er ist auch unter den Schwalben, welche heimfliegen. Du siehst, daß er außer zu uns oder euch sich nirgendhin getraut, damit es ihn nicht ins Wirtshaus zieht; er ist gegen die Versuchung noch sehr schwach. Bist du sicher, wenn ihr mit Slibowitz anfangt und er ihn vor Augen in der nächsten Nähe hat und der Geruch ihm in die Nase steigen wird, daß er standhaft bleiben kann? Er wird zu euch kommen, Mehl oder Salz zu holen, und wird den besten Vorsatz haben, sich nicht zur Sünde verführen zu lassen; aber er kommt dann wie das Schaf, das selbst zur Schlachtbank geht. Dein Vater wird ihm anbieten, du selbst wirst ihm aus Freundschaft einschenken, er wird probieren, sein Magen wird unruhig, es erwacht in ihm das Verlangen, er wird nicht widerstehen können, wird zuerst nur ein Gläschen trinken, aber morgen schon zwei. Dann wird ihm sein, als hätte man ihm Feuer eingegossen, er muß trinken, trinken! – und er wird wieder zum Trunkenbold, schlimmer als früher, er wird zum wilden Tier. Das göttliche Licht wird in ihm erlöschen, sein Leib wird krank und geschwächt, und er wird irgendwo elend umkommen wie ein Tier. Er wäre eine von den Schwalben, welche heim wollten; aber er kommt nicht heim, er ist unterwegs umgekommen. Und wer ist schuld daran? Du, Samko, du!"

„Method, höre auf!" Samko griff nach seinem Kopf. „Ich werde nicht daran schuld sein, ich nicht! Ich werde weder ihm noch jemand anderem einschenken; lieber laß ich mich selbst töten."

Samko ging, und Method grub auf seinem Grundstück betrübt weiter.

An dem Tage war bei Petráš' die Hölle los. So schön hatte der Bauer es sich ausgedacht, wie er viel verdienen würde und wie sein Sohn vorwärtskäme. Denn wovon wurden die Händler so reich, wenn nicht durch den Branntwein? Und nun wollte der Sohn nicht hören; eher könnte man einen Felsen bewegen als ihn. Er war blaß wie die Wand und zitterte vor der Wut des Vaters; aber nachgeben wollte er nicht. Viele böse Worte hatte ihm der Vater gesagt, was ihm nur der Speichel auf die Zunge brachte.[10] Er warf ihm vor, er sei ein Bettler und daß er ihn schon jahrelang ernährt habe; er würde einen Bettler nicht länger ernähren; wenn er nicht folgen wolle, könne er betteln gehen.

Diese Worte des Vaters verwundeten die Seele des Sohnes bis in den Tod, wie nur die Worte eines Menschen verwunden können. In diesem Streit kam die Mutter herzu; sie bat den einen und den anderen. Den Mann konnte sie vielleicht beschwichtigen, aber den Sohn zu überwinden und zu überreden vermochte sie nicht; der saß da wie ein Fels. Nun wurde auch sie über ihn sehr aufgebracht.

Die beiden Schwestern traten ins Zimmer, auch der Verlobte der älteren, der mit seinem Freund zu Besuch gekommen war; sie waren aus einem anderen Dorf. Sie bestärkten Petráš noch in seinem Vorhaben und lachten Samko aus.

„Wenn er auch nicht will", sagte der zukünftige Schwiegersohn, „so unternehmt Ihr es doch, Vater! Ich werde mein Handwerk gerne stehenlassen. Es muß ja nicht gerade ein Geschäft sein. Eröffnet ein Wirtshaus und eine Fleischerei dazu – solche gibt es hier nicht – und übergebt es uns. Ich will Euch noch ein paar hundert Gulden hineinstecken, und einrichten könnt Ihr es uns von dem Teil, das Ihr Evka versprochen habt. So bleiben wir schön beieinander, und Samko kann wiederum im Obstgarten herumliegen wie bisher."

Anfangs waren diese Reden nur Scherz, und der zukünftige Schwiegersohn wollte dadurch nur den

Schwager zwingen; aber wie es oft geschieht, zuletzt bekam er wirklich Lust dazu. Evka gefiel es, daß sie nicht von der Mutter weg zur Schwiegermutter müßte. Welche Mutter wäre nicht froh, ihre Tochter bei sich behalten zu können, wenn sich diese verheiratet! Dadurch wurden auch die Augen der Mutter verblendet. Petráš erinnerte sich daran, daß sein Vermögen beisammen bleiben könnte; er brauchte es nicht auseinanderzureißen, um die Tochter auszuzahlen. Bis zum Abend war die Sache ausgemacht.

„Nun, wie ist es?“ fragte vor dem Weggehen der Schwager den Samko nur zum Schein. „Wirst du dem Vater den Willen tun, oder soll ich kommen.“

„Ihr sagtet ja, ich sei ein Bettler“, sprach Samko, und die Stimme zitterte ihm vor Herzweh. „Es ist wahr, ich bin auf beiden Füßen lahm; aber lieber möchte ich noch auf beiden Händen lahm werden und betteln gehen als mich mit einer so höllischen Beschäftigung ernähren. – Aber noch bist du nicht da, und Gott ist allmächtig; er wird es ganz gewiß vereiteln und euch euer Vorhaben nicht ausführen lassen.

„Wir werden ja sehen, lieber Prophet!“ lachten die beiden jungen Männer und gingen davon.

* * *

Am anderen Tage ging Petráš zu Method. Dieser grub wieder mit Podhájskys den noch übrigen Rasen um. Auf diesem standen hie und da Sträucher, bei denen der alte David seine Ziegen weidete.

Der Zorn war bei Petráš vergangen; er bereute es, den Sohn ohne Ursache gekränkt zu haben, und so wollte er sich jetzt an dem rächen, von dem er glaubte, daß er schuld sei an Samkos Widersetzlichkeit. Er kannte Methods Ansichten über das Trinken. Method hatte nicht nur Podhájsky, sondern auch Ondrášik und seinen Knecht und auch Samko davon abgebracht und hatte sich bemüht, sogar ihn selbst von dem Trinken der berauschenden Getränke abzubringen, indem er sagte, es sei nicht nur schädlich, sondern auch eine Schande und Sünde.

Petráš hatte die ganze Nacht nicht schlafen können. Er wollte sein Wort nicht zurücknehmen, daß er Samko aus dem Hause jagen wolle, wenn er seinem Willen nicht gehorche; aber ihn hinausstoßen, dagegen sträubte sich nicht nur sein Bauernstolz, sondern – wie die Leute sagen – auch das Herz. Gestern hatte er im Zorn nicht gespürt, daß er eines hatte, heute aber doch. „Das könnte mir alles erspart bleiben", dachte er erbittert, „wenn Ondrášiks Knecht nicht wäre. Ich werde es ihm aber heimzahlen!"

Unterwegs wuchs die Erbitterung, und als er auf das Feld kam und sah, wie fröhlich derjenige, der in seinem Hause so eine Hölle angerichtet hat, auf seiner Scholle arbeitete, stieg der Zorn in ihm aufs Höchste.

„Was hast du meinem Sohn in den Kopf gesetzt?“ fing er an, nachdem sie sich kaum begrüßt hatten. „Kommt so ein Landstreicher, man weiß gar nicht, woher, und richtet in unserem Hause Unheil und Zwietracht an! Was geht es dich an, wenn ich ein Wirtshaus haben will? Warum reizest du meinen Sohn zum Ungehorsam?“

Der Jude hörte das Schreien, wendete sich um, erhob sich, kam näher und schaute auf den jungen Christen. Er war immer neugierig gewesen, wie sich dieser benehmen würde, wenn man ihm unrecht täte; jetzt hatte er eine Gelegenheit dazu.

Der Jude wußte am besten, wieviel Gutes Method diesem Mann getan hatte. Er hatte seinen Sohn lesen und schreiben und alles, was er konnte, gelehrt; er hatte ihn, den alten David, dazu gebracht, ihn rechnen und Buchführung zu lehren. Was er nur konnte, hatte er ihm als Nachbar getan; und jetzt zahlte dieser es ihm bar zurück. Ein häßliches, abscheuliches Wort nach dem anderen strömte aus Petráš’ Munde.

Wie erstarrt schaute der Jude in das Gesicht des Verhöhnten. Er stand frei aufgerichtet, stützte sich auf seinen Spaten und schaute so ruhig auf den Boden, als berührten ihn seine Worte gar nicht. Den Alten faßte der Zorn. Am liebsten würde er auf den Mann losgehen und schimpfen, schrecklich würde er auf ihn schimpfen! Aber er ging nicht.

Endlich schaute Method den Petráš direkt an, ihre Augen begegneten sich, und der Mann verstummte.

„So, habt Ihr nun alles gesagt, was Euch der Teufel aufgetragen hat?“ sagte ruhig, fast fröhlich der Knecht. „Er war es mir in diesem Falle schuldig; ich wunderte mich nur, daß er mich so lange in Ruhe gelassen hat. Fast hätte ich gefürchtet, ich diene dem Herrn Christus nicht gut. Aber jetzt ist es schon recht. Also, was Euch der Teufel diktiert hat, das habt Ihr gesagt; und nun sprecht, Nachbar Petráš, für Euch selbst, was für ein Unrecht ist Euch geschehen, was habe ich Euch oder Eurem Sohne getan?“

Der Jude rieb sich erfreut die Hände und segnete im Geiste Method. Podhájsky warf auch seinen Spaten weg und stand in der Nähe wie betäubt; er wußte vor Erstaunen nicht, was er von Petráš denken sollte. –

„Nun, was habt Ihr eigentlich gegen mich?“

Die freie und ruhige Frage verblüffte den Mann; aber er ermannte sich und wollte wieder aufs neue anfangen zu schimpfen. Doch blieben ihm die Worte in der Kehle stecken, so daß die Erklärung, warum er zornig sei, schon viel gelinder ausfiel. „Samko will nicht“, schloß der Bauer, sich zu dem Juden wendend, „weil dann Podhájsky zu uns käme und dann wieder so werden könnte wie früher; als ob der Mensch gleich saufen müßte und nicht mäßig trinken könnte. Überhaupt braucht

Podhájsky gar nicht zu uns kommen, ja, er darf gar nicht!"

Die letzten Worte sprach der Bauer mit Verachtung; das erschütterte den starken Podhájsky.

„Sei unbesorgt, Petráš", sagte er, indem er näher trat, „ich werde in dein Haus, wenn ihr daraus eine Teufelsfalle macht, um die Leute hineinzulocken, sie auszusaugen und zu töten, auch ohne dein Verbot nicht gehen; selbst wenn du mich bätest, würde ich deine Schwelle nicht betreten. Aber nie, niemals, das merke dir, werde ich es deinem Sohne vergessen, daß er so viel Erbarmen mit mir hatte und mich vor dem ewigen Verderben schützen wollte. Auch seine Fußstapfen, wohin er auch gehen möge, werde ich noch segnen."

Er kam nicht weiter, sondern warf sich auf die Erde und weinte. Er weinte zum Herzzerbrechen darüber, daß er schon so verachtet war; jeder konnte vor ihm die Tür verschließen, konnte auf ihm herumtreten. Petráš sah ihn weinen und stand beschämt da.

„So, Nachbar, ist es ein so großes Übel", sagte die alte Frau Podhájsky, „daß Ihr so ein gutes Kind habt? Und geschah Euch vielleicht Unrecht, wenn Method ihn gelehrt hat, dem Zugrunderichten der Menschen nicht gleichgültig zuzusehen? Ich hatte nur einen Sohn; er war ein guter Sohn, bis er anfing, die Wirtshäuser zu besuchen. Dann wißt Ihr ja, welch ein Kreuz ich an ihm hatte; wie oft habt Ihr selbst mich vor ihm geschützt und versteckt, wie oft seine Frau! Jetzt, wo sich der gute Gott über ihn erbarmt hat, indem er uns einen guten Menschen hersandte, der ihn rettete, da flucht Ihr diesem Menschen und beschimpft ihn! Schaut meinen Sohn an und hört sein Wehklagen, und wenn Ihr ein Herz von Stein habt, so eröffnet nur die Schenke. Und wenn Samko die Leute nicht um das Ihre bringen will, so verstoßt nur Euer gutes Kind. Aber gedenket an die Worte einer armen, elenden Mutter, deren Sohn die Wirte verdorben haben! Gedenket, was die Heilige Schrift sagt: ‚*Wehe dir, der du deinem Nächsten einschenkest und ihn trunken machst, daß du seine Blöße sehest!*' Der Fluch Gottes wird Euch sicher erreichen!"

„Weine nicht, mein Sohn!" mit diesen Worten trat Frau Podhájsky zu ihrem Sohn. „Gott wird dir helfen. Du bist noch jung, es ist noch nicht alles verloren, wenn nur er uns nicht mehr zürnt! Weine nicht, komm, wir wollen weitergraben!"

Der Sohn gehorchte und stand auf; sie nahmen ihre Hacken und gruben weiter. Auch Method nahm seinen Spaten und stach damit ein großes Stück Erde ab.

Was blieb Petráš übrig, als zu gehen? Er wußte ganz gut, daß das, was er getan hatte, schlecht war und daß ihn diese Leute hier alle beschämt hatten; aber er wollte es sich nicht eingestehen.

Er ging aufs Gemeindehaus, um sich die Erlaubnis für die Brennerei zu holen; aber er erhielt sie nicht. „Macht nichts", dachte er, „ich werde mich mit jemand anderem einigen, und wir werden zusammen brennen." Er fand nur zu bald einen Gefährten, und so brannten sie. Tausende von prachtvollen Zwetschgen, welche Gott den Menschen zur Nahrung geschaffen hatte, kamen in die Kessel, und Menschen bereiteten daraus Gift, um ihre Mitmenschen damit zu vergiften.

Will man ein wenig Gift haben gegen die Mäuse, die im Hause alles verderben, so muß man eine Erlaubnis vom Arzt, Notar und Richter haben; will man aber Menschen vergiften, so bezahlt man nur die Brennerei und die Lizenz, und es wird erlaubt, und mancher Arzt wird noch froh darüber sein, er bekommt wenigstens mehr Patienten. Ja, so ist es in der Welt!

Ein unheilvoller Hochzeitstag

Der Winter kam. Es war Fastnachtszeit. Bei Petráš' traf man große Vorbereitungen zur Hochzeit. Die Mutter hatte alle Hände voll zu tun, der Vater den Kopf voller Verdruß, Evka das Herz voll von Freude und Hoffnung. Mit Samko sprach seit dem Herbst niemand, als sei er gar nicht da; kaum daß sie ihm für den Gruß dankten. Nur die jüngste Schwester sprach heimlich mit ihm. Sie hatte einen Kummer. Einer, den sie gerne mochte, hatte um sie angehalten; aber den Eltern gefiel er nicht, und jetzt wollte er heiraten und nahm eine andere. Das Mädchen blieb verlassen, und es zog sie zu dem vereinsamten, ausgestoßenen Bruder. Oft kam sie zu ihm in die Kammer, wo er jetzt wohnte.

Er hatte bei Ondrášik Kochlöffel schnitzen gelernt; so schnitzte er denn fleißig, und was er dadurch erwarb, gab er der Mutter für Licht und Salz. Er ging weiterhin zu dem alten David. „Lerne nur!", sagte dieser. „Du wirst noch einmal ein Geschäft haben, da wird es dir von Nutzen sein."

Jeden Abend war er bei Ondrášiks, und da vergaß er, daß er in der Welt allein stand; in diesem Hause war ihm immer wie im Paradies. Hier kannten sie die göttlichen Wahrheiten besser. Sie verstanden es, welch eine Freude in dem Herzen der Jungfrau Maria war, als ihre Lippen sangen: „Meine Seele erhebt den Herrn, und mein Geist freut sich Gottes, meines Heilandes!" In ihren Herzen wurde Christus geboren. Zum ersten Mal feierten sie Weihnachten auf rechte Weise.

In diesem Winter kehrte auch Podhájskys Frau zurück. Er hatte sie im Briefe darum gebeten, und sie kam. Sie kam wirklich! Er wußte gar nicht, was er ihr alles tun sollte, so froh war er. Sie selbst weinte nur und konnte es gar nicht begreifen, daß für die Frau eines Trunkenboldes noch so ein Glück auf Erden möglich sei.

Sie fand den Mann so ordentlich, wie er früher nie gewesen war; denn als sie ihn heiratete, war er schon ein Trinker gewesen. Die Schwiegermutter war gut, die Kinder gesund und lieb, das ganze Häuschen rein, die Kammer für den Winter gut versorgt. Podhájskys verdienten sich ihr Brot. Sie brachte auch noch einige Gulden mit von ihrem Lohn, bezahlte freudig, wo noch Schulden waren, kaufte für die Schwiegermutter, die Kinder und den Mann Kleider; sie selbst war mit Kleidern reichlich versehen. Dann kaufte sie Geschirr für die Küche. Oh, wie hübsch sah es jetzt hier aus! Und was die Hauptsache war, sie kam mit einem verlangenden Herzen. Wenn jemand das Wort Gottes gerne hörte, so war sie es, und sie holte manche ein, und manchen eilte sie voraus. Oh, es fiel ihr ja so leicht, an Gott zu glauben und seinen Sohn Jesus Christus zu lieben, der so eine große Veränderung in ihrem Leben vollbracht hatte. Und als sie erst die Liebe Gottes in ihrem Herzen erfahren hatte, da schwieg sie nicht davon. Sie hatte Verwandte, Freundinnen, Vettern; am Sonntag war ihr kleines Zimmer bald ganz voll, und Method mußte ihnen vorlesen. Man lud Method auch bald in andere Häuser zu Besuch.

„Method, mir scheint, die Schwalben fangen an, zusammenzukommen!" sagte einmal Samko. „Du meintest damals im Wäldchen, unser ganzes Dorf sollte so zusammenkommen und eine Gebetsversammlung halten und daß wir damit anfangen müßten; es wird auch noch dazu kommen."

„Schwerlich, Samko. *Die Pforte ist eng, und der Weg ist schmal, der zum Leben führt; und wenige sind ihrer, die ihn finden.* Das macht aber nichts; wir werden den Leuten den Weg zeigen, und wenn auch keiner dem Herrn Jesus folgen wollte, er sagt: ‚Folge du mir nach!' Wir werden ihm folgen, nicht wahr?"

„Ja, Method, ihm nach, und dermaleinst bei ihm sein!" In der Woche fuhren jetzt Ondrášiks Holz für Methods Haus; gegen das Frühjahr sollte mit dem Bau begonnen werden. Soviel wie nur möglich war, bereitete er alles vor. Der Hügel war schon abgetragen, Ziegel hatte er genug, auch Steine für den Grund. Den Schiefer für das Dach brachten sie auch und legten ihn bei Ondrášiks nieder. Aus dem Wald hatten sie auch rundes Holz geholt; daraus machte Method, wenn er Zeit hatte, Pfähle; er wollte seine ganze Besitzung umzäunen.

Da bekamen Ondrášiks plötzlich eine unerwartete, traurige Nachricht. Die Tochter Anna schrieb, daß ihr Mann augenleidend geworden sei und daß der Doktor ihm geraten habe, sofort heimzukehren, wenn er nicht gänzlich erblinden wolle; so müßten sie sich gleich auf den Weg machen, sobald er aus dem Krankenhaus komme. Das war eine schlimme Nachricht; wie schwer hätten sie früher darunter gelitten! Jetzt, wo sie beten konnten, sagten sie nur: „Auf Gott vertraut! Wenn er es zuläßt, so müssen wir es tragen."

In derselben Woche, als bei Petráš für die Hochzeit gerüstet wurde, wozu sie der Form wegen auch Ondrášiks eingeladen hatten, in jener Woche kamen der kranke Schwiegersohn und die auf der Reise erkrankte Tochter an. Dorka konnte nicht als Brautjungfer gehen; man hatte zu Hause genug und übergenug zu tun. Wäre Method nicht gewesen, sie wären gar nicht fertig geworden und hätten sich mit niemandem beraten können.

Die Tochter Anna wunderte sich, wer den Eltern so gut helfe. Da erzählten ihr Dorka und die Mutter, ja selbst der Vater, was für einen Knecht ihnen Gott ins Haus geschickt habe. Auch Joseph, ihr Mann, wunderte sich darüber, nur sagte er: „Seine Stimme kommt mir so bekannt vor, als hätte ich sie schon einmal irgendwo gehört."

„Wer weiß, ob ihr nicht schon einmal zusammengetroffen seid; wir wissen gar nicht, woher er ist. Er spricht niemals über sich selbst; aber aus dem, was er sagt, merkt man, daß er viel von der Welt gesehen hat."

Und wieder war Sonntag. Der alte David saß beim warmen Ofen, in Gedanken versunken. Obwohl Fenster und Türen geschlossen waren, hörte er doch die Musik und das Jauchzen von Petráš' herüberklingen; dort war Hochzeit. Sie wurde darum am Sonntag abgehalten, weil die Zigeuner[11] für die übrigen Tage besetzt waren; nur mit Mühe hatte man sie für heute und morgen bekommen können.

Plötzlich ging die Tür geräuschlos auf, und neben den Juden setzte sich Method.

„Ale vitaj!"[12] sagte erfreut der Alte. „Kommst du doch? Nun, wie geht es bei euch?"

„Dem Herrn sei Dank, besser! Der Arzt sagte, der junge Bauer könne bis zum Frühjahr schon gesund sein, und die Bäuerin ist schon auf, wenn auch noch etwas schwach."

„Aber Method, als ich so ohne Arbeit dasaß, dachte ich, was mit dir werden würde. Wenn Ondrášik seine Kinder hier hat und sie gesund sind, so braucht er weder einen Knecht noch einen Kuhhirten."

„Das ist richtig, sie werden allein fertig", antwortete Method nachdenklich, „ich bleibe nur bis zum Frühjahr da. Eigentlich haben sie mich gar nicht mehr nötig; ich könnte gleich fortgehen, wenn ich den Bau nicht angefangen hätte und nicht noch eine andere Sache wäre."

Das gab dem Alten einen Stich. „Fort? Und warum fort?" sagte er traurig. „Was sollen wir ohne dich machen? Die andern, vielleicht! Aber der alte David? Was sollte der ohne dich anfangen?"

„Habt Ihr mich lieb?" Method schloß den Alten in seine Arme wie damals, als er ihm sein Unglück erzählt hatte.

„Frage nicht erst! Selbst wenn du von meinem eigenen Blut wärest, könnte dich mein Herz nicht *mehr* lieben."

In dem Stübchen wurde es still.

„Erinnert Ihr Euch, was ich Euch einmal im Herbst versprochen habe?"

„Daß du mir etwas erzählen wolltest? Oh, ich erinnere mich noch", bejahte der Greis, „ich warte schon lange darauf."

„Nun, ich wollte Euch erzählen, warum ich Euch liebhabe!"

„Mich?" staunte der Jude. „Ich dachte, weil du alle Menschen liebst und weil Christus es von dir fordert."

„Ja, weil der Herr Jesus es befiehlt, er, der gesagt hat: ‚*Das Heil kommt von den Juden.*' Ich liebe Euch nicht nur als Mensch, sondern als einen Juden; denn ein Jude war es, dem ich am meisten verdanke."

„Was du nicht sagst!" entgegnete verwundert der Alte. „So erzähle nur!"

„Ich lebte lange Jahre ohne Gott, ohne Christus in der Welt. Ich wußte weder, daß ich eine unsterbliche Seele habe, noch, wohin ich nach dem Tode kommen würde. Ich lebte gerade so wie ihr alle hier, und es war ein Jude, der mir zuerst die Wahrheit, der mir Christus zeigte. Er lehrte mich den Sohn Gottes lieben, er lebte auf Erden wie Henoch und wandelte beständig vor Gott. Heute wird er nicht mehr von den Menschen gesehen, denn Gott nahm ihn weg. Ihr habt Euch einmal gewundert, woher ich Hebräisch könne. Jetzt kann ich es Euch sagen, er hat es mich gelehrt. Er liebte sein armes Volk so sehr, daß auch ich ihm zuliebe und weil mein Herr hier auf Erden ein Jude gewesen ist, anfing, dieses ewig gesegnete und zur Zeit verblendete Volk zu lieben, und ich liebe es heute noch."

„Du sagst, daß er ein Jude war und er dich lehrte, Christus zu erkennen und zu lieben?" Der Alte hob seinen gesenkten Kopf.

„Ja, er war ein Jude aus den Juden; er war ein Judenmissionar und lebte nur, um seinem Volke zu verkündigen, daß der Messias schon gekommen ist und auch sein Volk von ihren Sünden erlöst hat, daß er lebte, starb und von den Toten auferstand und wiederkommen wird.

„So war er also kein Jude", sagte der Alte stirnrunzelnd, „er war ein Christ."

„Er gehörte zu Christus und seiner Gemeinde, aber der Nation nach war er ein Jude; und wenn ‚die Erlösten des Herrn wiederkommen werden', da wird auch er kommen, um mit Christus zu regieren. Er wird den Messias in mein und Euer Jerusalem begleiten.

Er war ein sehr glücklicher Mann, nur hatte er einen Kummer, ein Verlangen, das ihm nicht erfüllt wurde. Dieser Kummer machte ihm das Sterben schwer, und ich war so glücklich, ihm denselben abnehmen zu können. Ich übernahm eine Botschaft und versprach ihm, das, was er ausführen wollte, aber nicht konnte, weil der Tod ihn daran hinderte, für ihn zu tun, wenn es mich auch das Leben kostete. Er traute mir, und dem Herrn sei Dank, ich habe ihn nicht enttäuscht und werde ihn auch nicht enttäuschen."

„Und was war das für eine Botschaft?" fragte ergriffen der Alte und sah dabei verwundert seinen jungen Freund an. – Der sprach ja heute wie sonst nie, als wäre er gar nicht Ondrášiks Knecht, der unter den dummen Bauern aufgewachsen war und zu ihnen gehörte.

„Was für eine Botschaft es war, fragt Ihr? Er hatte jemanden ihm sehr Teueren, den er liebte, obwohl er ihn niemals gesehen hatte, dem wollte er die Botschaft des Heils bringen, er konnte ihn aber lange nicht finden."

„Und hast du ihn gefunden?"

„Ja, ich fand ihn und ..."

In demselben Moment erhellte ein sonderbares Licht das Stübchen, der schreckliche Lärm wilden Schreiens tönte herüber. Beide Männer sprangen auf.

„Dort ist etwas passiert!" Der Jude zeigte hinüber.

„Ja, dort brennt es. Lebt wohl, ich muß eilen!"

„Wohin? Zum Feuer?"

„Ja, sie sind gewiß alle betrunken; vielleicht haben sie die Lampe umgeworfen, und Samko ist dort!"

„Gehe nicht!" jammerte der Jude; aber umsonst, Method zog die Hand aus seinen Händen und verschwand in der Finsternis.

Bei Petráš' war etwas Entsetzliches geschehen. Einer von den betrunkenen Brautführern, die allerlei Unsinn getrieben und Slibowitz[13] mit Zucker gekocht hatten, brachte auf einer Schüssel brennenden Slibowitz herein; er wollte ihn vor das Brautpaar auf den Tisch stellen, da glitt er aus, stolperte und schüttete den brennenden Inhalt über den Bräutigam und auf den Tisch. Im Augenblick brannten die Kleider des Unglücklichen wie eine Fackel, und auch das Tischtuch brannte; ein fürchterlicher Lärm entstand. Die einen drängten zur Türe, die anderen sprangen durch die Fenster hinaus. Der Bräutigam schrie um Hilfe und sprang vor Schmerz und Verzweiflung auf den Tisch und wieder hinunter, wälzte sich auf dem Boden und meinte so die Flammen ersticken zu können. Die Braut wollte sich auf den Bräutigam werfen, um mit ihren eigenen Händen das Feuer zu löschen; kaum konnten die Jungfrauen sie zurückhalten. Einige gossen Wasser auf den Tisch, aber einer der betrunkenen Gäste schüttete in der Meinung, es sei Wasser, eine Flasche Slibowitz über den Tisch; mit lautem Knall explodierte es. Es war in dem Augenblick, als Method sich mit Gewalt einen Weg hineinbahnte; er trug in der Hand einen nassen Kittel, warf sich damit auf den brennenden Bräutigam und wickelte ihn ganz hinein, so daß die Flammen plötzlich erstickten. Aber es war auch die allerhöchste Zeit, denn das ganze Zimmer stand in Flammen. Das Feuer loderte von einem Ende zum anderen, die Leute liefen mit lautem Geschrei hinaus. Erstikkender Rauch und Gestank raubte den Atem, nur mit Mühe gelang es allen zu entkommen. Die Braut trug man ohnmächtig hinaus; den Bräutigam brachte Method und übergab ihn draußen den Männern. Er selbst kehrte noch zurück an die Stätte der Verwüstung, sprang zu den Fenstern, schloß sie, riß die brennenden Vorhänge herunter und trat die Flammen mit den Füßen aus. Sie züngelten um ihn herum. Trotzdem hatte er noch Zeit, zwei große, volle Flaschen Slibowitz und eine halbgefüllte vom Tische zu ergreifen, damit hinauszuspringen und die Tür hinter sich zuzuschlagen. „Wohin mit dem Wasser?“ schrie er dabei Petráš und die älteren Gäste an, die gerade große Zuber voll Wasser herbeitrugen. „Wasser löscht nicht! Solange Slibowitz brennt, müßt ihr ihn brennen lassen, nachher könnt ihr löschen. Ihr habt gesagt, ihr wolltet darin baden, jetzt könnt ihr euch dabei noch erwärmen. Wenn Gott mir nicht geholfen hätte, diese zu retten, hätte das Feuer die Flaschen erreicht und sie zersprengt, es ist zu entsetzlich, nur auszudenken, was dann geschehen wäre!“

Es waren schreckliche Augenblicke, eine fürchterliche Hochzeit. Wohl keiner von den Gästen kam unverletzt nach Hause. Fast alle hatten ihre Kleider zerrissen. Und der Bräutigam, der arme Bräutigam! Es war schauerlich, ihn anzusehen, so verbrannt war er. Ein großes Glück war es noch, daß die Flammen nicht hinauslodern konnten. Was im Zimmer war, verbrannte zwar oder verdarb; aber das Haus blieb wenigstens verschont. „Es wäre nicht stehengeblieben", beteuerten alle, „und der Bräutigam wäre ganz verbrannt, wenn Ondrášiks Knecht nicht gewesen ware." Die Leute hatten sich lange für diese Hochzeit vorbereitet, aber noch länger würden sie daran zurückdenken. Vergangene Woche hatte Frau Petráš zur Nachbarin gesagt: „Bei Ondrášiks sind sie alle so heilig und haben doch das ganze Haus voll Krankheit. Warum läßt Gott das zu?" Jetzt war ihr Haus voller Krankheit, und sie konnten nicht einmal sagen, daß Gott sie ihnen geschickt hätte. Sie hatten den Teufel, die Trunksucht, zu Gaste geladen und hatten seine Suppe gekocht; nun, sie war sehr heiß geraten!

Ach, was war das eine Qual für den jungen Schwiegersohn! Tag und Nacht schrie er vor Schmerzen. Sie probierten alles, was der Doktor befohlen, auch was er nicht befohlen hatte. Ja, was der Doktor gutgemacht hatte, das verdarben die alten Frauen.

„Bitte, Herr", sagte am dritten Tage Method zu Ondrášik, „gebt mir einige Tage frei! Ich war bei Petráš; der Junge wird sicher sterben, wenn sie nicht anders mit ihm umgehen, oder er wird wahnsinnig. Ich will ihn pflegen gehen."

„Gehe, mein Sohn! Du wirst ihn gewiß besser pflegen; ich will gerne für dich arbeiten, wenn du ihn nur retten könntest; es wäre schade um ein so junges Leben!"

Method ging. Bei Petráš' freuten sich alle, als er sagte, wozu er gekommen sei, am meisten der Doktor, den er gerade dort antraf. Der Doktor merkte, daß er es mit einem klugen und geschickten Menschen zu tun hatte. Er verbot der Familie, etwas anderes zu tun, außer was ihnen Method erlauben würde. Von dieser Stunde an wurde es besser.

Der Kranke fühlte es gleich, daß ihn andere Hände berührten, die nicht nur zu lindern suchten, sondern dies auch erreichten.

Aber aus den wenigen Tagen, die Method bei Petráš' zubringen sollte, wurden Wochen. Frau Petráš kam selbst Ondrášik bitten, er solle ihnen um Gottes willen seinen Knecht überlassen, sie würden ihm einen Tagelöhner dafür bezahlen. So ließ man ihnen den Knecht, doch ohne einen Tagelöhner zu verlangen. Man wußte, daß Method aus reiner Nächstenliebe den Kranken Tag und Nacht pflegte, so wollten sie sich auch an dieser Liebe beteiligen. Zudem mußte der Schwiegersohn nicht mehr zu Bett liegen, seinen Augen ging es schon besser, die Kopfschmerzen hatten aufgehört. Er war froh, daß er bereits etwas arbeiten konnte. Samko hatte sich oft danach gesehnt, daß Method bei ihnen wohnen möchte und daß man auch bei ihnen wie bei den Schwalben den Tag mit gemeinsamem Gebet anfangen würde. Nun war sein Verlangen erfüllt. Method war bei ihnen, und sie taten wie die Schwalben, aber um welchen Preis!

Method erhält sein Haus, und dem alten David geht es auch besser

Der Winter war vergangen und der Frühling gekommen; aber er war so wie ein schöner Vogel, der fliegt, singt, die Herzen beglückt, und – hast du nicht gesehen? – ist er schon wieder verschwunden. Der liebliche Frühling räumte das Feld einem heißen Sommer, wie jener vor zwei Jahren, als Method Ružansky zum ersten Mal in Ondrášiks Haus kam.

Eines Nachmittags stand der junge Ondrášik (so nannten ihn die Nachbarn nach seiner Frau, obwohl er Rášo[14] hieß) vor dem Hause. Er war bereits gesund und schaute nach der Richtung, wo früher, ehe er nach Amerika reiste, der häßliche Hügel war. Der Hügel war nicht mehr, statt dessen stand inmitten eines neuen, schönen Obstgartens, von einem lebenden Zaun umgeben, ein Haus, das nicht sehr groß, aber so ansehnlich und schön war, daß man seinesgleichen im Dorf nicht fand. Die Fenster und Türen waren gegenüber anderen Häusern groß und schön.

„Wer hätte an so etwas gedacht!" meinte der junge Mann. „Wir hatten den Platz vor uns und ließen ihn brachliegen; und er, wie leicht kam er zu einem schönen Hause! So praktisch und billig hat niemand eines im Dorf. Wenn ich nur wüßte, an wen er mich erinnert, nicht so sehr das Gesicht, aber die Stimme! Ich muß solch einen

Menschen irgendwo schon einmal gesehen haben, aber wo?"

Es wunderte sich aber nicht nur der junge Rášo über das Haus, sondern alle im Dorf. Als der Frühling kaum angebrochen war, hatte der Bau begonnen. Method bestellte dazu die Gemeindemaurer. Den Bau leitete er selbst wie ein erprobter Maurer. Jedes Stück vom Bauplatz mußte benutzt werden. Das Dach ließ er anders binden, als man es hier sonst zu binden pflegte, so daß er auf dem Estrich Kammern hatte so groß wie Stuben, und unten waren alle Räume bewohnbar. Und obwohl alles nur aus rohem Material gebaut war, war es doch so fest und schön wie von gebrannten Ziegeln. Tag für Tag kamen Leute, das Wunder anzustaunen, und mehr als einer schüttelte den Kopf und sagte: „Wirklich, so will ich es mir auch machen."

Method wohnte während der ganzen Zeit bei Ondrášiks; aber er diente nicht mehr bei ihnen, sondern er zahlte für sich Kostgeld. Die Maurer und Arbeiter beköstigte Frau Podhájsky; er wollte diese große Arbeit den Frauen bei Ondrášiks nicht aufbürden, da sie ohnehin schon ein großes Hauswesen hatten.

Doch die Leute sollten noch über etwas anderes staunen. Petráš' eröffneten kein Wirtshaus und wollten auch in Zukunft keines eröffnen. Erstens kostete sie die schreckliche Hochzeit viel Geld, zweitens die langwierige Krankheit des Schwiegersohnes, drittens mußten sie das vordere Zimmer hobeln und renovieren lassen. Sie waren froh, daß sie den Raum, wo das Wirtshaus sein sollte, als Wohnung benutzen konnten; denn in der Stube mußten die Decke, Fenster und Türen neu gemacht werden. Die Nachbarn erfuhren, Petráš sei einverstanden, in seinem Hause nicht nur eine Wohnung für sich, sondern auch eine für Samko und einen Laden zu machen. Er tat es auch, und zwar schon in den nächsten Wochen.

Der alte David wurde wieder ordentlich jung, überall war er mit Rat und Tat dabei; für seinen eigenen Sohn hätte er nicht besser sorgen können. Die Leute wunderten sich auch über den Juden, der wie umgewandelt war. Früher hatte man außer dem Gruß und „ja" und „nein" kein Wort von ihm gehört. Heute sprach er schon mehr, und so freundlich war sein Gesicht, als sei er jünger geworden, obwohl er weiß war wie eine Taube.

„Was für ein Unterschied!" sagten die Frauen. „Früher ging er immer so schäbig und schmutzig, und jetzt hat er ein reines Hemd und reine Kleider; daß es Frau Podhájsky nicht davor ekelt, für einen Juden zu waschen! Die macht aber auch alles, auch die Stube hat sie ihm unlängst geweißt und das Bett überzogen; er hat sich neue Überzüge gekauft. In der Stube ist es auch schon ordentlicher." So klatschten die Frauen und fügten hinzu: „Aber wie kommt es bloß, daß jeder, der mit Ondrášiks Knecht zu tun hat, sich so verändert? Nur er bleibt immer derselbe. Wir werden sehen, wie er sich verhalten wird, wenn er in dem neuen Hause wohnt. Vielleicht geben ihm auch Ondrášiks ihre Tochter, da sie ihn so in Ehren halten."

„Oh, auch Petráš würde ihm seine Tochter geben, wenn er nur wollte; aber er denkt gar nicht daran." Inzwischen hatte die junge Frau Rášo verraten, daß Method bei Ondrášik für Samko um Dorka angehalten hatte. „Obgleich lahm, ist er doch sonst gesund; und wenn sie das Geschäft anfangen, würde er unter Gottes Segen leicht eine Frau ernähren können. Beide haben Gott lieb und gehen gemeinsam auf dem Wege, der zur ewigen Herrlichkeit führt." So viel sagte er, das übrige wird wahrscheinlich Samko selbst gesagt haben, und mit Dorka hatten sie schon gesprochen. Dorka hätte nicht gedacht, als sie den Hügel abtragen half, daß sie dort einmal wohnen würde.

„Es ist wunderbar in der Welt!" staunten die Frauen. Und sie hatten recht.

Warum Method zwei Jahre dem Bauern Ondrášik als Knecht diente

Und wieder war es an einem schönen Sommerabend. Der Mondschein überflutete wie fließendes Silber das Dorf, die Obstgärten, die üppig blühenden Wiesen und die Wälder. Einige Strahlen fielen auch auf die Hütte des alten David, beschienen die Bank und den darauf sitzenden Greis. Er war sonntäglich angezogen, und eine gewisse ernste, feierliche Stimmung lag auf seinem Gesicht. Er überlegte und wunderte sich über sich selbst. Warum hatte er heute solche Freude? Warum freute es ihn so, daß Samko Petráš endlich sein Geschäft eröffnen konnte und daß er ihm dazu viel geholfen hatte? Der Alte konnte sich selbst nicht begreifen. Woher kam bei ihm diese Liebe zu den Menschen? Er liebte vorher doch nie fremde Leute, fühlte nie mit ihnen, ihr Leid schmerzte ihn nicht, ihre Freude freute ihn nicht. Und heute hätte er vor Freude fast geweint, als Dorka dort im Laden zu ihm kam und so erfreut, wie sie war, sagte: „Der Herr Jesus vergelte Euch alles, was Ihr Samko Gutes getan habt!" Und es freute ihn so sehr, daß diese beiden jungen Leute sich liebhatten, daß sie so gut waren, daß sie zusammen glücklich sein würden und daß auch er ihnen dazu hatte helfen können. Auch Samko und Method dankten ihm, und das tat dem alten Herzen so wohl.

„Bis heute lebte ich umsonst in der Welt", dachte der Alte, „ich lebte nur für mich; erst jetzt, wo ich anfange, anderen wohlzutun, sehe ich, was die Pflicht des Menschen auf der Welt ist und warum Gott den Nächsten wie sich selbst zu lieben befiehlt. Darin besteht das wahre Glück. Viele Menschen lebten um mich her, sie plagten sich ab, und ich hätte ihnen helfen oder raten können; aber ich tat es nicht, und so hatte ich nichts, was mich erfreuen konnte. Ich sah, daß sie mich verachteten, daß sie mich nicht liebten; wofür hätten sie den alten David lieben sollen? Niemandem habe ich Unrecht getan; darauf hat sich mein Herz viel eingebildet, daß David viel besser sei als die Menschen, unter denen er lebt, aber er war es nicht. Wofür hätte mich jemand lieben sollen?

‚*Des Menschen Sohn ist nicht gekommen, daß er sich dienen lasse, sondern daß er diene*', sagt Christus. Oh Adonai, verwirf mich nicht, wenn ich sage: mein Christus! Ich kann mir nicht helfen und bin ein sündiger Mensch; Jerusalem ist nicht mehr, der Tempel ist nicht mehr, die Bundeslade ist nicht mehr, Opfer gibt es auch keine, und ohne Blutvergießen gibt es doch keine Vergebung der Sünde. Ich muß ein Lamm haben. Ich glaube, daß Jesus Christus mein Lamm ist. Ist es eine Sünde oder ein Verrat an dir, du Gott Jakobs, so töte mich sofort; wenn nicht, so möge das Blut Jesu Christi mich reinigen von meinen Sünden. Ich lege meine Hände auf das Lamm, das für mich geschlachtet ist.

‚Wir gingen alle in der Irre wie Schafe, ein jeglicher sah auf seinen Weg; aber der Herr warf unser aller Sünde auf ihn. Da er gestraft und gemartert ward, tat er seinen Mund nicht auf wie ein Lamm, das zur Schlachtbank geführt wird, und wie ein Schaf, das verstummt vor seinem Scherer und seinen Mund nicht auftut.‘ So ging mein Messias, mein Immanuel, in den Tod. Ich habe mich dagegen gesträubt, aber ich kann es nicht länger tun, ich glaube, daß er lebt, daß er bei dir lebt, ja, daß er lebt im Herzen des alten David!“ Der Alte drückte beide Hände an sein Herz, und ein heller Glanz übergoß sein altes Gesicht, daß er aussah wie einer von den Ältesten vor dem Throne Gottes.

„Ich betete immer wie David: *‚Öffne mir die Augen, daß ich sehe die Wunder an deinem Gesetz!‘* Gott meiner Väter, Abrahams, Isaaks und Jakobs, du hast mich erhört und hast mir dein Wort erleuchtet! Ich sträubte mich, verstand es nicht und wollte es nicht verstehen; aber ich kann nicht mehr, ich will nicht wie Saul widerstreben. Nun habe ich geglaubt, daß Jesus von Nazareth, Christus, der Messias, dein Sohn ist und daß du ihn auch mir geschenkt hast.“

Der Alte schwieg, nur seine Lippen bewegten sich noch; was er weiter sprach, das blieb zwischen ihm und seinem Gott. Aus den zum Himmel gerichteten Augen flossen Tränen des Schmerzes in der Erinnerung an allen Gram und die irdischen Verluste in den langen hinter ihm liegenden Jahren. Aber es waren Tränen eines Kindes, das den Vater gefunden hat, der nicht zürnt, nicht droht, nicht straft, sondern – vergibt; denn er liebt es, und zwar in Ewigkeit.

In der Stille des Freitagabends trat auch der Alte mit den Schwalben die Heimreise an. In der zwölften Stunde seines traurigen einsamen Lebens hatte Gott seine Seele erweckt, und in sein Herz schien das Licht des unauslöschlichen ewigen Lebens, Jesus, der Sünderheiland.

Der Alte saß schon eine Stunde da und war so in stille Anbetung vertieft, daß er die Schritte gar nicht hörte und den nicht sah, den er vorher so sehnsüchtig erwartet hatte und für den seine glückliche Seele auch jetzt ohne Worte betete. Dafür sah ihn der nahende Method und konnte kaum seine Augen von dem leuchtenden Gesicht des Greises abwenden.

Doch plötzlich hörte man im Dorf ein Geschrei; die Straße beengte dort einen Trunkenbold, der sich ärgerte, daß sie zu schmal war. Das störte den Alten aus seinen Gedanken auf. Er wandte den Kopf und sah, daß er nicht allein war. Bald saßen sie zusammen auf der Bank. Method erfuhr, daß der Alte mit Ruth sagen wollte und konnte: „Dein Gott ist mein Gott!“

„Dem Herrn sei Dank!“ rief Method, nachdem sie lange miteinander geredet hatten und Gott die Ehre gegeben für die Gnade, welche er dem Greise erwiesen hatte. „Dem Herrn sei Dank! Seine Verheißungen sind ewige Wahrheit; ich habe ihm vertraut, und er ließ mich nicht zuschanden werden."

„Dich?" verwunderte sich der Greis.

„Ja, mich! Heute, teurer Vater, wo du Christi Eigentum geworden bist, kann und darf ich dir endlich sagen, daß mich dieses Dorf niemals gesehen hätte, wenn du nicht hier wärest. Wundere dich nicht, dir zuliebe kam ich hierher. Du sagtest mir vorhin, ich hätte dich zu dem Messias gebracht wie Philippus den Nathanael. Philippus ist den Nathanael suchen gegangen; auch ich habe dich gesucht, und es war nicht leicht zu erfahren, wo du lebst."

„*Mich* suchtest du, mich? Ehe wir uns kannten? Unmöglich! Und warum?"

„Warum suchte Philippus den Nathanael? Nur, um ihn zu Jesus zu bringen."

„Nun, er kannte Nathanael, aber du?" Der Alte faßte krampfhaft Methods Hand.

„Ich wiederum kannte jemanden, von dessen Existenz du nichts wußtest und der dich geliebt hat bis zur letzten Stunde. Ich erzählte dir einmal, daß mich ein geborener Jude zur Erkenntnis der Wahrheit gebracht hat. Dieser mein Wohltäter, dem ich alles für Zeit und Ewigkeit verdanke, hieß Ruben Sokolow. Er war der Sohn eines reichen russischen Juden namens Sokolow, und seine Mutter war das schöne Kind, welches du noch bis heute beweinst, deine Tochter Esther."

„Method!" schrie der Greis; er fuhr in höchster Erregung auf und sank wieder zurück. „Method, du kanntest sie, meine Tochter, mein Kind? Hast du sie gesehen, bist du gewiß, daß sie es war?"

„Gewiß! Ich sah sie zwar nur im Bild als Braut, sodann kurz vor ihrem Tod."

„Tot? Also ist sie gestorben? Lebt sie nicht mehr!?"

„Sie starb, aber sie lebt und wird ewig leben. Sie starb mit einem Gebet für dich auf den Lippen, und weil sie dich brieflich nicht ausfindig machen konnte, nahm sie ihrem Sohn das Versprechen ab, daß er persönlich dich suchen gehe, wenn er seine Studien beendet habe."

„Sie wußte also von mir?" Schmerzlich erstaunt schüttelte der Alte den Kopf.

„Sie wußte von der Mutter alles und liebte dich sehr; sie pflanzte diese Liebe auch ihrem Sohn ins Herz."

„Und meine Frau?" stöhnte der Alte.

„Deine Frau war wirklich mehr betrogen als schuldig. Sie bereute bald ihre Schuld und wollte zurückkehren, aber man ließ sie nicht. Sie sagten ihr, du zürntest sehr. Als der Scheidungsbrief kam, glaubte sie es und heiratete den, der sie betrogen hatte, wurde aber nie mehr glücklich und starb vor der Hochzeit ihrer Tochter, welche dann gleich nach Kanada reiste.

Dort widerfuhr erst dem Sokolow, dann ihr die Gnade, daß sie den Messias fanden und auch ihren Sohn ihm zuführen durften. Sie opferten viel für dessen Ausbildung und hatten nur das eine Verlangen, daß er sein Heil unter seinem Volk verkündige. Dies Verlangen wurde erfüllt. Der Vater wenigstens konnte noch den Sohn predigen hören; er starb, kurz nachdem ich zur Erkenntnis meines Heilandes kam und ein Freund deines Enkels wurde. Ich war ihm alles schuldig; aber auch er hatte mich lieb, so lieb, wie er nur lieben konnte.

Weil ich ein Slowake war, teilte er mir mit, daß sein Großvater irgendwo in Ungarn lebe und er seiner Mutter versprochen habe, ihn aufzusuchen. Sooft wir zusammen beteten, betete er immer auch für ihn und um die Möglichkeit, zu ihm zu gelangen.

Einmal schickte er mich nach Pennsylvanien, weil er wußte, daß es dort viele Slowaken gibt, und wir hofften, durch meine Landsleute etwas zu erfahren. Es war eine Fügung Gottes, daß ich nach langem vergeblichen Suchen mit dem jungen Rášo zusammentraf. Es war gleich nach seiner Ankunft in Amerika. Von ihm erfuhr ich etwas über den alten David, dem seine Frau entführt worden war. Dann forschten wir brieflich nach und erfuhren alles. Oh, wie sich Ruben freute, wie er Gott bat, daß er es ihm gäbe, die Seele des Großvaters zu retten, das ist nicht zu sagen.

Aber der Herr über Leben und Tod hatte es anders beschlossen. Ruben war mit der Reichsgottesarbeit so überbürdet, daß er nicht gleich fortkommen konnte. Der Herr gab ihm, große Erfolge seiner Arbeit zu sehen, viele Menschen setzten große Hoffnungen auf ihn; dann kam die Krankheit, eine schwere Erkältung –, und der Engel des Todes holte seine reine Seele heim.

Ich wußte, wie groß sein Schmerz war, daß er dem Großvater das Licht nicht bringen konnte. Was hinderte aber mich daran, dies an seiner Statt zu tun? Ich legte im Vertrauen zu Gott, der die vielen Gebete der Tochter und des Enkels nicht unerhört lassen konnte, in seine erkaltende Hand das Versprechen, daß ich seinen Großvater zu dem Herrn führen werde, damit er dereinst in der Ewigkeit mit ihm zusammentreffe und vereint sein könne. Ihn hat man begraben und beweint, und ich kam nach Hradova als sein Stellvertreter.

Ich wußte, daß ich den alten, durch Unrecht verbitterten Mann nicht so bald gewinnen würde, daß, wenn ich zu ihm gleich als ein Abgesandter seines Enkels träte, er mir entweder nicht glauben oder sich auch gegen den schon heimgegangenen Enkel verschließen würde. Der alte David war ja ein Jude, sein Enkel aber starb als Christ; ich wußte also, daß es länger dauern würde. Damit ich ihm möglichst nahe wäre, bot ich mich dem Ondrášik als Knecht an und bat Gott, er möge mir helfen, das Herz des Juden zu gewinnen. Er gab es mir: Der einfache Knecht konnte dem Greise nicht verdächtig sein und war es auch nicht. Aber ich mußte mich gerade vor ihm sehr in acht nehmen, um mich mit keinem Worte zu verraten, daß ich nicht immer in solchen Verhältnissen gelebt hatte. Ich fürchtete das Kommen des jungen Rášo; aber der Herr gab, daß er mich nicht erkannte. Bei unserer ersten Begegnung trug ich einen Bart, und auch die Kleidung veränderte mich sehr.

Am Abend der Hochzeit bei Petráš' wollte ich dir schon alles sagen. Der Herr ließ es nicht zu, so gelobte ich mir, so lange in Hradova zu bleiben, bis ich aus dem Munde des Großvaters meines Freundes hören würde, daß er den Herrn Jesus gefunden und als seinen Messias angenommen habe. Nun habe ich alles gesagt und danke es meinem Herrn, daß er mir ermöglichte, mein Versprechen zu halten, auch dafür, daß ich nicht umsonst bei Euch gewesen bin. Nun kann ich ruhig weggehen, meine Aufgabe ist zu Ende."

Method erhob sich, und der Alte, ganz benommen durch die unerwarteten Nachrichten, folgte ihm wie im Traum ins Haus. Method schloß die Tür und zündete ein Licht an. Dann zog er aus der Brusttasche die für den Alten so wertvollen Kleinodien hervor. Es waren Bilder seiner so bitter beweinten Tochter, ihres Mannes Sokolow und ein schönes Bild seines Enkels, dessen Gesicht beim Anschauen an die Worte erinnerte: „Seine Seele gefällt Gott, darum eilet er mit ihm aus dem bösen Leben."

„So, mein lieber Nachbar, da habt Ihr Eure Schätze; und da habt Ihr noch etwas, Rubens Testament. Lest alles durch, und morgen, so Gott will und wir leben, komme ich zu Euch, um Euch alle

Fragen zu beantworten, welche Euch in der Nacht noch in den Sinn kommen."

Method ging fort, und der Alte blieb allein mit seinen Schätzen und mit seinem Gott, dessen große Liebe er erst heute völlig erkannte.

* * *

Am andern Tage, sehr früh, ging Method mit Ondrej zum Holzschlagen in den Wald. Sie fällten eine große Eiche und kamen erst abends heim. Müde und hungrig wie sie waren, aßen sie das Abendbrot mit großem Appetit und gingen dann schlafen. Keiner merkte es, daß die Hausgenossen Method so sonderbar anschauten. Am Morgen, ehe sie zum Frühstück kamen, begegnete der Bauer dem Knecht im Garten. „Method, bitte, komm her!" rief Ondrášik.

„Was wünscht Ihr, Herr?"

„Gestern war der alte David bei uns und erzählte uns so wunderbare Dinge, daß ich sie gar nicht glauben kann."

Method lächelte und schaute den Mann offen und liebevoll an.

„Ist es wahr, du bist wirklich um des alten Juden willen nach Hradova gekommen?"

„Ja, seinetwegen!"

„Wirklich?" rief da hinter ihnen Rášo.

„Method wandte sich um. „Und du hast mich gar nicht erkannt?“ sagte er vergnügt.

„Ich?“

„Ja, du! Erinnerst du dich des jungen Mannes, dem du in Braddock von deinem Dorf und von dem alten David erzählt hast?“

„Ach, jetzt erinnere ich mich“, der junge Mann griff sich an die Stirn, „nicht umsonst hast du mich immer an jemand erinnert! Aber damals trugst du einen Bart und städtische Kleidung – und heute?“

„Nun, vielleicht gefalle ich euch auch so!“ lachte Method.

„Aber wenn es wahr ist, was der alte David sagt, so bist du früher nie ein Knecht gewesen, auch nicht für Bauernarbeit geboren!“ wandte Ondrášik hierauf ein.

„Es ist wahr; ich habe von meinen Eltern ein etwas größeres Besitztum geerbt als das eurige ist.“

„Ach, wie konntest du da nur so unter uns leben“, staunten beide, „und dich um des Juden willen so erniedrigen?“

„Ich kenne einen königlichen Sohn, und ihr kennt ihn auch, der Thron und Krone verließ und 33 Jahre mir Unwürdigem zuliebe diente. Sollte ich Erbärmlicher nicht einmal zwei Jahre dienen einem Menschen zuliebe, welchen er liebte? Außerdem war mir bei euch wohl; ihr habt mich liebgehabt, und ich hoffe, daß ich auch bei euch nicht umsonst gewesen bin. Wer weiß, was meiner noch im Leben wartet. Ein Bauernknecht werde ich zwar kaum mehr werden, aber das eine weiß ich, daß die glücklichsten Jahre meines Lebens diese zwei waren, wo ich, wenn auch nur sehr wenig, unserem Herrn ähnlich werden und Ondrášiks Knecht sein durfte."

Der alte Jude David tritt mit den Schwalben die Heimreise an

Und wieder war es Sonntagnachmittag. Herbstnebel lagerten über den Bergen und Tälern; die Blätter fielen ab. Im Eichenwald, an derselben Stelle, wo Method einst erzählt hatte, wie die Schwalben nach Hause gekommen sind, wo um ihn herum gespannt horchend eine Schar Kinder und Samko Petráš gesessen hatten, saß derselbe Samko, aber allein. Method war nicht da, ach, er war nicht mehr in Hradova; vergeblich schaute man nach der schlanken, lieben Gestalt aus. Die Kinder riefen nicht mehr: „Onkel Method, Onkel Method!", obwohl sie sich manche Kleinigkeiten und Andenken zeigten, mit denen er sie vor seinem Weggang beschenkt hatte. Er hatte seinen Dienst bei Ondrášiks beendet und sein Haus gebaut, wobei es jetzt ans Licht kam, daß er es niemals für sich gebaut hatte, sondern nur deshalb, um den Hradovern zu zeigen, wie man Grund und Boden ausnutzen kann. Und so plötzlich, wie er gekommen war, ging er auch wieder. Niemand konnte ihn zurückhalten, er war ja nicht einer von ihnen.

Samko stützte das Haupt in die Hände, und weil ihn niemand sah, so beweinte er – oh, zum wievielten Male schon! – den guten Kameraden. Er wußte, daß er einen solchen nie wieder finden würde. Wenn er überdachte, was in den zwei Jahren alles anders geworden war: Wie waren sie bei Petráš' jetzt so glücklich und ordentlich, die Eltern, die Schwestern, der Schwager, er mit Dorka in Methods schönem Hause! Wenn er an die glückliche Familie Podhájsky dachte und vor allem an Ondrášiks, wie diese Gott dienten, so konnte er dem Herrn nicht genug dafür danken, daß er Method geschickt hatte, den alten David zu suchen, und daß er dabei auch sie alle gefunden hatte. Oh, wie gut war Gott!

Der junge Mann schaute umher; es fiel ihm ein, wie er hier mit Method zusammen gesessen hatte; es war ihm, als höre er ihn von den Schwalben erzählen. Ja, so war auch er in ein wärmeres Land geflogen; aber er würde nicht zurückkehren in das Nest, das er erbaut hatte. Die Nachbarn wußten nun, daß er das Haus „auf dem Sumpf", wie sie es nannten, für den alten David von dem Geld, das ihm sein Enkel für ihn gegeben hatte, erbaut hatte und daß David dort als ein reicher Mann würde leben können; denn er hatte viel von dem Enkel geerbt.

Method hatte es sich hübsch ausgedacht, die beiden, Samko und Dorka sollten den Alten pflegen, damit er nicht so allein sei, er hatte sie ja lieb. Aber der Alte wollte nicht. Ihn erfaßte eine Sehnsucht, die Gräber der Tochter, des Schwiegersohnes und des Enkels aufzusuchen und sich dort neben ihnen begraben zu lassen, um, wenn auch nicht im Leben, so doch wenigstens nach dem Tode mit ihnen vereint zu sein.

Soviel wußte man im Dorf. Samko aber wußte, daß der alte David gestorben wäre, wenn er Method hätte verlieren müssen. Er wunderte sich nicht, er verstand ihn. Oft wäre er selbst gerne, obwohl er gute Eltern und eine liebe Frau hatte, davon und ihm nachgeeilt. So kauften denn Ondrášiks mit Petráš' das Haus für ihre Kinder. Der Alte gab es ihnen halb umsonst, und seine Hütte schenkte er der alten Frau Podhájsky, damit sie auch für ihre Kinder Platz hätte, deren viele waren. So begleiteten den Alten, als er wegging, noch viele Segenswünsche.

Jahrelang hatte er in diesem Dorf gelebt, die Leute hatten sich an ihn gewöhnt, und zuletzt war er ein guter Mensch geworden; sie werden seiner gedenken. – Werden sie aber wohl den vergessen, der nur so kurz, nur zwei Jahre unter ihnen weilte? Werden sie Method vergessen können?

Ja, sie werden ihn vergessen; denn die Menschen haben für Wohltaten ein kurzes Gedächtnis. Aber noch lange wird ein Nachbar den anderen daran erinnern, wie es war, als in Hradova Ondrášiks Knecht diente. Er ist verschwunden; aber das Licht und die Liebe, die er in den Jahren ausgestreut hat, sind geblieben und haben viel Freude und Segen gebracht.

Anmerkungen

[1] Sprich Ondrahschik = Andreas
[2] Ein Bett aus Strohgeflecht
[3] Petrasch's
[4] Sprich: Podhaisky
[5] Slowakische Bezeichnung für unbrauchbare Felder
[6] Slowakisch „Trencin", deutsch „Trentschin"
[7] Der rechtsdonauische Teil heiß „Buda" oder „Ofen"
[8] Jüdische Bezeichnung für „Christ"; meist in verächtlichem Sinne gebraucht
[9] Der beliebteste Branntwein unter dem slowakischen Volk
[10] Slowakische Redensart
[11] Die Musikanten
[12] Aber! Willkommen!
[13] Bei den Slowaken wird bei Hochzeiten manchmal der Slibowitz angezündet; er brennt mit schöner violetter Flamme
[14] Sprich Rahscho

Drei Kameraden

Bei Ohm Filina

Konnte es irgendwo auf der Welt Kameraden geben, die sich inniger geliebt hätten als die drei, die dem alten Sennen Filina zur Erziehung und Pflege anvertraut waren? Sie hießen Peter, Ondrejko und Fidel. – Filina, sie durften ihn „Ohm" nennen, war zwar ein kluger, guter und zuverlässiger Mann, aber er war für die jugendlichen Kameraden doch etwas zu duster. So hielten die drei desto fester zusammen.

Peters Eltern waren fast gleichzeitig an einem Fieber gestorben; danach hatte die Gemeinde ihn irgendwo in Kost gegeben, und endlich war er zu Ohm Filina, einem entfernten Vetter seines Großvaters, auf die Alm von Gemersky gekommen. Dort, in der Sennhütte, war der Junge zufrieden und wohl aufgehoben.

Ondrejko, den man dort, wo er früher war, Ondrasch von Gemersky genannt hatte, war auf Anordnung des Arztes zu dem alten Filina gekommen, damit das zarte Kind in der guten Gebirgsluft bei Molke und Schafkäse sich zu einem strammen Buben herausmachen mochte. Als der Kleine zwei Jahre alt war, hatten sich seine Eltern voneinander getrennt. Kurze Zeit hatte seine Mutter für ihn gesorgt, dann hatte sie ihn zu fremden Leuten in Pflege gegeben und war selbst in die Welt gezogen. Man sagte, sie sei eine berühmte Sängerin geworden. Der kleine Junge erinnerte sich aber ihrer kaum. Wohl war sie einmal auf Besuch gekommen, hatte wunderschön ausgesehen und ihm eine große Schachtel Süßigkeiten mitgebracht. Dazu hatte sie ihm ein Schaukelpferd, eine Trompete und wer weiß was alles geschenkt, aber danach hatte er sie nie wiedergesehen. Wenn Ondrejko nach Vater oder Mutter gefragt hatte, war ihm immer wieder zur Antwort gegeben worden, daß er niemanden mehr habe. Man hatte ihn dann in das Schloß von Gemersky gebracht, aber er war dort immer elender geworden. Zuletzt war er wie ein Flämmchen ohne Öl, das demnächst erlöschen würde. Gut, daß der Doktor eingriff und den Kleinen auf die Alm brachte. Man baute für das Kind eine Stube an die Sennhütte an, darin stand ein schönes Bett, weich und warm, das man vom Schloß herübergeschafft hatte, und vor dem hölzernen Anbau hatte man noch eine Bank für den Kleinen angebracht.

Der dritte Kamerad war Fidel, und der war vierbeinig. Er hatte auch einmal eine Mutter gehabt, eine brave Hündin, aber sie lebte nicht mehr; ein Wildschwein hatte sie zerrissen. Nunmehr begleitete Fidel, als dritter im Bunde, Peter und Ondrejko, wo diese beiden immer herumstrichen. Nur nachts, wenn Ondrejko in sein schönes Bett schlüpfte und Peter die Leiter zum Heuboden hinaufkletterte, die Fidel nicht ersteigen konnte, legte sich dieser unter ihr zur Wache und schlief auch dort.

Ohm Filina, der alte Senn, war außergewöhnlich groß. Sein Gesicht war früh gealtert und streng, seine Zähne waren tadellos und weiß wie Milch, und sein Haupt zeigte noch kein graues Haar. Nur die dichten Augenbrauen waren leicht ergraut. Aber wenn er sie über den schwarzen Adleraugen zusammenzog, die so weit in die Ferne blicken konnten, da war es, als sähe man eine Gewitterwolke über dem Berg stehen. Und diese Gewitter fürchtete ein jeder, nicht nur die beiden Jungen, sondern auch die Sennen, ja, auch die Herde und die zottigen, vierbeinigen Hüter der Almen. Ohm Filina wurde nicht leicht böse, wenn aber – dann wehe! Obwohl Ondrejko der Sohn seines Herrn war, ließ er auch bei ihm nichts durchgehen. Der Junge war nicht an Gehorsam gewöhnt; Filina lehrte ihn diese schwierige Kunst, obwohl er ihn weder anschrie noch ihn mit einem Finger berührte. Als der Herr Doktor ihn herbrachte, hatte er zu dem Alten gesagt: „Der Junge muß Schwarzbrot essen und Milch trinken; aber er ist an Leckereien gewöhnt; es wird ihm schwerfallen. Er muß sich mit kaltem Wasser waschen; aber er steht mit dem Wasser auf Kriegsfuß. Sie dürfen keine Rücksicht darauf nehmen, daß er ein Gemersky ist; es handelt sich um seine Gesundheit."

„Ach was", hatte der Ohm stirnrunzelnd entgegnet, „mit solch einem Knirps werde ich doch noch fertig werden." Und er wurde fertig. In den ersten Tagen wagte es Ondrejko nicht, sich dem großen

Mann irgendwie zu widersetzen; und jetzt? – Ach, wo wäre ihm das auch nur eingefallen! Die Jungen hatten ja keinen lieberen Menschen auf der Welt als Ohm Filina. Tagsüber kümmerte er sich nicht viel um das, was sie trieben; aber wenn der Abend hereinbrach und sie die Herden eintrieben, dann saß er mit ihnen in Gottes schöner Natur vor der Sennhütte, und da durften, ja, mußten sie ihm alles sagen. Sie saßen beide neben ihm, der eine zu seiner rechten, der andere zu seiner linken Seite, und Fidel legte seinen zottigen Kopf auf das Knie seines Herrn und blickte so klug drein, als wollte er auch beichten, was er alles tagsüber getrieben hatte; denn auch er war noch jung und ein sehr lustiger Geselle. An Nase und Ohren sah man es ihm an, daß er noch dumm war. Oft war sein Fell ganz zerrissen, nur darum, weil er mit den alten Hunden, Belko und Zahraj, Händel gesucht hatte.

Als der Ohm die Jungen alle beide zum erstenmal zum Schlafen auf dem Heuboden fand, zog er die Augenbrauen hoch, und sie erschraken nicht wenig vor dem, was da kommen würde; aber es kam nichts. Er befahl nur, daß Ondrejko sich ein Leintuch über das Heu breiten und sich warm zudecken solle. So schliefen die zwei Buben gar gut in dem duftenden Heu.

Des Teufels Rat

Es war an einem Sonntagnachmittag. Feiertägliche Stille lag auf den Wäldern, durch die die kleinen Kameraden Hand in Hand dahinschritten. Sie waren sauber gewaschen und festtäglich gekleidet, denn Ohm Filina duldete nicht, daß jemand den Sonntag entheiligte. Jeder, der nur irgend konnte, mußte zur Kirche gehen, obwohl es fast zwei Stunden Wegs dahin war. Er selbst konnte nur selten mit, denn er war zu weiten Wanderungen nicht fähig. Einst war ihm im Wald ein Baumstamm auf den Fuß gefallen, der ihn seitdem oft schmerzte. Heute aber war er in der Kirche gewesen, und die Jungen gingen ihm entgegen. Er hatte ihnen aufgegeben, das Evangelium des heutigen Sonntags auswendig zu lernen. Nun hörte einer den anderen ab. Plötzlich verstummte Peter, zog Ondrejko am Ärmel und zeigte mit einer stummen Bewegung auf einen gefällten Baumstamm im Walde. Darauf saß Ohm Filina, den Kopf in beide Hände gestützt, als drücke ihn etwas bis in die schwarze Erde hinab.

„Wir wollen nicht zu ihm gehen", rief Peter, „er ist traurig."

Ondrejko nickte. „Aber", sagte er nach ein paar Augenblicken, „vielleicht wird er wieder froh, wenn wir kommen!"

Das Reisig knisterte unter den bloßen Füßen der Jungen. Der Ohm hörte es und blickte auf. Die Kinder blieben stehen. Sollte sie zu ihm gehen oder nicht?

„Wohin geht ihr?“ rief er ihnen zu. Sie liefen herbei.

„Ach, nur Euch entgegen, Ohm.“

„So? Warum seid ihr mir denn entgegengekommen?“ Die sonst so rauhe Stimme klang heute ganz anders.

„Weil wir Angst um Euch hatten“, bekannte Ondrejko schüchtern. Und schon setzten sie sich auf die moosigen Kissen zu des Mannes Füßen.

„Warum seid Ihr so traurig dagesessen, Ohm?“ Peter blickte Ondrejko, der diese Frage gewagt hatte, ganz erschrocken an. Wie, wenn der Ohm nun böse werden würde?

„Du denkst, daß ich traurig war?“ Der Ohm streichelte das blonde Haar des Jungen, das, von der Sonne beleuchtet, das blasse Kindergesicht gleich einem Heiligenschein umgab.

„Wart Ihr es nicht?“ Die blauen Augen des Jungen versenkten sich in die schwarzen Adleraugen des Mannes.

„Nun ja, mein Kind, ich war traurig, und ihr habt gut daran getan, daß ihr mir entgegengekommen seid. Während wir hier ruhen, könnt ihr mir das Evangelium aufsagen, ob ihr es auch ordentlich gelernt habt.“

Die Jungen sagten einer nach dem anderen die Geschichte von dem reichen Mann und dem armen Lazarus her.

„Ohm“, fragte Peter, „warum hat der reiche Mann dem armen Lazarus nicht geholfen?“

„Warum? Weil er ein Herz von Stein hatte. Jene Hunde waren besser als er. Kinder, merkt euch das, und tut niemals einem Vöglein oder sonst irgendeinem Tier ein Leid an. Sie sind alle besser als wir. Aber nun kommt!“

Der Ohm nahm Ondrejko bei der Hand und gab Peter das Gesangbuch zu tragen, und so gingen sie durch den Wald nach Hause. Von der Alm herab vernahm man die Herdenglocken und ab und zu ein ungeduldiges Bellen Belkos und ein Heulen Zahrajs; und dazu erklang Stevos, des jüngsten Hirten, Flöte. Er blies mit vollen Tönen ein slowakisches Liebeslied.

„Rühr dich nicht, Liebchen, und reg dich nicht,
daß niemand mich bei dir erblickt;
finden sie mich allhier bei dir,
nehmen sie Hütlein und Ränzlein mir.
Nehmen den Hut mit Federlein,
den Mantel mitsamt den Blümelein,
nehmen mir, Liebchen, am End auch dich –
und ohne dich, was mache ich?“

Und von den Felsen kam das Echo.

Den Jungen gefiel die Musik. Sie kannten auch die Worte des Liedes. Aber der Ohm senkte sein Haupt, als drücke ihn eine schwere Last.

Nachdem das einfache Abendessen vorüber war, saßen sie wieder wie gewöhnlich vor der Sennhütte. Der Ohm saß auf einem Baumstamm, die Jungen zu seinen Füßen. Einer blickte den anderen an, ob sie es wagen sollten, ihn um eine Geschichte zu bitten. Er kannte gar viele Geschichten, und wenn er guter Laune war, konnte er sehr schön erzählen.

„Bitte, Ohm, wollt Ihr uns nicht etwas erzählen?" bat endlich Ondrejko und blickte den Alten so bittend an, daß er ein sehr harter Mensch hätte sein müssen, um es ihnen abzuschlagen.

Der Ohm fuhr aus seinem Hinbrüten auf und sah ein Weilchen in diese schönen, bittenden Augen. Dann seufzte er tief auf und sagte:

„Ihr habt mich gefragt, warum ich traurig sei. Nun, das, woran ich in den Tagen um Johanni herum bei Tag und Nacht denken muß, ist auch eine Geschichte, aber eine sehr traurige."

„Erzählt, Ohm", baten die Jungen eifrig, und Fidel, der überall dabeisein mußte, legte den Kopf auf seines Herrn Knie.

„Ich war vor Jahren auch so ein Junge wie ihr es seid. Damit ihr aber wißt, wie ihr niemals werden dürft, wenn ihr den lieben Gott nicht sehr erzürnen wollt, will ich heute etwas von mir erzählen, was ich noch keinem Menschen auf der Welt gesagt habe", begann Ohm Filina. Er hielt ein wenig inne, und die Jungen warteten gespannt auf die Fortsetzung.

„Als ich fünf Jahre alt war, starb meine Mutter. Der Vater brachte eine zweite Mutter ins Haus. Sie war eine nette junge Frau, eine Witwe. Mit ihr kam auch ihr Sohn aus erster Ehe; wir nannten ihn Istvanko. Wenn ich dich ansehe, Ondrejko, dann habe ich ihn immer vor Augen, wie er zum erstenmal in unsere Hütte eintrat: ein rundes Hütchen mit langen Bändern auf dem Kopf, den kleinen slowakischen Mantel über die Schulter geworfen, in buntbesticktem Hemdchen und weiten Beinkleidern. Er hätte auch auf ein Heiligenbildchen gepaßt, so schön und lieb war er. Ich war Vaters Jüngster; alle älteren Kinder waren ihm gestorben. Ich hatte niemals einen Bruder gehabt, und nun war er gekommen und sollte mein Bruder sein. – Ihr habt euch lieb, das weiß ich. Auch das erinnert mich an meine Kindheit. Aber so wie ich ihn liebte, können sich selbst leibliche Brüder nicht lieben. Im Alter waren wir gleich; aber ich war stark, er schwach; ich wild, er sanft; ich häßlich, er hübsch. Trotzdem hatten wir uns sehr lieb, und unsere Eltern waren nicht wenig froh darüber. Ihn konnten sie unter meiner Obhut lassen; denn sie wußten, daß ich ihn beschützte; und mich ließen sie gern unter seiner Aufsicht, denn wenn er bei mir war, wurde ich gleich sanfter. Oh daß es doch immer so geblieben wäre! Aber ein Sprichwort sagt nicht mit Unrecht: ‚Wohin der Teufel nicht kann, dorthin schickt er ein altes Weib.‘ Auch zu uns schickte er eins. Es war eine Verwandte meines Vaters, deine Urgroßmutter, Peter. Sie kam einmal zu uns, und dann nahm sie mich beiseite und fragte mich aus, ob mich die

Mutter liebhätte. Und dann bedauerte sie mich und nannte mich ein armes Waisenkind. Denn wer eine Stiefmutter habe, der habe zugleich einen Stiefvater, und Vater hätte mich nicht so lieb wie Istvanko. Sie war nicht lange bei uns. So plötzlich, wie sie gekommen, war sie verschwunden, aber sie hatte meine Liebe zu Istvanko mitgenommen. Da ich nämlich sehr wild war und viele lose Streiche machte, mußte mich mein Vater häufig strafen. Istvanko hingegen strafte er nicht, denn der tat alles, was er Vater und Mutter von den Augen ablesen konnte. Ich mußte immer an die Worte der alten Frau denken, daß der Vater mich strafte und ihn nicht, weil er ihn lieber hätte und weil die Mutter für ihn Fürsprache einlegte, während ich niemanden hätte. Und dabei hatte die Mutter gar oft für mich gebetet. Sie war eine sehr gute Frau und hätte mir niemals etwas zuleide getan. Aber ich wollte, daß sie mich so lieb, ja noch lieber haben sollte als ihren Jungen, und das konnte eben nicht sein. Nun, so wuchs meine Bitterkeit und mein Neid mit den Jahren, bis wir so groß waren wie ihr beide. Und jetzt kommt das Traurige, das ich nie mehr vergessen kann und das mich heute noch zu Boden drückt."

Der Ohm zeigte auf den gegenüberliegenden Hügel.

„Seht ihr jene Höhe?"

Die Jungen nickten. „Dort unter jenem Hügel haben wir dereinst gewohnt. Und seht ihr, dort im Westen, wo gerade die Sonne untergeht, dort auf jener Alm wohnten die Webersleute, zu denen sie aus allen umliegenden Hütten die Wolle zum Weben trugen. Zu dieser Alm führten zwei Wege; einer führte über eine Lichtung an hohen Felsen vorbei, bergauf und bergab. Der andere ging durch ein tiefes Tal und war bequemer, aber auch gefährlicher, denn dort befand sich ein Moor, aus dem ein Wanderer, wenn er da hineingeriet, allein nicht wieder herausfinden konnte. Aus dem Moor ragten einzelne moosbewachsene Felsblöcke heraus, und wer den Weg ganz genau kannte und geschickt und leichtfüßig genug war, der konnte auf diesen Steinen hinüberkommen, obwohl es jedem war, als zöge ihn eine unheimliche Macht hinab in die Tiefe. Eines Tages sandten uns unsere Eltern mit Wolle zum Weber. Beim Hinweg gingen wir über die Lichtung, wie uns befohlen war. Als wir unsere Sache beim Weber ausgerichtet hatten, gab mir Istvanko einen Apfel, den ihm die Webersfrau geschenkt hatte, und bemerkte, daß er ja noch einen von der Mutter in der Tasche hätte. Mir hatte die Mutter nichts auf den Weg mitgegeben, denn ich hatte mich nicht von ihr verabschiedet, und sie hatte mich gar nicht gesehen, als ich mit meinem Bündel aufbrach. Aber nun, wo mir die Webersfrau auch nichts gegeben hatte, tat es mir so weh, und ich wurde so zornig, daß ich den Apfel wegwarf und am liebsten geweint hätte. Also hatte die alte Frau doch recht gehabt, aus mir machte sich niemand etwas, weder daheim noch sonstwo. Jeder hatte nur

Istvanko lieb, und so würde es immer sein. Ich habe sagen hören, daß der Teufel in der Welt umhergeht, obwohl wir ihn nicht sehen, und uns zuflüstert, was wir denken und tun sollen. Ob das wahr ist, weiß ich nicht. Aber bei mir war er damals, und er gab mir einen schändlichen, satanischen Rat, das weiß ich. Nur er konnte mir ihn geben. Als wir weitergingen, sagte ich zu Istvanko: ‚Über den Berg ist es zu weit; wir wollen den unteren Weg gehen, der ist näher.'

‚Aber die Mutter hat gesagt, daß wir über die Lichtung gehen sollen', wehrte er, ‚und der Vater hat noch aus dem Hof gerufen: Daß ihr mir nicht durch die Wiesen geht!' – Aber als wir an den Kreuzweg kamen, schlugen wir dennoch den unteren Weg ein. Ich hatte ihm geklagt, daß mir der Fuß weh täte, daß ich mir die große Zehe verletzt und einen Dorn eingetreten hätte. Istvanko bedauerte mich und meinte, wenn wir das den Eltern sagten, würden sie uns gewiß nicht schelten, daß wir unten gegangen seien. Und auf dem weichen Moos ging es gar fein, bis wir an das Moor kamen.

‚Siehst du, du mußt so von Fels zu Fels springen', rief ich und eilte voraus; er eilte mir nach bis fast ans Ufer. Dort kam nur noch ein Fels. Ich war größer, meine langen Beine trugen mich hinüber. Daß er nicht hinüberspringen konnte, wußte ich. Aber es waren ja noch die schwimmenden Grasbüschel da; ich riet ihm, über diese hinüberzugehen. Er gehorchte und ging über zwei; das dritte begann unter seinen Füßen nachzugeben. Er sprang wieder auf den Felsen zurück.

‚Bleib stehen!' rief ich ihm zu. ‚Hier in der Nähe wohnt der Waldhüter. Ich hole ihn; er wird dir helfen.' Und ich lief davon, so schnell ich nur konnte, – aber nicht zum Hause des Waldhüters.

‚Peterchen, geh mir nicht fort, ich fürchte mich!' rief Istvanko mir nach, und gleich darauf ertönte der Aufschrei:

‚Mütterchen!'

Diesen Schrei habe ich Jahre hindurch Tag und Nacht gehört, ich höre ihn heute noch und werde ihn wohl noch in der Todesstunde, ja in der Ewigkeit hören. Ich war noch ein kleiner, aber ein böser Junge und in jener Stunde hart wie ein Stein. ‚Er ist sicher hineingefallen und ertrunken', sagte ich mir. ‚Nun wird ihm niemand mehr Äpfel geben, und die Leute werden mich und nur mich liebhaben.' Ich begann zu laufen, bis mir der Atem ausging und die Füße den Dienst versagten. Einsam und verlassen lief ich durch die Berge, wie einst Kain, der seinen Bruder erschlagen hatte und vor Gottes Angesicht floh. Aber mit einem Mal bemächtigte sich meiner ein wilder, unaussprechlicher Schmerz; denn dieselbe Stimme, die mir zuvor ins Ohr geflüstert hatte: ‚Ertränke ihn dort im Sumpf', die raunte mir jetzt zu: ‚Du kannst nicht nach Hause – was willst du sagen, wenn sie dich nach Istvanko fragen?'

Erschöpft und hungrig warf ich mich zu Boden und brach in bitterliches Weinen aus, und endlich schlief ich ein. Im Morgengrauen kamen Holzfuhrleute; die fanden mich, erkannten mich, luden mich auf ihren Wagen und brachten mich bis vor unser Haus. Als sie mich dort aufrüttelten und absetzten, war ich so verschlafen, daß ich mich nicht gleich auf das besinnen konnte, was gestern geschehen war. Ich lief in den Hausflur und öffnete die Tür. Sooft die Sonne aufging, schien sie immer zuerst in unsere Stube, – so war es auch heute. Sie schien auf Vaters Bett – und ..." Der Ohm hielt inne, die Tränen liefen ihm über die Wangen.

„Weiter, Ohm, was war da?" baten die Jungen.

„Dort auf dem Bett, von der Sonne beleuchtet, lag wie ein Engelchen unser Istvanko und schlief. Die Mutter saß am Bett. Mir sauste es in den Ohren, dann wurde mir schwarz vor den Augen, und wäre Vater nicht herbeigesprungen, um mich aufzufangen, so wäre ich zu Boden gesunken. Es dauerte lange, bis ich aus meiner Ohnmacht erwachte."

„Also war er nicht ertrunken?" jubelten die überraschten Jungen. „Er war nicht in den schwarzen Sumpf gefallen?"

„Doch, Kinder, er war hineingefallen, und es war kein Mensch da, der ihn hätte retten können. Aber wir hatten einen großen Hund namens Belko, der, so wie Fidel mit euch, immer mit uns herumlief. An dem Tag hatten wir ihn zu Hause gelassen, aber er war uns nachgelaufen, hatte unsere Spur gefunden, und Gott selbst hatte ihn in dem Augenblick gesandt, als der Stein unter Istvanko nachgab und er das Gleichgewicht verlor und hineinstürzte. Belko hatte ihn bei den Haaren gefaßt, ans Ufer gezogen und so lange gebellt und geheult, bis er den Waldhüter herbeigerufen hatte. Dieser hatte Istvanko zum Bach getragen, ihn abgewaschen und damit aus seiner Ohnmacht erweckt und dann nach Hause gebracht.

Ich erwartete, daß Vater mich strafen würde; aber er strafte mich nicht. Mütterchen küßte mich unter Tränen und brachte mir ein Frühstück. Die Eltern waren um mich in großer Sorge gewesen. Sie dachten, ich wäre ertrunken, weil ich nirgends zu finden war. Ich konnte sehen, daß sie mich beide sehr liebhatten, aber es freute mich nicht. Immer fürchtete ich, daß es an den Tag kommen könnte, was ich hatte tun wollen. Sie sind schon in der Ewigkeit; sie haben schon alles erfahren, und ich kann ihnen nicht mehr abbitten, denn nach dem Tod gibt es keine Vergebung. Istvanko hat niemals verraten, daß ich ihn verleitet hatte, jenen Weg zu gehen. Und wir hatten uns seit jener Zeit wieder so lieb wie zu Anfang. Ich beneidete ihn weder um Vaters noch um Mutters Liebe mehr. Ich wußte und fühlte ja, daß sie mich liebhatten, aber ebenso auch, daß ich ihre Liebe nicht verdiente.

Belko konnte ich nicht einmal ansehen; immer quälte es mich, daß er, der Hund, Istvanko gerettet hatte und daß ich ihn hatte ertränken wollen. Aber obwohl er damals nicht ertrunken ist, hat der heilige Gott ihn weggenommen, und über mir ist sein

Zorn heute noch. Darum sage ich: Tut niemals den Tieren ein Leid, sie sind besser als die Menschen. Sie sind Gottes Geschöpfe, die Gott niemals erzürnen, sondern ihm gehorchen. – Aber nun geht schlafen!“

Obwohl die Jungen noch viele Fragen auf dem Herzen hatten, sagten sie gehorsam „Gute Nacht“. Aber als sie auf ihrem Heuboden lagen, erzählten sie sich von Istvanko, wie er über das schlüpfrige Moor gegangen war, wie der Stein nachgab, wie er hineinstürzte und wie Belko ihn rettete.

„Aber mir ist es um Ohm Filina noch mehr leid“, sagte Ondrejko. „Er kann das niemals vergessen; immer schmerzt es ihn – und daß der liebe Gott ihm zürne.“

„Und wo mag nur Istvanko sein?“ fragte Peter. „Wenn er damals so groß war wie der Ohm, muß er auch schon so alt sein wie er!“

„Vielleicht wird er uns noch ein anderes Mal von ihm erzählen.“

Der neue Freund

In dieser Woche hatte Ohm Filina viel Arbeit, und obwohl er sich um die Jungen nicht zu kümmern schien, taten diese alles, was sie ihm nur an den Augen absehen konnten. Am Dienstag kam der Herr Doktor, um nach Ondrejko zu sehen. Und als dieser ihm erzählte, daß er nun mit Peter auf dem Heuboden schlafe, freute sich der alte Herr:

„Recht so, Junge, das kann dir nur gesund sein; dein Vater ist zwar ein großer Herr und ein großer Magyar, aber alles hat seine Zeit. Wir werden es noch erleben, daß die Tatra und diese Berge wieder slowakisch werden und daß du da, wo dein Urahne als guter Slowak gelebt hat, auch als Slowak hausen wirst. Lerne nur die Sprache deiner Väter, und behalte den Heimatboden lieb, den sie einst bebauten."

Die Jungen verstanden ihn nicht, aber sie fühlten, daß er es gut mit ihnen meinte.

Der Abend kam. Der Doktor wollte bei ihnen im Heu schlafen. Am Morgen trank er Molke, aß guten Käse und forderte die Jungen auf, ihn bis zum Frauenfelsen zu begleiten. Unterwegs fragte Ondrejko nach seinem Vater. Er hörte, daß dieser jetzt in Paris wohne und dieses Jahr nicht zur Sommerfrische herkommen wolle. Der Junge atmete auf, denn er ahnte, wenn sein Vater käme, dann müßte er fort von Ohm Filina, fort von Peter, und dazu hatte er nicht die geringste Lust. Als der Doktor die Jungen zurückschickte, blickten sie ihm noch lange nach, solange sie seinen Strohhut sehen konnten. Dann bestiegen sie den Felsen, um ihn von dort nochmals zu sehen. Aber sie sahen ihn nicht mehr. Dafür gewahrten sie auf der anderen Seite des Felsens ein reizendes kleines Tal, in dem nur ein einziges Häuschen stand. Es hatte kleine Fenster, war ganz von Holz und mit Schindeln gedeckt, aber es sah aus wie ein Märchenhäuschen, denn es stand an einem Bächlein, dessen Quelle dem Felsen entsprang. Die Jungen hatten von Stevo manche Märchen von Hexen gehört, die in solch einsamen Häuschen hausten. Es schien ihnen, als könnte auch dort eine solche wohnen. Vor der Hütte wärmte sich ein großer weißer Hund in der Sonne. Wäre der dumme Fidel hier gewesen, so hätte er sicher mit ihm Händel angefangen. Während die Jungen die Hütte besahen, öffnete sich plötzlich die Tür, und heraus trat – nicht eine alte Hexe, sondern ein Junge, größer als sie beide, in Halienka und Bluse, mit hohen Stiefeln und einem runden kleinen Hütchen. Sein weißer Hund sprang an ihm empor und wedelte mit dem breiten Schwanz; dann stemmte er die beiden Vorderpfoten an den Boden, streckte sich, gähnte und bellte. Der Junge streichelte den Kopf des Tieres und lachte ihn an. Und dann kamen sie den Felsen herauf, gerade auf die Jungen zu. Der Hund bemerkte die beiden zuerst und blieb stehen. Man merkte ihm an, daß er nicht mehr so jung war wie Fidel, daß er schon verständig war und die Leute nicht unnütz anbellen durfte, sondern vielmehr lieb zu ihnen sein müßte.

Plötzlich standen sich die Jungen gegenüber, und der große Junge, dessen Tracht man es anmerkte, daß er nicht aus dieser Gegend war, grüßte freundlich. Er fragte, was sie da machten und woher sie kämen. Sie erzählten, daß sie den Herrn Doktor begleitet hätten. Ondrejko hingegen fragte schüchtern, wer in diesem Häuschen wohne.

„Das ist unsere Hütte", antwortete der Junge, „aber ich bin von Trentschin. Ich bin erst vor einer Woche mit meinem Vater hergekommen. Ein Onkel meiner Mutter ist gestorben, und da er keine nahen Angehörigen hatte, so erbte Mütterchen diese Hütte. Vater wollte sie verkaufen, aber es gehört auch noch ein Stück Wald mit sehr schönen Bäumen dazu, die wir für unser Handwerk gut brauchen können, darum bleiben wir für einige Zeit hier. Das Holz werden wir verarbeiten und dann mitnehmen."

„Ist das dein Hund?"

„Ja, das ist unser Dunaj", antwortete der Fremde, „er wollte nicht daheim bleiben. Wir mußten ihn mitnehmen und auf der Eisenbahn für ihn bezahlen."

„Aber ihr habt ihn doch nicht in eurem Abteil gehabt?" erkundigte sich Ondrejko.

„Das nicht, und dort, wo sie ihn eingesperrt hatten, hat es ihm sicher nicht gefallen. Er hat mich vor Freude fast umgeworfen, als er wieder in die Freiheit kam, nicht wahr, Dunaj?“

Der Hund heulte und kauerte sich seinem jungen Herrn zu Füßen.

„Wir haben auch einen Hund, aber er ist noch jung.“ „Aber er wird wohl auch so groß sein wie eurer, bis er ausgewachsen ist“, rühmte Peter. „Wohin gehst du?“

„Ach, nur auf den Felsen, um zu sehen, was dort dahinter liegt. Auch wir haben daheim einen solchen, aber der ist viel höher und breiter, und wenn man dort oben steht, da ist es gerade wie das ‚Sonnenland‘ im Märchen. Und wenn sich nach einem Gewitter der Regenbogen zeigt, dann ist es, als sähe man die Himmelspforte, die Jakob dort im Traum sah. Einst glaubte ich, nur dort sei die Himmelspforte. Heute weiß ich, daß der Himmel überall offen ist, damit der Herr Jesus zu uns kommen kann, wann und wo er will. Kennt ihr ihn auch schon?“

„Wen?“ fragten die Jungen überrascht.

„Den Sohn Gottes, den Herrn Jesus!“

Die beiden Jungen schüttelten den Kopf. „Oh“, rief der fremde Junge, „dann will ich euch von ihm erzählen!“

„Eine Stunde können wir uns wohl aufhalten“, versicherte Peter, dem der neue Bekannte gut gefiel und der sich gerne mit ihm angefreundet hätte.

„Wir wollen uns oben auf dem Felsen niedersetzen“, schlug Peter vor.

„Und ich will euch erzählen, wie das war, als ich zum erstenmal in das ‚Sonnenland' kam, und was für ein Buch ich dort fand", sagte der große Junge. „Ich habe es auch jetzt bei mir, denn ohne dieses Buch könnte ich gar nicht mehr sein. – Aber sagt mir zuerst, wie ihr heißt! Ich heiße Palko, obwohl sie mich einst Mischko getauft haben. Aber das ist eine lange Geschichte."

„Ich heiße Peter, und dieser heißt Ondrejko. Früher haben sie ihn auch anders genannt, auf magyarisch, aber Ohm Filina hat gesagt, daß wir uns mit diesem Namen die Zunge zerbrechen würden. Und gelt, Ondrej ist auch schöner?" berichtete Peter eifrig.

„Das ist ein schöner Name, so hat auch der Jünger des Herrn Jesus geheißen, der ihm den Jungen mit den Broten und den Fischlein herbeigebracht hat. Diese schöne Geschichte steht auch in meinem Büchlein hier."

Inzwischen waren die Jungen oben angelangt. Sie setzten sich, und der neue Kamerad zog ein sorgsam in Papier eingeschlagenes Büchlein hervor und begann, ihnen gar schöne Dinge daraus zu erzählen. Wollte sie jemand wiederholen, so gäbe das ein ganzes Buch (siehe die Erzählung „Im Sonnenland").

Er sagte ihnen unter anderem, wer dieses Büchlein in die Hand bekomme, der dürfe es nicht anders lesen, als Wort für Wort, von Anfang bis zu Ende; denn nur so könne er den Weg erfahren, der in das wahre „Sonnenland" führe, dort, jenseits der Himmelspforte, wohin der Herr Jesus vorausgegangen sei, um all denen eine Stätte zu bereiten, die ihm gehorsam auf diesem Wege nachfolgten.

Die Jungen wären nicht müde geworden, ihm bis zum Abend zuzuhören. Aber da kam Fidel daher, und als ob er wüßte, daß er mit Dunaj keinen Streit anfangen dürfe, leckte er nur seine Kameraden und schloß Freundschaft mit dem großen Jungen. Die Jungen erinnerten sich an den Ohm, was der wohl zu ihrem langen Ausbleiben sagen würde. Sie sprangen auf, und Palko versprach, sie zu begleiten, denn sie wollten ihm die Sennhütte zeigen, damit er sie bald besuchen könne.

Palko lief fort, um seine Hütte abzuschließen; sie mußten ein wenig auf ihn warten. Als er zurückkam, brachte er ein großes Stück Brot mit, das er redlich in fünf Teile geteilt hatte; denn das war klar, daß die beiden Hunde auch etwas davon bekamen. Dann gingen sie miteinander durch das enge Tal und kamen von da auf die Almen von Gemersky, von wo aus sie Palko ihre Hütte zeigten.

Als der Ohm zum Mittagessen kam, erzählten sie ihm beide voller Eifer, was sie erlebt hatten. Er hörte aufmerksam zu und sagte, daß er sich freuen würde, wenn dieser fremde Junge, der ja sehr ordentlich zu sein scheine, sie besuchte. Alle hofften, daß er am Sonntag kommen würde.

Das Bekenntnis

Ein slowakisches Sprichwort sagt mit Recht: „Leute zu Leuten, Berge zu Bergen". So lange hatten Ohm Filina und die drei Kameraden ohne Palko gelebt; nichts hatte ihnen gefehlt, und heute würden sie es wohl kaum aushalten, wenn ein Tag vorüberginge, ohne daß er zu ihnen käme. Und, wie seltsam es auch klingen mag, am meisten fehlte er Ohm Filina. Wo er ging und stand, mußte er an den Augenblick denken, da sich an einem schönen Sonntagnachmittag das Gebüsch teilte und, gleich einem Bild im Rahmen, der unbekannte Junge vor ihm stand, sauber wie aus einem Schächtelchen, die Halienka über die Schulter geworfen, das runde Hütlein in der Hand und an der Seite einen weißen Hund. So mancher Maler in diesen Bergen hätte ihn auf sein Bild malen mögen, und wäre ihm das Bild gelungen, dann hätten es die Leute nicht wenig bewundert. Und dann wieder fiel ihm ein, wie Palko mit ihnen vor der Sennhütte saß und ihnen aus dem heiligen Buch Wort für Wort, Kapitel für Kapitel vorlas, lauter schöne, gute Dinge. So etwa mochte der Jesusjunge ausgesehen haben, als er dort im Tempel zwischen den Lehrern saß. Ach, und wie er das Wort Gottes verstand! Niemals hatte eine Predigt den Ohm so erfaßt wie das Gotteswort, das dieser Junge ihm vorlas, obwohl er es schon mehr als einmal im Leben gehört hatte. Der Ohm besaß eine Bibel, und manchmal las er auch am Sonntag darin; er hatte auch ein Andachtsbuch mit Predigten. Aber seit Palko Lesina jeden Abend zu ihnen kam, war es, als würde dem Ohm eine Binde von den Augen genommen, so klar sah er, was das Wort Gottes ihm zeigte.

„Der Herr Jesus ist einst am See Genezareth umhergezogen", hatte der Junge ernst gesprochen, „heute geht er durch eure Berge. Einst ist er durch die Berge jenseits der Waag gegangen, um uns zu suchen, heute wieder sucht er euch."

Und wieder war ein Sonntag gekommen. Filina hatte die Jungen in die Kirche geschickt. Er selbst saß vor der Sennhütte. Fidel, welcher die Jungen nicht begleiten durfte, lag zu seinen Füßen. Plötzlich spitzte er die Ohren; dann sprang er auf und verschwand in dem niedrigen Gebüsch. Der Ohm beobachtete ihn nicht; er saß mit gesenktem Haupte da und hörte nicht, daß jemand mit dem Hund sprach. Er fuhr erst empor, als neben ihm die frische junge Stimme erklang, die er so gern hörte.

„Guten Morgen, Ohm Filina! Warum seid Ihr denn so traurig – und ganz allein? Wo habt Ihr denn die anderen?"

„Willkommen, Palko!" rief der Mann erfreut und reichte dem Jungen die gebräunte Hand. „Wenn ich gewußt hätte, daß du kommen würdest, hätte ich die Jungen nicht in die Kirche geschickt."

„Überall ist ja Gottes Haus", antwortete fröhlich der Junge.

„Und du bringst wohl die Bibel, die du gestern erwähnt hast?“

„Ja. Vater ist für einige Tage nach Hause gefahren. Er läßt Euch bitten, ob ich nicht inzwischen bei Euren Jungen bleiben dürfte, damit ich nicht allein in der Hütte sein muß. Nehmt Ihr mich zu Euch?“ Die schönen Augen des Jungen blickten bittend in das Gesicht des Mannes.

„Freilich. Wir freuen uns, wenn du bei uns bleibst“, versicherte der Ohm. „Warum ist denn dein Vater nach Hause gefahren?“

„Er hat Holz geführt; er kann nicht alles auf einmal nehmen. Das andere werden wir dann auf ein Floß legen und bis Trentschin fahren. – Also hier habe ich Euch jene Bibel gebracht.“

„Das ist die von Herrn Pfarrer Malina?“

„Ja, Ohm, und sie ist mir gar viel wert. Es ist manches hineingeschrieben, auch auf lateinisch, das verstehe ich zwar nicht – aber auch auf slowakisch. Wenn ich die Schrift anschaue, dann sehe ich ihn immer vor mir. Ich wollte Euch zeigen, was er an jenem letzten Sonntag geschrieben hat, als ihm nachher so schlecht wurde. Habt Ihr Zeit?“

„Ach ja, mein Sohn, es ist Sonntag. Lies nur!“

„Ihr werdet es sicher besser verstehen als ich, denn Ihr seid älter. Es ist etwas sehr Gutes“, sagte Palko und begann vorzulesen:

„Ich habe viel versäumt, mein ganzes bisheriges Leben ist verloren.“ Des Jungen Stimme klang so ehrerbietig, als läse er die Heilige Schrift. „Wenn ich auch wollte, so kann ich nichts gutmachen, es ist zu spät. Seelen sind in die Ewigkeit gegangen und klagen mich dort an, daß ich sie nicht gerettet habe. Sie kommen nicht mehr zurück, daß ich sie um Vergebung bitten und lieben könnte. Oh, wie herrlich ist das Wort: ‚Aus Gnade seid ihr selig geworden –, Gottes Gabe ist es.‘ Zu dieser heiligen Gabe flüchte ich, Gott, mein Heiland! Ich weiß, daß du mir vergeben hast, daß du die Strafe, die ich verdient, auf deine Schultern genommen hast. Ich umfasse dein Kreuz, deine für mich durchbohrten Füße, und ich danke, ach, ich danke dir! Einst werde ich in Ewigkeit deinen heiligen Jesusnamen preisen."

„Seht, Ohm, so hat der Herr Pfarrer Malina geglaubt." Erschrocken hielt der Junge inne, denn der Alte hatte den Kopf gesenkt und weinte.

„Wenn ich auch wollte, so kann ich nichts gutmachen. Seelen sind in die Ewigkeit gegangen und klagen mich dort an", wiederholte er unter Tränen. „Das ist es, was mich zu Boden drückt, und all das anständige, ehrliche Leben seither hilft nichts ..."

Der Junge hatte den Lockenkopf in die Hand gestützt.

Nun fragte er teilnehmend: „Ohm, möchtet Ihr mir nicht erzählen, was Euch so quält? Es kann doch nicht jene Sünde sein, daß Ihr Istvanko ertränken wolltet, wie mir Peter erzählt hat. Istvanko ist ja gar nicht ertrunken. Wenn mich etwas drückt und ich bekenne es jemandem, dann ist mir gleich leichter ums Herz. Darum sagt auch der Apostel Jakobus: ‚Bekennet einer dem anderen seine Sünde.‘ Es ist wahr, ich bin nur ein Junge, aber ich weiß auch, wie das ist, wenn das Herz so schmerzt – und man niemanden hat. Der Herr Jesus wird es geben, daß ich Euch verstehen und trösten kann.“

Der Mann blickte den Jungen an und trocknete sich die Augen. „Wenn ich es jemandem sagen soll, wonach mich schon seit Jahren verlangt, dann will ich es am liebsten dir sagen. Gott hat dir größere Weisheit geschenkt als mir, dem Alten, so wie der junge Samuel einst weiser war als der alte Eli.“

Der Ohm ging zu seinem gewohnten Platz, dem Baumstumpf. Palko legte sich neben ihn ins Gras. Er hatte das Buch unter seinen Kopf geschoben und seine Hand auf Fidel gelegt, der sich an ihn schmiegte. So wartete er geduldig.

„Da dir Peter erzählt hat, was für ein Junge ich war, brauche ich darüber nichts mehr zu sagen“, begann der Mann finster.

„So wuchsen wir also heran, und ich kann es mit gutem Gewissen sagen: Wir hatten uns beide gar lieb. Ich habe es Istvanko niemals vergessen, daß er den Eltern verschwiegen, wie schändlich ich ihn dort in der Not im Stich gelassen hatte. Er überzeugte mich davon, daß die Eltern auch mich liebhatten. Nun, so war alles gut und wäre vielleicht für immer gut geblieben, wenn Mutter nicht nach dem Tode ihrer Schwester ihre Nichte, Ivka, ins Haus gebracht hätte. Das Mädchen war klein und hübsch. Vor mir fürchtete sie sich anfangs, mit Istvanko lief sie gleich überall hin; erst nachdem ich sie einmal vor einem bösen Hund gerettet hatte, hielt sie sich nur noch an mich. So war es auch, als wir größer wurden und endlich herangewachsen waren. Du verstehst mich noch nicht, mein Sohn, darum sage ich dir nur soviel: Als wir beide schon Jünglinge waren, da gab es auf der ganzen weiten Welt für uns kein hübscheres Mädchen. Mir schien es, als leuchteten ihre schwarzen Augen schöner als alle Sterne, als blühten auf keinem Sträuchlein solche Lilien und Rosen wie auf ihren Wangen. Zu jener Zeit begannen bei uns die Massenauswanderungen nach Amerika. Gar oft dachte ich, wie die Leute nur um des Mammons willen so weit in die Welt hinauswandern könnten, wo es doch bei uns trotz unserer Armut so schön und so gut war. Für mich waren diese Berge und Täler das Paradies, und in meinem Herzen waren lauter Lieder, lauter Himmel. Aber ach, auf Erden gibt es kein Paradies, und der Himmel ist hoch. Eines Abends, als ich von den herrschaftlichen Almen heimkehrte, saßen Vater und Mutter vor dem Hause und berieten sich unseretwegen, wie sie zu tun pflegten. Ich wollte sie nicht stören; so setzte ich mich still hin und hörte zu.

‚Du denkst also', sagte die Mutter, ‚daß einer von ihnen nach Amerika muß?'

‚Weißt du, Frau, drüben bringen es die Leute eher zu etwas als hier bei uns. Wir quälen uns redlich ab, und es reicht doch kaum zum Leben', seufzte der

Vater. Er war ein guter Mann, aber unter der harten Arbeit früh gealtert.

‚Und welcher von ihnen soll gehen?' fragte die Mutter ängstlich.

‚Das stellen wir ihnen frei. Ich denke so: Der eine mag daheim bleiben und sich Ivka nehmen, damit du eine Hilfe hast. Der andere kann für einige Jahre nach Amerika gehen, und wenn er sich drüben etwas erspart hat und Gott ihm eine glückliche Heimkehr schenkt, können sie später zusammen wirtschaften. Ich möchte nicht gerne, daß sie nach unserem Tode auseinandergehen; so wird es am besten sein.'

Ich sah, wie die Mutter aufatmete. Mir aber war, als stieße man mir ein Messer ins Herz. Sicher erwartete sie, daß ich ging. Istvanko sollte bei ihr daheim bleiben und sich Ivka nehmen. In jener Nacht schlief ich nicht daheim. Es war ein solch wildes Weh über mich gekommen wie in meiner Jungenzeit, aber noch stärker und furchtbarer. Wo ich die Kraft hernahm am Morgen heimzukehren, das weiß ich nicht. Ivka lief mir entgegen, und als ich sie erblickte, da sagte ich mir, daß ich nimmermehr nach Amerika gehen wolle und daß Ivka keinem anderen angehören dürfe als nur mir. Istvanko konnte ich seit jener Stunde kaum ansehen, obwohl er mir keinen Anlaß bot, ihm zu zürnen. Wir hatten eine Wiese hinter dem Moor. Am nächsten Tag mußte ich mit Ivka Heu machen gehen, und dort versprach ich mich mit ihr. Es gelang mir nicht so schnell, aber ich bat und überredete sie so lange, bis sie mir endlich versprach, keinen anderen zu nehmen.

Als die Sache endlich erledigt war und Ivka ihr Grasbündel aufband, wandte ich mich um; da sah ich Istvanko den Wiesenweg entlang fortgehen. Er hatte uns zugehört, aber wir hatten ihn nicht bemerkt.

In der folgenden Woche hatten wir eine Arbeit in der Stadt. Istvanko sagte, er wolle gehen. Die Mutter wehrte; sie wollte, daß ich ginge, und meinte, er sei nicht gesund. Er sah in der Tat bleich und eingefallen aus, wie vor oder nach einer schweren Krankheit. Aber ich weigerte mich zu gehen, und der Vater gab mir recht, weil er andere Arbeit für mich hatte.

‚Komm, begleite mich', rief mir am anderen Tag Istvanko zu, nachdem er bereits von den Eltern und von Ivka Abschied genommen hatte. Ich ging mit ihm. Wir stiegen steil bis zum Kreuz hinauf. Dort blieb er stehen. Wir blickten uns an.

‚Mutter hat mir gesagt, was für Absichten Vater mit uns hat: Einer muß nach Amerika', so begann er das Gespräch. ‚Du kannst es nicht sein. Ich habe euch neulich auf der Wiese gesehen. Vater will, daß einer von uns Ivka nimmt. Sie ist dein; was soll ich länger hier? Damals, als wir noch Kinder waren, bin ich dir so im Wege gewesen, daß du mich in jenes schwarze Grab bringen wolltest. Ein zweites Mal will ich dir nicht im Wege sein. Mein Mütterchen hätte sich nur schwer von mir getrennt. Du mußt es ihr nicht übelnehmen, denn sie hat nur mich. So wollte ich ihr den Abschied ersparen. Dir aber will ich die Wahrheit sagen, damit du dich zufriedengibst und mich nicht länger beneidest. Sieh, ich lasse dir ja alles: die Eltern, die Heimat – und auch Ivka. Beiden kann sie nicht angehören. Dort auf der Wiese war es mir sehr schwer. Wenn du das ertragen solltest, was ich in jenen Augenblicken durchmachen mußte, ich denke, du würdest das nicht überleben. Darum ist es gut, daß sie dich erwählt hat. Es war mir, als müßte ich wieder ertrinken, aber der Sumpf, in welchen du mich diesmal gestoßen hast, war noch tiefer. Mutter sagt, daß ich krank sei. Hier werde ich nicht gesund; dort in der Ferne vielleicht eher. Ich reiche dir die Hand zum Abschied, gib auch du mir die deine ohne Bitterkeit. Wir wollen als Brüder scheiden.'

Ich weiß, daß ich ihm wortlos die Hand reichte. Er nahm seine Sachen und eilte den Fußsteig hinab ins Dickicht. Ich bog mich über das Kreuz, um ihn noch einmal zu sehen – und ich sah ihn. Er hatte sein schönes, von tiefer Trauer bedecktes Antlitz zu dem Hügel erhoben, von wo er zum letztenmal unsere Hütte erblicken konnte. Die Tränen rannen ihm aus den Augen. Ich wollte vorspringen und ihn zurückrufen und ihm sagen, daß ich ihm alles lassen und selber gehen wollte. Aber ich fand keine Kraft dazu. Und so ließ ich ihn für immer fortgehen. Wir haben ihn nie mehr wiedergesehen." Der Ohm weinte aufs neue und Palko mit ihm.

„Ohm, erzählt es mir bis zu Ende“, bat der Junge nach einem Weilchen. „Was sagte das arme Mütterchen? Wie habt Ihr es ihr gesagt?“

„Ach, ich habe es ihr nicht gesagt, mein Junge“, erwiderte Filina, nachdem er sich beruhigt hatte. „Er hat selbst für alles gesorgt. Mutter hatte einen Vetter. Der kam am dritten Tage zu uns, brachte die Sachen, die Istvanko aus der Stadt besorgen sollte, und auch einen Brief von ihm, in dem er die Eltern herzinnig bat, ihm nicht zu zürnen, daß er so nach Amerika ginge. In diesem Brief verriet er abermals mit keinem Wort, daß ich ihn in diesen Sumpf der Trübsal gestoßen hatte. Es war ein sehr schöner Brief. Wir haben ihn zur Erinnerung aufbewahrt, und als die arme Mutter im Sterben lag, da wünschte sie, daß man ihn ihr mit in den Sarg legen möchte. Ich habe mich bemüht, ihr den Sohn zu ersetzen. Gar oft, als mein Vater schon gestorben war, hat mich mein Mütterchen für die gute Pflege gesegnet. Aber Herzensfrieden hat es mir nicht gebracht.

Jener Vetter der Mutter, der uns Istvankos Brief brachte, hatte die Absicht gehabt, nach Amerika zu gehen. Er hatte sich schon eine Schiffskarte gekauft, da war ihm etwas dazwischengekommen. Er hatte Istvanko geklagt, daß er nicht fahren könne, und dieser hatte ihn gebeten, ihm die Karte zu überlassen. Das Geld, das er dazu benötigte, hat er sich bei dem Vetter auf sein Erbteil entliehen. Das haben wir ihm dann zurückzahlen müssen, denn jenes Schiff ist niemals angekommen; es ist bei einem Unwetter untergegangen. Nun, siehst du, Palko, so habe ich dennoch meinen Bruder ertränkt. Wäre er nicht so vor mir geflohen, so hätte er ein anderes Schiff genommen, und er lebte sicher noch heute. Aber so ist er gestorben, und sein Tod verklagt mich vor Gottes Angesicht. Und Gott hat mich bald genug bestraft. Kurze Zeit nur durfte ich mich meines Glückes freuen. Seitdem jene Nachricht gekommen war, das Schiff sei untergegangen, siechte Ivka an meiner Seite dahin. Und als uns ein Söhnlein geboren wurde, starb sie. Im Fieber, als sie nicht mehr wußte, was sie sprach, verriet sie, wie lieb sie Istvanko gehabt hatte, und ich erkannte, daß die Sehnsucht nach ihm sie an meiner Seite getötet hatte. Nun sind sie schon beide drüben, und ich bin hier ganz allein."

„Und Euer Söhnchen, wo ist das?"

„Auch das hat mir der liebe Gott genommen. Als seine Mutter gestorben war, konnte ich es nicht so pflegen, wie es nötig war. Es erkältete sich, und drei Tage später war es bei Gott. Nun habe ich dir alles gesagt, mein Sohn, habe dir alles bekannt, aber du verstehst mich nicht."

„Doch, ich verstehe Euch, Ohm, denkt nicht so! Ich weiß, daß Ihr traurig seid über das Unrecht, das Istvanko durch Euren Neid zugefügt wurde. Ich weiß, daß das schwere Sünden sind. Aber könntet Ihr nicht auch so, wie Herr Pfarrer Malina, das Kreuz und die Füße des Herrn Jesus umfassen?

Wißt Ihr, so durch den Glauben und als Gabe Gottes die Vergebung annehmen? Hier an einer anderen Stelle ist folgender Vers unterstrichen: ‚Jesus Christus ist in die Welt gekommen, die Sünder selig zu machen, unter welchen ich der vornehmste bin.' Und hier steht geschrieben: ‚Auch ich erkenne mich als den ärgsten, als den sündigsten der Sünder, aber ich glaube, ich glaube, oh Lamm Gottes, daß du für mich stirbst, und ich lege mein Herz unter dein Kreuz, damit dein heiliges Blut es beströme.'"

„Laß mir dieses Buch für einige Zeit, damit ich in der Stille mehr darin lese", sagte der Ohm. „Vielleicht wird sich der Sohn Gottes auch über mich erbarmen und mir meine schwere Schuld vergeben. Jetzt lies dort weiter, wo wir das letztemal aufgehört haben. Ich hole mein Gesangbuch; wir wollen auch singen. Das wird unser Gottesdienst sein."

Der Ohm brachte das Buch, und es wurde ein schöner Gottesdienst. Christus machte sein Wort der jungen Seele lebendig, die, wie einst Henoch, beständig mit Gott wandelte, und auch jener alten Seele, die ausrufen konnte: „Ich bin wie ein verirrt und verloren Schaf: suche deinen Knecht."

Ein guter Gedanke

„Gastfrei zu sein vergesset nicht; denn durch dasselbige haben etliche ohne ihr Wissen Engel beherbergt.“ Dieser Ausspruch ist sehr wahr. Das erfuhren auch Ohm Filina und seine Hausgenossen. Es war, als ob mit Palko Lesina der Segen Gottes bei ihnen eingezogen sei. Alles ging gut vonstatten. Der Junge half überall, und dabei hielt er die Sennhütte in Ordnung, wie sie nie zuvor gewesen war.

„Wißt ihr, der Herr Jesus wohnt hier bei uns“, sagte er treuherzig, „wir wissen nicht, wann er kommen und wohin er sich setzen will; wir könnten ihn sonst nicht aufnehmen.“

Von Stevo lernte er die Flöte zu blasen und blies dann seine schönen Trentschiner Lieder so, daß die Berge das Echo wiedergaben. Wenn Palko mit den anderen Jungen Haschen oder Verstecken spielte, dann war er der fröhlichste. Aber wenn sie ihn aufforderten, ihnen aus seinem geliebten Büchlein vorzulesen, ging er sofort darauf ein und saß unter ihnen, wie einst der zwölfjährige Jesus im Tempel von Jerusalem gesessen haben mochte. Besonders auf Peter hatte Palko einen guten Einfluß. Der war mitunter eigensinnig und ungehorsam, so daß ihn der Ohm strafen mußte.

„Warum willst du Ohm Filina erzürnen? Sage es dem Herrn Jesus, daß dich der Teufel versucht, er macht dich frei, er hilft dir“, redete Palko ihm zu.

Ondrejko war sanfter und dachte mehr nach. Ihm gefielen Palkos Worte sehr. Er glaubte alles, auch, daß der Herr Jesus hier bei ihnen sei, daß man deshalb immer ordentlich, sauber gewaschen und gekleidet sein müsse, vor allem aber, daß man dem Heiland sein Herz schenken müsse und daß er dies Herz annehmen und reinwaschen wolle. Ehe Palko sich's versah, hatte der Herr Jesus einen kleinen Jünger mehr, und es erfüllte sich aufs neue, was er einst gesagt: „Ich preise dich, Vater und Herr Himmels und der Erde, daß du solches den Weisen und Klugen verborgen hast und hast es den Unmündigen geoffenbart.“ Wie es zuging, das kann kein Mensch ergründen; aber als sie in dem kostbaren Büchlein zu dem Abschnitt kamen, wo der Herr Jesus so viel leiden und endlich sterben mußte, da erfaßte es Ondrejko mit dem Herzen, daß das alles für ihn geschehen sei. Erklären hätte er es nicht können, und das erwartete auch niemand von ihm, aber er wußte es.

Einmal hatte Ondrejko mit Palko zusammen gebetet, als sie gerade in dessen Hütte waren, daß der Herr Jesus ihm seine Sünden vergeben möge, und hatte ihm gelobt, daß er ihn in sein Herz aufnehmen wolle. Seitdem glaubte Ondrejko ganz gewiß, daß der Herr sein Gebet auch erhört habe. Und da es bis heute noch gilt: „So du glauben würdest, würdest du die Herrlichkeit Gottes sehen“, so empfing er auch das, was er glaubte. Der Kleine von Gemersky hatte schon viel Trauriges durchgemacht. Gar oft war sein junges Herz darüber betrübt, daß weder Vater noch Mutter sich um ihn kümmerten. Oft hatte er, wenn ihn niemand hörte, ganze Nächte hindurch geweint. Kein Mensch ahnt, wieviel Herzeleid, Sehnsucht, Sorge und Hoffnungslosigkeit in solch einem Kinderherzen wohnen kann. Bevor Ondrejko zu Filina gekommen war, hatte er oft darüber gegrübelt, was nur aus ihm werden sollte, wo er doch niemanden hatte, der sich seiner wirklich annahm, obwohl seine beiden Eltern noch lebten. Würde er immer unter fremden Leuten bleiben müssen? Manchmal, wenn er mit seinen Bauklötzchen Schlösser und Brücken baute und seine Umgebung meinte, er sei ganz in sein Spiel vertieft, hätte man ein Buch darüber schreiben können, was in der vereinsamten Kinderseele alles vorging. Und nun war mit einem Male Palko Lesina gekommen, der dem kleinen Kameraden Tag für Tag davon erzählte, daß ein so Guter und Schöner lebe und daß dieser Gute, Schöne ihn, den verlassenen Ondrejko Gemersky, liebe und daß er überall bei ihm wohnen wolle, so daß Ondrejko niemals mehr verlassen sein müsse. Ihm durfte er alles klagen und alles, alles sagen und dabei suchen, ihm gehorsam zu sein! So hatte der Herr Jesus an dem kleinen Gemersky einen Jünger mehr.

„Wie wird uns nur ohne Palko Lesina sein?" sagten die Hirtenjungen zu dem Sennen. „Seitdem er bei uns ist, ist es, als ob die Sonne heller scheint."

„Er ist ein gesegneter Junge“, bestätigte Filina mit einem Seufzer. Ach, er brauchte ja den Jungen am meisten. Darum atmete er erleichtert auf, als statt Palkos Vater nur ein Brief von ihm eintraf. Lesina schrieb, daß er erst in sechs Wochen zurückkehren könne, und bat den Sennen, seinen Sohn doch inzwischen bei sich zu behalten, der werde ihm gerne zur Hand gehen. Er wolle Palko nicht allein die weite Reise nach Hause unternehmen lassen, er sei sein einziges Kind. Als dieser Brief ankam und die Jungen vor Freude mit Fidel um die Wette hüpften, da freute sich Filina in der Stille am meisten.

Am Abend dieses Tages, als sie alle vor der Sennhütte saßen und Palko die Hirtenflöte blies, traf unerwartet der alte Doktor ein. Er betrachtete mit Wohlgefallen den fremden Jungen. Fidel wedelte freundschaftlich mit dem Schwanz, denn er hatte von diesem guten Herrn schon so manche Speckschwarte bekommen. Dunaj, der zu den Füßen seines kleinen Herrn ausgestreckt gelegen hatte, hob gleichfalls den Kopf, bellte aber nicht, er wußte, wen man in Frieden lassen durfte und wen nicht. Wäre er jünger gewesen, dann wäre er unter Gekläff aufgesprungen und hätte gleichzeitig versucht, ob der lange Rock des Herrn Doktor aus gutem Stoff sei oder nicht. Heute schnappte er lieber nach einer Fliege, die es mit dem Leben bezahlen mußte, daß sie gewagt hatte, ihm um die Nase zu summen. Also die Hunde verrieten nichts, und so bemerkten weder Ohm Filina noch die Jungen, daß sie einen Zuhörer hatten, auch dann nicht, als Palko anfing, aus seinem Büchlein vorzulesen. Dort stand gerade von einem großen Herrn geschrieben, der ein Oberster der Zöllner und sehr reich war; aber er hatte weder Frieden noch Glück im Herzen, weil er Jesus nicht kannte. Palko las vor, wie Jesus ihn anredete, als er dort auf dem Maulbeerbaum saß, und zu ihm sagte: „Ich will heute in deinem Hause einkehren."

„Onkel Filina", unterbrach Palko plötzlich das Lesen, nachdem er die Worte des Herrn gelesen hatte: „Des Menschen Sohn ist gekommen, zu suchen und selig zu machen, das verloren ist." „Macht es doch auch so wie jener Zachäus! Auch zu Euch würde der Herr Jesus sagen: ‚Heute ist diesem Hause Heil widerfahren', und das wäre vor allem Euer Herz und dann aber auch Eure ganze Sennhütte. Zachäus hat ihn sogleich mit Freuden aufgenommen, und was mag es erst gewesen sein, als ihm der Herr Jesus alle seine Sünden vergab!"

Verwundert blickte der Doktor auf den fremden Jungen, aber auch auf den Ohm, welcher aufstand und ohne ein Wort zu sagen in die Hütte ging. In diesem Augenblick hatte Peter den Gast entdeckt, und er und Ondrejko sprangen auf ihn zu, ihn zu begrüßen, und erklärten ihm um die Wette, wer Palko sei und was er bei ihnen tue. Palko gefiel dem Herrn Doktor auf den ersten Blick. Die Jungen erfuhren nun, weshalb der Herr Doktor heute gekommen war: Er wollte hier in der Nähe der

Sennhütte ein Häuschen finden, in dem er für einige Wochen eine seiner Patientinnen unterzubringen gedachte, welche nur die Stille, die Landluft und die Sonne gesund machen konnten.

„Höre, Palko“, flüsterte Peter dem Kameraden zu, doch so, daß es alle hören konnten, „eure Hütte steht doch leer. Dein Vater kommt erst in sechs Wochen zurück, und du wohnst hier bei uns. Dort wäre es sicher gut für die Dame.“

„Was sagst du da, Junge?“ fragte der Doktor, aufmerksam werdend. Ondrejko begann zu erzählen, daß Lesinas eine Hütte unter dem Frauenfelsen hätten, dort, wo der Fußweg zur Stadt führte, und daß sie jetzt leer stünde. – „Meinst du, Palko“, fragte der Herr Doktor, „daß dein Vater uns die Hütte wohl vermieten würde, falls sie sich für uns eignet?“

„Wie sollte er nicht darauf eingehen?“ Die Augen des Jungen leuchteten. „Sagt denn der Herr Jesus nicht: ‚Ich bin krank gewesen und ihr seid zu mir gekommen‘? Wenn Ihnen die Hütte gefällt, gebe ich Ihnen den Schlüssel. Die kranke Dame soll nur kommen.“

Für heute war es schon zu spät, um das Häuschen zu besehen, aber gleich am andren Morgen wollten die Jungen den Herrn Doktor hinführen. Dieser schlief heute nicht mit ihnen auf dem Heuboden, sondern hatte noch eine lange Unterredung mit Filina. Und als der Ohm später noch nach den Jungen sah, so wie er jeden Abend zu tun pflegte, da neigte er sich nachdenklich über sie. Dann deckte er

Ondrejko zu und strich ihm dabei so traurig über die Stirn, als ob ihm der Junge leid täte. Warum wohl? Er sah doch so schmuck aus, schon ein wenig von der Sonne gebräunt, mit den hübschen Röslein auf den samtweichen Wangen und dem kleinen, rosigen Mündchen; man merkte ihm jetzt schon von weitem an, wie ihn die reine Gebirgsluft und die einfache Kost stärkten und kräftigten. Und man sah ihm auch das Glück an, das der Herr Jesus ihm in sein Herz gelegt hatte. Weshalb also bedauerte ihn dann der Ohm?

In der Nacht war ein kurzes Gewitter über die Berge dahingezogen. Darauf folgte ein wunderbarer Sommermorgen. Auf den Wiesen lag es wie ein flimmernder Schleier, und an den Blättern der Bäume hingen Perlen, in denen sich die Sonne spiegelte. Alles ehrte den Schöpfer, jeder singende Vogel, jedes Käferlein und die summenden Mücklein. Die Berge rauchten wie ein mächtiger Opferaltar. War es da ein Wunder, daß auch Palko, der Anführer der kleinen Gesellschaft, zu singen begann? Peter schaute den Herrn Doktor von der Seite an, was der wohl dazu sagen würde! Ondrejko fiel fröhlich mit seiner silberhellen, reinen Kinderstimme ein, und so erklang es durch den Wald:

„Früh am Morgen singen
wir dir, höchster König;
unser Lob wir bringen,

ist's auch arm und wenig,
daß du voll Erbarmen
vor so viel Gefahren
diese Nacht uns Armen
gnädig wollt'st bewahren.
Sei bei unserm Wallen
heut uns gegenwärtig!
Mache uns zu allen
guten Werken fertig,
daß wir dir zu Ehren
hier auf Erden leben
und dein Lob vermehren,
Herr, das wollst du geben!
Bis wir einstens droben
deinen heilgen Namen
mit den Engeln loben,
schenk's aus Gnaden! Amen."

Der Doktor kannte das Lied. Er hatte es einst in der Kindheit gelernt, und er konnte nicht anders, er mußte seine Stimme mit den hellen Kinderstimmen vereinigen. Und es ist seltsam, aber wahr, daß nichts Geist und Gemüt so sehr erquickt als solch ein von ganzem Herzen gesungenes Morgenlied, besonders draußen an einem so schönen Morgen, wo die ganze Natur ihren Schöpfer preist und der Mensch bei jedem Schritt seine heilige, reine, lichte Nähe fühlt.

„Höre, Palko", begann der Doktor nach einer

Weile des Schweigens, „verstehst du das, was wir da gesungen haben?"

„Dieses Lied?" fragte der Junge verwundert. „Aber da ist doch jedes Wort klar."

„Denkst du? Nun, dann lege es uns aus", lachte der Doktor gutmütig. „Auslegen? Wir wissen doch, daß der liebe Gott uns in der vergangenen Nacht bewahrt hat, wo wir so gesund und frisch durch seine schöne Welt gehen. Und daß er, der ewige Gott, unser höchster König ist, das wissen wir doch auch." – „Hm, ja, das wissen auch die kleinen Kinder, aber weiter." „Die dritte Strophe habe ich besonders gern. Er ist uns ja schon hier auf Erden immer gegenwärtig. Auch jetzt geht er mit uns, und so wird er uns auch den ganzen Tag behüten. Ich bin so froh, wenn ich wenigstens ein Stückchen von seinem Gewand sehen darf." „Wo siehst du das?" forschte Ondrejko gespannt.

„Sieh her, wie die Sonnenstrahlen um uns her flimmern, und in jedem Tautröpflein glänzt ein Stückchen Regenbogen. Das ist der Saum seines Gewandes. Und in diesem leisen Wind berührt uns sein Odem. Oh, er ist uns sehr nahe! Er ist bei uns. Wir sehen ihn nur darum nicht, weil wir diese Herrlichkeit gar nicht ertragen könnten. Welch ein Mann war Mose! Und der starb beinahe, als er ihn erblickte. – Auch dieser Vers ist sehr schön: ‚Daß wir dir zu Ehren hier auf Erden leben'."

„Und wie erklärst du dir den, du kleiner Theologe?" scherzte der Doktor.

„Ich denke“, sagte Palko fröhlich, „daß wir gerade heute etwas tun, was dem Herrn Jesus gefällt. Wir suchen einen Ort für eines seiner kranken Kinder. Und wenn Ihnen die Hütte gefällt, dann werden wir Holz und Blumen hinbringen. Sie ist ja gereinigt, und die Fenster sind auch geputzt.“

„Du bist ein Weiser! Und sieh da, das ist wohl gar deine Hütte?“

„Ja, ja!“ riefen die Jungen, und Dunaj trabte wie zur Bestätigung geradeaus zur Tür.

„Höre, Junge, dein Hüttchen ist ja wie geschaffen für meine Kranke“, bemerkte der Doktor, nachdem er das Häuschen von innen und außen besichtigt hatte. „Ich lasse Möbel herschaffen, über den Boden breiten wir einen Teppich, damit sie sich nicht erkältet. Euer Bett und den Tisch stellen wir in die Küche, das wird für ihre Pflegerin sein. Die Fenster sind zwar klein, aber es sind ihrer drei. Und Sonne ist tagsüber genug da. Und diese Umgebung! Das reizende Tal und im Hintergrunde die grünen Matten und die hohen Berge! Und das Brünnlein gleich beim Hause; schade, daß kein Bänkchen dabei ist.“

„Wir wollen den Ohm bitten, daß er Stevo herschickt, der kann ein hübsches Bänkchen zimmern“, schlug Ondrejko vor. „Ich kann ja inzwischen an seiner Stelle weiden gehen.“

Der Doktor strich dem Jungen über das goldene Haar. „Das möchte ich gerne sehen, wie du die Schafe zusammentreiben willst.“

„Das braucht er ja gar nicht“, sagte Palko. „Dazu sind Belko und Zahraj da; das sind gar kluge Hunde.“

„Nun, wir wollen sehen, was sich tun läßt, aber eine Bank muß her. Jetzt möchte ich gerne das Wasser versuchen.“

Palko holte einen buntbemalten Krug und ein ebensolches Töpfchen. Sie tranken alle nach Herzenslust, dann setzten sie sich am Rande des Bächleins nieder. Der Doktor zog Käse und Brot hervor; auch die Jungen hatten ein großes Stück Brot mit, denn der Ohm hatte beim Abschneiden auch auf Dunajs und Fidels Appetit gerechnet. Der Doktor verteilte den Käse, und der einfache Imbiß schmeckte allen vorzüglich.

Dunaj wandte kein Auge von Palko ab, und dieser teilte auch redlich mit seinem vierbeinigen Freunde. Fidel, der Fresser, lief von einem Kameraden zum anderen, ja er ließ sich auch vor dem Herrn Doktor nieder, und nicht vergeblich. Aber als er sich Palko näherte, da knurrte ihn Dunaj an, und das bedeutete wohl in der Hundesprache soviel wie: „Schämst du dich nicht?“ Und es half. Fidel versuchte es nicht zum zweitenmal.

Der Doktor schaute auf die vergnügten Jungen; er beobachtete, mit welchem Appetit Ondrejko aß, und dann sagte er plötzlich:

„Du hast vorhin gesagt, Palko, daß ihr in die Hütte Holz bringen wollt; das wird nicht nötig sein. Ich lasse eine Fuhre Holz anfahren und zerkleinern.

Aber wenn ihr für Blumen sorgen wolltet, das wäre nett. Die Dame soll Molke trinken. Solange sie so schwach ist, könnte sie ihr einer von euch jeden Morgen bringen. Wenn sie sich erst erholt hat, muß sie ihre Molke selbst in der Sennhütte holen. Also, wie ist es? Wollt ihr mithelfen, daß die Dame bald gesund wird?"

Alle waren dazu mit Freuden bereit.

„Ich will euch sagen, was ihr fehlt. Sie hat lange Zeit die Nacht zum Tage gemacht, aber sie konnte den Tag nicht zur Nacht machen. So fehlen ihr die vielen Schlafstunden. Nun möchte sie das gerne nachholen und kann nicht. Sie ist eine traurige, unglückliche Frau, die schon viel Herzeleid erlebt hat. Es wird gut sein, wenn ihr mir helft, sie aufzuheitern; da wird sie schneller gesund werden."

„Kann die Dame Slowakisch?" fragte Palko ernsthaft. Der Doktor schlug sich vor die Stirn.

„Du bist ein heller Junge! Daran habe ich noch gar nicht gedacht. Aber warte mal, ich hörte, wie sie Orangen kaufte, da sprach sie Tschechisch; also werdet ihr euch schon verständigen. Wollt ihr mir helfen?"

„Gerne, gerne", bezeugten alle, „wenn es der Ohm erlaubt."

In sehr fröhlicher Stimmung kehrten die Jungen zurück. Der Doktor hatte sich dort beim Felsen schon von ihnen verabschiedet. Sie brachten dem Ohm einen dichtbeschriebenen Zettel von ihm mit. Filina ging auf alles ein. Er schickte Stevo hin, um die Bank zu machen, und gab die Erlaubnis, daß die Jungen der kranken Dame die Molke und Blumen bringen durften.

Fröhliche Helfer

Und wieder war ein Sonntag gekommen. Heute ging niemand von der Sennhütte zur Kirche. Sie hatten gleich am Morgen einen Abschnitt aus Gottes Wort gelesen, ein Lied gesungen und gebetet, und dann ging ein jeder seiner Wege. Filina hatte eine Einladung von dem Gutsverwalter bekommen, er mußte aufs Schloß gehen. Die Jungen wollten zu Palkos Hütte gehen; sie konnten jedoch nicht hinein, denn der Herr Doktor hatte den Schlüssel; aber sie wollten immerhin nachsehen, ob die Fuhrleute schon das Holz gebracht und ordentlich abgeladen hätten. Wer beschreibt ihre Überraschung, als sie zur Hütte kamen! Alle Fenster waren weit geöffnet, und auf dem Küchenfenster saß eine große weiße Katze. Sie hatte ein sehr feines, sammetweiches Fell und runde blaue Augen wie eine Eule. Um den Hals hatte sie ein mit Perlen besticktes Bändchen mit einer vergoldeten Schelle. Sie ließ ihren breiten, langen Schwanz zum Fenster hinaushängen. Als die Jungen die Katze erblickten, waren sie nur froh, daß die Hunde nicht bei ihnen waren. Fidel war mit seinem Herrn gegangen, und Dunaj streifte irgendwo im Walde umher.

„Da wohnt schon jemand!“ rief Ondrejko.

„Freilich, allein würde die Katze nicht hier sitzen“, bestätigte Palko. Leise gingen sie um das Haus. Im Hof war das Holz schon gehackt und aufgeschichtet. Dann besprachen sie, daß sie nun die Blumen gleich holen müßten, da die Dame schon angekommen sei.

Als sie nach einer Stunde wiederkamen, trug ein jeder einen großen Strauß von Blumen und frischen Zweigen. Palko hatte alle drei geordnet; er war darin ein Meister. Ondrejko trug seinen Strauß mit beiden Händen vor sich her, so daß er kaum auf den Weg sehen konnte. Peter schleppte den seinen wie eine Garbe. Er bemerkte zuerst, daß die Haustür geöffnet war und daß der Schornstein rauchte.

Da erschien eine ältliche Frau in schwarzem Kleid und weißem Häubchen auf der Schwelle. Ihr gutmütiges Gesicht trug einen besorgten Ausdruck, und sie schaute vor sich hin, als wollte sie sagen: „Was fange ich jetzt an?"

„Sicher braucht sie etwas", sagte Palko, und alsbald liefen die Jungen zur Hütte.

Die Frau dankte auf tschechisch für den Gruß. Ihr gutes Gesicht hellte sich auf. Überrascht sah sie die Jungen und ihre großen Sträuße an.

„Sie sind sicher die Pflegerin der kranken Dame", begann Palko das Gespräch, „und wir haben dem Herrn Doktor versprochen, daß wir ihr Blumen bringen wollen. Deshalb haben wir diese hier geholt. Sie sind schon ein wenig welk; aber im Wasser werden sie bald wieder frisch werden."

„Ich danke euch schön! Das wird meine Dame freuen", sagte die Frau und nahm den Jungen die Blumen ab, um sie ins Wasser zu stellen.

„Wenn Sie hier noch ganz unbekannt sind, dann brauchen Sie vielleicht auch etwas, was es hier in den Bergen nicht gibt“, meinte Palko fürsorglich. „Sagen Sie es nur, wir wollen es Ihnen gerne besorgen.“

„Ich bin euch sehr dankbar, Kinder, wenn ihr mir helfen wollt. Wir haben alles mitgebracht, nur Salz und Butter haben wir nicht, denn die Tasche mit dem Proviant ist versehentlich im Wagen liegengeblieben. Wir sind statt heute morgen schon gestern am späten Abend angekommen. Deshalb hat uns der Herr Doktor nicht begleitet, und ich bin hier fremd.“

„Oh, Salz und Butter werden wir Ihnen gleich bringen. Unsere Sennhütte ist ganz in der Nähe“, antwortete Peter eifrig. „Auch die Molke wird schon fertig sein. Komm, Ondrejko!“

„Aus der Sennhütte wird man Milch und Brot bringen“, sagte die Frau.

„Das ist von uns“, versicherte Ondrejko. „Aber wir müssen gehen, damit Sie es bald bekommen.“

„Ich bleibe unterdessen bei Ihnen“, sagte Palko. „Die Hütte gehört meinem Vater, und obwohl Sie manches anders haben, als wir es hatten, kann ich Ihnen doch zeigen, wo Sie das eine oder andere unterbringen können.“

„So? Das ist eure Hütte? Da wirst du wirklich am besten raten können, wie ich all unsere Sachen unterbringen kann. Aber wie heißt du?“

„Palko Lesina, der zweite Junge ist Peter Filina und der dritte Ondrejko Gemersky.“

„Wie heißt er?“ fragte die Frau überrascht.

„Gemersky. Diese drei Almen gehören seinem Vater, Ondrejko hat der Herr Doktor nur deshalb zu Ohm Filina gegeben, weil er so schwach war. Hier erholt er sich. Seitdem er so lebt wie wir und nicht wie die Stadtleute, ist er gesund und kräftig geworden. Doch wie geht es Ihrer Dame? Hat sie in der Nacht schlafen können?"

„Ach, meine Dame!" seufzte die Frau. „Wenn du wüßtest! Ob sie in der Nacht geschlafen hat, weiß ich nicht, dafür schläft sie jetzt wie seit langem nicht mehr. Nun komm, Palko, wir wollen leise hineingehen."

Es war gut, daß sich zwischen der Küche und der Stube der kleine Flur befand; so hörte man nicht alles. An Palko hatte die alte Frau eine gute Hilfe bekommen. Aus der Küche, die wie ein Jahrmarkt aussah, schafften sie gemeinsam Koffer, Reisetaschen, Decken, Mäntel, Tücher in ein sauberes Kämmerchen, von dessen Vorhandensein die Frau noch nichts gewußt hatte. Einige Sachen legte sie dort auf das Wandbrett, das Lesina angefertigt hatte, andere hängten sie an Nägel an die Wände. Einen Koffer mit Geschirr und Küchengeräten packte die Frau gleich aus. Palko trug die Sachen fort und räumte sie in ein neues Schränkchen, einige davon hängte er über dem Herd auf. Dann suchte er den Reiserbesen hervor. Er fegte damit die Küche, denn man hatte mit den Sachen ziemlich viel Staub und Schmutz hineingetragen. Darauf breitete er eines der Tischtücher über den Tisch, lief mit dem Krug

Wasser holen, steckte einen der Blumensträuße hinein und stellte ihn auf den gedeckten Tisch. Gerade als er fertig war, kamen seine Kameraden ganz erhitzt zurück. Ondrejko trug den runden, mit Stroh umflochtenen Krug mit dem engen Hals und eine geschlossene Milchkanne, und Peter hatte ein schweres Bündel auf dem Rücken.

Als die Frau aus der Kammer zurückkehrte, traute sie ihren Augen kaum. Auf dem Tisch lag auf einem hölzernen Teller ein Laib Schwarzbrot, daneben stand Salz in einem neuen Salzfaß, auf einem Schüsselchen lag Käse, auf einem Teller frische goldgelbe Butter, daneben stand ein Kännchen mit Milch. Im Herd prasselte wieder lustig das Feuer. Die Jungen saßen auf der Bank vor dem Fenster, und Palko stand vor ihnen. – „Wie, Kinder, ihr seid schon wieder da?" rief die Frau. „Und was habt ihr da alles gebracht?"

„Das, was Sie gewünscht haben!" sagte Peter. „Die Molke ist in diesem Krug. Aber Ondrejko hat gemeint, daß Ihrer Dame vielleicht heute die Molke noch nicht schmecken wird und daß Sie sicher Kaffee kochen werden, darum brachten wir auch eine Kanne Milch mit. Er hat für Sie auch Butter und Käse mitgebracht. Er kann es ja, es gehört ihm später einmal alles!"

Peter war nicht wenig stolz auf Ondrejko.

Die Jungen wunderten sich, weshalb der Frau die Tränen in die Augen traten. Sie trocknete sie ab und küßte die kleinen Boten.

„Du hast recht, Ondrejko, heute koche ich Kaffee, ihr werdet alle mit mir frühstücken. Inzwischen wird vielleicht auch meine Dame aufwachen."

Während der Kaffee gekocht wurde, erfuhren die Jungen, daß die alte Frau „Moravetz" hieß und daß sie sie „Tante" nennen durften. Sie erzählte ihnen, daß sie im Erzgebirge in ebensolch einem Hüttchen geboren sei; später wären ihre Eltern nach Amerika ausgewandert, dort habe sie sich verheiratet; aber nachdem sie ihren Mann und ihre Tochter dort verloren habe, diene sie nun seit zehn Jahren bei ihrer Herrin und pflege diese wie ihr eigenes Kind. Ehe sich's die Jungen versahen, hatte jeder eine schöne, goldgeränderte Tasse mit duftendem Kaffee vor sich stehen und ein großes Stück Kuchen dazu. Die verloren geglaubte Tasche hatte sich nämlich gefunden. Es wäre auch schade um diesen guten Kuchen gewesen, wenn er verlorengegangen wäre.

Gerade als das Frühstück beendet war, ertönte aus der Stube ein silberhelles Glöckchen. Die Tante lief wie ein junges Mädchen davon.

„Wir sollten wohl gehen", riet Peter. Ondrejko blickte auf Palko, was der wohl sagen würde. Dem war es gelungen, die schöne Katze anzulocken. Sie saß neben ihm und nahm wie ein Eichhörnchen mit beiden Vorderpfötchen die in Kaffee getauchten Kuchenabfälle. Jetzt setzte sie sich sogar auf seine Knie und schnurrte.

„Wir können der Tante das Geschirr nicht einfach stehenlassen, nachdem sie es uns zuliebe gebraucht hat. Sie hat doch niemanden hier“, meinte Palko und eilte mit einem Blechgefäß zum Brunnen. Peter holte Holz. Ondrejko war inzwischen in der Küche allein zurückgeblieben, als sich unvermutet die Stubentür öffnete und man erst die Stimme der Tante und dann noch eine andere vernehmen konnte. Ondrejko drang alles Blut zum Herzen, und es war ihm, als klänge die Stimme von irgendwo aus weiter Ferne, aus dem geheimnisvollen Lande der Erinnerung zu ihm herüber. Was sie sagte, verstand er nicht. Die Katze riß sich von ihm los, erhob ihren langen Schwanz und sprang zur Tür. Diese war nur angelehnt, die Katze öffnete sie mit ihrem Pfötchen und verschwand vor den Augen des sinnenden Jungen. Er beachtete es kaum, so hingenommen war er von der Stimme, die wieder verklungen war. Erst die Rückkehr seiner Kameraden weckte ihn aus seinem Grübeln. Palko spülte die Tassen, Peter trocknete sie ab, sie brachten alles in Ordnung, so gut sie konnten, und dann stahlen sie sich zur Tür hinaus.

Das Erkennen

Sieben Tage – welch eine kurze und doch oft so lange Zeit! Was kann man in ihrem Verlauf nicht alles durchleben, durchleiden! Du wachst auf, du reibst dir die Augen; ist es wahr, daß sie schon vorüber sind?

Auch der einsam durch den Wald schreitende Ondrejko Gemersky fragte sich, ob das, was er in den letzten Tagen erlebt hatte, Wirklichkeit war oder nur ein Traum. Nein, es hatte ihm nicht geträumt; die kranke Dame war wirklich gekommen. Sie wohnte in Palkos Hütte, aber obwohl er, Ondrejko, schon dreimal die Molke hingetragen, hatte er sie noch nicht zu Gesicht bekommen. Die Tante sagte jedesmal, daß sie schlafe und viel schlafen müsse. Ach, warum schlief sie nur gerade immer, wenn er kam? Mit Peter hatte sie schon in der Küche geplaudert und ihm eine Schachtel Süßigkeiten geschenkt. Palko hatte ihr sogar schon aus seinem Büchlein vorlesen dürfen und hatte Ondrejko erzählt, daß sie beinahe so hübsch sei wie sein Mütterchen daheim. Nur er hatte sie noch immer nicht gesehen. Wieviel hatte er schon darum gebetet, besonders heute morgen, daß sie nicht wieder schlafen möchte, wenn er hinkomme, damit er sie doch endlich begrüßen könne. Ondrejko hatte zuvor nie daran gedacht, aber gerade in diesen Tagen hatten es ihm die jungen Sennen, besonders

Stevo, zum Bewußtsein gebracht, daß diese Almen seinem Vater und somit auch ihm gehörten, daß er hier auf alles ein Anrecht habe. Wenn sie ihm Käse und Butter für die Dame gaben, so gaben sie reichlich. „Nimm es nur, es geht ja aus dem deinigen!“ Dieser Gedanke gefiel ihm wohl. – Das alles ist unser! Wenn Palko „unsere Hütte“ sagen durfte, warum sollte er, Ondrejko, nicht sagen „unsere Almen, unsere Gründe, unsere Wälder“! „Da ist sie ja eigentlich zu uns gekommen, obwohl sie in Palkos Hütte wohnt“, sagte der kleine Junge. „Wenn sie sich erholt hat, wird sie kommen, um Molke von unseren Schafen zu trinken.“

So war der Junge unversehens bei dem Scheideweg angelangt, von wo der eine Pfad hinauf zum Frauenfelsen, der andere zur kleinen Hütte im Tal führte. Die Luft war so rein; von den mit üppigem Gras bewachsenen Matten vernahm man die großen Glocken der Schafböcke und die kleineren der Schafe. „Da läuten unsere Schafe“, lächelte der glückliche Ondrejko. Und schon lief er kühn auf das Bänkchen zu, um sich ein wenig auszuruhen. Aber siehe da – die Bank war nicht leer. Keine der Waldfeen, von denen Stevo ihm erzählt hatte, daß sie in der Johannisnacht aus dem Frauenfelsen hervorkämen und auf den Wiesen tanzten, konnte schöner sein als die, die dort auf der Bank saß. Ach, sicher war keine so schön! Die breite Bank mit der guten Rücken- und Seitenlehne bedeckte ein großblumiger Teppich. Ein gleiches Kissen füllte die Seitenlehne aus, und an dieses Kissen lehnte sich ein weißer Arm. Die Frau, die da saß, hatte den Kopf in die schmale, kleine Hand gestützt. Die schönen dunkelgrauen Augen blickten hoch zu den Bergen empor.

Der Junge stellte den Krug hin und faltete die Hände. So blickte er auf das liebliche, bleiche Antlitz. Und es war ihm, als nähme ihn jemand auf den Arm und trüge ihn weit, weit fort ins Land der Erinnerung. Schade, daß die Dame den Jungen nicht anblickte! Er sah eben jetzt so allerliebst aus! Am Samstag hatte ihm der Herr Doktor einen neuen Anzug geschenkt, fast den gleichen wie Palko ihn trug, – ein mit Blumen reich besticktes Hemdchen mit weiten Ärmeln, enge Beinkleider, hohe Schnürstiefel, ein rundes Hütchen mit Bändern und ein kleines gesticktes Jäckchen. Auch Peter hatte einen Anzug bekommen, einen solchen, wie man hier in der Gegend zu tragen pflegte. Ondrejko hatte sich sehr darüber gefreut, daß er seinen Kameraden nun ganz gleich war. Als sie gestern alle drei in der Kirche gewesen waren, da hatten ihnen manche Leute nachgeblickt.

Ach, wenn die Dame doch hersehen wollte! Aber sie blickte nicht her; inzwischen hatte sich der Junge gefaßt. Das war sie, sicher, das war sie! Wer sollte sonst wohl auf dieser Bank sitzen! Außerdem hatte sie die schöne Katze neben sich. Sie war also schon auf, und er brachte erst das Frühstück für sie. Er hatte sich gewiß verspätet! – Die Molke mußte ja zuerst noch gewärmt werden. Wann würde sie frühstücken können?

Er faßte sich ein Herz und grüßte. Die Frau fuhr zusammen, und ihre schönen Augen hafteten verwundert auf dem schüchtern näher tretenden Jungen.

„Guten Morgen!" sagte Ondrejko sich verneigend. „Ich bringe Ihnen die Molke, aber es ist sicher schon spät. Ich habe mich aber wirklich beeilt, seien Sie, bitte, nicht böse!"

„Du bringst mir das Frühstück?" sagte die Dame überrascht. Sie stand auf und nahm dem Jungen den schweren Krug ab. „Das war ja viel zu schwer für dich!"

„Ach nein", entgegnete Ondrejko schüchtern und heftete seine großen Augen auf das Antlitz der Dame. Oh wie glücklich war er, daß er sie nun endlich auch sehen durfte und daß sie mit ihm sprach, ja ihn sogar bei der Hand nahm!

„Wie heißt du?"

„Ondrejko."

„Wohnst du auch auf der Alm?"

„Ja, ich wohne bei Ohm Filina. Ich bin gerne da."

Die Dame schritt mit dem Jungen weiter. Den Krug trug sie selbst. Sie war nur mittelgroß, aber in ihrer Gestalt, in ihren Bewegungen war etwas Fürstliches.

„Warum hat Peter oder Palko nicht die Milch gebracht?" fragte sie, um Ondrejko zum Reden zu bringen.

„Wir wechseln miteinander ab."

„Ihr wechselt euch ab? Dich habe ich aber noch nie gesehen!"

„Ich bringe sie schon zum drittenmal. Aber Sie schliefen immer noch."

„So? Ich habe also deinen Besuch verschlafen? Dafür lasse ich dich heute nicht so bald fort. Du mußt dich bei uns ausruhen. Sieh, die Tante erwartet uns schon." Die Dame blieb stehen, und beinahe fröhlich reichte sie Tante Moravetz den Krug.

„Sehen Sie nur her, wer uns heute die Molke gebracht hat. Ihr beide kennt euch wohl schon; nur wir sehen uns zum erstenmal. Ich bitte um ein gutes Frühstück für meinen Gast."

Der Tante zitterten die Hände ein wenig, als sie ihr den Krug abnahm, und sie sagte, daß sie eilen müsse, um die Molke zu erwärmen.

Ondrejko konnte es kaum fassen, wie ihn der Herr Jesus erhört hatte. Peter durfte die Dame nur in der Küche sehen. Ihn führte sie in die Stube. Und wie hübsch war es da: ein Plüschsofa und Lehnstühle und allerlei Dinge wie im Schloß zu Gemersky. Er durfte mit ihr auf dem Sofa sitzen und ein großes Buch mit Karten ansehen. Es waren Ansichten von schönen Gegenden und Städten. Sie zeigte und nannte ihm alle. „Dort sind Sie überall gewesen?" wagte er zu fragen. Ihr Gesicht wurde traurig.

„Ja, Ondrejko, aber jetzt habe ich nur eine Sehnsucht: immer in diesen Bergen zu bleiben und die böse Welt da draußen niemals wiedersehen zu müssen."

Da brachte die Tante das Frühstück, und Ondrejko mußte sich mit an den schön gedeckten Tisch setzen. Er hatte sich in der Sennhütte daran gewöhnt, vor dem Essen zu beten. Er tat es auch jetzt, und in der Freude, von der sein Herz voll war, fügte er hinzu: „Ich danke dir, lieber Herr Jesus, daß du mich ganz erhört hast."

Die Dame hatte schon ihr Glas zum Mund geführt, sie stellte es wieder hin, und wie beschämt neigte sie gleichfalls das Haupt. Eine Träne hing dabei an ihren goldblonden Wimpern. Als der Junge satt war, fragte sie ihn plötzlich, um was er den Heiland gebeten habe. Er bekannte ihr, daß er sich so sehr danach gesehnt habe, sie einmal sehen zu dürfen, und daß er die Kameraden deshalb ordentlich beneidet habe. Dann bat er um die Erlaubnis, auch das andere Buch besehen zu dürfen, das auf einem Tischchen lag. Es enthielt lauter Photographien. Unter seinen langen Wimpern blickte er die Dame an. Auf etwa zehn Bildern war sie dargestellt, aber sie trug so verschiedene seltsame Kleider. Auf einem Bild hatte sie einen wallenden Mantel und eine Krone auf dem Kopf. Unter dem Bild stand gedruckt: „Mary Slavkovska als Maria Stuart." Der Junge stützte den Lockenkopf in die kleine Hand und sann nach.

„Warum siehst du das Bild so an?" Die Dame streichelte seine Locken.

„Bitte, sind Sie das auf diesen Photographien? Da haben Sie wohl Theater gespielt?“

Sie blickte verwundert auf. „Was weißt denn du vom Theater? Bist du denn schon in einem solchen gewesen?“ Das war doch nicht möglich.

„Nein.“ Das Gesicht des Jungen wurde traurig.

„Was hast du denn, Ondrejko?“ Die Dame umschlang den Jungen.

„Ach, so ist sicher auch meine Mama auf vielen Bildern, und ich kann sie doch niemals wiedersehen.“

„Deine Mutter?“ fragte die Dame verwundert. „Ist sie denn keine Bäuerin?“

„O nein“, die Augen des Jungen leuchteten auf. „Sie ist eine berühmte Sängerin. Aber ich werde sie wohl nie mehr wiedersehen, denn sie hat mich schon längst vergessen; – und so hab’ ich niemanden, weder Mutter noch Vater, obwohl ich letzterem zugesprochen wurde. Ich war oft sehr traurig darüber, aber seitdem Palko zu uns gekommen ist und ich den Herrn Jesus in mein Herz aufgenommen habe, bin ich nicht mehr so verlassen, denn er liebt mich und ist bei mir.“ Der Junge verstummte, denn die Dame wurde mit einemmal so bleich im Gesicht, der Arm, der ihn umschlungen hatte, sank herab, und ein tiefer Seufzer kam von ihren Lippen.

„Tante“, schrie der erschrockene Junge auf, und zum Glück kam Tante Moravetz gleich ins Zimmer gelaufen. Sie wusch mit einem wohlriechenden Wasser das totenbleiche Antlitz der Dame. Sie schob ihr ein Kissen unter den Kopf und legte ihr die Füße auf das Sofa. Nach einer Weile begann die Dame wieder zu atmen. Die Tante nahm den Jungen an der Hand und führte ihn in die Küche. Auf seine ängstlichen Fragen antwortete sie nur, daß ihre Dame noch sehr schwach sei und ruhen müsse. Ondrejko mußte ihr erzählen, was sie miteinander gesprochen hätten. Die Tante seufzte dabei, streichelte ihn und sagte: „Es mußte so kommen; je früher, desto besser." Sie wehrte Ondrejko nicht, nach Hause zu gehen, aber den Krug ließ sie ihn nicht tragen.

„Schicke Palko am Nachmittag; er hat versprochen, meine Herrin zu euch zu führen. Sie soll von morgen an auf die Alm gehen und dort die Molke trinken; so hat es der Herr Doktor angeordnet."

„Aber wenn sie doch krank ist?" fragte der Junge besorgt.

„Sie ist nicht mehr krank, nur schwach, und diese Schwäche muß sie überwinden."

Ach, auf der Welt gibt es eben keine Wonne ohne Bitterkeit. Hätte sein Zusammentreffen mit der Dame nicht so seltsam geendet, dann wäre der Junge sicher ganz stolz und glücklich heimgekehrt. So fand ihn Ohm Filina ganz verweint im Walde, und als er ihn wie ein Lämmchen auf seine starken Schultern hob, schlang der Junge beide Hände um seinen Hals und erzählte ihm alles.

„Ohm, ich habe ihr sicher etwas sehr Schlimmes

gesagt, obwohl ich nicht weiß, was es ist, und sie ist sehr traurig darüber", weinte Ondrejko.

„Weine nicht", beruhigte ihn der Mann. „Du hast gesagt, was dir der liebe Gott in den Mund gelegt hat. Bis die Dame am Nachmittag kommt, wird alles gut sein." Mit diesen Worten trug der alte Senn den ermüdeten Jungen in seine Kammer, legte ihn aufs Bett und setzte sich zu ihm. Er streichelte ihm Haare und Stirn, und bald war sein kleiner Schützling sanft eingeschlafen. Filina blickte ihn traurig an und ging fort. Etwa eine halbe Stunde später sahen die Hirtenjungen den Ohm sonntäglich gekleidet dem Frauenfelsen zuschreiten. Sie dachten, er wolle zur Stadt, und wunderten sich darüber, da er erst gestern dort gewesen war.

Zu gleicher Zeit war in Palkos Hütte ein bitterliches Weinen zu hören, das Tante Moravetz nicht so leicht beruhigen konnte. Dort sagte die Dame unter Schluchzen: „Er war hier, er, mein kleiner, lieber Sohn, und ich habe es nicht gewußt! Diesen schweren Krug hat er selbst mir hergetragen! Er hat sich gesehnt, mich zu sehen, aber er hat mich nicht erkannt. Ach, woher auch, wenn ich selbst ihn nicht erkannt habe! Aber daß seine Mutter ihn längst vergessen habe? Das ist nicht wahr! Alle Herrlichkeit der Erde hat mir meinen verlorenen Schatz nicht ersetzen können. Mein Vater, mein Vater, oh, wenn du wüßtest, was aus deiner Tochter geworden ist! Du hattest sie gelehrt, die Hände zum Gebet zu falten, sie hat es vergessen, wie alles andere. Ich bin eine unglückliche, verratene Gattin, eine Rabenmutter! Wenn du wüßtest, wie sich deine Warnungen wörtlich erfüllt haben!"

Die Frau weinte noch mehr.

Endlich ging die Tante hinaus. Da vernahm sie Schritte im Flur. Gleich darauf kehrte sie zurück und fragte, ob sie den alten Filina einlassen dürfe, der mit der gnädigen Frau in einer wichtigen Angelegenheit zu sprechen wünsche.

Ein Weilchen später saß der Senn in der Stube. „Ich bin zu Ihnen gekommen, Frau Slavkovska", begann er ernst. „Der Sünde, die Sie seit Jahren an meinem kleinen Schützling begehen, muß ein Ende gemacht werden. Der Herr Doktor hat mir gesagt, daß Sie seine Mutter sind, so gut wie mein Herr sein Vater ist. Nun soll das zarte, liebebedürftige Kind wirklich so aufwachsen, wie es in einem Verslein heißt:

„Nicht Vater und nicht Mutter,
nicht Schwester und nicht Bruder,
ach, keinen Menschen habe ich!"

Seine Stimme klang streng. Die Frau streckte ihm flehend die Hände entgegen.

„Was kann ich machen? Sie haben mir ihn ja genommen und Gemersky zugesprochen. Mein Advokat hat alles getan, was er konnte, aber vergeblich."

„Und würden Sie ihn liebhaben? Wollten Sie für ihn sorgen, wie es sich für eine ordentliche Mutter gehört, wenn ihn mein Herr Ihnen zurückgäbe?“

„Ob ich wollte? Ich verdiene, daß Sie mich so fragen. Aber, ob Sie es glauben oder nicht, ich würde alles hingeben, wenn ich ihn nur zurückgewinnen könnte. Denn er liebt mich, mich, die Unwürdige.“

„Ja, er liebt Sie, wie nur so arme, verlassene Kinder lieben können. Darum komme ich zu Ihnen. Heute – oder niemals – gibt Gott Ihnen die Gelegenheit, Ihren Schatz zurückzugewinnen. Ihr ehemaliger Gatte ist sehr verschuldet. Der Verwalter hat den Auftrag bekommen, das Gut zu verkaufen. Wenn Sie Geld genug haben – der Herr Doktor sagt, daß Sie es haben –, dann kaufen Sie es aus erster Hand, bevor es den Maklern in die Hände fällt. Wenn Ihr Advokat Herrn Gemersky schreibt, daß Sie das Gut auf den Jungen übertragen lassen, sobald er es Ihnen schriftlich gibt, daß der Junge Ihnen allein verbleibe, wird er sicher einwilligen. Er hat immer gesagt, daß das Gut Ondrejko, als dem Erstgeborenen, verbleiben müsse. Das weiß die ganze Umgebung. Wenn das schöne Gut durch Verkauf Eigentum des Sohnes des früheren Besitzers würde, wäre es keine Schande für die Familie. Vernünftig bewirtschaftet, würde es auch mehr Ertrag bringen als heute; und selbst wenn Sie Gelder dazu aufnehmen müßten, lohnte es sich, daß Sie es kauften.“

„Ach, Ohm Filina!“ Die Frau nahm die harte Rechte des Mannes in ihre kleinen Hände. „Wie soll ich Ihnen danken für den guten, treuen Rat? Ich weiß nicht, ob meine Kapitalien genügen werden; aber ich habe wertvollen Schmuck; wenn ich den veräußere, kann ich es leicht auszahlen, ja es bleibt mir noch etwas für den Anfang. Ich bin nicht so unerfahren in der Landwirtschaft, wie Sie denken. Ich bin eine Farmerstochter. Aber wer wird es für mich kaufen? Mein Advokat ist nicht da."

„Wir rufen den Herrn Doktor. Sie fahren mit ihm zum Verwalter des Schlosses und kaufen das Gut allein. Er hat den Auftrag, es unter der Hand zu verkaufen. Sobald es Ihnen gehört, fangen Sie an, wegen des Jungen zu unterhandeln. So denke ich wenigstens. – Aber Ondrejko geben Sie sich noch heute zu erkennen, damit er sich nicht quält. Kommen Sie am Nachmittag zu uns; ich schicke Palko, um Sie abzuholen."

Filina war aufgestanden. „Ich wäre heute nicht zu Ihnen gekommen, da Sie noch schwach sind, aber der Kauf eilt, und Ondrejko hat so geweint, daß er ordentlich zitterte, weil er, wie er meint, Ihnen sicher etwas Schlimmes gesagt habe, da Sie ohnmächtig wurden. Der Junge ist eben sehr zart. Er braucht nicht nur Abhärtung bei mir – die ist nur für den Leib –, aber sein Herz braucht eine Mutter. Also, Gott befohlen!"

„Ohm Filina!" Die Frau vertrat ihm den Weg. „Wissen Sie, warum ich mich von Gemersky getrennt habe? Oder denken Sie, daß ich ihn als untreue Frau verlassen habe, weil ich Sängerin bin?"

„Der Herr Doktor hat mir gesagt, daß mein Herr Ihnen ein Unrecht zugefügt habe. Ich frage nicht weiter. Wir haben jeder an unserer eigenen Schuld genug. Gott sieht uns, er kennt uns. Richtet nicht, auf daß ihr nicht gerichtet werdet.“ Die rauhe Stimme Filinas klang ordentlich weich. Er reichte der Frau die Hand und ging.

* * *

„Ohm Filina! Ihr kommt schon aus der Stadt zurück?“ klang es ihm entgegen, als er zur Herde kam. Palko lief ihm entgegen. In der Hand trug er ein Bündel mit schönen Pilzen.

„Ich war nicht in der Stadt, Palko. Aber was machst du da?“ Filina setzte sich auf einen moosbewachsenen Baumstumpf. Der Junge streckte sich voll Behagen in die weichen, moosigen Kissen.

„Ich habe Stevo den Brief hingetragen, den der Junge des Försters ihm von seiner Mutter gebracht hat. Er hat sich sehr gefreut. Sie war krank gewesen, aber nun schreibt sie wieder selbst. Gott sei Dank.“

„Auch ich freue mich; sie ist eine brave Frau. Und sobald ein Sohn keine Mutter mehr hat, hat er auch keine Heimat mehr“, sagte Filina nachdenklich. „Wo hast du die Pilze gefunden?“

„Nicht wahr, die sind schön? Ich sah sie im Grunde. Joschko wird uns zum Abendbrot ein Gericht daraus kochen.“

„Das ist recht. Aber wähle die schönsten aus und trage sie am Nachmittag den Frauen in euer Häuschen. Vielleicht wird es ihnen lieb sein."

„Soll ich wirklich die Dame abholen? Wird der Weg nicht zuviel für sie sein?" fragte der Junge besorgt.

„Ich denke nicht; ihr werdet langsam gehen."

„Wenn sie aber so schwach ist, Onkel?"

„Jch habe sie gesehen; ich komme von ihr."

„So? Habt Ihr sie gesehen? Habt Ihr Euch auf dem Wege von der Stadt bei ihr aufgehalten?"

Der Ohm schwieg eine Weile, als überlege er. Dann heftete er seine Adleraugen auf das Antlitz des Jungen.

„Palko, ich will dir etwas sagen. So Gott will, wirst du mir in einer schweren Sache helfen."

„Gerne, sprecht nur!"

„Der Herr dieser Almen ist Ondrejkos Vater; das weißt du, nicht wahr?"

„Ja, das weiß ich."

„Und die schöne Dame dort", er deutete in die Richtung von Lesinas Haus, „ist seine Mutter."

„Was?" rief Palko aufspringend, „was sagtet Ihr? Seine Mutter? Wie kommt es, daß sie nicht beisammen sind und Ondrejko nicht bei ihnen ist?"

„Weil sie geschieden sind und Herr von Gemersky sich schon vor Jahren eine andere Frau genommen hat."

Palko kniete vor dem alten Sennen im weichen Moos. Nun fragte er: „Hat ihnen das der Herr Jesus erlaubt? Ich denke, er sagt, daß man das nicht tun dürfe?“

„Weißt du, Palko, die Welt tut allerlei, was Gott verboten hat, auch dieses. Ich weiß, daß es eine Sünde ist, aber es ist nun einmal so und läßt sich nicht wiedergutmachen. Die Dame war, ehe sie Herrn von Gemersky heiratete, eine berühmte Sängerin in Amerika. Sie muß sehr schön gewesen sein, denn sie ist es heute noch. Er brachte sie nach Europa in seine Familie. Diese aber zürnte ihm, weil seine Frau nicht aus adligem Geblüt war. Sie waren sehr unfreundlich gegen sie, und er nahm sich ihrer nicht gebührend an, denn so wie ich ihn kenne, ist er nicht der Mann, der seine Frau gegen die ganze Welt verteidigen würde. Vielleicht bereute er es auch, als ihm hier allerlei Gräfinnen angetragen wurden, daß er sich an sie gebunden hatte. Wie es zwischen ihnen war, weiß ich nicht. Nur soviel weiß ich, daß sie eines Tages, als er nicht daheim war, den Jungen nahm und fortging. Sie wohnten damals in Budapest. Auf andere Weise erhalten konnte sie sich nicht, so gab sie den Jungen in Pflege und ging wieder zum Theater. Darüber kam es zu einem Prozeß. Er klagte gegen sie, daß sie ihn verlassen habe, sie wollte nicht zu ihm zurückkehren, und so wurde ihre Ehe gerichtlich geschieden. Der Junge wurde dem Vater zugesprochen, und schließlich kam er hierher zu uns. Solange Ondrejko bei den Leuten in Pflege war, zu denen ihn seine Mutter gegeben hatte, hat er sicher nur Gutes über sie gehört. Aber die, zu denen ihn nachher sein Vater gegeben hat, mögen sicher nicht gut von ihr gesprochen haben, wie du dir denken kannst. So hat der arme Junge allerlei Gedanken über seine Mutter, und doch sehnt er sich nach ihr. Darum war ich heute bei der Dame, ihr zu raten, wie sie den Jungen zu sich nehmen könnte, und bat sie, sich schon heute ihm zu erkennen zu geben. Darum habe ich dir, Palko, alles erzählt, damit du Ondrejko sagen möchtest, wer heute zu uns kommen wird."

Im Wald wurde es still. Der Ohm blickte auf den nachdenklichen Jungen. „Wirst du es ihm sagen, Palko?"

„Ja, Ohm; aber ich muß erst den Herrn Jesus bitten, denn das ist keine kleine Sache. Wie gut, daß Ondrejko schon ihm gehört! Er wird noch seiner Mutter helfen, den Weg zu ihm zu finden."

„Also, das wäre abgemacht", sagte der alte Senn.

„Aber Ohm Filina", nahm Palko wieder das Wort, „wann werdet Ihr mir endlich sagen, daß Ihr auch ganz dem Herrn Jesus gehört?" Die besorgte, liebevolle Stimme des Jungen trieb dem Mann die Tränen in die Augen.

„Ich weiß selbst nicht, was ich dir darauf antworten soll, mein Junge. Es ist mir selbst verwunderlich; seitdem ich es neulich so gemacht habe wie jener Zachäus, ist es mir, als sei die große Last, die immer auf mir lag, nicht mehr da. Mitunter scheint es mir, als sei der Sohn Gottes wirklich bei mir, und wenn ich in der Bibel lese, dann ist es mir, als ob er in meinem Herzen wohne und mir die Augen öffne. Nun weiß ich nicht, mein Junge, was ich noch tun soll."

„Ach, Ohm", rief Palko, sprang auf und hüpfte vor Freude, „da habt Ihr ihn ja schon angenommen! Er hat Euch die Last abgenommen und sie hinter seinen Rücken zurückgeworfen."

„Was du nicht sagst, Junge!" rief der Mann überrascht aus. „Und das wäre alles?"

„Ja, das ist alles. Wir sollen nur an ihn glauben, das heißt, ihm vertrauen. Ihr wißt doch, wie er sagt: ‚Kommet her zu mir alle, die ihr mühselig und beladen seid; ich will euch erquicken.' Nun, Ihr seid zu ihm gekommen, und er hat Euch erquickt!"

„Ich glaube es, mein Junge, ich glaube, ich verstehe auch schon alles, wie dort der Zachäus. Er ist gekommen, um zu suchen und selig zu machen, was verloren ist; er hat auch mich verlorenen Sünder gesucht, und ich habe mich von ihm finden lassen."

Als sie im nächsten Augenblick vor Gott knieten, der Mann und der Junge, da herrschte im Himmel große Freude, weil wieder ein Mensch Jesus Christus in sein Herz aufgenommen hatte, „denn wie viele ihn aufnahmen, denen gab er Macht, Gottes Kinder zu werden". So schrieben die Engel einen neuen Namen ins Lebensbuch. Sie schrieben, daß Peter Filina glaubte, daß Jesus von Nazareth seine schwere Sünde ans Kreuz getragen und dort die Todesstrafe dafür erduldet habe und somit ihm, Filina, alles vergeben worden sei und ihn der Herr für Zeit und Ewigkeit zu seinem Kinde angenommen habe.

Filina betete zum erstenmal von ganzem Herzen zu Gott als zu seinem Vater. Er dankte dem Gotteslamm für seinen Tod, aber er dankte ihm auch, daß er Palko in diese Berge geschickt hatte.

Der Junge atmete tief auf. „Nun, da ich nicht mehr für Euch zu beten brauche, werde ich noch mehr für Ondrejkos Mutter beten können. Jesus wird es mir sicher geben, daß sie bald ihm ganz vertrauen kann."

Sie gingen noch ein Stückchen zusammen, dann schlug der Ohm den Weg zur Alm ein, und Palko kehrte in die Sennhütte zurück; er sang dabei, daß es von allen Bergen widerhallte.

Am Nachmittag ging es in der Sennhütte sehr lebhaft zu. Die Jungen fegten und putzten, bis nirgends mehr ein Stäubchen zu finden war. Ondrejko hatte Blumen herbeigeschleppt, um eine Girlande zu flechten. Als sie fertig war, befestigte sie der Ohm über der Tür.

„So, jetzt gehe ich", verkündigte Palko. „Begleite mich, Ondrejko. Ich habe ganz in der Nähe schöne Blumen gesehen; die kannst du pflücken und auf den Tisch stellen."

„Ja, es ist Zeit, daß du gehst", nickte der Ohm, „geht nur zusammen."

Ondrejko gehorchte sehr gerne. Fröhlich liefen die Jungen in den Wald und fanden alsbald die gesuchten Blumen.

„Komm, setzen wir uns ein wenig", schlug Palko vor, als sie die Blumen gepflückt und in die nahe Quelle gelegt hatten, damit sie nicht verwelkten. „Ich möchte dich gerne etwas fragen: Kannst du dich gar nicht mehr an dein Mütterchen erinnern?"

„An mein Mütterchen?" stutzte Ondrejko. Diese Frage hatte er nicht erwartet. „Nur ganz wenig erinnere ich mich an sie, daß sie sehr hübsch war und eine sehr schöne Stimme hatte."

„Und wenn sie plötzlich zu dir käme, würdest du dich freuen?"

„Zu mir?" Die schönen Augen des Jungen öffneten sich weit. „Sie kann ja nicht meinetwegen zu mir kommen, denn ich gehöre nicht mehr ihr, sondern dem Vater."

„Was hat dir denn die Frau, bei der du wohntest, von ihr gesagt?"

„Daß sie von Vater und mir weggegangen sei, weil sie das Theater lieber hatte als uns, denn dort hätten sich die Leute manchmal anstatt der Pferde vor ihren Wagen gespannt und ihr schöne Schmucksachen geschenkt."

„Und du hast das geglaubt?" fragte Palko stirnrunzelnd.

„Nein, ich habe es nicht geglaubt, denn ich habe sie lieb, sehr liebgehabt."

„Glaube es auch nicht! Mir sagte Ohm Filina, sie sei nur deshalb fortgegangen, weil die Familie deines Vaters sie nicht liebhatte, da sie nicht aus adligem Hause war. Zum Theater sei sie nur gegangen, weil sie sich nicht anders habe ernähren können. Dein Vater hatte sie aus der Ferne hergebracht. Dorthin konnte sie nicht zurückkehren. Was sollte sie tun? Was das Theater ist, weiß ich nicht. Sie soll dort schön gesungen haben. Das war wohl nichts Böses. Wenn sie den Herrn Jesus so gekannt hätte, wie wir ihn kennen, hätte er ihr anders geraten und geholfen. Und wenn das, was sie getan hat, nicht gut war und sie es einmal erkennt und ihn um Verzeihung bittet, wird er ihr alles vergeben; aber wir müssen ihr von ihm erzählen, du und ich."

„Wir? Aber sie ist doch weit, weit fort!"

„Glaube das nicht, Ondrejko. Der Herr Jesus hat sie uns hierhergesandt. Die Dame in unserer Hütte – das ist sie."

„Das ist sie?" Ondrejko sprang auf. „Ja, ja, sie ist es. So hat sie ausgesehen. Und diese Stimme! Deshalb war es mir, als hörte ich von weither ein Märchen, wenn sie sprach und wenn ich sie ansah. Ich habe sie ein wenig erkannt, aber sie hat mich nicht erkannt", seufzte der Junge traurig, und seine Augen füllten sich mit Tränen.

„Wie sollte sie dich auch in dieser Bauerntracht erkennen? Wir beide, Peter und ich, haben dich kaum wiedererkannt."

„Meinst du?" sagte Ondrejko getröstet. „Palko, nimm mich mit zu ihr. Sie weiß ja nicht, daß ich ihr Ondrasch bin, sie kennt mich nicht."

„Sie weiß es schon. Ohm Filina war dort. Er hat ihr die Wahrheit gesagt."

„Ach, nimm mich doch mit; denn ich habe sie so sehr betrübt, daß sie beinahe gestorben ist!“

„Ja, komm! Sicher will es der Herr Jesus so haben.“

Suchende und Gefundene

In seinem ganzen Leben wird Ondrejko Gemersky nicht vergessen, wie das war, als sich die Tür der Hütte öffnete und die schöne Frau in vergißmeinnichtblauem Kleid heraustrat. Sie trug einen großen Hut in der Hand, aber er entfiel ihr, als sie mit dem Ruf: „Mein Ondrejko!“ ihm entgegenlief und er pfeilschnell auf sie zueilte.

„Mütterchen, mein Mütterchen!“ Und schon hing er an ihrem Hals. Sie kniete vor ihm und drückte ihn an sich. Und sie weinten beide, und Palko mit ihnen.

„Ach, mein Mütterchen, ich habe dich so lieb! Nicht wahr, ich bin dein, und du gibst mich nicht mehr her?“ bat Ondrejko unter Tränen. Er streichelte die Wangen und die Stirn der Frau.

„Ja, du bist mein!“ rief sie, „und ich gebe dich niemandem, niemandem auf der Welt! – Aber nun komm, mein Liebling, wir müssen zu Ohm Filina gehen. Er wird dafür sorgen, daß dich niemand mehr wegnimmt.“

Niemals wird Ondrejko vergessen, wie sie dann gemeinsam zur Sennhütte wanderten, wo sie so herzlich begrüßt wurden, und welch einen schönen Nachmittag und Abend sie dort verlebten, denn Ondrejkos Mutter übernachtete mit der Tante Moravetz in Ondrejkos Stube. Der Ohm hatte damit gerechnet. Er beriet sich mit der Tante, und Stevo holte den beiden Frauen alles Nötige aus ihrem Häuschen: Kissen, Bettücher, Decken und anderes mehr. Ondrejko saß auch am Abend noch bei seinem Mütterchen, während Joschko einen Hammel am Feuer briet und Peter der Tante half, die Suppe zu kochen.

Der Ohm erzählte von dem Leben auf der Alm und allerlei Hübsches aus seinen Erfahrungen bei der Herde. Dann nahmen sie im Freien das Abendbrot ein. Sie sangen ein Abendlied, beteten, und Palko las aus seinem Büchlein vor. Auf Filinas Wunsch las er das 15. Kapitel des Lukasevangeliums, von dem guten Hirten, von dem Weib, das einen Groschen verloren hatte, und von dem verlorenen Sohn, der einen guten Vater hatte und dennoch davonlief und dem es draußen in der Welt schlecht erging, bis er endlich zu seinem Vater heimkehrte. Palko erzählte allerlei Beispiele dazu, wie es seine Gewohnheit war. Alle hörten ihm gerne zu. Als er schwieg, knisterte nur das Feuer; am Himmel funkelten die Sterne. Der Mond beleuchtete die Gipfel der Berge und die Matten. Ab und zu vernahm man leises Glockengeläute aus den Schafhürden.

Plötzlich hob der alte Senn den Kopf und sprach mit ungewohnter Stimme:

„Das verlorene und gefundene Schaf bin ich, liebe Kinder. Mir hat der gnädige Gott alle meine Sünden vergeben. Der Herr Jesus hat mich gesucht und gefunden, und ich habe mich ihm samt unserer Sennhütte ganz übergeben. Wir wollen beten."

Er nahm den Hut ab, faltete die Hände und betete das „Vaterunser", so wie es noch keiner von ihnen hatte beten hören. Auch diesen Augenblick wird der kleine Ondrejko Gemersky nie vergessen.

Als in der Sennhütte alles still geworden war, machte der Ohm, bevor er sich zur Ruhe legte, seinen gewöhnlichen Rundgang, um zu sehen, ob nirgends eine Gefahr drohe. Als er an den hölzernen Anbau kam, blieb er überrascht stehen. Auf Ondrejkos Bänkchen unter den Fenstern saß, in einen Schal gehüllt, vom Mond beleuchtet, Frau Slavkovska. Sie hatte die Hände um die Knie geschlungen, den Kopf vorgebeugt und blickte starr in die schöne, sternenhelle Nacht hinaus. Er räusperte sich, um sich bemerkbar zu machen. Sie hob den Kopf und wies bittend auf den Platz neben sich. Er gehorchte.

„Sie haben gesagt, Ohm Filina, das verlorene und gefundene Schaf seien Sie", begann sie mit ihrer schönen, traurigen Stimme. „Jenes Weib, das den Groschen verloren hat, bin ich. Aber nicht nur das, ich bin auch eine verlorene Tochter."

„Wie meinen Sie das?" fragte Filina ernst.

„Als Palko vorhin erzählte, wie gut jener Vater war und wie ihn der ungeratene Sohn verließ, mußte ich daran denken, daß ich an meinem lieben, guten Vater ebenso gehandelt habe. Und darum ist es mir seither so ergangen, wie es mir ergehen mußte." Sie seufzte tief auf.

„Erzählen Sie es mir! Ich bin schon ein alter Mann

und könnte Ihr Vater sein. Ich werde Sie verstehen."

„Ja, Ihnen will ich alles sagen. Haben Sie denn nicht mein armes Kind gerettet, als es niemanden hatte? Haben Sie nicht wie ein Vater für es gesorgt?"

* * *

„Wir lebten auf einer schönen Farm in Amerika. Meine Großeltern waren in jungen Jahren aus Böhmen eingewandert und hatten sich eine kleine Farm gekauft. Sie hatten sich redlich gemüht, und Gott hatte seinen Segen dazu gegeben. Es waren gute Leute. Sie vertrauten auf Gott. Sie hatten einen Sohn und eine Tochter. Der Sohn wollte studieren; sie erlaubten es ihm. Er half ihnen nicht bei der Landwirtschaft, sie mußten einen Gehilfen nehmen. Der, den sie anstellten, war auch ein Landsmann von ihnen, und er gefiel ihnen gleich sehr wohl, weil er sehr gut in ihre Familie paßte. Einst, als der Großvater schwer krank war und dachte, daß er sterben müsse, ließ er seinen Arbeiter rufen und bat ihn, wenn er noch frei sei und daheim keine Braut habe, seine Tochter zu heiraten. Er würde leichter aus der Welt gehen, wenn er wüßte, in wessen Händen er Weib und Kind zurückließe. Daß die Tochter den schönen, guten Jüngling liebte, wußte er. Nun, der bat sich Bedenkzeit aus, und dann teilte er der Tochter seine Schicksale in der alten Heimat mit. Welcher Art sie waren, weiß ich nicht. Sie entschloß sich dennoch, seine Frau zu werden, und hat es auch niemals bereut. Mein Vater war zu meiner Mutter sehr gut. Großvater genas von seiner Krankheit und lebte und arbeitete noch viele Jahre mit seinem Schwiegersohn, und alles glückte ihnen, so daß sie von der kleinen Farm auf eine größere übergehen konnten. Ich erinnere mich nur an die letztere. Meine Eltern hatten nur mich. Onkel Adalbert, welcher damals schon verheiratet und Professor in New York war, riet ihnen, mich zu ihm in Erziehung zu geben, damit ich die Schulen besuchen und eine gebildete Dame werden könne. Dem Großvater gefiel dieser Vorschlag, und so war ich nur den Sommer über daheim, den Winter verbrachte ich bei dem Onkel und in den Schulen, bis meine Ausbildung abgeschlossen war. Onkel Adalbert entdeckte, daß ich Gaben zum Gesang hatte; meine Lehrer bestätigten es ihm. Er ließ mich, ohne daß die Meinen daheim es wußten, singen lernen. Mir gefiel dieses Singen sehr und noch mehr das Lob, mit dem mich die Zuhörer beim Schulkonzert überhäuften. Unterdessen war in unserem Hause eine sehr große Veränderung vorgegangen. Als man mich ans Sterbelager meines Großvaters rief, erkannte ich mein Heim kaum wieder. Unsere Farm lag nahe bei den Bergen. In diesen Bergen hatten mehrere Wochen hindurch sogenannte Lagerversammlungen stattgefunden. Unsere ganze Familie war hingegangen, um die Redner zu hören, die dort religiöse Vorträge hielten, und die ganze Familie hatte sich, wie man das dort nannte, ‚für Christum entschieden'. Ich werde niemals vergessen, wie selig mein Großvater heimging, nachdem er uns alle gesegnet hatte, und wie gottergeben die Großmutter ihren Verlust trug. Aber zum erstenmal floh ich förmlich von den teuren Eltern zum Onkel zurück. Meine Lieben hatten eine Hausandacht eingeführt. Sie sangen Lieder zu Ehren des ‚Lammes', von dem sie bezeugten, daß es sie errettet hatte. Aber ich wollte diese Lieder nicht singen. Es war mir, als ob die Mauern unseres Hauses mich erdrücken wollten. – Traurig ließ mich mein Vater ziehen, mein herzensguter Vater! Aber ich hatte noch ein halbes Schuljahr und ein Examen vor mir. Meine lieben Eltern freuten sich, daß ich dann bei ihnen daheim bleiben würde, denn ich war ihre Einzige, für mich hatten sie gearbeitet und gespart. Mein Onkel stimmte ganz und gar mit mir überein. Er wollte ebensowenig wie ich den schmalen Weg betreten, der zur ewigen Herrlichkeit führt. Mit dem Schuljahr endigten auch meine Gesangsstunden, und ich kehrte mit der Absicht heim, von meinen Eltern die Erlaubnis zu erbitten, zur Oper gehen zu dürfen. Ich wollte Sängerin werden. Mehr als ein halbes Jahr kämpfte ich darum mit Bitten und Tränen, aber vergeblich. Mein Vater war zu mir von engelhafter Geduld und Güte, während Mutter und

Großmutter eher die Geduld verloren. Aber sowenig sich die Felsen da oben bewegen, ebensowenig konnte ich meinen Vater dazu bewegen, mir seine Einwilligung zu diesem Schritt zu geben. Nun, da er sie mir nicht geben wollte, nahm ich sie mir allein."

„Was haben Sie getan?" fragte der Alte mitleidig. Die Frau schluchzte auf.

„Ich verließ das Haus und hinterließ einen Brief, daß ich die Welt liebe und mit und in ihr leben wolle, daß ich nach Ruhm und Ehre verlange und mich nicht auf der Farm vergraben wolle. Ich flüchtete zu meinem Onkel. Mein teurer Vater kam mir nachgereist. Er bat, er versuchte mich zu überreden, aber ich wollte nicht heimkehren und blieb fest.

‚Wenn sich dir die Welt und ihre Eitelkeit als leere Seifenblase zeigt und dein Herz voller Enttäuschung verzweifeln will, dann denke daran, daß du einen Vater hast, und kehre heim! Bis dahin trennen sich unsere Wege! Der unsere ist schmal, aber er führt zur Höhe; der deinige ist breit, er führt von der Höhe in einen tiefen Abgrund hinab. Unsere Gebete werden dich wie eine feurige Mauer umgeben. Ich weiß, daß du viel Böses, viel Leid gerade darum erfahren wirst, weil unsere Gebete es verhindern werden, daß du so sündigen könntest wie alle anderen um dich her.'

Das waren seine letzten Worte. Ach, Ohm Filina, und ich ging dennoch den breiten Weg. In kurzer Zeit wurde ich eine berühmte Sängerin. Mir, der einfachen, aber gebildeten Farmerstochter, öffneten sich die höchsten Gesellschaftskreise. Die Leute trugen mich auf den Händen, und ich vergaß, wie der verlorene Sohn, bald genug meine guten Eltern, meinen Vater. Und dann kam Gemersky, und ich ging mit ihm, bereit, um seinetwillen alles, auch meinen Künstlerruhm, aufzugeben. Er versprach mir zwar, daß ich auch als seine Gattin weiter singen dürfe. Er hielt sein Wort auch, solange wir in Amerika und Italien waren. Aber in seiner Heimat war es dann nicht mehr möglich.

Und dann kam alles so, wie mein teurer Vater es vorhergesagt hatte. Aber davon will ich nicht sprechen. Ich wollte nur sagen, daß ich jener ‚verlorene Sohn' bin."

„Sie sind es nur zur Hälfte, Frau Slavkovska, denn jener Sohn ist heimgekehrt, und das haben Sie noch nicht getan."

„Nein, Sie haben recht, ich bin noch nicht heimgekehrt. Als ich jenen untreuen Mann verließ, da schämte ich mich, so verlassen und verraten und um all mein Hab und Gut gebracht, heimzukehren. Als ich meinen Onkel bat, mir zu helfen, schickte er mir eine Summe Geldes mit der strengen Ermahnung, entweder zu meinem Mann zurückzukehren oder zu meinen Eltern zu gehen und mich mit ihnen auszusöhnen. Aber ich wollte nicht Buße tun. Ich meinte, daß alle Leute an mir gesündigt hätten und daß ich allein unschuldig sei. Leben mußte ich; so kehrte ich aufs neue zur Bühne zurück, aber mit gebrochenem Herzen. Die Welt lag mir bald wieder zu Füßen, aber so verlassen wie ich war, erkannte ich sie in ihrer ganzen Schlechtigkeit. Mein Vater hatte recht gehabt: ich konnte nicht so sündigen, wie die anderen um mich her, und so mußte ich viel, viel leiden, bis ich endlich zusammenbrach. Meine Gesundheit war untergraben, ich löste meinen Vertrag mit der Bühne und begab mich auf die Suche nach meinem Kind. Ich wollte es wenigstens noch einmal sehen, bevor ich sterbe. So, das ist alles."

„Nein, das ist nicht alles", lächelte Filina freundlich und stand auf. „Das Ende wird sein, daß die Tochter erst zu ihrem himmlischen und dann zu ihrem irdischen Vater zurückkehrt. Er, der mich angenommen hat, nimmt auch Sie an. Aber jetzt gehen Sie bitte zur Ruhe und denken Sie daran, daß dort in der Ferne Ihr irdischer Vater vielleicht gerade jetzt für Sie betet. Und der himmlische Vater hat uns so geliebt, daß er uns seinen eingeborenen Sohn gab. Gute Nacht!"

Ein Weilchen später leuchteten die Sterne über dem stillen Fleckchen Erde, wo die Menschen schliefen.

Lieder der Vergangenheit

Am nächsten Tag kam der Herr Doktor, wie ihn Ohm Filina erwartet hatte. Der Wagen brachte ihn bis vor die Sennhütte, aber bevor Ondrejko sich's versah, hatte er ihm die Mutter und Ohm Filina entführt. Ehe sie wegfuhren, befahl der Ohm: „Palko, nimm die Jungen, und gehe mit ihnen in den Wald, wo euch niemand stört, und betet, daß Gott uns helfe, unser Vorhaben glücklich auszuführen!" Nun, so beteten sie und glaubten, daß der Herr Jesus sie erhören würde.

Spät am Abend erst kehrte der alte Senn zurück; die Jungen schliefen bereits. Am anderen Morgen teilte er ihnen mit, daß alles glücklich gelungen sei, was gestern ausgerichtet werden konnte. Aber erst in einer Woche würden sie erfahren, wie die Sache ausgegangen sei; sie sollten nur weiterbeten.

Ach, war das dann eine Woche! Niemals hatten die Jungen eine ähnliche erlebt. Bald waren sie mit Ondrejko bei seiner Mutter, bald kam diese zu Besuch in die Sennhütte.

Wenn sie über den Abend blieb, übernachtete sie gerne in Ondrejkos Stube. Die Tante ging dann gegen Abend zurück. Peter begleitete sie; er tat das sehr gerne, denn dort bekam er immer ein sehr gutes Nachtessen. Ondrejko übernachtete dann mit seinem Mütterchen; und das war so schön! Sie saß an seinem Bett, erzählte allerlei Schönes, streichelte und küßte ihn, bis er einschlief. Dafür weckte er sie am Morgen. Er sprang von seinem Lager auf, schlang die Arme um ihren Hals und küßte sie behutsam auf den Mund. – Dann durfte Ondrejko sein Mütterchen begleiten, wenn Ohm Filina sie herumführte und ihr alle drei Almen zeigte. Sie gingen zusammen durch die Wiesen, besahen die Herden und sprachen mit den Hirten. Sie war zu allen so freundlich. Wie wohl tat es der Frau, diese schönen Spaziergänge zu machen! Es schmeckte ihr so gut, und sie schlief so ruhig nachher. Ondrejko freute sich, daß sie Ohm Filina gern hatte. Obwohl er sie als Herrin respektierte, ging er doch so liebevoll mit ihr um wie mit einer Tochter.

Am Samstag ging Ondrejko zu seiner Mutter ins Häuschen. Er sollte bei ihr zu Tisch sein. Für den Nachmittag waren seine beiden Kameraden eingeladen, ja sie durften auch Dunaj und Fidel mitbringen. Mieze fürchtete sich nicht vor ihnen, und da sie das merkten, ließen sie sie in Ruhe.

Fröhlich lief Ondrejko in die Stube. Aber auf der Schwelle blieb er erschrocken stehen, denn am Tisch saß seine liebe Mutter mit einem postfertigen Brief in der Hand und weinte. Ach, sie weinte so bitterlich! Sie blickte zwar auf, als er auf sie zulief und sie streichelte und küßte; sie erwiderte seine Liebkosungen, aber ihre Tränen flossen weiter. „Ach, warum weinst du denn so sehr, mein Mütterchen?“ drang er in sie. „Worüber?“

„Über mich selbst, mein Liebling, weil ich sehr, sehr böse bin.“

Das wollte Ondrejko erst nicht zugeben, denn ihm erschien seine Mutter so gut wie ein Engel, aber sie hatten gerade gestern das Wort gelesen: „Sie sind allzumal Sünder und mangeln des Ruhmes, den sie vor Gott haben sollten“, und Palko hatte gesagt, solange ein Mensch das nicht erkenne und sich selbst für gut halte, solange könne ihn der Herr Jesus nicht finden, denn die Gesunden bedürften keines Arztes. Und Ohm Filina hatte hinzugefügt, daß nur der Geist Gottes einen Menschen diese Erkenntnis lehren könne. Also der Geist Gottes fing schon an, seine Mutter zu lehren. Oh, da würde sie der Heiland sicher bald finden!

„Warum denkst du denn, Mütterchen, daß du böse seiest?“ fragte der Junge schüchtern.

„Weil ich einen so guten Vater habe, und ich habe ihn so sehr betrübt. Sieh her, Ondrejko, jetzt habe ich ihm nach Jahren zum erstenmal wieder geschrieben.“

„Du hast ihn doch um Verzeihung gebeten, nicht wahr?“

„Ja, aber ob er solch eine Sünde auch verzeihen kann?“

„Der Vater hat dem verlorenen Sohn auch vergeben, denn er hatte ihn lieb“, sagte der Junge ernst. „Hat dich dein Vater auch liebgehabt, Mütterchen?“

Die Frau seufzte traurig.

„Er würde dich sicher aufnehmen, wenn du heimkämest."

„Wir werden sehen, ob und was er antworten wird."

„Mütterchen, dein Vater ist doch mein Großvater, nicht wahr?"

„Ja, mein Liebling; so Gott es mir gibt, daß ich dich ganz mein eigen nennen darf, daß du nur mein sein wirst, dann wollen wir miteinander zu ihm fahren, und du wirst mir bitten helfen. Dich wird er sicher erhören; ihr werdet euch besser verstehen, weil ihr beide den Herrn Jesus liebt und du sein Schäflein bist."

„Auch der Großvater liebt den Herrn Jesus?" rief der Junge erfreut aus. „Da bin ich froh, dann wird er dir sicher vergeben."

Weiter kamen sie nicht in ihrem Gespräch, denn die Tante rief zum Mittagessen. Nachher kam Joschko. Er trug Käse zur Stadt. Er fragte, ob er etwas auf die Post mitnehmen solle. Die Frau gab ihm ihren Brief, die Tante einen Zettel mit Besorgungen, die er in den Läden machen sollte, und Geld. Aber sie gab ihm auch ein großes Stück Kuchen mit auf den Weg. Dazu bekam er Geld für Kirschen, die er für sich und die Jungen kaufen sollte.

Als am Nachmittag die Kameraden kamen, ging es im Häuschen und später draußen im Freien sehr fröhlich zu. Ondrejko freute sich, daß seine Mutter so fröhlich war. Sie lehrte die Jungen allerlei hübsche Spiele. Ja, sie ging mit ihnen sogar zum Frauenfelsen, und dort mußte Palko auch ihr erzählen, wie er sein „Sonnenland" gefunden hatte. Er erwähnte zweimal, daß er als kleines Kind verlorengegangen und bei fremden Leuten aufgewachsen sei und wie dann der Herr Jesus dafür gesorgt habe, daß er wieder zu seinen Eltern gekommen sei. Wieder hätte man ein ganzes Büchlein darüber schreiben können, wie es ihm auf der Welt ergangen war (siehe die Erzählung „Im Sonnenland"). Als sie dann zur Sennhütte wanderten, fragten sie Palko unterwegs nach seiner Mutter, welche vor Kummer über ihr verlorenes Knäblein den Verstand verloren und ihn wiedergefunden hatte, als ihr der Herr Jesus ihr Söhnlein wiedergab. Sie merkten gar nicht, wie schnell sie bei der Sennhütte angelangt waren.

Und wieder war es an einem schönen, warmen Sommerabend. Das Abendrot bedeckte gleich rosigen Schleiern den Himmel. Die Sonne schickte sich an, hinter den Bergen zur Ruhe zu gehen, und ihre scheidenden Strahlen grüßten noch einmal das stille Tal und die Menschen. Sie grüßten besonders die schöne Frau, welche in tiefem Sinnen vor der offenen Feuerstelle saß.

„Wenn Sie so schön singen können", bat Palko, „daß die Leute von weit und breit kamen, um Sie zu hören, dann möchten wir Sie auch gerne hören. Bitte singen Sie uns etwas!"

„Ach, Palko", entgegnete sie kopfschüttelnd, „dir würden meine Lieder kaum gefallen. Außerdem würdet ihr sie gar nicht verstehen, denn ich habe meist Englisch oder Italienisch, selten Tschechisch gesungen. Und der Text würde nicht in diese stillen Berge und zu diesem heiligen Abend passen. Aber so laß mich ein wenig nachdenken.“

Es war so still ringsumher, daß man eine Stecknadel hätte fallen hören können. Nur aus der Ferne läuteten die Glöckchen der Herde.

Plötzlich hob sie den Kopf. „Nun habe ich sogar etwas Slowakisches gefunden. Ich habe dieses Lied einmal auf dem Meer gelernt. Es ist ein Lied von einem untergehenden Schiff. Wollt ihr, daß ich es euch vorsinge?“

„Ja, ja!“ riefen alle. Der Ohm kam gerade von der Alm zurück und setzte sich zu ihnen. Ach, was ist es doch Wunderbares um solch eine Stimme, die der Schöpfer in eine menschliche Kehle gelegt hat und der kein Instrument gleichkommt. Man hört alles in dieser Stimme, den Klang des Goldes, das Rauschen der Föhren im Wind, das Murmeln der Bächlein und das Rauschen der großen Wasser.

Über das Tal erklang die schwermütig geheimnisvolle slowakische Melodie:

„Wer widersteht der schaurig-finstern Macht,
wenn sie das Schiff in dunkler Sturmesnacht
in ihre Abgrundtiefen ruft
und uns begräbt in dieser nassen Gruft!
Das Schiff, es barst, das Schiff, es sinkt,

und nirgends Hilfe, nirgends Rettung winkt.
Viel Arme strecken sehnsuchtsvoll sich aus:
umsonst – wir kommen nimmermehr
nach Haus.
Vergeblich harrt ihr Eltern, Freunde, Brüder:
Wir kommen niemals, niemals wieder.“

Einst, als die Frau zum erstenmal das Lied gesungen hatte, hatten wohl tausend Menschen dabei geweint. Heute weinte ein kleiner Zuhörerkreis. Ja, es war, als weinten all die Berge und Bächlein ringsumher. Am meisten von allen weinte Ohm Filina. Palko, der neben ihm saß, hatte die Arme um seinen Hals geschlungen und weinte mit ihm. Er verstand ihn. So war ja einst das Schiff geborsten, das Istvanko trug. So war es in jene Abgrundtiefen gesunken, und er mit ihm. Vergebens streckten sie nach ihm ihre Hände aus, er war nie mehr nach Hause gekommen.

Nun, weder die Jungen noch das Gesinde des Ohms hatten geahnt, daß es auf der Welt etwas so Wunderbares gäbe wie die Stimme dieser Frau. Es war ja, als vernähme man das Bersten des Schiffes, als fühle man, daß es nirgends Hilfe und Rettung gab. Und das letzte „Wir kommen niemals, niemals wieder“ verklang so leise und immer leiser, als käme es aus den Tiefen jener nassen Gruft, welche sich über ihren Opfern schloß. Als Ondrejkos Mutter sah, welch einen Sturm ihr Lied hervorgerufen hatte, tat sie etwas, was sie am Morgen vielleicht noch für unmöglich gehalten hätte: Sie sang ein Lied, das ihr aus ihrem Vaterhaus im Gedächtnis geblieben war und das sie darum in tiefster Seele gehaßt hatte:

„Mein Glaube blickt auf dich,
du Lamm, das starb für mich,
Erlöser mein!
Aus deinen Wunden quillt,
was meinen Jammer stillt,
mein Herz mit Fried erfüllt
und es macht rein!
Laß deine reiche Gnad
mich stärken auf dem Pfad
der Jüngerschaft!
Wie du bis in den Tod
mich liebtest, treuer Gott,
so lehr mich dein Gebot,
sei meine Kraft!
Wenn mich die Wolke deckt
und Nacht und Not mich schreckt,
der Sturmwind tost,
mach du das Dunkel licht,
zeig mir dein Angesicht.
Ja, Herr, verlaß mich nicht,
sei du mein Trost!
Wenn dann mein Lauf vollbracht,
du, Herr, mich freigemacht,

komm ich zu dir.
Darf vor dem Throne stehn
und dich, den König, sehn,
wo dich mein Lobgetön
preist für und für."

Vielleicht hatte noch niemand dieses schöne Lied so schön gesungen. Als sie schwieg, trat Ohm Filina auf die junge Frau zu und sprach mit bewegter Stimme:

„Ich danke Ihnen, Frau Slavkovska, für dieses köstliche Lied, Sie haben mir damit sehr wohlgetan! Ihr erster Gesang hat in meinem Herzen eine tiefe, noch unvernarbte Wunde aufgerissen. Es war mir zum Sterben traurig. Dieses zweite Lied heilte die Wunde. Gott vergelte es Ihnen! Nur eines bitte ich Sie; lassen Sie uns dieses Lied abschreiben, und lehren Sie es uns singen, damit wir uns im Leben und im Sterben damit trösten können."

Die Frau versprach es, aber dann bat sie, man möchte schon jetzt den Abendsegen lesen, da sie müde sei. Bald darauf lagerte tiefe nächtliche Stille über der Alm.

„Höre, Stevo", sagte Joschko zu seinem Kameraden, „im Schloß haben sie gesagt, daß die Leute nach dem Theater der Frau die Pferde ausgespannt und sich selbst vor den Wagen gespannt hatten. Ich wundere mich nicht darüber. Wenn sie singt, kann Sie mit den Menschen machen, was sie will."

Die Wahrheit kommt an den Tag

Am Sonntagmorgen, als sie gerade alle beim Frühstück in der Sennhütte saßen, brachte der Herr Doktor allerlei Papiere. Als Frau Slavkovska sie gelesen hatte, umarmte sie Ondrejko unter Lachen und Weinen und sagte: „Mein Söhnchen, jetzt darfst du frei sagen: ‚Unsere Almen, unsere Schafe‘. Ich habe es für dich gekauft, es ist alles dein. Aber ich weiß nicht, ob wir auch sagen dürfen: ‚Unser Ohm Filina‘. Den kann ich dir nicht kaufen. Der muß selbst entscheiden, ob er bei uns bleiben will. Bitte ihn, zu bleiben."

„Du brauchst nicht zu bitten, Ondrejko", lachte der Ohm, „wenn ihr mit mir, ja, mit uns allen hier zufrieden seid, dann bleiben wir gerne, gelt, ihr Jungen?"

„Gerne, sehr gerne bleiben wir", bestätigten die Sennen.

Bald hatte sich auf allen drei Almen die Kunde verbreitet, daß Frau Slavkovska das Gut gekauft habe und es auf Ondrejko übertragen lassen würde, sobald Herr von Gemersky ihr den Sohn abtrete. Keiner zweifelte, daß er es tun würde. Der Herr Verwalter kündigte sogleich seinen Dienst, da er zum Direktor eines gräflichen Gutes berufen worden sei. Die Frau hoffte im stillen, einen redlicheren Menschen zu finden. Den Dienstboten versprach sie eine Erhöhung ihrer Löhne, sowie die Gutsverwaltung in Ordnung gebracht sein würde. Daher herrschte allgemein Freude. Es war, als ahnten es auch die Schäfchen, daß Ondrejko ihr Herr geworden war. Sie läuteten mit ihren Glöckchen, daß es eine Freude war.

Auf den Almen erklang alsbald „das Lied unserer Dame“, wie sie es nannten: „Mein Glaube blickt auf dich, oh Lamm, das starb für mich.“ Die Jungen sagten es allen vor, die es lernen wollten. Und wann hätte ein Slowak nicht gerne ein neues Led gelernt? Als Tante Moravetz sah, daß das Lied allen so wert war, verriet sie Palko, daß sie noch von Amerika her ein ganzes Büchlein solcher Lieder habe. Und Ondrejko bat seine Mutter, ihnen wieder einige davon vorzusingen. Sie weigerte sich nicht. Jeden Tag lernten sie bei ihr ein neues Lied, und eines war immer schöner als das andere. Sie wußten nicht, daß es die Lieder waren, vor denen sie einst aus dem Elternhaus geflohen war, weil sie sie damals weder singen noch anhören wollte. Der Ohm erlaubte den jungen Sennen, von den beiden anderen Almen am Abend herüberzukommen. Sie kamen gerne um dieser Lieder willen. Sie hatten schöne, reine Stimmen wie die Abendglocken. Die Frau lehrte sie ein Lied sogar vierstimmig singen. Als der Sonntag kam, übten sie den ganzen Vormittag, und am Abend sangen sie, daß die Berge widerhallten.

An jenem Abend las und erzählte Palko, wie der Herr Jesus von Nazareth nach Kapernaum gegangen war und dort wohnte, weil sie ihn in Nazareth nicht haben wollten. Und er sagte, so sei es auch heute noch; wenn jemand den Herrn Jesus nicht aufnehmen wolle, so zwinge er ihn nicht dazu, ebensowenig wie er jene Nazarener gezwungen habe. Aber er gehe fort, für immer fort. Und dann bat er alle, den Herrn Jesus doch nicht fortzuschicken, sondern ihm zu erlauben, daß er bei ihnen wohnen dürfe. „Es wäre doch gar zu traurig, wenn unsere Alm solch ein Nazareth wäre, wenn er uns verlassen und nach Kapernaum weitergehen müßte. Wo er ist, dort ist der Himmel, dort ist das Licht, dort ist auch der große Arzt. Wieviel Leute hat er allein in Kapernaum gesund gemacht! Aber wo er nicht ist, da ist es finster, da ist es so, wie es in jener Ballade heißt: ‚Und nirgends Hilfe, nirgends Rettung winkt!'"

Sehr nachdenklich gingen alle zur Ruhe, Ondrejko schlief zwar fest, dennoch war es ihm, als höre er sein Mütterchen weinen. Am Morgen sah er es ihren Augen an, daß sie kaum viel geschlafen hatte. Darum wagte er es nicht, sie zu wecken. Leise stahl er sich samt seinen Kleidern auf den Fußspitzen hinaus und kleidete sich draußen an.

Einmal, als Joschko allerlei Sachen aus der Stadt brachte und von Tante Moravetz ein Vesperbrot bekam, begann er seine neue Herrin zu rühmen; und plötzlich fragte er aufrichtig: „Warum hat sich nur Herr Gemersky von ihr getrennt? Eine zweite solche Frau ist auf der Welt nicht zu finden."

„Nicht er hat sich von ihr, sondern sie hat sich von

ihm getrennt“, sagte die alte Frau stirnrunzelnd. „Er ist ein schlechter, untreuer Mensch. Und sie hat ihn so geliebt, ihm so vertraut. Als er sie heiratete, hatte sie ein großes Vermögen; er lebte nur von ihrem Geld und brachte es durch. Er spielte Karten und trieb noch schlimmere Dinge. Als wir nach Budapest kamen, war sie schon um alles gekommen. Er wollte, daß sie auch dort singen sollte. Aber seine Familie ließ es nicht zu. Sie hatte damals viel kostbaren Schmuck; er sagte, daß er diesen auf einer Bank deponieren wolle. Aber er versetzte ihn, denn er hatte beim Wettrennen eine große Summe verloren und brauchte viel Geld, und als er merkte, daß ich sie warnte, nicht alles aus der Hand zu geben, entfernte er mich aus ihrer Nähe unter dem Vorwand, daß ich zwischen ihnen Unfrieden stifte. Als sie niemanden mehr zur Seite hatte und ihr Vermögen dahin war, fingen seine Mutter, die Schwägerin und er selbst an, sie von oben herab zu behandeln. Sie war in Amerika geboren, dort muß man mit den Frauen anders umgehen. Dennoch ertrug sie es ein ganzes Jahr, denn sie hatte ihn sehr lieb. Da sah sie eines Tages ihren Schmuck an einer Dame. Sie fragte diese, wo sie ihn her hätte. Da erfuhr sie, daß er versetzt worden und nun verfallen war.“ Indem die alte Frau in Gedanken alles wieder durchlebte, seufzte sie mehrmals tief auf; dann erzählte sie weiter. „In ihrer Umgebung gab es genug unbarmherzige Menschen, die öffneten ihr vollends die Augen über ihren Mann, wie er sie belog und betrog und daß er niemals sie, sondern nur ihr Geld geliebt hatte. Das verletzte sie am meisten. Keine Stunde wollte sie länger unter seinem Dach bleiben. Sie raffte das letzte zusammen, was sie noch besaß, nahm vor allem ihr Söhnchen – und floh nach Wien. Dort fand ich sie schwer krank. Sie verlangte von Gemersky ihre Sachen, da sie krank sei. Er forderte dagegen den Jungen, und sie wollte ihn nicht hergeben. Damit man ihn uns nicht nehme, brachte ich ihn ins Erzgebirge zu meiner Familie, wo er gut aufgehoben war. Von dort nahmen sie ihn nach beendetem Prozeß, als der Junge dem Vater zugesprochen wurde, fort. Nun, als sie jenes Mal den Jungen nicht hergeben wollte, schickte er ihr nur das Dürftigste von ihren Kleidern und ihrer Wäsche. Ihre schönen, wertvollen Sachen teilte sich seine Familie. So handelten sie an ihr, und nirgends fand sie Schutz."

Wenn Tante Moravetz ins Erzählen kam, konnte man dem Redestrom nicht so bald Einhalt gebieten, und da Joschko sie nicht unterbrach, fuhr sie fort: „In der ärgsten Not half ihr ihr Onkel in Amerika, der sie im Gesang hatte ausbilden lassen. Sie konnte ordentlich für den Jungen bezahlen, und wir gingen erst nach Berlin, dann nach Rom, von da nach Paris. Sie sang, um sich durchzubringen, aber auch, um sich vor den Menschen ihre Ehre zurückzugewinnen, die Gemersky ihr nehmen wollte, indem er ihr allerlei Dinge nachsagte, die er nicht beweisen konnte. Dann waren wir in England und endlich in

Rußland. Dort ging es ihr am besten. Hätte sie gewollt, so hätte sie eine reiche Fürstin werden können, aber sie hat keinen Mann mehr angesehen. Was hätten diese Herren darum gegeben, wenn sie mit ihnen so freundlich geplaudert hätte, wie sie hier mit euch spricht. Aber je sittenstrenger sie war, desto mehr quälten die anderen sie, bis sie das Leben nicht länger ertragen konnte. Sie sagte, sie wollte nur noch ihren Jungen sehen, ehe sie stürbe. Lange konnten wir nicht erfahren, wo der Junge war. Da erkrankte sie hier auf der Eisenbahn, und durch Gottes Fügung kam ihr euer lieber, alter Doktor zu Hilfe. Er hat uns dann hierhergebracht. So, jetzt weißt du, warum sie von Gemersky fortgegangen ist."

„Dieser Halunke, dieser Schurke! So hat er sie betrogen und bestohlen! Wenn unsereiner ein Huhn oder eine Gans stiehlt, wird er gleich eingesperrt, und solch einem Herrn läßt man alles hingehen! Aber sie, die Arme, hätte ihn ja verklagen können, und er müßte ihr alles zurückgeben", zürnte Joschko.

„Er müßte wohl, aber sie will das nicht. Ihr liegt nichts an dem Mammon. Sie will für immer Ruhe vor ihm haben. Aber damit er ihr wegen des Jungen keine Schwierigkeiten mache, habe ich unserem Advokaten, der mit ihm zu unterhandeln hat, geschrieben, er möge ihm mit einem Prozeß wegen des Schmuckes und des Vermögens drohen, wenn er den Jungen nicht gutwillig abtrete. Meine Frau darf es nie erfahren, daß ich das getan habe. Unser Advokat ist ihr ein guter Freund. Er ist ein ehrlicher, aufrichtiger Mensch, nicht wie die anderen, die wir zuvor hatten."

Daß Joschko diese Mitteilungen nicht für sich behielt, läßt sich denken. Und so erfuhr das Gesinde, was für ein Herr Gemersky war, als er bereits aufgehört hatte, ihr Herr zu sein. Alle standen einmütig auf der Seite seiner Frau. Sie bedauerten sie und wünschten nur, daß sie es bald schwarz auf weiß bekomme, daß der Junge ihr gehöre und der Vater keine Rechte mehr auf ihn habe. Alle grüßten sie achtungsvoll, so oft sie ihr begegneten. Die Arme ging immer so traurig und nachdenklich umher. Nur unter den Jungen wurde sie fröhlicher.

Aber auch die anderen in der Sennhütte waren oft sehr nachdenklich. Sie zählten ja schon die Tage, wann Lesina, Palkos Vater, kommen würde, um den Sohn abzuholen. Als Ondrejko es seiner Mutter mit Tränen in den Augen mitteilte, erschrak sie so, daß sie erbleichte. Ihr war es nie in den Sinn gekommen, daß Palko fortgehen könnte, ja, sie konnte sich die Gegend ohne ihn gar nicht denken. Am nächsten Tage begleitete er sie zum Häuschen. Sie hatte ihm ein schönes Lied versprochen; das wollte er abholen.

„Palko, du willst wirklich von uns fortgehen?" begann sie plötzlich und nahm den Jungen bei der Hand.

„Freilich, nächste Woche kommt mein Vater“, nickte er ernst. „Wir haben noch etwa fünf Tage Arbeit mit dem Holz, dann gehen wir.“

„Du gehst sehr gern nach Hause, nicht wahr?“

„Sehr gerne“, bekannte er aufrichtig. „Ich habe meine Mutter, auch die Großeltern und die anderen seit Wochen nicht gesehen, und sie mich auch nicht. Sie werden sich freuen, wenn ich komme, und ich mich noch mehr, wenn wir wieder alle beisammen sind.“

„Wird es dir nicht deiner Kameraden wegen leid tun? Sie weinen schon jetzt im Gedanken an dein Weggehen!“

Freilich tut es mir leid, und nach Ohm Filina werde ich Heimweh haben. Ich habe ihn lieb, so lieb wie meinen Herrn Pfarrer Malina. Ich bin dem Herrn Jesus so dankbar, daß der Ohm gesund ist, daß er nicht sterben wird, sondern seinem Gesinde und allen anderen vom Herrn Jesus erzählen wird. Nur das quält mich, daß ich fortgehen muß und nicht erfahren werde, ob Sie, gnädige Frau, sich für den Herrn Jesus entscheiden werden! Sie haben uns so schöne Lieder gelehrt; zeitlebens werde ich Ihnen dafür dankbar sein. Sie haben sie uns so schön gesungen wie ein Engel vom Himmel. Aber“, Palko hielt einen Augenblick inne, dann fügte er bei, „Sie selbst glauben nicht, was Sie gesungen haben. Wenn das schon mir so weh tut, wieviel mehr wird es den Herrn Jesus schmerzen? Gestern haben Sie uns das Lied gelehrt:

‚Sicher in Jesu Armen,
sicher an seiner Brust,
ruhend in seiner Liebe,
da find' ich Himmelslust.'

Ihnen ist schon so viel Böses auf der Welt begegnet, und Sie sind oft traurig, nicht wahr? Er würde Sie trösten. Aber wenn Sie ihn fortgehen lassen wie dort die Nazarener, wird er weitergehen, und Sie werden immer allein sein. Ondrejko hat mir gesagt, daß Sie einen Vater haben und daß Ihr Vater auch dem Herrn Jesus angehört. Nun, auch Ondrejko gehört ihm; sie werden beide einmal zu Jesus gehen, und Sie werden dann allein zurückbleiben."

Palkos Augen füllten sich mit Tränen.

„Weine nicht!" sagte die Dame bewegt. „Ich will ja nicht zu jenen Nazarenern gehören. Ich möchte gerne den schmalen Pfad gehen, aber ich kann ihn noch nicht finden. Ich bin viel zu sündig, als daß Gott mich annehmen könnte. Solange mir mein irdischer Vater nicht vergeben hat, kann ich Gottes Angesicht nicht suchen."

Weiter kamen sie nicht im Gespräch. Sie blieben beim Bänkchen stehen, denn Tante Moravetz kam ihnen ganz blaß entgegen.

„Ein Eilbote hat ein Telegramm gebracht; bitte, unterschreiben Sie."

Der Frau versagten die Knie den Dienst. Sie setzte sich auf die Bank, unterschrieb den Schein und reichte ihn der Tante. Dann öffnete sie die Depesche, las und las; es war, als sähe sie und sähe doch nicht. Vor ihren Augen tanzten feurige Kreise. Sie reichte dem Jungen das Telegramm. „Palko, lies mir das vor!" Und Palko las:

„New York – Besteige das Schiff – Komme zu euch. – Dein liebender Vater."

„Steht das wirklich da, Palko?"

„Ja."

„Ach, mein Vater, mein Vater! Er kommt zu uns, er liebt mich noch und hat mir vergeben! Palko, hilf mir, es ist zuviel für mich!

Die Frau sank in die Knie und bedeckte ihr Gesicht. Palko aber sagte leise: „Ich danke dir, Herr Jesus, daß er kommt, daß er ihr vergeben hat und sie liebt. Aber er ist noch weit, und du bist da. Wenn sie dich bitten wollte, dann würdest du ihr vergeben, denn du liebst noch mehr! Amen."

Leben und Tod sind in der Macht der Zunge. In Palkos Worten war Leben. Die Frau glaubte, daß Jesus wirklich da sei, daß er auch zu ihr gekommen sei. Einst war sie vor ihm geflohen. Jetzt wollte sie nicht mehr fliehen, nein! Heute bekannte sie ihm alle ihre Sünden. Ach, nun wußte sie ja, daß sie am meisten gegen ihn gesündigt hatte, daß sie ihm widerstrebt hatte, vor ihm ins Verderben geflohen war, daß sie ihn verachtet hatte, als er seine am Kreuz für sie durchbohrten Hände nach ihr ausgestreckt hatte. Ihm zu Ehren hatte sie nicht singen wollen; sie hatte die Lieder vom Lamm gehaßt. Sie hatte für die Menschen singen wollen, und sie hatten ihr dafür das Herz gebrochen. Er aber, den sie verachtet hatte, war noch einmal zu ihr gekommen. Sie hatte berühmte Prediger nicht hören wollen; da hatte er ihr ein Kind in den Weg geschickt, und dieses hatte sie bis zu den Füßen des guten Hirten geführt. Und er stieß sie nicht hinaus, oh nein! Er nahm sie an. – Palko verstand nicht, was die Frau betete. Sie sprach Englisch. Aber er verstand die Stimme. Der Herr Jesus war bei ihr, er wußte es, und sie redete mit ihm. Palko stand leise auf und entfernte sich ehrerbietig von dem Plätzchen, welches jetzt nur ihm, dem Herrn Jesus, und ihr gehörte.

Das Wiedersehen

„Rühme dich nicht des morgenden Tages, denn du weißt nicht, was heute sich begeben mag“, sagt Gottes Wort, und es hat recht. Auch in der Sennhütte ahnten sie nicht, was ihnen der morgige Tag bringen sollte: eine schwere Erkrankung von Ondrejkos Mutter. Der Herr Doktor, der sehr besorgt war, meinte, daß die unerwartete Nachricht von der Ankunft des geliebten, seit Jahren nicht gesehenen Vaters sie so erschüttert habe, daß sie in eine Nervenkrankheit verfallen sei, der er gerade hatte vorbeugen wollen, als er sie hierhergebracht hatte.

Nur Palko und Ohm Filina wußten, daß noch etwas anderes sie erschüttert hatte; aber sie wagten nur zueinander davon zu flüstern und beteten viel für die Kranke. Sie erkannte niemand. Sie lag in ihrem Bett wie eine schöne, vom Zweige gebrochene Blüte. Vergeblich sprach Ondrejko ihr zu, vergeblich streichelte und küßte er sie. Sie blickte ihn an, aber sie antwortete ihm nicht. Nur eines tröstete den armen Jungen, daß ihr Gesicht im Schlafen und im Wachen solch einen glücklichen Ausdruck trug. Mitunter sang sie schöne Lieder zu Ehren des Gotteslammes; manchmal auch die Ballade von dem sinkenden Schiff und gleich darauf das Lied „Mein Glaube blickt auf dich“. So ging es etwa zwei Wochen ohne Veränderung.

Unterdessen war Palkos Vater gekommen, hatte alles Nötige besorgt und war wieder abgereist, aber Palko hatte er nicht mitgenommen. Er konnte das Ondrejko eben jetzt nicht antun. Der Junge schmiegte sich an den älteren Kameraden wie ein aus dem Nest aufgescheuchtes Vögelchen. Der Doktor fürchtete, daß er gleichfalls erkranken könnte, wenn ihm der Kamerad jetzt genommen würde. Der Ohm versprach Lesina, Palko selbst heimzubringen, sowie es mit der Dame besser wäre, denn er glaubte fest, obwohl der Doktor keine Hoffnung gab, daß sie weder sterben noch in geistige Umnachtung versinken würde. Schon deshalb konnte Lesina Palko nicht fortnehmen, weil die Kranke ihn allein zu kennen schien. Wenn er ihr aus seinem Büchlein vorlas, blickte sie ihn an, als ob sie zuhörte, und obwohl sie auch mit ihm nicht sprach, war sie still und glücklich, wenn er um sie war.

Unterdessen war auch aus Paris Antwort eingetroffen, und die arme Frau wußte nichts davon, daß der Junge, der so bleich an ihrem Bett saß, ihr nun ganz allein angehörte, daß niemand sonst ein Recht auf ihn hatte. Und sie wußte auch nichts von zwei anderen Nachrichten; die eine war aus Hamburg und meldete, daß ihr Vater glücklich gelandet sei; die zweite kündigte seine Ankunft für Samstag an. Gar traurig stand der Ohm mit beiden Depeschen in der Hand an dem Krankenbett, während Tante Moravetz bitterlich weinte.

„Was werden wir machen, Ohm Filina? Er kommt aus der Ferne und weiß nichts; wie wird es für ihn sein, wenn er sie so findet und erfährt, daß sie infolge seines Telegramms in diese Krankheit verfallen ist? Schon in Rußland haben ihr die Ärzte vorausgesagt, daß ihr die Nerven einmal den Dienst versagen könnten. Ach, was wird der Arme nur sagen? Er wollte ihr eine Freude machen, und nun ist es so gekommen!"

„Was Gott tut und zuläßt, ist immer gut", sagte Filina. „Sorgen Sie sich nicht; ich gehe ihm entgegen und werde ihn unterwegs auf das, was er hier findet, vorbereiten."

„Ohm Filina, nehmt mich mit, dem Großvater entgegen", bat Ondrejko, als der Ohm sich am Nachmittag bereitmachte.

„Ich gehe zu Fuß; es wäre zu weit für dich, mein Junge", sagte er gütig. „Bleibe du nur bei deinem Mütterchen und warte hier auf den Großvater. Auf der Station nehme ich einen Wagen; ich denke, gegen acht Uhr sind wir da."

Der Ohm küßte den Jungen, was er sonst nicht zu tun pflegte, und ein Weilchen später war seine mächtige Gestalt in dem dichten, jungen Wald verschwunden. Er verkürzte sich den Weg durch schmale, nur ihm bekannte Fußpfade, und doch dauerte es fast zwei Stunden, bis er zur Fahrstraße kam, die zu der Station führte. Dort blieb er plötzlich stehen. Er blickte gegen Osten, wo steil über einem Felsen ein altes, kürzlich erneuertes Kreuz emporragte. Ach, Erinnerung, wie wundersam bist du! Der Ohm warf nur einen Blick auf jenes Kreuz, und es war ihm, als wären alle die Jahre, die dazwischen lagen, verflogen und er stünde wieder als neunzehnjähriger Jüngling da. Eine merkwürdige Sehnsucht überkam ihn, hinauf zum Kreuz zu eilen, sich dort auf seinen Arm zu lehnen und den Fußweg hinabzuschauen, den Istvanko einst gegangen war, um nicht mehr wiederzukehren. Dieser war dem „sinkenden Schiff", jener „nassen Gruft" entgegengeeilt. Ohm Filina konnte dieser Sehnsucht nicht wiederstehen. Etwa eine Viertelstunde später kniete er unter dem Kreuz und preßte seine Stirn an den kalten Stein. Unbeschreibliches Herzeleid hatte ihn gepackt und wollte ihm die Gewißheit der Sündenvergebung rauben. Aber da war es ihm plötzlich, als sänge es in ihm und um ihn her:

„Mein Glaube blickt auf dich,
du Lamm, das starb für mich,
Erlöser mein!
Aus deinen Wunden quillt,
was meinen Jammer stillt,
mein Herz mit Fried erfüllt
und es macht rein."

Ja, der Herr Jesus hatte seine Schuld mit sich ans Kreuz genommen, und Gott hatte ihm vergeben. – Wozu hielt er sich hier noch auf? Dort in der Hütte schwebte Ondrejkos Mutter zwischen Leben und Tod, und ihr Vater kam aus der Ferne, über den Ozean, zu seinem Kind. Wenn er, Filina, sich hier verspätete, könnte er ihn an der Eisenbahn verfehlen.

Der Ohm stand auf, stäubte sein Sonntagsgewand ab, schlang seinen starken Arm um das Kreuz und blickte noch einmal vornüber wie einst vor Jahren; und es war gut, daß das Kreuz fest war und ebenso der Arm, der es umschlang. Der Ohm sah, wie ein Mann von schlanker Gestalt in städtischer Kleidung den Fußweg emporstieg. Gerade jetzt blieb er stehen. Er hatte den Hut vom Kopf genommen und blickte nach der Richtung, wo einst Filinas Hütte gestanden. Heute war nur eine von Gras überwucherte Brandstätte dort zu sehen. Trauer bedeckte das Antlitz des Fremden. Ach, dieses Antlitz! Es gab ja nur ein solches, ein nie vergessenes, nur viel jünger!

Der Ohm schloß die Augen, die ihm das vortäuschen wollten. Er öffnete sie erst, als Schritte sich ihm näherten. Er ließ den Arm vom Kreuz herabsinken und kreuzte beide Arme über der Brust. Dann blickte er auf und stand dem Unbekannten Aug' in Auge gegenüber.

„Guten Abend!“ grüßte dieser.

„Istvan!“ entrang es sich der Brust des Ohms. Es war halb Jubel, halb Entsetzen.

„Peter, bist du es!?“ Und zwei Arme schlangen sich um Filinas Nacken.

„Istvanko! Du lebst? Wirklich? Es ist unmöglich!"

„Ich lebe, Peter! Und endlich komme ich. Es ist spät, das ist wahr, aber ich wußte lange nicht, daß die Teure, die uns getrennt hatte, nicht mehr unter den Lebenden ist, so daß es weder dir noch mir weh tun würde. Nun hole ich mir meine Schätze ab, die du mir hütest."

„Deine Schätze?" stutzte der Ohm, der noch immer nicht wußte, ob er nicht einen schönen, unmöglichen Traum träumte. Er konnte sich nicht an der Stimme satt hören, die zu ihm sprach. Das Gesicht war gealtert, ein wenig verändert, aber die Stimme war dieselbe. Stets war sie Peter Filina wie Musik erklungen. So auch heute.

„Wir erwarten den Vater Frau Slavkovskas, und ich gehe ihm entgegen."

„Dieser Vater bin ich."

„Du, Istvanko?" Der Ohm ließ den Fremden los. „Das verstehe ich nicht."

„Das glaube ich dir, Peter! – Aber wie du dich verändert hast! So stark und mächtig bist du geworden, wie unsere schönen Berge ringsumher! Ich hätte dich nicht erkannt, es sei denn an der Stimme, – denn so hat mich nie wieder jemand gerufen, – und an diesen Adleraugen unter den dichten Brauen."

„Istvanko, sage mir, wie ist es nur möglich, daß du lebst? Jenes Schiff ist doch untergegangen."

„Ja, Peter, es ist auf den Grund des Meeres gesunken. Aber unter den wenigen Auswanderern, die durch ein anderes Schilf gerettet wurden, war auch ich. Gott will nicht den Tod des Sünders, sondern daß er sich bekehre und lebe. So hat er auch mich gerettet. Die erste ständige Arbeit, die ich in Amerika fand, war auf der Farm des Herrn Slavkovsky. Meine Tochter schrieb mir, daß sie dir alles von uns erzählt habe. Nun, so weißt du, was Herr Slavkovsky von mir forderte und daß ich seinen Willen erfüllte. Als er von mir erfuhr, daß ich für die Meinigen daheim als gestorben gelten wollte, gab er mir den Rat, seinen Namen anzunehmen und mich so für immer aus der Welt zu verlieren. Seine Frau und sein Sohn, vor allem meine liebe Gattin waren damit einverstanden. Nun, so „starb“ denn Istvan Pribylinsky, und es blieb nur mehr „Stephan Slavkovsky“ zurück. Heimkehren und mit euch leben, wie es sich unser Vater gedacht hatte, das konnte ich nicht. Ivka war dein Weib, und ich liebte sie. Zwar kannte ich damals Gott und den Herrn Jesus noch nicht, wie ich ihn heute kenne, und verstand nichts von seinen heiligen Geboten; aber das wußte ich doch, daß es eine große Sünde und eine große Gefahr für uns alle gewesen wäre, wenn ich mit euch zusammen gelebt hätte, und so wollte ich lieber für euch tot sein.“

Slavkovsky schwieg, und Filinas Brust entrang sich ein tiefer Seufzer.

„Du wolltest für uns tot sein, und ich habe mich bis vor kurzem darüber gequält, daß ich ein Mörder sei wie Kain.“

„Du? Aber warum?“

„Nun, weil mir war, als hätte ich dich zum zweitenmal ertränkt, indem ich dich nach Amerika getrieben hatte. Ivka hatte dich lieber; wäre ich nicht gewesen, so hättet ihr glücklich sein können wie im Paradies. Ihr hättet so gut zusammen gepaßt. An meiner Seite ist sie vor Gram dahingesiecht. Auch mein Vater hat nicht lange gelebt; die Mutter habe ich bis zu ihrem Tode gepflegt, aber den Sohn konnte ich ihr nicht ersetzen. Siehst du jene Brandstätte, wo einst die Hütte stand, in der wir so glücklich gewesen sind? Als ich vor Jahren den Dienst antrat, in dem ich seither stehe, überließ ich sie dem Nachbarn zur Miete. Der gab nicht acht, und sie brannte ab. Ich konnte und wollte sie nicht wieder aufbauen. Wozu auch? Ich war ja mutterseelenallein in der Welt.“

Unter dem Kreuz, auf dessen Stufe die beiden Männer saßen, wurde es still. Was ging wohl in den Herzen der Brüder vor? Endlich brach Slavkovsky das Schweigen.

„Verzeih mir, Peter“, sagte er, „es war nicht gut, daß ich mich vor euch verborgen habe. Ich habe dir viel Schmerz bereitet. Während ich mir vorstellte, wie schön du hier in unseren Bergen, die ich nie vergessen noch verschmerzen konnte, mit Ivka lebtest, wohl von einer Kinderschar umgeben, wie glücklich die Eltern bei euch sein mochten, – lebtest du hier seit Jahren ganz einsam. Es war nicht gut, daß ich euch kein Lebenszeichen gab. Einmal, als ich von Vaters Tod erfuhr – ein Mann aus unserer Gegend, der mich nicht kannte, erzählte mir davon –, hatte ich schon einen Brief an Mutter fertig, um sie zu trösten, aber ich schickte ihn nicht ab. Ja, ich tat mir noch etwas darauf zugute, wie edel ich an euch handelte. Unser Herz ist eben ein trotzig und verzagt Ding, voll Selbstgerechtigkeit und Hochmut. Nein, ich hätte euch mitteilen sollen, daß ich noch lebe. Durch mein Schweigen habe ich dir und Mutter viel Leid zugefügt. Aber es ist mir auch auf meinen Kopf zurückgekommen, als mein einziges Kind mich verließ, so daß ich es nach zehn Jahren endlich hier suchen muß."

Da fuhr Filina zusammen. „Komm, Istvan, wir dürfen nicht länger säumen; wenn du zu Fuß kommst, wird es spät werden."

Sie waren beide aufgestanden. „Ich komme nicht zu Fuß, ich habe einen Wagen genommen. Ich habe dem Kutscher befohlen, dort am Weg die Pferde zu füttern. Eben höre ich ein Wagenrollen, sie sind sicher schon fertig. Komm, wir wollen uns unterwegs das Weitere sagen."

Und so fuhren die beiden Brüder durch die Berge, in denen sie aufgewachsen und mit denen sie so verwachsen waren, daß der eine in weiter Ferne vor Sehnsucht nach ihnen fast vergangen war. Und auch der andere hätte ohne sie wohl nicht leben können. Aber jetzt hatte keiner von beiden auf ihre Schönheit acht, denn Istvan Slavkovsky erfuhr, wie er sein Kind antreffen würde und daß nur der gute

Hirte das kranke Schäflein, das zu ihm heimgekehrt war, retten könnte.

Wer beschreibt den Augenblick, als der arme Vater am Bett seines einzigen Kindes stand, als er seine Marie so gebrochen sah und in dem schönen Antlitz die Bestätigung alles dessen las, was er einst der Tochter vorausgesagt hatte! Die untergehende Sonne beleuchtete die gebrochene Blume, aber auch den Mann, der an dem Bett niederkniete und den Kopf auf die gefalteten Hände legte. Niemand wagte, ihn in seinem Schmerz und in seinem Gebet zu stören. Plötzlich öffnete die Frau die Augen, blickte zum Fenster hinaus und begann ein Lied zu singen, das sie die Jungen kürzlich gelehrt hatte:

„Jesus, Heiland meiner Seele,
laß an deine Brust mich fliehn,
da die Wasser näher rauschen
und die Wetter höher ziehn!
Birg mich in des Lebens Stürmen,
bis vollendet ist mein Lauf!
Führe mich zum sichern Hafen,
nimm dann meine Seele auf!"

Ihr Vater weinte leise, und alle weinten mit ihm. Aber sie sang weiter, und es war, wie Joschko einmal gesagt hatte, alles, was sie wollte, konnte sie mit ihnen machen, wenn sie sang. Das Weinen verstummte, und es war, als sei die Stube erfüllt von Ihm, der der König der Herrlichkeit und der Fürst des Friedens, aber auch der einzige Arzt in dieser Stunde war.

„Andre Zuflucht hab' ich keine,
zagend hoff' ich nur auf dich;
laß, o laß mich nicht alleine,
hebe, Herr, und stärke mich.
Nur zu dir steht mein Vertrauen,
daß kein Übel mich erschreckt;
mit dem Schatten deiner Flügel
sei mein wehrlos' Haupt bedeckt."

Palko glaubte und fühlte, daß der Heiland da war. Und die Frau sang weiter:

„Gnad' um Gnade, volle Sühnung
sind in dir, o Jesu, mein;
laß die Heilung mich beströmen,
nimm gereinigt mich hinein.
Du bist ja des Lebens Quelle,
die den Durst auf ewig stillt.
Sei der Born in meinem Herzen,
der zum ew'gen Leben quillt!"

Das Lied war verklungen, und heilige Stille erfüllte den Raum. Die Kranke riß den Blick vom Fenster los und heftete ihn auf das Antlitz des über sie gebeugten Mannes.

„Marie, mein Liebling, kennst du mich nicht?" fragten die zitternden Lippen des Mannes so zärtlich, wie nur ein guter Vater zu seinem Kind sprechen kann. Einen Augenblick hafteten die schönen Augen der Kranken starr auf den Zügen des Mannes. Der eben eintretende Doktor machte eine erschrockene Bewegung, als wollte er es verhindern; aber es war zu spät. Ein Leuchten überflog das Angesicht der Frau, wie wenn nach dunkler Nacht das Morgenrot über den Bergen aufgeht.

„Mein Vater, ach, mein Väterchen!"

Sie richtete sich auf und streckte die Arme nach ihm aus. Hätten sie die Arme des Vaters nicht umfangen, so wäre sie kraftlos zurück in ihre Kissen gesunken. Aber nun barg sie den Kopf an seiner Brust, gleich einem vom Raubvogel verfolgten Küchlein, über das die Henne ihre schützenden Flügel breitet.

„Du bist gekommen? Du hast vergeben? Du liebst mich noch immer? Ach, daheim, daheim! ... Nicht mehr in der Fremde. Ich fliehe nicht mehr. – Der Herr Jesus hat sich erbarmt. Er hat mich angenommen ... Nun kann ich sterben!" So flüsterte die Frau unter leisem Weinen und erwiderte die Küsse des Vaters.

„Ja bewahre! Gestorben wird nicht", unterbrach

sie der Doktor. „Sie haben ja dem Großvater noch nicht einmal Ihren Ondrejko gezeigt!“

Da war es, als käme bei ihres Kindes Namen neues Leben in die junge Frau.

„Mein Ondrejko!“ rief sie und streckte die Hand nach dem Jungen aus, der ganz still am Kopfende ihres Bettes kauerte. „Sieh her, dein Großvater ist gekommen, wir brauchen ihn nicht einmal erst zu bitten, er kam von selbst!“

Ein Augenblick, und Ondrejko lag am Herzen des Großvaters. Er hatte sich einen Greis mit grauem Bart vorgestellt, und nun war sein Großvater bartlos und noch so jung und hübsch! Der Junge fühlte, was er bisher nicht gekannt hatte: Welch eine Wonne es ist, von einem Vater geliebt zu werden. Das betrübte Kinderherz wurde fröhlich, und ein Gefühl von Schutz und Sicherheit zog darin ein.

Große Pläne

Ach, es geschehen noch immer Dinge auf der Welt, über die man sich nicht genug wundern kann. So war es auch auf den Almen von Gemersky. In der Umgebung gab es noch Leute, welche Ohm Filinas Vater gut gekannt hatten. Sie erinnerten sich, wie er ihnen erzählt hatte, daß er einen seiner Söhne nach Amerika schicken und den anderen daheim verheiraten wolle, und wenn Istvanko jenseits des Meeres etwas erspart haben würde, dann sollte er heimkehren, damit sie alle beieinander wohnten. Auch daran erinnerten sie sich, wie die Nachricht gekommen war, daß das Schiff gesunken sei und Istvanko seine Heimat nicht mehr wiedersehen würde. Und siehe da, was war geschehen! Mehr als dreißig Jahre waren vergangen, und dann war Istvanko Pribylinsky doch noch heimgekehrt. Er war erschienen, als wäre jener große Auferstehungsmorgen angebrochen, an dem das Meer seine Toten wiedergeben wird. Er sagte, er sei gekommen, um Tochter und Enkel abzuholen. Aber nun, wo ihn der Duft seiner geliebten slowakischen Berge umwehte, würde er da wirklich wieder weit übers Meer ziehen können? Fühlte er nicht, daß er wie ein Vertriebener all die Jahre in der Fremde gelebt hatte? Es war ihm dort gut, sehr gut gegangen, aber daheim war er nicht gewesen. Ach und in der Heimat schläft es sich am süßesten, und wäre es auch nur in der schwarzen

Erde! Aber wie groß war auch die Überraschung der drei Jungen, als sie vernahmen, wer da für Ohm Filina gekommen, daß es niemand anders als sein Istvanko war.

Nun litt es Palko nicht länger unter den Seinen. Er lief hinaus in den Wald, und dort weinte er seine Freude aus. Er dankte dem Heiland, daß er Ohm Filina für immer getröstet hatte. Daß er ihm seinen Istvanko doch noch gerettet und lebendig zurückgegeben hatte.

Und noch etwas war für Palko eine große Freude. Er mußte nicht mehr allein den Leuten aus seinem Büchlein vorlesen. Er durfte sich zu den Füßen Onkel Istvankos setzen, den er sehr liebhatte, und aus seinem Mund die göttliche Wahrheit hören. Das war für den Jungen mehr wert, als er ahnte.

Onedrejko freute sich besonders darüber, daß Ohm Filina und Peter seine Verwandten waren. Gar innig umarmten sich die Jungen; sie waren ja Vettern und wollten bis zum Tod beisammen bleiben. „Also darum schien es mir gleich, als wäre ich hier bei den Meinen, als wäre ich nach Hause gekommen", sagte Frau Slavkovska, „und Euch, Ohm Filina, habe ich gleich liebgehabt, als ob ich Eure Tochter wäre."

Als später Ohm Filina so viel über Istvanko zu erzählen wußte, sagte dieser zu seiner Tochter: „Ich war sehr traurig, als ich darüber nachdachte, daß ich den Meinen kein Lebenszeichen gegeben habe. Aber nun sehe ich: Der Herr Jesus in seiner Liebe hat all unser Böses zum Guten gewendet, mir drüben in Amerika und Peter hier daheim, indem er sich uns beiden zu erkennen gab."

Dann zeigte Ohm Filina dem Bruder Ondrejkos Besitz. Als die Frau sich genügend erholt hatte, fuhren sie alle zum Schloß. Auch Peter und Palko durften mit. Die Jungen spielten im Park mit den Bällen, die der Großvater aus Amerika mitgebracht hatte. Für die Frau hatten die Diener einen Liegestuhl herbeigebracht, denn der Herr Doktor hatte verfügt, daß sie im Schatten der wilden Kastanien ausruhen solle. Sie blickte auf die vom Spiel erhitzten Jungen und erfreute sich an ihrem Jubel. Ondrejko lief mitunter den Kameraden davon. Er eilte auf sie zu, schmiegte seinen Lockenkopf in ihre Kissen, küßte sein Mütterchen und ließ sich von ihr liebkosen, dann lief er mit lautem „Hallo" zum Spielplatz zurück. Welche Freude erfüllte nun dieses kleine, einst so verlassene Herz.

Unterdessen zeigte der Aufseher des Hofes – denn der Verwalter war nicht daheim – dem Vater seiner Herrin die Wirtschaftsgebäude und das Vieh, soweit es nicht auf der Alm war. Er sah dabei, daß Herr Slavkovsky die Landwirtschaft vorzüglich verstand. Wenn er auf dies oder das, was anders sein sollte, aufmerksam machte, entgegnete dieser ernst: „Ich sehe es", und endlich sagte er: „Hier muß von Grund auf anders gewirtschaftet werden, wenn es für Menschen und Vieh, ja, auch für den Boden besser werden soll."

Inzwischen hatte die Köchin des Schlosses ein glänzendes Essen zubereitet. Es wurde unter den Kastanienbäumen aufgetragen; so war es für Ondrejkos zarte Mutter am bequemsten. Das Schloß war mit allem gekauft, wie es lag und stand. Wenn das die stolze Frau von Gemersky, die Großmutter des letzten Besitzers, hätte sehen können, daß man mit ihren Damasttüchern und mit ihrem kostbaren Porzellan den Tisch für dieses slowakische Volk deckte, sie hätte sich in ihrem Sarge umgedreht! Aber es war nun einmal so und nichts daran zu ändern.

Ohm Filina hatte die Sache mit der Haushälterin ausgemacht. Er aß wenig, denn er konnte den Blick nicht von den Jungen wenden, wie sie zulangten und wie Ondrejko die Kameraden nötigte. Auch die junge Frau hatte ihre Freude daran. Der alte Doktor aber war dafür besorgt, daß seine Patientin vor Freude nicht ganz das Essen vergaß. Zu den verschiedenen aufgetragenen Süßigkeiten nötigte er sie nicht; aber um so mehr pries er ihr das frische Obst an. Nur Herr Slavkovsky schien ein wenig nachdenklich. Es war, als müsse er sich zur Unterhaltung zwingen.

Als nach dem Essen die Jungen wieder an ihr Spiel zurückkehrten und noch die beiden Söhne des Aufsehers dazu aufforderten, ging Herr Slavkovsky durch die dichte Kastanienallee und blieb an deren Ende stehen, von wo aus man ein Stück des einst gewiß sehr schönen, aber heute verwilderten Gartens überblicken konnte. Plötzlich nahm er andächtig den Hut ab. Ohm Filina war zu ihm getreten.

„Macht dir etwas Kummer, mein Bruder?“ fragte er besorgt. „Denkst du, daß wir das Schloß zu teuer gekauft haben, da alles so heruntergewirtschaftet ist?“

„Das denke ich nicht, Peter; es ist vielmehr billig gekauft, trotz dieser Schäden“, lächelte sein Bruder freundlich.

„Und dennoch scheinst du mir sehr nachdenklich gestimmt.“

„Mich hat eine Sorge bedrückt, Peter. Dir, meinem Bruder, will ich auch sagen, was es war. Aber behalte es bitte für dich! Meine Tochter kann ich jetzt, wo sie so schwach ist, nicht nach Amerika bringen. Hier in unserer alten Heimat wird sie am ehesten gesunden. Auch mein Enkelchen braucht nicht herüberzufahren, es wird genug zum Leben haben. Aber wenn Marie das Gut übernimmt, braucht sie einen Verwalter; und es ist schwer, einen zu finden, der sie nicht betrügt. Da habe ich nun gedacht, wozu sie einen Verwalter braucht, wenn sie einen noch jugendlichen Vater hat, der auch in Europa zu farmern verstünde.“

„Ach, Istvanko!“ rief Filina freudig überrascht aus.

„Nun, siehst du, die Sache hat aber auch ein großes Hindernis. Die Farm in Amerika ist zwar auf mich geschrieben. Schwager Adalbert muß ich nur auszahlen; er wird mir nichts in den Weg legen.

Aber meine liebe, gute Frau ist in Amerika geboren. Wird sie aus der Heimat in die Fremde gehen wollen? Ich möchte sie in keiner Weise drängen. Ich muß ihr zuvor alles beschreiben, und wenn ich aus ihrer Antwort entnehme, daß es sie kein zu großes Opfer kostet, dann würde ich sie herüberholen. Die Farm dort würden wir verkaufen und das Kapital anlegen; denn zu diesem Gute möchte ich nichts hinzukaufen. Es ist groß genug, um uns alle zu ernähren. Ich würde mir ja als Verwalter das Brot für mich und meine Agnes verdienen, und sie dürfte endlich ausruhen; sie hat in ihrem Leben schon genug gearbeitet."

„Bei Tag und bei Nacht will ich den Herrn darum bitten", versicherte Filina, „daß er das Herz deiner Gattin lenke, einzuwilligen. Schon deshalb möchte ich, daß du dich hier niederlässet, weil um uns her nichts als Finsternis ist. Keiner sorgt für die Seelen. Sie kennen den Herrn Jesus nicht. Ich habe es mir gar nicht vorstellen können, wie wir leben sollen, wenn Palko von uns geht. Du würdest uns ihn ersetzen."

„Das kaum, Peter. Der Herr Jesus hat an Palko einen besonderen Diener. Jenes Maß des Heiligen Geistes, das dieses Kind besitzt, habe ich nicht. Dafür habe ich langjährige Erfahrungen mit meinem Gott. Diese letzten zehn Jahre des Leidens haben mich sehr mit dem verbunden, der da spricht: ‚Ich weiß deine Trübsal.' Auch ich habe bei meinem Vorsatz daran gedacht und mich danach gesehnt, hier, wo niemand ist, der Zeugnis ablegen könnte, ein Zeuge der Gnade Gottes zu sein. Ja, auch das zieht mich her in unsere schöne Heimat. Darum hoffe ich, daß meine Agnes einwilligt und wir herkommen werden. Und es wird doch noch so werden, wie unser Vater damals zu den Leuten sagte: ‚Istvan wird drüben etwas ersparen, er wird kommen, und sie werden miteinander hausen.' Und wenn es auch nicht mehr alle sind, so werden es wenigstens wir beide sein. Und wenn es mir der Herr gibt, daß ich komme, – weißt du, was ich dann vor allem tue?"

„Nun?"

„Ich baue unser Hüttchen wieder auf; es soll nicht länger ein Trümmerhaufen sein. Wir wollen es für Peter bereithalten. Wenn du ihn großgezogen hast, wirst du ihm sicher auch das Stückchen Feld dazugeben. Wir wollen gemeinsam für ihn sorgen, wenn er heranwächst."

Er macht alles gut

Manchmal enteilen die Tage wie ein Gedanke und die Wochen wie ein Traum. In einer der folgenden Wochen, die so rasch entschwanden, brachte Ohm Filina Palko nach Hause. Alle freuten sich sehr über seine Rückkehr. Mutter und Großmutter konnten ihm nicht genug Liebes tun. Auf Lesinas lag damals die Sorge, sich eine andere Wohnung suchen zu müssen. Ohm Filina kam gerade recht, um guten Rat zu gehen. „Nimm doch deine Frau samt ihrer Mutter und Palko und ziehe mit ihnen für den Winter in dein Häuschen in den Bergen. Frau Slavkovska ist bereit, dir die alten Bäume jenes Stückchen Waldes zu schenken, da der Förster dort neu aufforsten will. Inzwischen läßt sich für euch vielleicht noch ein anderer Wohnort beschaffen. Ihr braucht nur Kleider und kleinere Dinge mitzubringen. Betten, Tisch und Stühle, ja, Küchengeräte finden sich im Schloß genug für euch."

Für diesen Vorschlag waren alle von Herzen dankbar. Frau Slavkovska samt ihrem Vater und Tante Moravetz siedelten ins Schloß über. Jeden Morgen fuhr Ondrejkos Mutter zu der Sennhütte und blieb bis zum Abend dort. Manchmal übernachtete sie in Ondrejkos Stübchen. Bisweilen nahm sie auch die Jungen mit ins Schloß. Daselbst wurden unter Herrn Slavkovskys Aufsicht mancherlei Veränderungen vorgenommen. Als der

Gärtner Geld bekam und sich mit dem Herrn beraten konnte, begann er mit Lust zu arbeiten. Nach zwei Wochen hätte man weder den Garten noch das Schloß wiedererkannt. Was von außen und innen beschädigt war, hatten die Maurer ausgebessert und die Maler ausgemalt. Die Tischler hatten die Parkettdielen und die Fußböden, die Fenster und Türen hergerichtet. Bei dem Aufräumen fanden sich genug hübsche Holzstühle, Betten, Tische und allerlei, was in Palkos Häuschen paßte, so daß Lesinas es sich behaglich und heimelig einrichten konnten. Sogar Dunaj bekam ein hübsches Hundehaus, damit er bei Regenwetter nicht naß wurde.

So war wieder ein schöner Sommerabend gekommen. Vor der Sennhütte war alles für ein offenes Feuer bereit. Ohm Filina hatte das Gesinde zusammengerufen und gesagt, daß es heute abend ein Fest gäbe. Was für eines, das wußte noch niemand. Von Lesinas Hütte her schritten Peter und Ondrejko und in ihrer Mitte Palko. Vor ihnen her kugelten sich Dunaj und Fidel. Auch sie freuten sich des Wiedersehens. Die Jungen waren bei Lesinas zu Besuch gewesen und trugen allerlei Schätze heim. So hatten sie von Palkos Großmutter eine Schachtel voll Backpflaumen erhalten, die mit Nüssen gefüllt waren, und Ondrejko versicherte, daß diese besser schmeckten als Feigen und Datteln.

„Heute hatte meine Mutter eine große Freude", erzählte Ondrejko seinem Freunde Palko. „Endlich ist ein Brief von meiner Großmutter aus Amerika gekommen; ich zeige ihn dir nachher. Die Großmutter schreibt mir sehr lieb, gelt, Peter?"

„Ja, sie schrieb sehr lieb; und mich hat sie auch grüßen lassen", bestätigte der Kamerad.

„Was sie meiner Mutter schreibt, das weiß ich nicht; aber Mütterchen ist zu Großvater gelaufen, hat sich ihm in die Arme geworfen und geweint und gelacht. Sicher wollten sie nicht, daß ich sie verstünde, darum haben sie Englisch gesprochen. Aber sie werden es uns wohl sagen. Und Ohm Filina sagt, daß wir ein Fest haben werden."

„Und wir können ein neues Lied, oh, solch ein schönes! Das werden wir singen, das wird sicherlich deinen Eltern gefallen", rühmte Peter.

Ja, es wurde ein hübsches Fest. Zuerst wurden zwei Lämmer an zwei Spießen gebraten. Ohm Filina reichte vorzüglichen Käse herum. Frau Slavkovska verteilte Birnen und große, veredelte Pflaumen. Stevo hatte zwei Krüge Mineralwasser gebracht, das nach dem Braten getrunken wurde. Tante Moravetz reichte kleine Kuchen. Alle bedienten Palkos hübsche, stille Mutter und seine gute, alte Großmutter, ebenso seinen Vater. Dann saßen sie alle rings um die Feuerstelle herum. Herr Slavkovsky öffnete die Heilige Schrift und las den 103. Psalm vor. Dann sprach er ernst über die große, vergebende Liebe Gottes. Darauf sangen sie die schönen Lieder, welche Ondrejkos Mutter hierhergebracht hatte. Und wieder mußte Palko aus seinem Büchlein vorlesen. Er las von Kornelius, der mit seinem ganzen Hause den Herrn Jesus aufnahm. Palko erzählte so hübsch, wie traurig es erst bei diesem großen Herrn aussah, obwohl er oft betete und viel Gutes tat, weil er eben den Weg ins wahre „Sonnenland“, ja, den Herrn Jesus selbst, nicht kannte; und wie glücklich er dann samt seinen gottesfürchtigen Kriegsknechten wurde, als der Apostel Petrus und mit ihm der Herr Jesus selbst kam, und wie ihn alle in diesem Hause aufnahmen. Dann gab die Dame ein Zeichen, und durch die Berge erklang ein schönes, Palko noch unbekanntes Lied, das so gut zu seiner Erzählung paßte:

„Ich hörte Jesu Freundesruf:
‚Komm her, belad'nes Herz;
an meinem Herzen find'st du Ruh'
für allen deinen Schmerz.'
Ich kam zu ihm, so wie ich war,
beladen, krank und matt;
da schenkte er mir Fried' und Ruh'
aus freier Huld und Gnad!
Ich hörte Jesu Freundesruf:
‚Wer durstig ist, der komm',
und wer kein Geld hat, trinke nur
umsonst vom Lebensstrom!'
Ich kam zu Jesus, und ich trank
aus dieser heil'gen Flut.
Da ward der Seele Durst gestillt, –
nun leb ich durch sein Blut.

Ich hörte Jesu Freundesruf:
‚Ich bin das Licht der Welt;
in Finsternis blick auf zu mir,
so wird dein Pfad erhellt!'
Ich schaute auf und fand in ihm
den hellen Morgenstern
und wandre nun in seinem Licht
zur Heimat, zu dem Herrn!"

Leise verklang das Lied, und auf den Angesichtern der meisten Zuhörer, die um das Feuer saßen, war zu sehen, daß sie es schon erfahren hatten, besonders auf Filinas ernstem Gesicht. Und wieder war es so still, daß man die Glöckchen der Schafe vernehmen konnte. Der Himmel war zwar mit Gewitterwolken bedeckt, im Westen sah man ein Wetterleuchten, und in der Ferne rollte der Donner. Aber das Wetter war weit fort und kam nicht mehr.

Plötzlich stand Ohm Filina auf. Nachdem er zuvor dem Herrn Jesus gedankt hatte, daß er auch hierher zu ihnen gekommen sei, um zu suchen und selig zu machen, was verloren war, erklärte er, was der Anlaß zu dem heutigen Festtage sei, an dem er der Glücklichste wäre. Nicht nur Frau Slavkovska, auch ihr Vater wolle in diesen Bergen bleiben. Morgen reise Herr Slavkovsky nach Amerika, um seine Gattin abzuholen. Sowie er drüben seinen Besitz verkauft habe, wollten sie in die Heimat zurückkehren, um sie nie mehr zu verlassen.

Wer beschreibt die Freude, die diese Nachricht hervorrief? Ondrejko umarmte Mutter und Großvater und schmiegte sich an Ohm Filina.

„Wir bleiben daheim, daheim bei Ohm Filina! Wir gehen nicht in die weite Welt, wir bleiben daheim in unseren Bergen. Und auch Palko wird bei uns sein!"

„Ja, mein Kind", sprach der Großvater und zog den Jungen an sich, „wir wollen hier gemeinsam für den Herrn Jesus und mit ihm leben."

Nach einer Weile war das Feuer erloschen. In der Ferne grollte der Donner, und es zuckten die Blitze, aber über der Sennhütte leuchteten helle Sterne. Ohm Filina machte wie gewöhnlich die Runde, um zu sehen, ob nirgends Gefahr drohe. Und wieder blieb er vor jener Bank – wie vor einigen Wochen – stehen. Er wollte beiseite treten, aber sie hatten auf ihn gewartet.

„Wir wußten, daß du herkommen würdest", sagte Istvanko und machte ihm Platz. „Marie will dich um etwas bitten."

„Mich?" fragte der Ohm verwundert.

„Ja, Euch, lieber Onkel. Hört auf, Senn zu sein, kommt zu uns. Wir wollen Euch die Oberaufsicht übergeben und eine Familie bilden."

Die Frau bat von Herzen. Aber der Senn schüttelte den Kopf. „Ich danke Euch, liebe Tochter", sagte er tief gerührt; „wohl will ich eine Familie mit Euch bilden, denn Ihr seid mir alle teuer; aber nehmt mir nicht meinen Beruf. Ich habe ihn einst als unglücklicher Mensch ergriffen. Er hat mich in meinem Kummer getröstet. Ich bin mit den Schafen, mit der Arbeit und der Natur ringsumher verwachsen. Jetzt, wo sich der Himmel über mir geöffnet hat, laßt mich an der Himmelspforte. Es soll Euch nicht verdrießen, daß ich nur ein armer Senn bin, während Ihr wohlhabende Gutsbesitzer seid. Was ich zum Lebensunterhalt brauche, das verdiene ich mir redlich. Ich habe ein Heim und bin nicht mehr allein, denn Ihr habt mich lieb. Ihr werdet zu mir kommen und ich zu Euch, besonders wenn du, lieber Bruder, zurückkehrst. Aber eines möchte ich Euch bitten: Wenn Ihr mehr habt, als Ihr zum Leben braucht, dann gebt Palko in eine Schule! Sein Vater trägt schwer daran, daß er gar nichts an ihn wenden kann. Das, was Gott ihm gegeben hat, kann ihm zwar keine Schule geben; aber wenn Menschen mit solchem Glauben auf den Kanzeln stünden, dann müßte es über unserem armen Volk licht werden!"

„Ohm Filina, ich danke Euch. Ich habe auch schon daran gedacht, aber nicht gewagt, mit Lesina darüber zu reden." Die Frau nahm die harte Hand des Ohms in die ihrige. „Glaubt mir, ich will gerne alles für Palko tun. Er hat uns Licht und Rettung gebracht. Möge er sie künftighin noch Tausenden bringen."

Leise senkte sich die Nacht über die Erde; nur ab und zu vernahm man eine Hirtenflöte. Stevo hatte die Nachtwache und blies:

„Wüßt' ich, wohin die Nacht enteilt,
ich holte sie zurück."

Aber die Nacht enteilte und kehrte nicht zurück. Was lag daran? Auf sie folgte ja ein neuer Morgen und neue Gnade für diejenigen, welche den Herrn Jesus aufgenommen hatten und denen er Macht gegeben hatte, Gottes Kinder zu werden.

Die Verlorenen

1. Kapitel

Es war Frühling, ein herrlicher Frühling. Die Nachtigallen sangen voller Lebensfreude, und Tausende von Blumen bedeckten die Wiesen, und Blüten zierten die Bäume. Die Erde sah aus wie eine ihren Bräutigam sehnsüchtig erwartende Braut. Überall war es schön, aber die Umgebung von Zaradskys Mühle glich dem Paradies, das einst für zwei heilige Leute geschaffen war, dann aber von den Wogen der Sintflut vernichtet wurde. Hinter der Mühle lag ein grünbewachsener Bergabhang. Ihm zu Füßen floß ein tiefer kristallheller Bach. Man hätte sich in ihm den Strom des Lebens vorstellen können, der vom Thron des Lammes fließt. Jenseits des Baches breiteten sich Wiesen aus, und an diese grenzten grüne Wälder, die die weitere Aussicht verdeckten. Die Mühle war alt, aber vergrößert und erneuert.

Die alte Frau Zaradsky führte, obwohl sie die Mühle ihrem einzigen Sohn bereits übergeben hatte, trotzdem dort noch immer das Regiment. Sie gehörte zu jenen Menschen, die meinen, ihre Tage auf Erden nähmen kein Ende. Sie war eine rechtschaffene und gute Hausfrau, so fleißig, daß sie sich selbst kaum ein Stündchen Ruhe gönnte, aber auch niemanden ruhen ließ.

Dabei war sie auch fromm; jeden Sonntag sah man sie in der Kirche und hörte beim Gesang ihre laute Stimme. Die Predigt hindurch schlief sie zwar immer, aber das ließ sich wohl durch die Anstrengungen der Woche entschuldigen. Sie kannte auch viele Sprüche der Heiligen Schrift; doch was und wie sie glaubte, danach fragte niemand.

Jung verwitwet, hatte sie sich, obwohl viele Freier kamen, nicht mehr binden wollen, sondern erzog ihre zwei Kinder, einen Sohn und eine Tochter, wie sie selbst sagte, in Gottesfurcht. Die Tochter verheiratete sie noch jung in ein großes Bauerngut. Zwar hatte das Mädchen sich geweigert, weil sein Herz einem armen Müllerburschen gehörte, der früher bei der Mutter gearbeitet hatte. Sie gebrauchte Zwang, und die Ehe wurde geschlossen. Als der Sohn vom Militär heimkam, suchte sie auch für ihn im Nachbardorf eine Braut. Die Mühle benötigte dringend eine Reparatur, so daß eine reiche Schwiegertochter ins Haus mußte. Sie suchte und wählte lange, bis sie endlich eine reiche Waise fand; und wie sie früher die Tochter gezwungen hatte, so zwang sie nun auch den Sohn. Sie wußte sehr gut, wie sie das machen mußte. Sie drohte ihm, fortzugehen und ihr Teil mitzunehmen. Wie hätte der junge Müller einen solchen Verlust ertragen können! Dann malte sie ihm aus, was er mit dem Vermögen seiner Frau alles ausrichten könne; und so überredete sie ihn endlich.

Es wurde eine rauschende Hochzeit gefeiert, die, wie üblich, eine ganze Woche dauerte, und dann folgte das neue Leben. Aber was für ein Leben!

Thomas Zaradsky verheimlichte nicht, daß seine

Frau ihm nur eine Last sei und daß er aus der ganzen Bibel am besten die Worte kannte: „Er soll dein Herr sein", wahrscheinlich deshalb, weil sie in der Bibel ziemlich am Anfang stehen. Bis jetzt hatte er ja niemals Zeit gehabt, in das alte große Buch hineinzuschauen, das sich vom Großvater auf Sohn und Enkel vererbt hatte. Es war so sauber, als ob es die vielen Jahre in einer Buchhandlung gelegen hätte.

Der sechzehnjährigen Eva ging es wie tausend anderen um ihrer Mitgift willen geheirateten Frauen. Anfangs überwand sie ihre Schüchternheit und bemühte sich, ihrem Mann und der Schwiegermutter alles recht zu machen. Diese lobte sie sogar vor ihrem Sohn und vor anderen Leuten. Da ihr Mann aber immer gleich unfreundlich blieb, verließ sie der Mut und die körperliche und seelische Kraft. Man verlangte von ihr die Arbeit von zwei Mägden. Das Grasbündel, das sie vom Feld heimbrachte, war der Schwiegermutter nie groß genug, obgleich die arme Eva oft dachte, in ihrem Innern müsse etwas zerreißen. Wenn ihr Mann ihr auftrug, schwere Säcke zu heben, machte sie es ihm nie schnell und geschickt genug; nie hörte sie ein Wort der Ermunterung oder Anerkennung. Durch nichts konnte sie die Liebe ihres Mannes und der Schwiegermutter erringen.

Aber das hatte seinen besonderen Grund. Es stellte sich nämlich heraus, daß ihre Mitgift nicht so groß wie versprochen war, ja, daß ihre Mutter die Müllerin betrogen hatte. Thomas stritt sich deswegen öfter mit seiner Mutter und sie mit ihm. Auch zwischen ordentlichen und ehrbaren Leuten entsteht ja oft Zank und Streit, daß das Haus erzittert! Eva mußte für die Tat ihrer Mutter von ihrem Mann und von ihrer Schwiegermutter viel erleiden. Hatte ihr Mann ihr schon früher kein gutes Wort gegönnt und sie oft, wenn sie in der Mühle zusammen arbeiteten, grob angefahren, so schritt er jetzt, aufgestachelt durch den Zorn der Mutter, zu noch grausamerer Behandlung. Mehr als einmal hörte man in dem lieblichen Tal Schmerzensschreie, die bewiesen, daß hier das Paradies nicht war. Unter solchen Verhältnissen kam der wundervolle Frühling.

Es war Sonntag morgen. Die Müllerin war mit ihrem Sohn in die Kirche gegangen. Die Mühle stand, nicht etwa, weil es Sonntag war, sondern weil das Rad beschädigt war und der Stellmacher es gestern nicht hatte wieder herstellen können.

Der Kuhhirte trieb das Vieh auf die Weide, der Lehrling war zum Wasser gegangen, um kleine Fische zu fangen, und über dem Wehr, die Hände in den Schoß gelegt, saß eine junge Frau.

Hätte jemand eine verwelkte Blume malen wollen, in ihr hätte er das Modell gefunden. Aus einem marmorweißen Gesicht schauten große schwarze Augen starr in das Wasser.

Sie schauten und schauten, und es war ein sonderbarer Blick! In der einen Hand hielt die junge Frau krampfhaft an die Brust gedrückt ein Stück Kinderwäsche. Die bleichen Lippen waren schmerzhaft verzogen. Von dem ungeordneten Haar hing das Tuch ab, die Kleider waren schmutzig und nachlässig umgeworfen, alles zeugte davon, daß die Seele dieses Wesens nicht in Ordnung war und daß in ihrem Innersten ihr Herz vor Schmerz erstarrt war. Kein Wunder! Hatten sie doch gestern ihr kleines schwaches Kindlein in der dunklen Erde begraben und mit ihm ihre ganze Hoffnung und Freude.

Sie bedauerte es nicht, daß man die kleine Eva begraben hatte; dort war ihr wohl, ganz wohl! Niemals würde ihr Mann sie schlagen, niemals würde die Schwiegermutter sie quälen und ihr vorwerfen, sie verdiene das Essen nicht, wenn sie nicht arbeiten könnte. Dem süßen Kind war dort wohl; aber was sollte jetzt aus ihr werden, wo sollte sie hingehen mit ihrem Kummer, da sie hier niemanden hatte, dem sie ihr Leid klagen konnte?

„Sei nur froh, daß das Kind gestorben ist, du hättest was zu pflegen gehabt; denn es war so krank! Du hast keinen Grund zum Weinen“, hatte die Schwiegermutter leichthin gesagt, „es war ja gar nicht tauglich für die Welt!“ Niemand hatte Mitleid mit ihr; kein Mensch war da, der ihr Liebe erwiesen hätte.

Weißt du, warum die Blumen zwischen Felsen und Disteln verwelken? Sie haben keine Sonne. Wie aber soll ein Mensch, den Gott erschaffen hat, um lieben zu können und geliebt zu werden, ohne Liebe leben? „Wozu soll ich noch leben“, dachte Eva, „da mir das, was ich liebe und was auch mich geliebt hätte, gestorben ist?" Sie drückte das kleine Häubchen, das vor dem Tod das kleine kostbare Köpfchen bedeckt hatte, an ihre Lippen und Wangen. Ach, wieviel Nächte hatte sie durchwacht, um heimlich die Kinderwäsche nähen zu können, da man ihr am Tag keine Zeit dazu gelassen hatte, – und nun war alles umsonst! Die kleine Eva nahm nur ein Kleidchen mit sich, und das würde ihr für immer genügen.

„Mir wäre auch wohl, wenn ich sterben könnte; was soll ich noch im Leben?" Sie schaute verzweifelt in das Wasser.

Plötzlich kam ihr in ihrer Verlassenheit ein finsterer Gedanke. „Und warum sollte ich nicht sterben? Das Wasser hier ist so tief; wenn ich hineinspringe, wird es mich fortreißen, es fließt so wild, es wird mich weit davontragen, dem Evchen nach! Vielleicht finden sie mich und werden mich neben es betten; sie wissen es ja nicht, daß ich es absichtlich getan habe."

Wie oft, wenn sie erst spät in der Nacht schlafen ging und schon um drei Uhr wieder aufstehen mußte, hatte sie sich gewünscht, nur einmal richtig ausschlafen zu können. Dort würde sie sich ausruhen können! Oh, wird das guttun! – Der Hahnenschrei schreckte die junge Frau auf und erinnerte sie an ihre Pflicht. „Ich werde alles besorgen", dachte sie mit einer wilden Sehnsucht nach Freiheit, „und dann werde ich mich frei machen."

„Ach, Mutter, Mutter, welch einen schweren

Stein hast du mir um den Hals gehängt, so schwer, daß er mich in die Tiefe hinabzieht", sprach sie und stand auf. Dabei erblickte sie ihr Bild im Wasser. „Ach, wie schaue ich aus! Als man meine Schwester in den Sarg legen wollte, wusch man sie vorher und zog ihr reine Kleider an; auch ich muß mich ankleiden!"

Die Hoffnung auf baldige Befreiung flößte der jungen Frau neue Kraft ein.

Im Hof versorgte sie die Hühner, schaffte Ordnung im Zimmer und in der Küche. Sie ging bis auf den Boden; überall räumte sie auf. Sie öffnete die Truhe, glättete ihr schönes blondes Haar und wand es in zwei Flechten um ihren Kopf, nahm ihre Sonntagskleider und verschloß die Truhe wieder. Dann ging sie hinunter, wusch sich, kleidete sich sonntäglich an und eilte zum Wehr. Aber als sie über dem Wasser stand, durchfuhr sie ein eigentümliches Gefühl. Es war ihr, als riefe eine Stimme: „Eva, was machst du?"

Erschreckt blickte sie auf, aber nirgends war ein Mensch zu sehen. Sie fühlte plötzlich, daß das, was sie tun wollte, Sünde sei. Sie wußte nur wenig von Gott; nur zwei Winter war sie in die Schule gegangen, und zwar zu einem betrunkenen Bauern, der sie zwar gut lesen und etwas schreiben lehrte, aber von Gott selber wenig wußte und nie an ihn dachte.

Als sie zwölf Jahre alt wurde, besuchte sie den Konfirmandenunterricht. Doch hier konnte sie nie etwas auswendig lernen, da sie nichts verstand. Weil die Zahl der Schüler groß war, schrieb man es ihrer Schüchternheit zu.

Später war sie in die Kirche gegangen, wo sie, gerade so, wie hundert andere, von der Predigt nichts verstand. Dann hatte sie geheiratet.

Ein trauriges Leben hatte begonnen, und es war niemand da, der der armen Seele das Licht gezeigt hätte. Aber eins wußte sie doch, nämlich das, was auch die Heiden fühlten: Es gab einen Gott.

In diesem schrecklichen Augenblick fühlte sie plötzlich seine Gegenwart, daher der Schrecken. Gestern hatte sie singen hören: „Selig sind die Kinder, die nach Gottes Willen gelebt haben und dann in dem Herrn sterben!" Evchen hatte gelebt, solange es Gott gewollt hatte, dann war sie gestorben. „Wenn ich mich ertränke, wird das auch nach Gottes Willen sein?" erwog sie bei sich. „Aber ich kann nicht leben, ich kann nicht! Thomas wird heute abend wieder betrunken heimkommen, er wird mich schlagen, und ich bin so elend. Die Müllerin wird mich zur Arbeit treiben, und ich kann nicht. Ach, warum sollte es Gott nicht wollen, daß ich mich ertränke? Ist denn Gott so hart? Aber wohin werde ich dann kommen?"

Ratlos irrten ihre dunklen Augen über das Wasser, über die Wälder und über den Himmel.

„Evchen ist dort, und ich, ich werde nach dem Tod nicht hinkommen, ich werde sie nicht finden. Ich möchte selbst in die Hölle fliehen, denn schlechter als hier kann es auch dort nicht sein, aber Evchen ist nicht in der Hölle; solche kleinen Kinder nimmt Gott zu sich. Oh, wenn ich es nur wüßte! Wüßte ich nur, ob es ihr gutgeht!"

Von dem Augenblick an, da Eva zu der Überzeugung gekommen war, daß Gott ihr Kind zu sich genommen hatte und es, von aller Not erlöst, bei ihm war, stand ihr Gott näher. Eine tiefe Sehnsucht ergriff sie nach einem Menschen, mit dem sie über Gott sprechen könnte.

In ihren Gedanken wurde sie durch nahende Schritte gestört. Der Kuhhirte kam mit dem Vieh und suchte die Hausfrau. Er war ein schöngewachsener Bursche, aber mit einem ungewöhnlich häßlichen, narbigen Gesicht; dazu war er etwas dümmlich. Er war niemals in die Schule gegangen. Als kleiner Junge war er auf Gemeindekosten erzogen worden. Eva beachtete ihn selten. Sie war froh, daß er so war; wenigstens brauchte sie sich nicht zu schämen, wenn man sie in seiner Gegenwart schalt. So gingen sie nebeneinander her, gleich schwer in die Arbeit eingespannt; das brachte sie einander näher.

„Bist du schon daheim, Georg?" fragte sie, nur um etwas zu sagen.

„Ja, und so schlecht haben sie geweidet", klagte er, „dem Vieh muß etwas fehlen. Ich bin zu Ihnen gekommen und habe Sie hier stehen sehen, als ob Sie auf mich gewartet hätten. Wohin wollen Sie gehen?"

Sie fuhr zusammen. „Was meinst du?"

Er blickte auf ihre Kleider. „Sie sind ja in den Sonntagskleidern."

„Ja, ich wollte fortgehen, aber jetzt gehe ich nicht mehr", sagte sie traurig.

„Und warum gehen Sie nicht? Wollen Sie vielleicht auf den Friedhof gehen?"

„Ja, dahin werde ich gehen, wenigstens dahin!"

„Und wohin habt Ihr eigentlich gehen wollen?" fragte er verwundert.

Unwillkürlich deutete sie auf das Wasser hin. Und er, obwohl man ihn den blöden Georg nannte, er verstand sie.

„Dorthin dürfen Sie nicht gehen", sagte er und machte eine Bewegung, als wollte er ihr mit seiner großen Gestalt den Blick auf das Wasser verdecken. „Einmal sah ich eine ertrunkene Zigeunerin, das war schrecklich. Die Augen waren offen, die Zähne waren sichtbar, der Leib angelaufen, die Hände und Füße geschwollen wie Gießkannen."

Eva schüttelte sich. „Aber ihr tat nichts mehr weh", sagte sie entschuldigend.

„Wer kann das wissen? Keiner von denen, die sich das Leben genommen haben, ist je zurückgekehrt, um zu sagen, wie es ihnen dort geht."

„Georg, ich möchte es so gern wissen!" schluchzte sie schmerzlich.

„Ich auch", nickte er aufrichtig.

„Sehr oft denke ich, was aus uns werden wird, wenn wir sterben."

„Das wissen Sie doch. Wenn ein Mensch fest

schläft oder ohnmächtig ist, kann man mit ihm machen, was man will, er weiß nichts. Seine Seele ist weit fortgegangen, und wenn sie nicht zurückkommt, so kann der Mensch nie mehr aufwachen. Ich denke, genauso muß es mit dem Tod sein. Die Seele ist für lange, lange Zeit fortgegangen, – aber wohin? Und was wartet dort auf sie, was macht sie dort? Oh, könnte es mir doch jemand sagen!"

Er schwieg, und die beiden standen über dem Wehr, umgeben von dem Glanz der Sonne. Das liebliche Tal erzählte ihnen vom Paradies, das der Sohn Gottes dem Schächer am Kreuz versprochen, und das Wasser zu ihren Füßen rauschte: „*Wer da will, der nehme das Wasser des Lebens umsonst.*" Sie waren in einem christlichen Land und kannten den nicht, durch den alles vollbracht ist, Jesus Christus von Nazareth.

„Georg, hast du jemals etwas von Gott gelernt?" fragte ihn Eva.

„Nein, nur was ich von den Leuten gehört habe. Hätte man mich lesen gelehrt, wie oft hätte ich mir Euer großes Buch, das im Zimmer auf dem Schrank liegt, geborgt! Dort muß viel über Gott geschrieben stehen."

„In dem Buch?" Sie lebte auf. „Wir wollen es herunterholen und hineinschauen."

„Ach, wie froh bin ich!" rief er erfreut. „Wenn Sie wollen, hole ich es gleich."

„Tue es, aber lege alles wieder an den richtigen Platz, damit es nicht gleich Streit gibt, wenn sie zurückkommen, und lege aufs Feuer nach", gebot sie freundlich. Selbst Müdigkeit fühlend, setzte sie sich in den Schatten zwischen die Sträucher und stützte den Kopf in die Hände. Er war so schwer, aber das Herz wurde ihr leichter.

Als der Knecht das Buch brachte, streckte sie ihm beide Hände entgegen, nahm es und wischte den Staub ab. Das Herz pochte ihr dabei lebhaft, sie sollte ja etwas über den Gott erfahren, der ihr Evchen zu sich genommen hatte. Das Buch war verschlossen. Als sie es aufgehakt hatte, tat es sich von selbst dort auf, wo vor Jahren der verstorbene Müller seine Brille hingelegt hatte. Sie lag bis jetzt dort und hatte auf einem Vers einen rostigen Fleck hinterlassen. Eva fing an, diesen Vers zu lesen: *„Also – hat – Gott – die – Welt – geliebt, – daß – er – seinen – eingeborenen – Sohn – gab, – auf – daß – alle, – die – an – ihn – glauben, – nicht – verlorengehen, – sondern – das – ewige – Leben – haben.*"

Sie las die Worte zum zweitenmal.

„Höre, Georg, Gott hat die Welt geliebt!"

„Das ist wirklich merkwürdig."

„Hier steht es! Dann hätte er auch uns lieb, dich und mich", fügte sie schüchtern hinzu.

„Ja, das wär' etwas Schönes! Wenn es nur wirklich wahr wäre! Mich hat noch nie jemand liebgehabt", seufzte er zweifelnd.

„Mich auch nicht, Georg!" Sie sahen einander traurig an.

„Aber was bedeutet dies: ‚Daß er seinen eingeborenen Sohn gab'? Wem gab er ihn? – Denken Sie, was mir jetzt eingefallen ist! Es ist das Lied, welches ich am Christabend in den Häusern oft gesungen habe:

Du König der Ehren,
Herrscher der Heerscharen,
verschmähst nicht, zu ruh'n
in Marien Schoß,
du wahrer Gott,
von Ewigkeit geboren.

Dort steht es, daß Gott geboren ist, das ist wahrscheinlich der Sohn Gottes."

„Gewiß, Georg. Christus, der Sohn Gottes! Gott gab ihn uns also damals, als er geboren wurde. Aber warum ist er geboren?" forschte sie.

„Hier steht es: ‚Auf daß alle, die an ihn glauben, nicht verlorengehen, sondern das ewige Leben haben.' Was heißt das: ‚Nicht verlorengehen, sondern das ewige Leben haben'?"

Eine Weile saßen sie stille da. „Wissen Sie", begann Georg wieder, „wir sagen, wenn uns etwas weggekommen ist: Es ist verlorengegangen. Ich denke, wenn Sie ins Wasser gesprungen wären, – aber nicht böse sein –, daß Sie auch für Gott verloren gewesen wären, und er hätte Sie nie mehr gefunden."

Sie neigte ihren Kopf auf das Buch.

„Es war sehr schlecht von mir, Georg; aber sage es niemandem!“

„Aber, was denken Sie denn! Ich weiß ja, daß es nur vor Schmerz war.“

„Aber ich glaube nicht, daß ich erst dann verlorengegangen wäre. Evchen ist für mich verloren; aber wenn ich sie finden würde, wäre sie bei mir und ich bei ihr. Aber wir sind nicht bei Gott. Wir denken nie an ihn, vielleicht du, aber ich nicht. Deshalb sind wir also verloren!“

2. Kapitel

Feierlicher Glockenton verkündete der Welt, daß der Gottesdienst zu Ende war. Die Leute kamen aus der Kirche zurück. Da schreckten sie beide auf. Eva erinnerte sich, daß sie das Mittagessen bereiten mußte, daß sie das Leben von neuem beginnen sollte, das schwere Leben. Aber wie sollte sie leben mit dem Bewußtsein: „Ich bin verloren! Mein Kind ist bei Gott, und ich bin so weit entfernt von ihm, ich kann nicht zu ihm, ich weiß nicht, wie und wohin“?

Wie sollte sie weiterleben?

Heute gingen die Leute von der Kirche aus nicht gleich ihre verschiedenen Wege; es sah fast aus, wie wenn ein Bienenschwarm ausfliegt, und die Bienen fliegen alle auf eine Seite. Nur einige Leute wohnten im Dorf selbst, die übrigen gingen in kleinen Gruppen über die Landstraße oder über den Fußweg, jeder in sein Dorf.

Unter denen, die nach Podlipovez wanderten, war auch die Müllerin mit ihrem Sohn. Die Müllerin schritt rüstig einher. Wie sie so in ihren steifen weißen Röcken dahinrauschte, erinnerte sie unwillkürlich an ein schaukelndes Schiff.

Um sie herum scharten sich die ärmeren Nachbarinnen und Verwandten. Alle bemühten sich, der reichen Müllerin zu schmeicheln.

„Als der Herr Pfarrer predigte, wir sollen einander

behilflich sein, da dachte ich gleich an dich, Katharina. Du läßt keinen Menschen ohne Hilfe. Viele haben sich schon bei dir erquickt", sagte die eine.

„Gewiß, niemand kann mir nachsagen, daß ich je unrecht gehandelt hätte", richtete sich die Müllerin stolz auf. „Ich habe von meiner Jugend auf nur Gutes getan."

„Höre", begann eine andere, „du hast einen Nachbarn bekommen?"

„Wen denn?"

„Das weißt du nicht?" wunderten sich die Frauen. „Die Sägemühle in Botschin ist verkauft, und denk nur, es hat sie für den Waldhüter Andreas sein Sohn gekauft."

„Was du nicht sagst! Michael Murany? Ist er denn wieder heimgekommen?"

„Ja, unlängst kehrte er zurück, aber die Säge hat er schon früher gekauft; sie ist schon auf den Namen des Alten übertragen."

„Und warum hat sie der junge Mann nicht auf sich übertragen lassen? Wer hat so was je gesehen – auf den Alten! Der lebt von heute auf morgen."

Die Frauen wunderten sich und unterhielten sich noch lange darüber.

In dem Dorf N. war es noch nie vorgekommen, daß ein Sohn seinem Vater etwas gekauft hatte, eher, daß er gerichtlich selbst eine unbedeutende Kleinigkeit herausforderte.

„Habt ihr den Michael schon gesehen?" fragte die Müllerin.

„Nein, ich habe ihn nicht gesehen, aber mein Mann erzählte, daß unser Martin ihn in Lipovez getroffen habe, als er dort Holz kaufte. Aber von dem kann man nichts erfahren. Ich fragte ihn, ob er fein gekleidet war. ‚Ich weiß nicht', sagte er, ‚darauf habe ich nicht geachtet.' Er wußte nur, daß er einen Vollbart trägt und mit ihm freundlich geredet hatte. Ich möchte wirklich bloß wissen, ob er draußen geheiratet hat. Ich zweifle, daß er jemanden hat, weil er ganz allein gekommen ist. Die Alten wohnen noch in der Hütte, nur er wohnt in der Sägemühle und richtet ihnen die Wohnung ein. Wer hätte es je dem alten Andreas gesagt, daß ihn von allen seinen Kindern gerade dieser versorgen würde! Er war ja so ein unnützer Junge, daß ihm nichts Gutes aus den Augen schaute. Was hat die arme Judka zusammengeweint, als er davonlief! Und er gab die langen Jahre nicht einmal ein Lebenszeichen von sich."

Hiermit trennten sich die Wege der Frauen von dem der Müllerin; lediglich drei begleiteten sie.

„Schau, Tante", sagte die Jüngste und zeigte mit der Hand den Weg entlang, „dort wartet Anna auf dich."

„Ich wußte gar nicht, daß sie in der Kirche war", sagte die Müllerin verwundert.

„Ach, wie schön sie gekleidet ist", seufzte eine andere, „lauter Bänder und Seide."

„Sie kann's ja auch; sie kam ja nicht mit leeren Händen in sein Haus, und seit die Schwiegermutter gestorben ist, führt sie ihm ganz großartig den Haushalt", entgegnete die Müllerin mit stolzer Genugtuung. Dabei warf sie einen Blick voll Wohlgefallen auf ihre Tochter, die im Schatten eines Strauches, schön wie eine Fee, auf sie wartete. Das blaue Mieder, die rosa Schürze aus glänzender Seide, dazu ein blaßblaues Tuch um den Kopf aus schwerer Seide, die weißen Batistärmel und die feinen Röcke, das alles erhöhte den Reiz der schönen Gestalt und des jungen, blühenden Gesichtes. Aber etwas Herrschsüchtiges, Herausforderndes lag in dem funkelnden Blick und auf den roten Lippen. Etwa einen Schritt von ihr stand ihr Mann, eine hohe magere Gestalt, kaum über dreißig Jahre alt, aber sichtlich von schwerer Arbeit gezeichnet. Die rechte Hand, die er der Müllerin reichte, war schwielig und hart. Seinem Gesicht sah man von weitem an, daß er ein gutmütiger Mensch war und daß er wohl eher verstand, alles andere als das zu seiner Seite stehende junge Wesen zu lenken.

„Mütterchen, komm doch heute zu uns", lud die Tochter ihre Mutter ein, als sie sich gegenseitig begrüßt hatten.

„Warum lädst du mich ein?" fragte die Müllerin.

„Nur so", sagte die Tochter, den Kopf zurückwerfend.

„Du warst schon lange nicht mehr bei uns zu Gast", meinte gutmütig der junge Bauer. „Thomas und Eva sollen auch mitkommen."

„Was sagst du", sagte die junge Frau, ihren Mann

finster anblickend, „was soll Eva bei uns? Thomas soll nur allein kommen, denn mit Eva kann man ja gar nichts reden."

Es galt sich zu beeilen, und so trennte man sich bald. Thomas holte die Mutter ein, und sie gingen miteinander. Es war wirklich etwas Außergewöhnliches, daß sie aus der Kirche zusammen heimgingen. Seit er verheiratet war, ging Thomas nach dem Gottesdienst stets mit seinen Kameraden ins Wirtshaus, von wo er gewöhnlich erst am Abend zurückkehrte, natürlich nur, wenn er nicht viel Getreide zu mahlen hatte. Hatte er viel Arbeit, so ging er überhaupt nicht in die Kirche. Heute blieb er nicht im Wirtshaus, weil man gestern sein Kind begraben hatte. Es war nicht schicklich, hinzugehen, und deshalb lud ihn auch keiner von den Kameraden ein. Er trug zwar um das kleine Evchen ebensowenig Leid, wie es ihn bei seiner Geburt erfreut hatte. Wenn es wenigstens ein Junge gewesen wäre, dann vielleicht noch eher, aber so! Die Müllerin sah von der Seite nach dem finsteren Gesicht des Sohnes und verglich ihn mit der Tochter; im Gesicht sahen die beiden einander sehr ähnlich. Er hatte dieselben schönen Züge wie sie. Gewachsen war er wie eine Eiche, und seine Bewegungen verrieten, daß er Soldat gewesen war. Der bläulich-graue Anzug stand ihm ebenso gut wie einst die Uniform. Wenn über seinen hochmütigen Mund ein freundliches Lächeln und in die blauen Augen ein Strahl des Glückes käme, würde sein Gesicht anziehend werden. Der mit goldigem Haar umrahmten Stirn würde auch eine Offiziersmütze gut stehen. Nicht umsonst war die Müllerin stolz auf ihren Sohn. Aber als sie ihn so neben sich herschreiten sah, mit einer finsteren Wolke schlechter Laune und Verdrießlichkeit auf dem Gesicht, da war es ihr, als sage seine ganze junge stolze Erscheinung: „Was nützt mir das Leben? Mich verdrießt die ganze Welt."

Sofort stieg in ihrem Herzen Bitterkeit gegen Eva auf, die es nicht verstand, ihn glücklich zu machen. Schon längst hörte sie die Stimme in ihrem Innern: „Warum hast du sie ihm aufgedrängt, obwohl er sie nicht mochte? Du hättest wissen sollen, daß eine solche Frau für ihn nicht paßt. Warum war sie nicht gestorben, obwohl es doch schon so schlimm mit ihr stand! Aber obwohl man sie nicht mit besonderer Sorgfalt pflegte, ist sie trotzdem nicht gestorben, und nun ist sie zu gar nichts tauglich; sie schleicht im Haus umher wie ein Gespenst."

„Die Lanys haben uns eingeladen, am Nachmittag zu ihnen zu kommen", fing sie endlich nicht weit von der Mühle ein Gespräch an.

„Und wozu denn das?" entgegnete Thomas unwillig.

„Warum sollten wir nicht zu einem gemütlichen Beisammensein hingehen?" warf sie ein. „Ich habe versprochen, daß wir kommen; sie werden uns bestimmt erwarten."

Er zuckte mit den Achseln.

„Hast du es schon gehört?" redete sie weiter und

begann ihm zu erzählen, was sie von den Frauen erfahren hatte von der Sägemühle und ihrem Besitzer. „Wenn wir an ihrem Haus vorübergehen, könntest du einmal hineingehen und fragen, ob er uns nicht die große Eiche zersägen könnte."

„Freilich, ich werde hingehen wie ein neugieriges altes Weib! Als ob ich niemanden hätte, den ich hinschicken könnte! Laß dich doch nicht auslachen!"

Die Antwort war der Müllerin zwar nicht willkommen, sie ließ sich jedoch nichts anmerken, sondern setzte ihr Gespräch weiter fort, bis sie endlich auch den Sohn damit fesselte. So kamen sie heim.

Als Eva sie kommen sah, stellte sie das Mittagessen auf den Tisch. Ihren Gruß kaum erwidernd, setzten sich beide an den Tisch und sprachen miteinander, als ob sie gar nicht da wäre. Die Müllerin zog ihr Alltagsgewand an und ging hinaus in den Stall, um das Vieh zu versorgen. Der Müller legte sich im Obstgarten unter einen großen dichten Baum, um, bis sie zur Schwester gingen, ein Schläfchen zu halten.

Etwas später waren auch Lanys nach Hause zurückgekehrt. Mit freudigem Gebell lief Pozor, der Hund, seinem Herrn entgegen. Ehe sich's jemand versah, sprang er ihm mit seinen Vorderpfoten auf die Arme und leckte sein Gesicht. Er wollte auch die Hausfrau begrüßen, wurde aber nicht gerade freundlich abgewiesen, hauptsächlich deshalb, weil er mit seinen Sprüngen die Scharen des Geflügels auseinandertrieb, welche der jungen

Hausfrau entgegenliefen. Er sprang zwischen den kleinen Küken und Entlein umher, zur größten Sorge der erzürnten Gluckhenne. Es bedurfte großer Behutsamkeit, wenn jemand durch den Hof gehen wollte, ohne sich zu beschmutzen. Bei Lanys war der Stall voller Vieh. Der Düngerhaufen erstreckte sich über den ganzen Hof. Die Gülle floß in drei Bächen ab. Es war wirklich ein Wunder, daß die junge Hausfrau sauber in die Küche gelangte. Diese sah auch nicht viel reiner aus, obschon sie erst vor kurzem frisch getüncht wurde. Die Küken und Entlein, die Lieblinge der Hausfrau, hatten auch hier freien Eingang, und überdies residierten auch Kaninchen hinter dem Ofen. Im Stall waren ihrer zuviel, darum hatte die Hausfrau etliche schneeweiße und schwarze hier in der Küche untergebracht.

In der Stube saß ein Kindermädchen und wiegte ein etwa anderthalb Jahre altes Kindchen. Es war der Mutter wie aus dem Gesicht geschnitten, aber ungewaschen, in einem Hemdchen, das eher schwarz als weiß war. Es schlief nicht, und als sich der Vater liebevoll zu ihm neigte, streckte es ihm beide Händchen entgegen.

„Schläfst du nicht, Annchen?" sprach er zu der Kleinen. „Und nicht einmal gewaschen hat man dich."

Er legte Rock und Hut ab, nahm das Kind, ging zu dem durch den Obstgarten fließenden Bächlein hinaus und wusch es dort, obwohl seine Hände hart waren wie Holz. Freilich war es ein Waschen, bei dem er weder mit dem Wasser noch mit dem Schmutz in Streit geriet.

„So, ich habe sie jetzt gewaschen“, machte er seiner Frau kund, die mit dem Kochen des Mittagessens beschäftigt war. „Nun gib uns irgendein Hemdchen, damit wir uns anziehen können.“

„Laß mich doch in Ruhe! Du siehst doch, daß ich das Essen fertigkochen will. Laß dich doch von dem Mädchen bedienen“, entgegnete sie verdrossen.

„Anna, du mußt dich nicht gleich über alles ärgern“, mahnte er sie ruhig. „Es ist wirklich nicht schön, wenn das Kind so schmutzig ist.“

Sie warf gereizt ihren Kopf zurück und ließ ihn stehen. Er fand das Hemdchen selbst, zog die Kleine an und ging mit ihr in den Obstgarten, bis man zum Essen rufen würde. Aber auch hier wollte das Essen nicht mehr munden, ebenso wie in der Mühle. Um seine Frau, die zum Bewirten ihrer Mutter etwas backen wollte, nicht zu stören, nahm der Bauer nach Tisch das Kind und den Hund und ging mit ihnen in den nahen Wald. Dort schlief zuerst die Kleine auf dem bequemen Lager ein, das er ihr bereitet hatte, nachher der Vater, und zum Schluß, den krausen Kopf auf die Knie seines Herrn lehnend, schlief auch Pozor ein.

Wenn jemand den Bauer Lany gefragt hätte, ob er glücklich sei, hätte er seine Augen weit aufgerissen. Er war wohlhabend und gesund; was konnte noch fehlen zu seinem Glück? Er hatte eine hübsche

Frau, um die ihn so mancher beneidete. Er wußte, daß sie ihn nicht aus Liebe geheiratet hatte, darum war er ihr gegenüber nachsichtig. Er liebte sie aufrichtig, und dies genügte ihm; ebenso liebte er auch sein Kind. Was fehlte noch zu seinem Glück? Wohl war es manchmal in seinem Innern so traurig und öde, aber er verstand es nicht und dachte überhaupt nicht darüber nach. Die Gleichgültigkeit seiner Frau schmerzte ihn, und noch mehr, daß sie sich um ihr eigenes Kind kaum kümmerte. Mit dem Geflügel konnte sie sich stundenlang beschäftigen, während sie das Kind immer dem Mädchen überließ. Manchmal faßte er den Mut, sie zu tadeln, aber da es ihm dabei immer übel erging, ließ er sie schließlich in Ruhe, er wollte sich nicht aufregen. In keinem Punkt konnten sie übereinstimmen. Wenn ihm irgendein Stück Vieh besonders gefiel, war ihr dasselbe so zuwider, daß er's verkaufen mußte; fand er einen Knecht, mit dem er zufrieden war, wollte sie denselben erst gar nicht sehen. So hatte er auch Sorge gehabt, wie es wohl werden würde, wenn sein jüngerer Stiefbruder vom Militär heimkommen würde. Wenn dieser nun nicht ihr Geschmack wäre, würde immer Verdruß im Hause sein; denn ihn könnte er ja nicht fortschicken, es sei denn, daß er ihm die Hälfte von den Feldern und vom Haus auszahlte. So hatte er seinem Kommen mit großer Sorge entgegengesehen. Diesmal aber hatte er ihr unrecht getan. Sie nahm den Schwager sehr freundlich auf, und obwohl er nun schon seit einigen Wochen zu Hause war, hatte noch keiner dem anderen ein böses Wort gegeben. Auch jetzt, als der Bauer eingeschlafen war, träumte er, daß sie mit seinem Bruder Gras gemäht hätte. Anna hatte ihnen das Frühstück gebracht, und wie freundlich hatte sie doch den Schwager angelächelt! Selbst im Traum freute er sich darüber.

Die Magd und das Kindermädchen räumten das Haus auf, und der Teig war inzwischen aufgegangen. Anna deckte den Tisch mit einem sauberen weißen Tuch, dann schürzte sie die Sonntagskleider auf.

Doch blieb sie gekleidet wie eine Brautjungfer, rosa und weiß; sie band sich lediglich eine breite blaue Schürze um, damit sie den rosa Rock am Kochherd nicht beschmutzte. Als sie den letzten Teig in das heiße Fett warf, ging die Tür auf, und auf der Schwelle stand, den Rock über den Arm gehängt, ein junger Mann von anziehendem Äußeren. Die junge Bäuerin war bei dem Feuer bisher nicht rot geworden, nun aber stieg in ihr weißes Gesicht die Röte bis unters Haar.

„Joseph, du bist schon hier?“ rief sie und ging ihm entgegen.

„Ja, wie du siehst.“ Der junge Mann nahm die ihm gereichte Hand fest zwischen seine beiden. „Ich dachte, du backst das zu meiner Begrüßung.“ Sie sahen sich gegenseitig tief in die Augen.

„Ich wußte nicht, daß du kommen würdest; aber ich freue mich, daß du die ersten davon kosten kannst", antwortete sie warm. Ach, wie ganz anders klang doch jetzt ihre sonst so trotzige Stimme! „Wie ist es möglich, daß du schon gekommen bist?"

„Ich traf einen Wagen, der mich mitgenommen hat", erwiderte Joseph, „und als ich die Maschine aufgeladen hatte, beeilte ich mich eben. Hätte ich vielleicht noch fortbleiben sollen? Konntet ihr mich entbehren?"

„Ja, wir konnten dich so entbehren, daß du uns an allen Ecken gefehlt hast." Sie bestreute das Gebäck mit Zucker und reichte ihm davon. „Koste derweil, bis ich dir das Mittagessen bereite."

„Du brauchst gar nichts zu machen, gib mir nur ein wenig Milch zu dem Kuchen. Ich bin nicht hungrig, aber naß wie eine Maus; ich muß mich frisch anziehen."

Pfeifend sprang er in das Dachstübchen hinauf. Sie brachte ihm Wasser zum Waschen. Wenn ihr Mann gesehen hätte, wie sie den Schwager bediente, er wäre damit nicht zufrieden gewesen; aber er schlief. Er wachte erst auf, als man ihn rief, weil die Gäste schon gekommen waren; und er war nicht wenig erfreut, daß sein Bruder, den er beauftragt hatte, eine landwirtschaftliche Maschine zu kaufen, schon heimgekommen war. Seine Freude wurde noch erhöht, als er sah, wie fröhlich sich seine Frau unter den Gästen bewegte. Schon lange hatte er sie nicht mehr so vergnügt gesehen. Auch das kleine Annchen hatte sie aufgeputzt und liebkoste es; aber die Kleine wollte immer nur zum Vater. Wenn in dieser Stunde jemand den Bauer gefragt hätte, ob er glücklich sei, hätte er vielleicht die Frage verstanden und sie bejaht.

3. Kapitel

Als die Schwiegermutter und Thomas aus der Mühle gegangen waren, schaute ihnen Eva eine Weile nach, bis sie im Obstgarten verschwanden. Dann sah sie sich in der leeren Wohnung um. Noch nie hatte sie es so stark empfunden, wie geringschätzig man sie behandelte, wie heute. Mit keinem Wort hatte man sie zum Mitgehen aufgefordert, und obwohl sie sonst nicht gerne zu Lanys ging, weil sie sich mit Anna durchaus nicht befreunden konnte, heute wäre sie gerne gegangen, um der Einsamkeit zu entfliehen, da sie überall das Weinen ihres Kindes zu hören meinte und es ihr schien, als müsse sie nach dem Evchen schauen. Aber das Kind war für sie verloren.

Ach, dieses Wort! Wo kam es her, wie kam es denn in ihren Kopf? Hatte sie es nicht ohnehin schon schwer genug? Mußten sie noch solche Gedanken plagen? Sie hatte nichts zu tun, und doch konnte sie das Haus nicht verlassen. Sie wäre auf den Friedhof gegangen, aber sie hatte Georg auf die Weide geschickt und war allein im Haus.

Wenn sie nicht verloren wäre, so würde Gott mit ihr sein, aber so ... Noch niemals fühlte sie so sehr die Öde ihres Lebens. Es kam ihr vor, als wäre es nicht Tag, sondern dunkle Nacht, in der der Mensch nicht weiß, wo und wie er zu gehen hat. Sie drückte ihre beiden Hände krampfhaft an ihr Herz.

Sie sehnte sich nach etwas, sie wußte aber nicht, wonach. Sie sehnte sich nach Licht.

„Vielleicht wird das mich trösten“, sagte sie und nahm die Bibel vom Schrank herunter.

Sie ging mit dem Buch vor das Haus. Aber es schien, als wollten die Mauern ihres Gefängnisses sie bedrohen, darum stieg sie höher hinauf an den nahen Abhang und setzte sich in ein dichtes Gesträuch neben eine murmelnde, von vielen Vergißmeinnicht überwucherte Quelle. Über ihr sangen Nachtigallen, nicht weit auf einer Eiche rief der Kuckuck.

Ein Paar wilder Tauben ließ sich gerade gegenüber der einsamen Frau auf einem Zweig nieder. Erst jetzt wußte sie, daß sie einen Mann und doch keinen hatte, weil sie in solchem Schmerz allein gelassen wurde. Sie lehnte ihren Kopf an den Felsen und blickte den davonfliegenden Tauben nach.

„Jedes Vöglein hat seinen Lebensgefährten, nur ich habe niemand! Wozu bin ich in der Welt? Warum wurde ich nicht eine Schwalbe? Wie gern möchte ich in ein wärmeres Land ziehen!“

Weshalb träumte sie von einem wärmeren Land? Es war ja warm genug, die Sonne brannte sogar. In der Erinnerung der jungen Frau stieg wieder der Vorfall auf, der sich nach dem Mittagessen ereignet hatte. Sie war in den Obstgarten gegangen, um Thomas zu wecken, weil die Mutter schon auf ihn wartete.

Als sie sich über den Schlafenden beugte, sehnte

sich ihr Herz wenigstens nach einem einzigen freundlichen Wort aus seinem Mund. Wenn sie ihren Kopf an seine Brust lehnen dürfte, wenn er sie wenigstens so freundlich anblicken würde, wie er seine Ochsen beim Anspannen anschaute und streichelte, so würde ihr schon leichter sein. Zitternd legte sie ihre Hand auf den Kopf des Schlafenden; es tat ihr leid, ihn aufzuwecken. Er erwachte sogleich.

„Was willst du?" fuhr er sie an und stieß ihre Hand von seiner Stirn. Dann aber, als hätte er sich an etwas erinnert, sagte er milder: „Wartet die Mutter schon auf mich?"

Sie trat von ihm weg. Könnte die Blume fühlen, wenn sie vom Menschen mit Füßen getreten wird, gerade in dem Augenblick, wo sie ihn mit ihrem Duft beglücken wollte, sie würde dasselbe fühlen, was Eva fühlte.

„Die Mutter ist schon lange fertig", sagte sie fremd und ging ihm in das Zimmer voran.

Das alles kam ihr so lebhaft ins Gedächtnis, als fühle sie noch jetzt den rohen Stoß seiner Hand; es fröstelte sie.

„Ich will die Welt nicht anschauen; es gibt da nichts, was mich erfreuen könnte", entschied sie sich und öffnete das Buch. Sie blätterte herum, aber es erging ihr wie jedem, der in der Bibel nicht zu Hause ist; sie konnte kein tröstendes Wort finden. Dieses Buch ist wie eine geheimnisvolle Burg mit vielen herrlichen Schätzen, hast du aber den Schlüssel nicht, so kannst du noch solange umherirren, zu dem Schatz gelangst du nicht. Schließlich öffnete sie bei dem Propheten Jeremia, und dort fielen ihre Augen auf zwei Verse: „*Also mußt du innewerden und erfahren, was es für Jammer und Herzeleid bringt, den Herrn, deinen Gott, zu verlassen und ihn nicht zu fürchten, spricht Gott der Herr Zebaoth. Denn mein Volk tut eine zweifache Sünde: Mich, die lebendige Quelle, verlassen sie und machen sich hier und da ausgehauene Brunnen, die doch löcherig sind und kein Wasser geben.*“ Und weiter unten stand: „*Und wenn du dich gleich mit Lauge wüschest und nähmest viel Seife dazu, bleibt doch der Schmutz deiner Schuld vor mir, spricht Gott der Herr.*“

Zu sich selber sprach Eva: „Ach, ich habe es schon erkannt, daß bei mir keine Furcht Gottes ist, daß ich Gott verlassen habe, ja, daß ich bei ihm nie gewesen bin, und das ist Sünde. Gott hätte mich gewiß getröstet, aber ich habe an ihn und sein heiliges Wort nie gedacht. Und daß ich mich nicht mehr waschen kann, das gilt auch mir, daß er mir nicht mehr vergeben wird, wenn ich auch wer weiß was täte.“

In jedem Menschen lebt ein Funke des Bewußtseins, daß Gott heilig, der Mensch aber sündig ist. In manchem schlummert es länger, wenn es aber einmal aufgewacht ist, läßt es sich nicht mehr verdrängen. Auch hier war es so.

Die junge Frau wurde auch davon erfaßt, obwohl es ihr Herz wie eine Zentnerlast drückte und ihr Elend noch erhöhte. Sie fürchtete sich, das Blatt umzuwenden, um nicht noch schwerere Verdammnis finden zu müssen.

So in Nachdenken versunken, überhörte sie nahende Tritte und erschrak, als sie jemand grüßte. Sie hob ihre dunklen Augen voll Leid und Seelenschmerz zu dem Ankömmling und begegnete einem Blick, den sie nicht erwartet hatte. Es war etwas darin, was an die Wärme jenes Landes erinnerte, wohin sie fliegen wollte, wenn sie eine Schwalbe wäre. Neben ihr stand ein fremder, städtisch, aber einfach gekleideter Mann.

„Lesen Sie im Wort Gottes?" fragte er sie. Auch in seiner Stimme lag etwas von der Macht jener Wärme.

„Ja", nickte sie bereitwillig und hatte ein Gefühl, als dürfe sie sich mit dem Fremden in ein Gespräch einlassen. Bei ihrer Schüchternheit hätte sie sonst um keinen Preis einen Fremden angesprochen; aber hier, diesem gegenüber, fühlte sie keine Schüchternheit.

„Ich werde mich ein wenig zu Ihnen setzen", sagte er, als verstünde er ihren Wunsch. Er nahm seinen Hut ab, so daß sie ihm besser ins Gesicht sehen konnte. „Ich habe gehört", begann er, als sie ihm mit einem Kopfnicken ihre Zustimmung gab, „daß Sie ein großer Schmerz getroffen hat. Sie haben Ihrem himmlischen Vater Ihr erstgeborenes Kind zurückgeben müssen."

Er wußte es; ach, wie schön sagte er das!

„Ja, das Evchen ist mir gestorben", antwortete sie traurig.

„Ich verstehe Sie und fühle mit Ihnen, es ist ein großer Schmerz; aber", fuhr er fort, „der Herr Jesus sagt: ‚Eure Traurigkeit soll in Freude verkehrt werden'."

„Die meine nicht", schüttelte sie traurig den Kopf.

„O doch", versicherte er ruhig. „Geben Sie mir bitte das Buch; ich will es Ihnen beweisen."

Sie reichte ihm das Buch. Verlangend, wie ein Durstiger die Hände nach der Quelle ausstreckt, heftete sie ihren Blick auf ihn. Er machte das Buch auf und las deutlich: „*Glaubt an Gott und glaubt an mich. In meines Vaters Haus sind viele Wohnungen. Wenn es nicht so wäre, hätte ich dann zu euch gesagt: Ich gehe hin, euch die Stätte zu bereiten? Und wenn ich hingehe, euch die Stätte zu bereiten, will ich wiederkommen und euch zu mir nehmen, damit ihr seid, wo ich bin.*"

„Sehen Sie, Gott hat in seinem Haus viele Wohnungen. Dorthin nahm er auch Ihr Evchen, dort wird er es pflegen, und dort werden Sie es einmal finden, wenn er auch Sie zu sich nehmen wird. Ist das nicht herrlich? Als mein erster Sohn starb, konnte mich nichts in der Welt trösten außer der Gewißheit, daß er bei dem Herrn Jesus lebt. Und wenn er auch nicht mehr zu mir zurückkehren wird, so werde ich doch zu ihm kommen."

„Auch Ihnen ist ein Kind gestorben?" fragte sie mitleidig und setzte traurig hinzu: „Sie werden es wiederfinden; denn Sie sind nicht verloren, aber ich bin es.

Er heftete einen forschenden Blick auf sie, und in seinen Augen war wieder sehr viel Mitgefühl.

„Sie haben recht. Gottlob, ich bin nicht mehr verloren, er hat mich gefunden!“ antwortete er sanft.

„Vielleicht haben Sie ihn gefunden?“ entgegnete sie eifrig.

„So ist es; denn: *‚Ich werde gefunden von denen, die mich nicht suchten‘.*“

„Das verstehe ich nicht“, bedauerte sie.

„Sie verstehen es nicht? Also stellen Sie sich vor, Sie hätten ein sehr liebes Schäflein, welches Ihnen davongelaufen ist. Sie gehen es suchen, es denkt nicht an Sie, es sucht Sie nicht, aber Sie suchen es und rufen. Endlich hört es und läuft zu Ihnen. Es hat sich von Ihnen finden lassen, und Sie bringen es heim. Das bedeuten die Worte: *‚Ich werde gefunden von denen, die mich nicht suchten‘.*“

„Aber was haben Sie getan, als Sie verloren waren, damit Gott Sie suchen sollte?“

Anstatt einer Antwort blätterte er in dem Buch.

„Bitte, seien Sie nicht böse“, entschuldigte sie sich bescheiden, „ich habe niemanden, der mir das sagen könnte.“

„Warum wollen Sie es wissen? Sind Sie verloren wie jenes Schäflein? Fühlen Sie Ihre Gottesferne?“

Sein gütiger Blick ermutigte sie. Sie erzählte ihm von dem Gespräch mit Georg und daß sie auf den Vers kamen: *„Also hat Gott die Welt geliebt ...“*, und wie sie plötzlich erkannt hätte, daß sie verloren sei.

„So hören Sie“, sagte er nach einer Weile, nachdem sie geendet hatte, „hier weiter unten steht geschrieben: ‚*Denn Gott hat seinen Sohn nicht gesandt, daß er die Welt richte, sondern daß die Welt durch ihn selig werde*‘, und hier wiederum: ‚*Des Menschen Sohn ist gekommen, zu suchen und selig zu machen, was verloren war.*‘ Er selber sagt ja: ‚*Ich will das Verlorene und das Verirrte wiederbringen und das Verwundete verbinden und des Schwachen warten.*‘ Sehen Sie, er liebte mich, obwohl ich ein großer, verstockter und verlorener Sünder war. Er suchte mich trotzdem und fand mich in einem Sumpf schrecklicher Sünden, mich, den verlorenen Sohn. Er brachte mich, den Verirrten, zu dem treuen Vater. Er verband meine Wunden und stärkte mich in meiner Krankheit. Er liebt und sucht auch Sie. Dieselben Worte, welche damals mir galten, gelten jetzt Ihnen: ‚*Kommt her zu mir alle, die ihr mühselig und beladen seid, und ihr werdet Ruhe finden für eure Seelen.*‘“

„Ach, ich möchte gerne zu ihm gehen, wenn ich nur wüßte, auf welche Weise und wohin!“ sagte Eva und schlug die Hände zusammen.

„Schauen Sie!“ Er zeigte ihr den schönen, klaren Himmel. „Dort ist er; er sieht alles, er hört alles, er sieht Sie und wartet auf Sie. Sagen Sie ihm alles, was Sie bedrückt, er wird Sie finden, wie er mich gefunden hat, denn er liebt auch Sie so sehr, daß er für Sie am Kreuz gestorben ist.“

Sie blickte gen Himmel, ihre Lippen bewegten

sich, obwohl man keinen Laut hörte. Jetzt verstand sie, wer sie gerufen hatte. Sie wußte nicht, wie lang sie so sitzenblieb, endlich, nachdem der Fremde sie verlassen hatte, überwand die körperliche Schwäche und der Schlaf die müde Seele. Zum erstenmal nach Wochen schlief sie einen stillen, schmerzlosen Schlaf. Sie träumte, der gute Hirte käme zu ihr und spräche: „Ich habe dich gefunden. Du bist mein. Schätze mein Evangelium! Lies fleißig das Neue Testament; glaube, was dort geschrieben ist; tue nach dem, wie ich dir befehle, und du wirst zu dem Evchen kommen!"

4. Kapitel

Bei Lanys waren Thomas und Joseph in einen Streit geraten wegen einer Kleinigkeit beim Militär; Thomas behauptete etwas, Joseph lachte ihn aus. Thomas ertrug es nicht länger bei seinem Schwager; er ließ die Mutter dort, entschuldigte sich mit dem Stellmacher, der wahrscheinlich das Geld für die Reparatur holen würde, und ging heim. Er würde zwar lieber in das Dorf gegangen sein, wenn nur das Begräbnis nicht gewesen wäre. Am nächsten Sonntag würde die Welt nichts mehr dazu sagen, und wenn auch, – sie sollte es nur! Er ließ sich nicht in der Mühle lebendig einmauern. Wofür auch? Etwa seiner Frau zuliebe, und noch dazu so einer? Wenn sie wenigstens wie die Anna wäre, aber so ein verweintes Gespenst! Hätte er seiner Mutter nicht nachgegeben, so könnte er sich jetzt aussuchen, wen er wollte, nach seinem eigenen Geschmack. Die anderen Männer prahlten mit ihren Frauen, und er konnte sich mit ihr nirgends zeigen, weil sie für die Welt gar nicht paßte. So eine rechte Unschuld vom Lande.

„Ach, daß ich mir so die Hände habe binden lassen!“ bedauerte er sich selbst; aber er wurde in seinen Gedanken unterbrochen. Bei der Quelle, den Kopf zwischen den Vergißmeinnicht auf den weißen Arm gelegt, lag eine Frau. Aber wie sah sie aus? Sie schlief, und sie mußte etwas Schönes träumen.

Noch nie sah er auf diesen Lippen ein Lächeln, und heute hätte er es am wenigsten vermutet.

„Sie ist eingeschlafen und hat ihr Leid vergessen“, dachte er und konnte sich des Mitleids nicht erwehren. Er teilte zwar ihr Leid nicht, er verstand ihren Schmerz nicht, aber er wußte, daß sie sehr trauerte. Man hatte sie ja vom Friedhof fast tragen müssen, obwohl sie gar nicht geweint hatte.

„Wie sie hier am Weg liegt, wie eine verlassene Bettlerin! Wir hätten sie nicht allein daheim lassen sollen!“

Der junge Müller betrachtete sie, und je länger seine Augen auf dem von Vergißmeinnicht umrahmten Gesicht ruhten, desto eigenartiger wurde ihm ums Herz. „Warum habe ich es früher nie gesehen, wie schön sie ist? Wenn sie immer so lächeln würde, würde selbst die Anna nicht mitkommen.“

„Du fütterst deine Frau, scheint mir, nur mit Gras“, hatte ihm unlängst einer seiner Kunden gesagt, „sie sieht so mager und elend aus.“

Er erinnerte sich jetzt, daß die Mutter beim Weggang alle Schlüssel mitgenommen hatte. Sie waren bei Lanys bewirtet worden, was hatte sie aber gegessen? Ein Stück hartes Brot, wenn welches vom Mittagessen übriggeblieben war. Unwillkürlich griff er in die Tasche, in die ihm Martin ein Stück Kuchen hineingesteckt hatte. „Bringe es der Eva, weil sie nicht bei uns gewesen ist“, hatte er gesagt. Der hatte an sie gedacht, aber nicht ihr Mann.

Thomas wollte sich von der Liegenden abwenden, aber er konnte nicht. Was würden die Leute sagen, wenn sie jemand hier fände? Ein großer Käfer kroch ihr auf die Stirn! Er würde sie sicher aufwecken. Sie rührte sich, strich mit der Hand über die Stirn und streifte im Schlaf das Insekt ab.

Er brauchte nur zu rufen, um sie aufzuwecken. Er tat es. Ihre großen schwarzen Augen öffneten sich und schauten noch voll des süßen Traumes. „Steh auf!“ rief er zum zweitenmal. „Warum liegst du hier an der Straße? Komm heim!“ Er sah, wie der Glanz ihrer Augen erlosch, das gab ihm einen Stich. Und auf sich selbst ärgerlich, schritt er voran. Da er ihre Schritte hinter sich nicht hörte, wandte er sich um. Sie stand noch bei der Quelle, an ihr Herz drückte sie das Buch, wie ihm schien, ein Gesangbuch, und schaute zum Himmel; so schön war sie noch, wie vorhin im Traum. Sie ging ihm einige Schritte nach; weil sie ihn aber nicht ansah, bemerkte sie auch seinen Blick nicht. Schweigend kamen sie bis zu dem Obstgarten. Dort lag ein abgehauener Nußbaum. Thomas setzte sich darauf.

„Hier, das ist von den Lanys“, sagte er mit einer ungewöhnlichen Stimme. „Was schaust du mich so an?“ fuhr er sie an. Der verwunderte Blick ihrer großen Augen tat ihm weh. „Nimm's doch! Mußt du mich denn gleich ärgern, kaum daß ich gekommen bin?“

„Ich wollte dich nicht ärgern“, entschuldigte sie sich ruhig, „es war mir nur so merkwürdig, weil du mir noch niemals etwas mitgebracht hast; aber ich danke dir schön."

Sie setzte sich unweit von ihm und fing an zu essen. Er blickte sie von der Seite an; sie aß nicht, als hätte sie Hunger.

„Was hast du die Zeit gemacht?" erkundigte er sich, nur um etwas zu sagen.

„Ich las an der Quelle", antwortete sie schüchtern. Es schien ihr, als käme wieder der schöne Traum über sie.

„Was hast du gelesen, im Gesangbuch?"

„Nein, die Bibel."

„Sie sucht einen Trost, weil wir sie so allein gelassen haben", dachte er bei sich.

„Du darfst dich dem Schmerz nicht so hingeben", sagte er mit Anstrengung. Das Gewissen sagte ihm, er solle sie trösten. „Auch anderen Leuten sterben die Kinder!"

Sie schaute verwundert auf und schüttelte den Kopf. „Ich werde nicht mehr trauern, warum sollte ich auch? Dem Evchen ist besser dort als mir hier", antwortete sie mit stiller Ergebenheit. Sie gab ihm dadurch unwillkürlich einen Stich.

„Warum sagst du mir das? Gewiß bist du traurig, daß wir dich nicht mitgenommen haben zu Lanys."

„Was hätte ich dort gesollt?" sagte sie befremdet. „Ich weiß wohl, daß ich der Anna genauso zuwider bin wie euch."

„Du brauchst mir das nicht vorzuhalten", murrte er. Als er aber sah, mit welcher Angst sie das Buch an ihre Brust drückte und sich an einen Baum lehnte, als suchte sie vor ihm einen Schutz, gab ihm das wieder einen Stich. „Du weißt recht gut", sagte er schon weniger rauh, „warum du uns allen so zuwider bist. Wenn ihr uns nicht betrogen hättet, deine Mutter und du, könnte alles gut sein. Immer, wenn ich dich anschaue, kann ich an gar nichts anderes denken, als warum ich mir die Hände habe so binden lassen und in welch eine falsche, betrügerische Familie ich hineingeraten bin."

Merkwürdig! Wie wenn er mit seinen Worten Leben bewirkt hätte, so schnell richtete sich ihre erstarrte Gestalt auf. Ihr blasses Gesicht wurde dunkelrot.

„Ich soll dir die Hände gebunden haben, Thomas?" Ihre schwarzen Augen hefteten sich mit einem sonderbaren Blick in das Gesicht des Mannes. „Ich bin dir nicht nachgegangen, ja, ich wußte nicht einmal, daß du lebst, bis deine Mutter zu uns gekommen war. Und daß ich dich betrogen hätte? Wie? Wann? Meine Mutter sagte mir niemals, wieviel sie mir geben würde. Wenn du nur ein bißchen Gewissen hast, so mußt du dich erinnern, daß ich niemals dabei war, wenn ihr mit meiner Mutter gesprochen habt. Oft genug bat ich die Mutter, sie solle mich noch nicht verheiraten, ich wäre noch zu jung, kenne auch keine Arbeit und bin noch zu schwach. Aber sie drohte mir, mich aus ihrem Haus wegzujagen, wenn ich dich nicht heirate. Ich hätte mich lieber forttreiben lassen sollen; aber dann kam deine Mutter mit schönen Versprechungen, wie es mir bei euch gutgehen würde, und ich Unglückliche habe ihr geglaubt. Du hast nichts versprochen; darum sage ich nicht, du hättest mich betrogen. Nun, wie kannst du behaupten, daß ich dich betrogen habe?"

Zwei große Tränen rollten ihr dabei über die blassen Wangen. Sie drückte das Buch fest an sich und wollte an ihm vorübergehen. Er war bestürzt über ihren unerhörten Mut. Sie war schon zwei Jahre bei ihnen, aber so viel hatte sie noch nie geredet. Ob er wollte oder nicht, er mußte ihr recht geben. Sie war wirklich unschuldig und zu der Heirat gezwungen worden wie er selbst.

„Eva", hielt er sie auf, „wir werden darüber nicht mehr sprechen. Was geschehen ist, kann man nicht mehr ungeschehen machen; ich weiß, daß es dir bei uns nicht gutgegangen ist und daß dich meine Mutter belogen hat, als sie dir ein Wohlleben versprach. Ich mochte dich gar nicht sehen; sobald du dich mir nähertest, war ich schon zornig. Ich war nicht gut zu dir. Arbeit kanntest du keine, und du gingst immer so verschüchtert umher, alles glitt dir aus den Händen, das reizte mich noch mehr."

Er schwieg. Das Herz und Gewissen sagten ihm, er solle hinzusetzen: „Vergib, daß ich dich so schlecht behandelte!" Aber das nicht, nur das nicht!

Sie war schon durch diese Worte ganz verwirrt. „Ich glaube dir ja", sagte sie so herzlich und mit solch einer lieben Stimme, wie er sie von ihr noch nie gehört hatte, „du hast gewiß oft Ursache gehabt durch meine Ungeschicklichkeit; ich hatte guten Willen, aber ich fürchtete mich vor euch. Jetzt wird es besser gehen“, setzte sie mit einem lieblichen Lächeln hinzu.

„Das kommt daher, daß ich mit ihr freundlich geredet habe“, dachte er.

Sie schritten dem Haus zu, schweigend traten sie ein. Er ging in den Stall und in der Mühle nachschauen. Als er zurückkehrte, fand er sie das Nachtessen zubereitend. Er setzte sich an den Tisch und beobachtete, wie sie ruhig hantierte; und als sie sich über das Feuer bog, wunderte er sich, wie schön sie war. Er bemerkte, daß sie kein Wasser in den Kannen hatte, und ging es ihr holen. Er ließ den Eimer herunter und merkte nicht, daß er schon voll war; aus der Tiefe schienen ihn zwei schwarze Augen voller Traurigkeit anzusehen. „Warum war ich so schlecht zu ihr? Sie hat mir ja nichts zuleide getan“, dachte er.

Sie mußte selbst nach dem Wasser sehen und wollte den Eimer hinaufziehen; er ließ es aber nicht zu und sagte: „Ich werde es dir bringen.“ Er wollte es freundlich sagen, aber es klang doch grob. Sie schritt still an seiner Seite, als hätte er sie gar nicht angefahren. Sie war es so gewöhnt. Eva war mit dem Abendessen noch nicht fertig, als die Müllerin zurückkehrte, zugleich mit Georg. Das ganze Haus war gleich voll Lärm und Geschrei. Das Vieh wollte nicht fressen, die Kühe hatten keine Milch, dazu hatte eine den Tränkeimer umgeworfen, unter der Rinne fand die Müllerin zwei tote Kaninchen. Und obwohl Thomas behauptete: „Es sind unsere Kaninchen“, blieb die Mutter bei der Behauptung, jemand sei im Stall gewesen und habe die toten Kaninchen untergeschoben, und die Kühe sind „verhext“, und das alles deswegen, weil sie niemanden habe, auf den sie sich verlassen könne.

Zuerst bekam Georg sein Teil, dann strömte eine Flut von Schimpfworten auf die arme Eva herab. Wie merkwürdig! Es war wirklich nicht das erstemal, aber der Müller merkte erst jetzt, wie schrecklich seine Mutter fluchte und der Unschuldigen unrecht tat. Im Herzen tönten ihm die Worte: „Dann kam deine Mutter mit schönen Versprechungen, wie es mir bei euch wohlgehen werde.“

Er wandte sich um nach seiner Frau. Sie hielt gerade der zornigen Schwiegermutter einen Topf mit Wasser hin; sie war blaß wie die Wand, aber die zitternden Lippen gingen nicht auf zur Verteidigung, wie dort im Obstgarten.

„Mutter, hör auf!“ schrie er so drohend, daß beide Frauen erschraken. „Statt dem unnützen Geschrei laß doch jemanden holen, den Kühen zu helfen. – Eva, gehe und hole die Tante Skulcova!“

Sie gehorchte, aber von der Tür aus sandte sie ihrem Mann solch einen dankbaren Blick zu, daß ihm ganz warm ums Herz wurde.

„Das sage ich dir“, begann er, als er mit der Mutter allein war, „wenn du mir schon die Eva an den Hals gehängt hast, sollst du mit ihr nicht so verfahren. Ist das das Wohlleben, das du Eva versprochen hast, als du sie überredet hast, mich zu heiraten?"

Die Müllerin war durch diese Worte so überrascht, daß sie für eine Weile sogar das kranke Vieh vergaß.

„Du willst etwas über meine Behandlung sagen? Hast du sie etwa weniger tyrannisiert? So wie ich ihr ein Wohlleben bei uns versprach, so hast du ihr beim Altar im Haus Gottes die eheliche Liebe geschworen. Wäre sie nicht so ein Holzklotz, wie sie ist, und sie finge an, von deiner ehelichen Liebe zu reden, da würden die Leute die Augen auftun. Morgens beim Ankleiden bemerkte ich blaue Flecke an ihrem Körper, die sie von dir erhalten hat noch vor der Geburt des Kindes. Wenn du willst, sage ich dir die ganze Wahrheit", fuhr die erzürnte Müllerin fort, die in ihrem Wutausbruch keine Grenze mehr kannte, genau wie ihr Sohn. „Daß das Kind so elend war und gestorben ist, daran ist deine ‚eheliche Liebe' schuld. Du hast wirklich keinen Grund, über andere zu reden. Wenn sie damals gestorben wäre, als sie so krank war, dann hättest du sie ins Grab gebracht!"

Die erbitterte Frau brachte noch weitere Dinge vor, merkte aber gar nicht, daß ihr niemand mehr zuhörte, daß der Sohn schon bei den ersten Worten, blaß wie die Wand, aus dem Stall hinausgelaufen war und wie besinnungslos durch den Obstgarten schritt, nicht wissend, warum und wohin. Erst am Rand, wo der Obstgarten endete und der Wald anfing, blieb er stehen. Eine solche Last lag auf ihm, daß er sich an einen Baum lehnen mußte. Er sah im Geiste einen Sonntagabend wie heute; es war im Winter.

Er war von der Kirche und aus dem Wirtshaus stark betrunken heimgekehrt. Die Mutter war nicht zu Hause; Georg fütterte das Vieh im Stall; der Lehrling lief davon, sowie er den Müller erblickte. In der Küche fand er Eva, sie schlug gerade Butter; aber es ging ihr so schwer, sie war sehr elend. Er schrie sie an, sie solle sich beeilen, er wolle Buttermilch haben. Sie zwang sich zur Eile, aber das genügte ihm nicht; er schrie, sie solle ihm schon geben, und da sie so schnell nicht konnte, schlug er sie derart, daß sie besinnungslos am Boden liegenblieb. In der Nacht darauf wurde das Evchen geboren.

Warum war ihm diese Erinnerung jetzt so schrecklich, daß er sich mit beiden Händen das Gesicht bedecken mußte? Bis heute hatte er ja gar nicht daran gedacht, und damals machte er sich schon am anderen Tag nichts mehr daraus. Warum?

Er hatte gesehen, daß Eva kein Holzklotz war, wie die Mutter sie nannte, und er hatte ihr wirklich in der Kirche die Liebe geschworen. Sie hatte es gewiß vergessen, als sie sagte: „Du hast mir nichts versprochen." Und das Kind war gestorben; es war sein Kind, und es starb infolge seiner bösen Tat. Er hatte es selbst ums Leben gebracht. Er biß die Zähne zusammen; es war ihm, als sollte er wild aufschluchzen. Weinen? Er? Dazu war er zu stolz.

Er sah eine alte Frau in die Mühle gehen, und er wußte, danach mußte gleich Eva kommen. Wenn sie nur an ihm vorübergehen möchte, damit er nicht in ihre dunklen traurigen Augen schauen müßte! Aber schon stand sie vor ihm und erschrak vor der dunklen Gestalt.

„Bist du es, Thomas?“

„Ja, fürchte dich nur nicht“, sprach er; und zum erstenmal, seit sie verheiratet waren, nahm er sie bei der Hand.

„Laß mich los, ich muß zur Mutter“, entgegnete sie.

„Nirgendshin wirst du gehen!“

„Was sagst du? Wir müssen ihr beide helfen!“

„Ich sage dir, du wirst hier bleiben. Im Maul haben die Kühe nichts, ich habe nachgesehen, und Georg ist ja dort“.

Sie wagte nicht, sich zu widersetzen; das Herz schlug ihr hörbar.

„Eva, ich wollte, wir würden ein anderes Leben miteinander führen“, stieß er heftig heraus, nach einer Weile qualvollen Schweigens.

„Oh ja“, die Stimme versagte ihr, sie erhob die Augen nicht zu ihm. Er nahm sie wiederum bei der Hand. „Ich werde alles machen, was du mir befiehlst“, versprach sie.

„Das will ich nicht“, er runzelte die Stirn, „du

warst folgsam genug; ich will, daß du keine Angst vor mir haben sollst.“

„Ich fürchte mich ja nicht vor dir“, antwortete sie schüchtern, und das gab ihm von neuem einen Stich.

„Aber im Winter hast du dich gefürchtet.“ Er sah, wie sie fröstelte.

„Du warst betrunken.“

„Eva, ich bitte dich“, stieß er heraus, „vergib mir, was ich dir damals getan habe, es soll nie mehr geschehen.“

Wenn plötzlich vom klaren Himmel der Blitz neben Eva eingeschlagen hätte, würde sie das nicht so überrascht haben wie die Worte ihres Mannes. *„Also hat Gott die Welt geliebt“*, klang ihr plötzlich im Gedächtnis. Gott liebte auch ihn und gab etwas von seiner Liebe in sein Herz, daß er so gute Worte zu ihr sprach. Als sie am Morgen am Wehr saß, hatte sie gedacht: Was Thomas ihr im Winter angetan, könne sie bis in den Tod nicht vergessen. Jetzt, wo er ihr kaum abgebeten hatte, verzieh sie ihm sofort.

„Eva, vergibst du mir?“ drang er erregt in sie.

„Gott möge dir's vergeben, Thomas! Ich tue es gern; aber laß mich jetzt los!“ Sie machte ihre Hand los und lief davon.

Er warf sich in das Gras. Alle schliefen schon längst, als er endlich ins Haus zurückkehrte.

5. Kapitel

Im stillen Versteck zwischen herrlichen Wäldern, unter hundertjährigen Bäumen, umgeben vom Obstgarten und dem Hof, stand eine alte Hütte, in der seit langen Jahren die Familie Murany wohnte; denn schon die dritte Generation stand zur Zeit als Waldhüter im Dienst der Herrschaft, der die Wälder gehörten.

Kaum war an einem Montag früh das Morgengrauen angebrochen, als der Waldhüter Andreas vor seiner Hütte schon Holz spaltete. Bei seiner Arbeit, in Gedanken vertieft, bemerkte er gar nicht, daß jemand durch den Waldpfad auf ihn zugeschritten kam. Die Sonne warf ihr volles Licht dem Kommenden auf den Weg; gewiß hatte sie Gefallen an ihm. Er war hochgewachsen, den Bäumen gleich um ihn her. Es gibt wenig Leute, denen Herrenkleidung so gut stand, wie diesem sein einfaches Gewand.

Der junge Mann war etwa in den Dreißigern; obwohl seine Erscheinung eher untersetzt als schlank war, ruhte doch in ihr eine gewisse Anmut. Nur eine kleine Weile sah er auf den arbeitenden Waldhüter, der sich soeben ein recht knorriges Stück Holz zum Durchspalten zurechtgelegt hatte, als er von zwei Armen umfaßt wurde.

„Guten Morgen, lieber Vater! Ich werde dich ablösen.“

Vor Erstaunen fiel dem Waldhüter die Axt aus der Hand.

„Aber Michael, du bist schon da?“

„Nun ja, wie du siehst, aber bitte, laß mich, daß ich dir das Holz durchschlage.“

„Aber wozu willst du denn spalten? Es muß ja nicht sein; ich habe bloß angefangen, damit es hier nicht so im Weg liegt“, sagte der Vater ablenkend.

Der Sohn aber lachte, warf seinen Rock ab, legte ihn samt der Uhr auf den nahen Baumstamm, und mit etlichen starken Hieben zertrümmerte er den Holzknoten. Der Waldhüter schaute ihm zu; in seinem Blick lag väterliche Liebe und Stolz und eine besondere Achtung. Gewöhnlich schauen Väter ihre Söhne nicht so an. Murany sah seinen Sohn, der als ein Herr zu ihm zurückgekehrt war, vielleicht deshalb so an, weil dieser gekommen war, um ihn in seinen alten Tagen zu versorgen, ihn, der wahrlich niemals seinen Kindern rechte väterliche Liebe erwiesen hatte; denn in seinen jüngeren Jahren hatte er ziemlich getrunken und, wenn er nach Hause gekommen war, Frau und Kinder geschlagen.

Oft hatte gerade dieser Sohn mit ihm gerungen, wenn er die Mutter schlagen wollte; auch bevor er in die Welt gegangen war, hatten sie miteinander einen nicht gerade schönen Streit gehabt. Selbst im späteren Alter noch hörte der Waldhüter nicht auf, sich deshalb zu schämen. Der Sohn war von der Ausmusterung zurückgekehrt, bei der er wegen eines körperlichen Fehlers, der ihn für sein ganzes

Leben militärfrei machte, nicht genommen wurde. Er kam zurück, wie auch viele andere, und nicht eben in einem nüchternen Zustand, als gerade der Vater die Mutter schlagen wollte. Da nahm der Sohn den Vater in seine stämmigen Arme, trug ihn hinaus in den Heustall, schloß ihn dort ein und ließ ihn erst am Morgen heraus. Nach gegenseitiger Ernüchterung sagten sie sich nicht die zartesten Dinge.

„Ich muß von dir fortgehen“, hatte der Sohn endlich gesagt. „Du wirst immer der gleiche bleiben. Ich habe dich bis jetzt noch nicht gepackt; wenn du mich aber dazu bringst, dann prügele ich dich tüchtig durch; und wenn ich mal zu prügeln anfange, dann könnte ich dich erschlagen, und das wäre eine große Sünde. Ich will lieber verschwinden, daß du nie mehr von mir hörst, und auch ich nicht mehr von dir.“

Was er versprochen hatte, das hielt er. In der nächsten Nacht war er von zu Hause fortgegangen, und es vergingen lange Jahre, ohne daß man ein Wort von ihm erfuhr. Und nun war er gekommen, und ein Lamm konnte nicht zahmer sein als er. Alle seine Gedanken waren nur auf Gott gerichtet; jedes Wort, alle seine Taten zeugten davon. Nach seiner Rückkehr sah er wohl so manches, das nicht recht war, aber er schalt weder, noch ermahnte er. Es war, als hätte er ins Haus ein Licht gebracht, in welchem alles anders aussah.

„Wie kann sich ein Mensch so verändern!“ dachte

der Waldhüter so manchmal, auch jetzt, als er den Sohn anblickte; eine Hochachtung vor ihm ergriff ihn. Er kam aber mit seinen Gedanken nicht zu Ende, denn dieser war mit Holzspalten fertig, zog sich an, und nun gingen sie miteinander ins Haus.

„Michael, du bist wieder da?" sagte die Waldhüterin erstaunt, dem Sohn, ihrem früheren Beschützer, entgegeneilend. Er zog sie an sich; man konnte sich wundern, daß eine so kleine, schwächliche Mutter solch einen stattlichen Sohn hatte. Er hätte sie ja auf den Händen tragen können wie ein kleines Kind.

„Es war mir dort zu einsam, Mutter, und da ich noch keine Arbeit habe, bin ich einstweilen, bis mir die Leute Arbeit bringen, hierhergekommen, um zu sehen, wie es euch geht."

„Wir sind, gottlob, gesund; aber aufgeräumt ist bei uns noch nicht", sagte die Mutter, und ihre Stimme verriet, daß ihr dies unangenehm war.

„Heute wird ein schöner Tag; wir werden das Bettzeug hinaustragen in die Sonne, ja, Mutter?" bot sich der Sohn an, und schon machte er seine Worte zur Tat. Der Vater wollte nicht hinterherhinken; so brauchte sich denn die Waldhüterin mit den Betten nicht anzustrengen. Inzwischen räumte sie flugs alles auf, fegte die Stube und öffnete die Fenster; denn sie wußte, daß der Sohn das gerne hatte; dann breitete sie eine saubere Decke auf dem Tisch aus und legte das Brot darauf. Ihre Kuh hatte sie schon versorgt, sie brauchte sie nur noch zu melken. Als der Sohn mit dem Vater zurückkam, stand die Milch bereits auf dem Tisch. Sie war froh, daß jemand die beiden draußen aufgehalten hatte, bis sie alles bereit hatte. Der Sohn betete, und sie fingen an zu essen.

Die Muranys tranken sonst keine Milch zum Frühstück, selbst am Sonntag hatten sie sich's kaum gegönnt; aber da der Sohn sagte, daß auch er nur Suppe zum Frühstück wolle, so gab sie lieber Milch für alle, nur damit er sie bekam. Der Waldhüter war es gewohnt, nach jeder Mahlzeit zu trinken; aber nachdem er die Milch getrunken, hatte er kein Verlangen nach Alkohol. Seitdem der Sohn zurückgekehrt war, hatte er daheim überhaupt nicht mehr getrunken; nur heimlich außerhalb kostete er hier und da etwas. Auch das tat er nur mäßig, damit der Sohn es nicht merkte. Beim Frühstück besprach die Mutter Verschiedenes mit Michael.

Er bat sie, den Arbeitern das Frühstück zu bereiten, er wolle es statt ihrer hintragen.

„Nicht doch, mein Sohn, warum solltest du es tragen?“ wehrte sie ab. „Ich wollte ja sowieso hingehen, schon seit Freitag war ich nicht mehr dort.“

„Du wirst mitkommen, Mutter; das freut mich um so mehr. Und du, Vater?“

„Ich werde euch erst von Lipovez aus nachkommen. Es soll nämlich das herrschaftliche Holz weggeführt werden, da muß ich nach dem Rechten sehen.“

„Wir wollen uns nicht lange aufhalten; vorher aber wollen wir zusammen das Wort hören.“

Der Sohn brachte die Bibel; und es war eine Freude zu sehen, wie die alten Eltern ihm zuhörten, als er die ewigen Wahrheiten des Gotteswortes las und diesen Bemerkungen hinzufügte, die auch ein Kind hätte verstehen können.

Er las von Nathanael, wie ihn Jesus unter dem Feigenbaum gesehen hatte. „So“, meinte er, „sieht er jeden Menschen.“

Der Waldhüter mußte fortwährend daran denken, als er dann allein durch den Wald ging. Der Sohn Gottes sah also auch, ob er Gutes oder Böses tat. Das verdroß ihn sehr. „Warum hat mir denn das noch niemand gesagt, daß er mich überall sieht? Ich hätte mich dann besser in acht genommen!“

Die Mutter schritt mit dem Sohn den Waldpfad entlang. Da sie es nicht zulassen wollte, daß er das ganze Frühstück trug, nahm er ihr wenigstens das Brot ab, um ihr die Last zu erleichtern. Vor ihr herschreitend, bahnte er ihr den Weg durch das Dikkicht. Wenn ein Stück Holz den Weg behinderte, räumte er es vor ihr zur Seite.

Sie hatte sich immer gefreut, in sein treues Gesicht sehen zu können; aber jetzt war es ihr eine besondere Freude. Sie hatte sich sehr nach diesem Augenblick gesehnt, in dem sie mit ihm allein sein konnte, da sie gern in sein Herz geblickt und gern von ihm erfahren hätte, wie es ihm in der Welt gegangen war. Gestern hatten die Frauen sie ausgefragt, ob Michael jemanden habe; sie mußte ihnen gestehen, daß sie gar nichts wisse, da der Sohn nie von sich selbst spräche. Viel hatte er ihnen von fremden Ländern erzählt; er sprach wie ein Buch. Am liebsten redete er von göttlichen Dingen, das war ihnen niemals zu langweilig zuzuhören.

„Aber, Michael“, fing die Waldhüterin an und räusperte sich, als wollte die Stimme in der Kehle steckenbleiben, „du hast mir ja noch gar nichts von dir erzählt?“

„Und was willst du denn wissen, Mutter?“ Aus seiner Stimme klang soviel Liebe, daß ihr Herz dabei ganz warm wurde.

„Ich möchte gerne wissen, ob du draußen noch jemanden hast, da du allein nach Hause gekommen bist?“ Sie sah, daß ihre Frage ihm weh tat.

„Der, den ich draußen hatte, Mutter, der mich glücklich und selig machte und mir alles erleichterte, der ist mit mir auch hierhergekommen.“

„Wen meinst du denn, Michael?“

„Der Herr Jesus, Mutter. Er spricht: *‚Siehe, ich bin bei euch alle Tage!‘* Aber du willst wissen, ob ich geheiratet habe und Kinder habe, nicht wahr?“

„Ja, Michael, das möchte ich gerne wissen“, sagte sie aufatmend.

„Ich habe vor fünf Jahren geheiratet und habe drei Kinder.“

„Wirklich?“ freute sich die Waldhüterin. „Aber wie geht es ihnen jetzt ohne dich?“

„Gut, Mutter, sie sind sorgfältig aufgehoben, und ich bin für immer der Sorge um sie entledigt; sie sind dort.“ Er zeigte auf den Himmel.

„Ach, Michael“, sagte die Frau erschrocken und drückte mitleidsvoll die Rechte des Sohnes, „du sagtest, du hättest sie, und sie sind gestorben; da hast du ja doch niemanden, du Ärmster!“

Er schüttelte mit dem Kopf. „Du irrst dich, Mutter! Höre ich vielleicht deswegen auf, weil der Herr Jesus, der die Kinder liebhat, sie zu sich genommen und sie vor Sünde und Verderben gerettet hat, ihr Vater und sie meine Kinder zu sein? Nein! Ich habe sie nicht verloren, wie du mich einst verloren hattest, als ich euch durchgegangen war. Wenn sie heute auf Erden leben würden, so wären sie dort weit drüben, jenseits des Meeres, und dennoch wären sie mein Eigentum.

„Ja, Michael, Gott der Herr, ist gut, daß er dich so getröstet hat. Aber wenn du sie nicht mehr sehen, auch nie mehr mit ihnen sprechen kannst! Wenn sie am Leben wären, da würdest du wenigstens einen Brief von ihnen bekommen, wie es ihnen geht; nun aber bekommst du, solange du lebst, keine Nachricht von ihnen.“

„Das eine weiß ich, daß sie dort sind, wo sie keine Sonne mehr des Tages stechen wird noch der Mond des Nachts; sie werden nicht mehr hungern und dürsten; Gott wird abwischen alle Tränen von ihren Augen. Sie werden keinen Schmerz mehr fühlen noch Leid; sie werden nicht mehr weinen, und der Tod kann ihnen nicht mehr schaden; sie leben ewig. Weine nicht, Mutter, weder über sie noch über mich! Sie sind versorgt, und ich bin zufrieden.“

Die Waldhüterin war durch die Worte des Sohnes so gerührt, daß sie sich gar nicht beruhigen konnte.

„Was waren es für Kinder?"

„Ein Bübchen und zwei Mädchen; ich wünschte, du hättest sie gesehen, die weißen, goldhaarigen Täubchen."

„Ach, es muß dir ja sehr weh getan haben!"

„Und wie! Erinnerst du dich noch, wie es mir damals leid getan hat um die zwei weißen Täubchen, die uns der Habicht davontrug? Wie ganz anders schmerzte es mich, als mir der Tod zuallererst mein Hänschen nahm! Der Ärmste starb an Diphtherie. Er umfaßte meinen Hals. ‚Mein Väterchen!' war das letzte Wort aus seinem Mund. Auf meinen Armen starb mein Erster, meine Freude und mein Stolz. Wieviel Hoffnungen hatte ich auf ihn gebaut! Aber gewiß wäre von alledem, was ich mit ihm vorhatte, nichts geglückt. Dem Herrn sei Preis und Lob für alles, besonders aber dafür, daß er sie mir für dies Zeitliche weggenommen, jedoch nicht für ewig, und daß er mein eigen blieb. Durch dieses Leid hat Gott meinen Willen gebrochen; als er mir später die weißen Täublein nehmen wollte, da hatte er mit mir nicht mehr soviel Arbeit, bis ich beten lernte: ‚Ist's nicht möglich, daß dieser Kelch an mir vorübergehe, so trinke ich ihn, dein Wille geschehe.'"

Der Sohn schwieg, und die Mutter hatte keinen Mut, ihn weiter auszufragen. Sie begegneten zwei Arbeitern, und er fing mit ihnen ein Gespräch an.

Als die Waldhüterin etwa drei Stunden später von der Sägemühle wieder heimwanderte, da fiel es ihr ein, daß der Sohn mit keinem Wort seine Frau erwähnt hatte. Vielleicht deshalb, weil sie nicht nach ihr gefragt hatte, oder war sie auch gestorben? Dann hätte er aber wohl auch von ihr gesagt, daß sie gut aufgehoben sei. Lebte sie aber, warum war sie dann nicht mit ihm gekommen, wenn sie keine Kinder mehr hatten? Hatten sie etwa nicht Geld genug zur Reise? Würde er sie nachkommen lassen?

„Er wird mir gewiß auch das sagen", beruhigte sie sich, und das Bild ihrer bei dem Herrn aufgehobenen Enkelkinder begleitete sie bis nach Hause. Sie hatte viele Kinder begraben und beweint, aber sie hatte sich nie vorgestellt, daß sie noch weiterlebten; wenn sie aber bei Gott in jener Herrlichkeit lebten, würde auch sie dorthin zu ihnen gelangen? Michael glaubte es, daß er seinen Kindern nachkommen werde; nun, das war eben er. Die alte Frau spürte, ebenso wie ihr Mann, daß zwischen ihr und ihrem Sohn irgendein großer Unterschied war. Worin bestand er?

6. Kapitel

Kurz unterhalb des zum Himmel ragenden Lipovezberges hatten Lanys eine nicht sehr große Wiese. Gewöhnlich trockneten sie das Gras nicht, sondern holten es als Grünfutter für das Vieh. Denn ein Stück weiter hinauf war das Feld mit Erdbeeren besät; wenn dann Frauen und Kinder kamen, die reifen Beeren zu pflücken, zertraten sie am Rand alles.

Ungefähr zwei Wochen nach jenem Sonntag ging Joseph Lany auf die Wiese mähen. Daheim spannte die junge Frau Lany die weißen Ochsen an, nahm die Peitsche, führte das Gespann auf die Straße und fuhr nach dem Gras. Der Mann war nicht zu Hause. Er brauchte Holz zum Bau, und in den herrschaftlichen Wäldern war gerade Holzverkauf; darum ging er hin, und sie mußte ihn vertreten. Sie war schon, als sie noch daheim war, immer gerne gefahren. Dabei wußte sie kaum, wie gut es ihr stand, wenn sie auf dem Wagen stehend durch das liebliche, schöne Tal fuhr. Heute jedenfalls dachte sie daran nicht. Sie ließ den Ochsen freien Lauf; auch rief sie ihnen nicht wie sonst mit ihrer glockenhellen Stimme zu. Die Wälder konnten kein Echo geben; aber sie rauschten heute so wehmütig, als wollten sie auf das Weh ihrer Seele antworten.

Die junge Frau weilte mit ihren Gedanken in der Vergangenheit, und zwar in jener Zeit, wo ihr Herz von Liebe zu dem hübschen, aber armen Janko Pribis bewegt wurde. In Gedanken durchlebte sie noch einmal die kurze Zeit des unschuldigen Glückes. Dabei wunderte sie sich selbst, daß das, was die Mutter vorhergesagt hatte, wirklich geschehen war. Jankos Bild verblaßte, sie vergaß ihn, hörte auf zu trauern, obwohl sie sich noch vor einem halben Jahr aufs Heiligste vorgenommen hatte: „Ich werde ihm ewig treu bleiben, ich werde ihn niemals vergessen!"

Wie war dies möglich? Sie hatte Janko aus dem Herzen verloren, und dennoch war es nicht leer!

Schloß sie vielleicht ihren Mann hinein, der um ihre Liebe geworben? Hatte sie sich an ihn gewöhnt? Als sie in ihren Gedanken bis dahin gekommen war, runzelte sie die Stirn. „Ich werde ihn nie lieben, nie!" Wen denn? Sie drückte plötzlich ihre beiden Hände an die Stirn. Sie wagte es, in ihr eigenes Herz hineinzuschauen, und die erkannte Wahrheit betäubte sie. Nach einer Weile warf sie ihren Kopf trotzig zurück. „Nun, und was ist dabei?" versetzte der volle Mund trotzig.

„Ja, ich liebe Joseph so, ja, hundertmal mehr, als ich Janko geliebt habe.

„Aber du hast einen Mann", mahnte die Stimme des Gewissens.

„Er ist aber sein Bruder. Sie hätten mich nicht an Martin verheiraten sollen; und er selbst wünschte es sich, ich solle den Schwager gern haben."

„Nur als Schwager", warnte das Gewissen wieder. „Du hast deinem Mann am Altar Liebe geschworen."

„Sie haben mich dazu gezwungen; sie haben es selbst zu verantworten, wenn ich jetzt sündige. Was ist eigentlich Schlechtes dabei? Martin soll es nie erfahren."

Die Ochsen blieben von selbst bei der abgemähten Wiese stehen, und der Mäher, der unter einem Strauch ruhte, sprang auf wie ein getroffener Hirsch und lief auf den Wagen zu.

„Anna, du bist gekommen!" jauchzte er stürmisch und hob die Schwägerin aus dem Wagen. „Warum bist du gekommen?"

„Martin ist nicht daheim. Hätte lieber Judith kommen sollen oder der Hütejunge?" forschte sie und senkte dabei ihren bedrückenden Blick in seine funkelnden Augen.

„Er liebt mich", dachte sie dabei. „Aber heute muß er es mir auch sagen."

„Du weißt sehr gut, Anna", sprach Joseph, „daß mir auf der ganzen Welt nichts so lieb ist, wie dich zu sehen."

„Wirklich? Warum?" Sie stellte sich, als wüßte sie von nichts.

Er ließ sie los und fing schnell an, das Gras zu rechen und in den Wagen zu tragen. Schweigend rechten sie die ganze Wiese. Sie schaute seitwärts in sein Gesicht, in dem man deutlich den Kampf des Gewissens mit dem Herzen sehen konnte.

„Er wird mir's nicht sagen", erschrak sie, „aber er

muß es!“ Sie ging, um sich einige Erdbeeren zu pflücken, aber ihre Hände zitterten vor innerer Erregung. Sie hörte, wie Joseph sie heimrief, aber sie wollte nicht ohne eine Antwort gehen.

„Tue es nicht, Anna!“ mahnte das Gewissen. „Geh zu deinem Mann, dort ist dein Platz, er ist ein guter Mensch! Warum willst du ihn betrügen? Wenn dir Joseph sagen würde, was du ohnehin weißt, wie könnte er dann dem Bruder in die Augen schauen?“

„Nein, nein, er muß es mir sagen!“ nahm sie sich in heißer Sehnsucht vor.

„Anna, komm heim!“ tönte es hinter ihrem Rükken. Sie wandte sich um und schaute dem jungen Mann in das erblaßte Gesicht.

„Wozu sollten wir heimgehen? Geht es uns hier im Wald nicht gut?“ sagte sie mit lockender Stimme, die jede Eisrinde zerschmolzen hätte.

„Mir ist nicht gut“, stieß er heraus. „Wenn du nicht gehst, so geh’ ich allein!“

Sie legte ihm die Hand auf den Arm und sagte: „Bist du böse, Joseph?“

„Ich böse?“ Er preßte ihre Hand wie eine Zange. „Ja, ich bin böse auf mich selbst, auf die ganze Welt; am liebsten möchte ich davonlaufen und mich irgendwo unter der Erde verkriechen. Ich unglücklicher Mensch! Hätte ich dich nur nie kennengelernt!“

Sie wußte genug, doch sie wollte noch mehr hören.

„Quäle dich nicht“, sprach sie, „daß du mich liebst

und ich dich, ist keine Sünde, wir können nichts dafür."

„Anna! – und Martin?" Halb jauchzte, halb entsetzte sich der Jüngling.

„Was geht das Martin an? Als er mich heiratete, wußte er, daß ich einen anderen liebhabe. Er war zufrieden, und wird es auch jetzt sein. Im übrigen werden wir ihn schon gut versorgen."

Unter dem Lipovez in dem paradiesischen Tal überließen sich zwei Herzen der trügerischen Lust und aßen von der verbotenen Frucht. Hätten sie doch daran gedacht, daß auf den Sündenfall die Vertreibung aus dem Paradies folgte, wohin es nie mehr eine Rückkehr gab!

Lany war schon lange daheim, als Joseph und Anna mit dem Gras zurückkehrten. Er war nicht wenig über die freundliche Begrüßung seiner Frau erfreut. Des Bruders Verlegenheit bemerkte er nicht.

Nachdem es Joseph zum erstenmal gelungen war, seinen Bruder anzuschauen, brachte er es immer zustande.

7. Kapitel

Es gibt im Leben manchmal Tage, ja ganze Wochen, die geradezu geschaffen zu sein scheinen, den Menschen noch schlechter zu machen, als er schon ist. Solche Wochen kamen auch über die Mühle Zaradskys. Das Vieh wollte nicht gesund werden und verursachte der Müllerin viel Kummer. Dazu war noch das untere Mühlrad verdorben, gerade als sie zu mahlen anfangen wollten, und der Schmied war ebenso wie der Stellmacher auf eine Hochzeit gegangen, man konnte sie nicht zur Arbeit bekommen. Als sie endlich kamen und die Reparatur gemacht hatten, da riß der Beutelsack auf. Und das alles kam gerade nach jener Nacht, in welcher Thomas sich vorgenommen hatte, sich zu bessern. Es ging nicht mit dem Besserwerden, nein, es ging nicht, wo jetzt jeden Tag neuer Anlaß zum Ärgern entstand. Obwohl er sich oft zusammenriß, gelang es ihm nur selten, seine Frau nicht so grob anzuschreien, wie er es bei den übrigen tat. Der Lehrling wurde für jede Kleinigkeit geschlagen, er konnte ihm nicht einen Schritt nach dem Willen tun; auch Georg hatte er im Stall etliche Ohrfeigen gegeben, aber seine Frau rührte er nicht an. Er tat, als ob er sich um sie nicht kümmere, beobachtete sie aber Tag für Tag.

Sie schlief im Dachstübchen. Dorthin hatte man sie gewiesen, weil die kleine Eva durch ihr Geschrei die anderen im Schlaf gestört hatte. Obwohl nun das Kind nicht mehr weinte, ging sie doch nicht hinunter, und man forderte sie auch nicht dazu auf. Sooft sie morgens vom Dachstübchen herunterkam, immer war sie frisch, munter und freundlich. Sie ging nicht mehr schüchtern und furchtsam im Haus herum; ruhig verrichtete sie ihre Arbeit und ertrug die Roheiten der Müllerin ohne Widerrede. Wenn jemand sie etwas fragte, so antwortete sie freundlich; sie selbst fing jedoch, außer mit Georg, mit niemandem ein Gespräch an. Aber mit Georg sprach sie öfter, wenn beide bei dem kranken Vieh waren.

Eines Nachts zog ein schweres Gewitter herauf. Da fiel dem Müller ein, was seine Frau wohl im Dachstübchen mache, ob sie sich denn nicht ängstigte so allein da oben. Er ging hinauf, um nach ihr zu sehen. Da lag sie auf einem ärmlichen Bett, denn die Müllerin hatte ihr nicht erlaubt, das gute Bettzeug zu gebrauchen, so ruhig wie ein Kind des Friedens. Die Blitzstrahlen beleuchteten sie, das Getöse des Donners erschütterte das Gebäude; sie schlief, und so kindlich lächelte sie im Schlaf. Mit einer Hand hielt sie das große Buch umarmt und zog dasselbe als den höchsten Schatz an die Wange.

„Sie tröstet sich immer damit", dachte der Müller. „Wenn ich in der Bibel lesen und etwas daraus lernen würde, dann würde ich vielleicht auch besser; aber ich habe keine Zeit dazu."

Es war ihm in der Nähe seiner friedlich schlafenden Frau so wohl. Ihm, dem rauhen Mann, der sich jetzt fürchtete, schien es, als sei er hier sicherer, und so blieb er hier, solange das Gewitter dauerte. Plötzlich, als es etwas lauter donnerte, erwachte sie. Sie sah ihn nicht; er wollte sehen, ob sie sich auch jetzt nicht fürchten würde. Zunächst überflog ein ängstlicher Ausdruck ihr Gesicht, sie schützte die Augen vor dem Blitz. Dann faltete sie ihre Hände zum Gebet, schloß die Augen und lag still, bis sie wieder einschlief. Sie hatte sich nicht gefürchtet. In Gedanken versunken verließ er, als sich das Gewitter legte, das Dachstübchen.

Er hatte recht, als er meinte, daß sie ihren Trost allein im Wort Gottes fände. Erst spät abends kam Eva in ihre Schlafkammer, und dann brannte noch eine Stunde lang ein winziges Licht in der Laterne, und sie versenkte sich in die ewigen Wahrheiten der Schrift gleich einem Dürstenden, der an einer Quelle niederkniet, um seinen Durst zu stillen. Sie hatte niemanden, der ihr das Gelesene erklärt hätte; aber der, welcher versprochen hat: *„Sie werden alle von Gott gelehrt"*, unterwies auch sie, und der, welcher uns dieses Buch gab, von welchem geschrieben steht: *„Derselbige wird euch alles lehren und euch erinnern an alles, das ich euch gesagt habe"*, war ihr Lehrer. Er hatte in ihr Christus verherrlicht, so daß sie ihn erkannt hatte und sagen konnte: *„Ich habe den Messias gefunden."* Nun verstand sie den Vers: *„Ich werde gesucht von denen, die nicht nach mir fragten; ich werde gefunden von denen, die mich nicht suchten."*

Jeden Morgen stand sie in aller Frühe auf, damit sie im Lesen fortfahren konnte.

Wenn Zeit und Umstände es ihr am Tag erlaubten, so teilte sie, was sie wußte, auch Georg mit. Oft, wenn sie beim Vieh in dem schmutzigen Stall hantierte, verwandelte sich dieser in den Stall zu Bethlehem durch die Gegenwart des Sohnes Gottes, zu dem auch Georg angefangen hatte zu beten, indem er bei sich selbst dachte: „Wenigstens anbeten werde ich mit jenen Weisen, wenn ich schon kein Gold habe, das ich ihm bringen kann."

Das ganze Evangelium von Matthäus und das ganze erste Buch Mose hatte Eva im Laufe der für den Müller so schweren zwei Wochen durchgelesen. Sie hatte die Einladung Jesu gefunden: *„Kommt her zu mir alle, die ihr mühselig und beladen seid, und ihr werdet Ruhe finden für eure Seelen."* Sie kam zu ihm, aber je mehr sie sich ihm näherte, desto mehr spürte sie auch ihre Sündhaftigkeit. Am meisten drückte sie der beabsichtigte Selbstmord. Damals hätte sie sich des ewigen Lebens beraubt; er aber hatte sie gerufen, und sie glaubte nun an ihn. Sie war zu ihm gekommen, und er hatte ihr Ruhe gegeben. In jenem Augenblick hatte sie wirklich erkannt, daß er das Lamm Gottes ist, welches der Welt Sünde trägt. Sie hatte auch den Vers gefunden: *„Nehmt auf euch mein Joch, und lernt von mir, denn ich bin sanftmütig und von Herzen demütig."* Sie hatte sich das so erklärt, daß sie die auf sie täglich gelegte Last so zu nehmen habe, wie die Ochsen von Thomas ihr Joch trugen – still und ohne allen Widerstand; und so geduldig habe sie die Last zu tragen, wie Jesus das Kreuz nach Golgatha trug. Wenn sie sich gegen die Ungerechtigkeiten der Schwiegermutter empören wollte, dann dachte sie an den stillen, demütigen Jesus und fand Ruhe für ihre Seele. Und sollte sie auch bis zu ihrem Tod dies Joch tragen, länger würde es ja nicht dauern. Den Vers: *„Mein Joch ist sanft und meine Last ist leicht"* verstand sie noch nicht, denn sie wußte nicht, was es heißt, für Christus zu leiden. Es schien ihr wie ein Wunder, und sie konnte Gott nicht genug dafür danken, daß ihr Mann nicht mehr so böse zu ihr war wie sonst. Nach dem Gespräch im Obstgarten hatte es so ausgesehen, als ob eine Wendung zum Besseren begänne. Sie hatte sich der Hoffnung hingegeben, daß Thomas sie liebgewinnen würde, daß sie sich würde an ihn schmiegen können, wie andere Ehefrauen es taten; aber gleich am anderen Morgen merkte sie, daß sie einander so fremd waren wie vorher. Das schmerzte sie sehr, sie wich ihm noch mehr aus, dafür aber schloß sie sich um so enger an Jesus an, weil sie fühlte, daß er sie wahrhaftig und treu liebte.

In der ersten Woche mußte sie oft an den Fremden denken, der ihr den Weg zu Gott gezeigt hatte und dem sie nun auch gerne dafür gedankt hätte. In der folgenden Woche kam Georg von der Sägemühle, ganz selig vor Freude. „Der junge Murany ist ein ganz anderer Mensch als die übrigen. Wie kann der erzählen von Gott und von Christus! Das war sicherlich jener Fremde. Wie gut hatte es doch Georg, der führte dort in der Nähe die Stiere auf die Weide. Drei- oder viermal hatte er schon mit Murany gesprochen, am Sonntag abend fast eine ganze Stunde, nur schade, daß Georg das nicht wiedergeben konnte. Er verstand es aber, war ergriffen davon; er würde vielleicht auch für den Herrn ins Feuer gehen, aber davon zu sprechen, das brachte er nicht fertig. Oh, wie sehr wünschte sich Eva, Murany wenigstens zu begegnen, damit sie ihm sagen könnte, daß sie nicht mehr verloren sei, und um ihn das zu fragen, was sie nicht verstand, er würde es ihr gewiß erklären. Aber es vergingen vier Wochen nach jenem für sie so bedeutungsvollen Sonntag, an welchem Gott sie noch eben vor dem Abgrund zurückgehalten hatte, bis ihr Wunsch in Erfüllung ging.

Jemand hatte der Müllerin erzählt, daß die Waldhüterin ein Kraut kenne, das für krankes Vieh gut sei. Da dachte diese, obgleich sie schon alles mögliche vergeblich versucht hatte, daß vielleicht dieses Heilkraut wirken könnte. Sie schickte die Schwiegertochter in die Sägemühle. Wie gerne gehorchte Eva! Schnell zog sie ihre Sonntagskleider an und eilte aus dem Haus. Schon war sie bei dem Bach, da hielt sie Thomas auf.

„Wo gehst du hin?“ Sie sagte es ihm. „Frage auch gleich, ob sie uns den Nußbaum durchschneiden können“, trug er ihr auf. Noch lange schaute er ihr nach, bis sie verschwunden war. Dann begann er schnell zu graben und die Steine auszuwerfen. Er war böse auf sich selbst. Hatte er doch wohl schon hundertmal der Mutter versichert, daß er Eva nicht einmal anschauen mochte, und daß kein Mensch es bei ihm erleben werde, daß er sich an sie gewöhne, geschweige denn, daß er sie liebhaben würde. Und nun beschäftigte er sich in seinen Gedanken fortwährend mit ihr. Immer stand sie ihm vor Augen, entweder als sie an der Straße so verlassen in den Vergißmeinnicht schlummerte oder oben im Dachstübchen, als das Gewitter tobte.

„Seit dem Tod des Kindes ist sie so ganz anders", dachte er bei sich. Er wünschte, daß sie ihm nachginge, damit er sie nach und nach merken lassen könnte, daß sie sich ihm nähern dürfe; daß aber sie oder die Welt es erführe, das wünschte er nicht. Aber sie näherte sich ihm nicht, wenn sie nicht gerade mußte. Mußte sie es aber, dann war sie ihm innerlich sehr fern. Ach, wie fing er es bloß an, so mit ihr zu leben wie andere Männer mit ihren Frauen, ohne daß er sich vor ihr demütigen mußte!

Inzwischen eilte Eva zur Sägemühle. Oft schon hatte sie die benachbarte Hütte gesehen; doch heute wunderte sie sich, als da alles neu und verändert war. Das Vorderzimmer war neu gedielt, es hatte neue große Fenster voller blühender Blumen. Die Waldhüterin empfing den unerwarteten Besuch sehr freundlich. Sie ließ Eva ihr Anliegen vortragen und war gleich bereit, ihr das Heilkraut zu suchen.

Sie gab ihr manchen guten Rat, und als sie sah, mit welchem Wohlgefallen Eva im Haus umherschaute, führte sie sie durch die ganze Wohnung.

„Wie haben Sie hier alles so nett und sauber!" sagte Eva bewundernd.

„Weißt du", rühmte die Waldhüterin, „Michael hält sehr auf Sauberkeit. In der Stadt pflegen sich die Leute besser, als wir es hier tun. Für das vordere Zimmer hat er neue Möbel gekauft; auch neue Bettbezüge dazu. Auf das Bett hat er eine Decke gelegt; er sagte, es schicke sich nicht, daß man das Bettzeug sehe. Für den Dünger hat er einen Platz hinter dem Haus gesucht, und im Stall hat er ein Fenster gemacht, durch das man den Dünger gleich hinauswerfen kann. Darum ist der Hof so sauber. Er hat auch versprochen, einen Küchengarten anzulegen."

In der Küche gefielen Eva der hübsche Kochherd und der geschlossene Kamin. Auch im hinteren Zimmer war alles nett, selbst im Dachstübchen, kurzum überall.

„Bei uns muß es auch so sauber werden", dachte Eva, „wenn auch nicht gleich überall, so doch wenigstens im vorderen Zimmer."

Die Waldhüterin freute sich, jemanden zu haben, dem sie von ihrem Sohn erzählen konnte, und noch mehr Freude machte es ihr, daß ihr so aufmerksam zugehört wurde. Sie machte im Wohnzimmer einen Wandschrank auf und zeigte dem Gast, wieviel Bücher ihr Michael habe. „Du kannst sie ansehen", sagte sie, „derweil will ich dir das Kraut suchen."

Ehrfürchtig zog Eva ein Buch nach dem anderen heraus. Es waren auch welche in fremder Sprache darunter. Zum Schluß, als sie alle durchgesehen hatte, nahm sie die Bibel heraus. Sie war klein, aber wohl fleißig gebraucht. Während sie darin herumblätterte, fiel ein in Seidenpapier gewickeltes Bild heraus. Sie hob es auf und schaute es ganz fasziniert an. Es stellte eine schöne Frau dar mit einem reizenden Kind auf dem Schoß; daneben auf dem Schemel stand ein hübscher Junge, und an einem Stuhl, ein etwas größeres Mädchen am Arm haltend, lehnte der unbekannte Freund Evas. Das waren gewiß seine Frau und seine Kinder. Ach, welches von diesen ist ihm gestorben? Er sagte, sein Sohn, also der reizende Junge? Wie lehnte er sein Köpfchen an den Vater, als wenn er wüßte, daß er ihn bald verlassen muß! Nur gut, daß er wenigstens das Bild hatte. Ihre traurigen dunklen Augen wurden feucht.

„Guten Tag, seien Sie uns willkommen!" tönte es in diesem Augenblick hinter ihr. Sie schaute sich um. Röte bedeckte ihr Gesicht.

„Ich danke! Aber seien Sie bitte nicht böse, daß ich Ihre Bücher ansehe", entschuldigte sie sich verlegen. „Die Tante hat es mir erlaubt."

Der junge Mann lächelte. „Sie haben meinen kleinen Schatz gefunden, den noch keiner in meiner Familie gesehen hat. Oder hat ihn vielleicht die Mutter gesehen?" fügte er erschrocken hinzu.

„Nein, sie hat's nicht gesehen, das Bild ist mir eben aus der Bibel gefallen."

Sie reichte es ihm. Er faltete es wieder in das Papier und nahm es an sich. Er nötigte sie, sich zu setzen, bis die Mutter das Heilkraut brächte. Sie war froh, daß er wußte, warum sie gekommen war. Sie richtete ihm die Bestellung ihres Mannes aus.

„Für morgen haben wir schon viel Arbeit bestellt bekommen; doch übermorgen können wir es bestimmt besorgen. – Nun, wie weit sind Sie denn schon mit dem Lesen des Wortes Gottes gekommen?“ fragte er dann zur großen Freude der jungen Frau.

Sie teilte ihm mit, was sie bisher gelesen, und durch seine weiteren Fragen ermutigt, sagte sie alles, was ihr unklar war, und freute sich, als er ihr freundlich und einfach alles erklären konnte. Bis zum Abend hätte sie ihm zuhören mögen. Inzwischen kam die Waldhüterin zurück und hörte ihrem Gespräch zu. Eva wußte, daß sie jetzt nach Hause mußte, wenn sie nicht wieder ausgeschimpft werden wollte. Doch konnte sie sich nur schwer trennen. Endlich stand sie auf und dankte für das Kraut. Beide begleiteten sie vor das Haus.

„Evchen, komme am Sonntag wieder zu uns“, lud die Waldhüterin sie mit freundlicher Stimme ein.

Und gerne versprach sie es! Als sie aber zum Abschied dem jungen Mann die Hand reichen wollte, nahm dieser sie nicht, sondern sagte: „Wir werden ein Stück zusammen gehen; ich habe im Dorf zu tun.“ Sie gingen. Er legte ihr manche Fragen vor, und sie antwortete ihm.

„Ich kann das nicht verstehen“, sagte sie endlich, „was der Herr Jesus damit meint, daß wir hassen sollen Vater und Mutter, Brüder, Schwestern um seinetwillen, und daß wir sie verlassen sollen.“

„Das meint er nicht so buchstäblich, denn in ihm ist kein Haß, ausgenommen gegen die Sünde. Er meint, wenn etwa Vater oder Mutter, Mann oder Weib, Sohn oder Tochter ein sündiges Leben führen und auch uns zur Sünde verführen wollten, daß wir ihre Sünde hassen und sie lieber verlassen sollen, als uns Gott loszusagen.“

Er sah, daß sie ihn nicht recht verstanden hatte.

Ihr Weg führte sie an einem reißenden Bach entlang durch grüne Wiesen abwärts in ein Tal. Zu beiden Seiten des Wassers standen herrliche Wälder im schönsten Schmuck. Herrlich war die Gottesnatur! Der Gesang der Vögel begleitete sie; alles atmete Leben und Glück!

Nun war es plötzlich, als rauschten die Wälder leiser, mußten sie doch hören, wie hier ein Mensch einem anderen von dem tiefsten Verzicht erzählte, den ein Herz um Christi willen tun muß; das Scheiden und Meiden des Liebsten, was wir haben, wenn es uns von unserem Herrn trennt. Ein schwerer Kampf spiegelte sich auf seinem Gesicht. Schließlich griff er in die Tasche, nahm das Bild heraus und zeigte es ihr. Sie setzten sich an den Bach auf einen gefällten Baum.

„Sehen Sie, Eva, hier ist das Bild meiner Frau. Wie lieb ich sie hatte, das weiß Gott allein. Ehe mich

Jesus gefunden hat, irrten wir beide auf dem breiten Weg. Wir waren reich. Sie hatte mir eine große Mitgift mitgebracht. Dazu waren wir jung, gesund, also glücklich, nach dem Urteil der Welt. Als der Heilige Geist mir die Augen geöffnet hatte, wollte er auch ihre öffnen. Der Herr Jesus hat uns beide gerufen. Ich folgte seiner Stimme; und sie – wollte nicht. Da nahm uns der Herr unser Söhnchen. Ich hoffte, ob sie nicht etwa dadurch beginnen würde, sich nach der neuen Erde zu sehnen, wohin das Kind gegangen war. Wohl trauerte sie um das Kind, aber sie suchte, ihre Trauer in den Zerstreuungen der Welt zu vergessen. Sie vernachlässigte unsere beiden Töchter. Mit Entsetzen sah ich, wie diese erzogen wurden, wenn die Mutter von Jesus gar nichts hören wollte. Nach kurzer Zeit starben auch sie, beide in zwei Tagen. Dies traf sie tief; eine Zeitlang war sie etwas empfänglicher und hörte zu, wenn ich ihr das Wort Gottes vorlas. Dann aber verlangte sie, ich solle etwas mitmachen, was wohl weltlich erlaubt, aber ganz gegen den Willen Gottes ist. Da war ich innerlich gezwungen, mein Vermögen von ihrem zu trennen, denn niemals durfte ich mit dem mir von Gott Anvertrauten das Böse stärken helfen! Sie setzte ihr Vorhaben allein durch und lebte für die Welt und ihre Lust, und ich für Christus, der mich erlöst hat. Er war meine einzige Kraft in dem schweren Leid und den Widerwärtigkeiten, die von allen Seiten auf mich eindrangen. Schließlich war es uns nicht mehr möglich, länger zusammenzuleben.

Da entschloß ich mich, meine Eltern zu besuchen und sie für ihre alten Tage zu versorgen. So gingen wir voneinander, wegen nichts anderem als um Christi willen. Glauben Sie, daß ich Christi würdig wäre, wenn ich den Willen meiner geliebten Frau erfüllt und aufs neue angefangen hätte, mit ihr zu sündigen, wie ich es vorher tat?"

Eva sah ihn mitfühlend an. „Warum hat sie wohl nicht gewollt?" seufzte sie schmerzlich, indem sie sich in das Bild vertiefte. „Hat sie Sie lieb?" fragte sie kindlich.

„Heute nicht mehr", antwortete er schmerzvoll.

„Aber sie hatte Sie lieb?"

„Oh, sehr, so wie ich sie. Aber heute haßt sie mich."

„Und Sie?"

„Ich liebe sie mehr denn je, da ich ihr Verderben sehe. Mein Leben ließe ich gern, wenn sie nur gerettet würde."

„So würden Sie wieder zu ihr zurückkehren?"

Er schüttelte den Kopf und sagte: „Sie muß zu mir zurückkehren."

„Wird sie es tun?"

„Wenn sie Buße tun und zu Jesus kommen wird, dann ja, sonst aber nicht."

Er neigte den Kopf und hielt ihn mit beiden Händen. Ein tiefer Schmerz lag in dieser Bewegung!

Eine Weile saßen sie still da. Eva hatte tiefes Mitleid mit ihm. Sie wäre am liebsten zu der schönen, aber harten Frau geeilt und hätte sie gebeten, zum

Herrn Jesus und zu ihrem Mann zurückzukehren. Zugleich fühlte sie sich gedrungen, ihn wenigstens mit einem einzigen Wort zu trösten; und da sie nur eins kannte, das in ihrem Leid Trost gebracht hatte, sagte sie: „Jesus hat Sie lieb, er wird Sie nicht verlassen." Schüchtern legte sie die Hand auf seine Schulter. Er ergriff sie und richtete sich auf. Seine Augen waren voll Tränen, das Gesicht aber wieder sanft und friedlich wie das Meer, wenn nach dem Gewitter wieder die Sonne darüber scheint.

„Ich weiß es, Eva. So wird er auch Sie nicht verlassen. Ich denke, Sie verstehen es jetzt, was der Herr von Ihnen verlangt. Merken Sie sich's: Obgleich es schmerzlich ist, was mich getroffen hat, so will ich doch nie aufhören, Gott dem Herrn zu danken, daß er mir half zu überwinden und mein eigenes Herz, als es mir im Weg stand, zu beherrschen und so Jesus nachzufolgen. Ich bitte Sie herzlich, daß Sie das, was Sie heute gehört haben, für sich behalten. Ich will nicht, daß jemand über meine arme Frau redet."

„Oh, ich werde nichts sagen", versprach sie. „Nur bitte ich Sie, wenn Sie etwas Gutes von ihr erfahren sollten, dann sagen Sie es mir."

„Von Herzen gern", erwiderte er und drückte ihr fest die Hand.

Sie gingen weiter und kamen bald an die Stelle, wo sich ihre Wege trennten.

„Liebe Freundin", sagte Murany, „Ihr Leben ist eine harte Schule; aber was auch über Sie kommen mag, vergessen Sie niemals, daß Gott Sie liebt, und seien Sie bereit, lieber zu sterben, als wissentlich zu sündigen! Alles, was wir verlieren, ersetzt er uns hundertfach; verlieren wir aber ihn, da bleibt uns gar nichts auf dieser Welt als Sorgen und Kummer und nachher ein ewiges Gefängnis."

Sie prägte sich diese Worte tief ins Herz ein; wie tief, das sollte die Zukunft zeigen.

8. Kapitel

Der junge Mann hatte kaum einige Schritte in tiefem Nachdenken getan, als ihn menschliche Stimmen aufstörten.

„Glaube mir, Anna, ich bin ganz zerrissen. Zuweilen liebe ich dich so stark, daß ich es gar nicht mehr aushalten kann. Wo ich auch gehe, überall denke ich an dich. Dabei aber denke ich auch immer an ihn“, sprach eine Männerstimme.

Murany erkannte sie.

„Warum denkst du an ihn?“ sagte aufgeregt eine helle weibliche Stimme. „Ich sorge ja dafür, daß er nichts merkt. Er ist ganz glücklich, wenn er mich nur an seiner Seite sieht.“

„Das ist es gerade, was mich quält, daß er dich hat; und wenn wir uns auch liebhaben, meine Frau kannst du doch nie werden.“

„Aber, Joseph, was willst du noch mehr?“

„Alles möchte ich haben, daß du mir ganz gehörst, nur mir, daß niemand ein Recht auf dich hat, ja, daß du mir gehörst vor Gott und den Menschen. Daraus mache ich mir nichts, daß unser Zusammenleben Sünde sein soll; aber wenn ich mir ausdenke, du wärst meine Frau und würdest mich mit ihm so hintergehen, ich würde euch beide totschlagen.

Das glockenhelle Gelächter der Frauenstimme war die Antwort. „Du fürchtest dich doch nicht vor dem Ärmsten?“

„Gewiß nicht, aber es ist mir so zuwider; statt daß er mich freundlich anspricht, würde ich lieber eine Ohrfeige von ihm ertragen. Was hilft es, daß wir beide einander liebhaben, wenn du nicht mein sein kannst?"

Die Stimmen kamen näher, und obwohl jenen Worten eine sehr leise Antwort folgte, hörte Murany sie doch und wurde weiß wie eine Wand. Er trat seitwärts in das Gebüsch und ließ das Paar unbemerkt vorübergehen, das wohl meinte: „Der Wald hört uns nicht und wird uns nicht verraten", da es so dreist von Dingen redete, über die sonst nur hinter verschlossenen Türen und Fenstern geflüstert wird. Ungefähr zehn Schritte von ihm trennten sie sich.

Der junge Mann schritt, ohne sich umzusehen, mit gesenktem Kopf auf dem Fußweg dem Dorf zu. Die Frau kehrte durch den Wald zurück und lenkte ihre Schritte auf die Straße, die Eva Zaradsky gegangen war. Ein tieftrauriger Blick des ungewollten Zeugen folgte ihr, dann beeilte er sich und holte, ehe der junge Mann sich's versah, diesen bald ein. Sie begrüßten sich.

„Wann werden Sie uns das letzte Holz fertig schneiden?" fragte Joseph leichthin.

„Bald", antwortete der Angeredete ernst. „Aber dann verbrauchen Sie nicht alle Bretter, legen Sie zwei auf die Seite."

„Und wozu?" meinte verwundert der Jüngling.

„Damit Sie das Glück Ihres Bruders, vielleicht

auch sein Leben und Ihre ewige Seligkeit hineintun können."

Joseph Lany fuhr zusammen, erblaßte und errötete wieder. „Was sind das für Scherze?" sagte er scharf.

„Es ist kein Scherz. Wenn Sie nicht wollen, daß die Leute wissen sollen, wie Sie das sechste und das zehnte Gebot halten, so sprechen Sie nicht so ungeniert mit Ihrer Schwägerin."

„Sie haben uns gehört?" fragte der Angeredete entsetzt. Sofort trat er dicht an ihn heran, indem er drohte: „Wenn Sie uns verraten!"

„Verraten? Wem? Vielleicht Ihrem armen Bruder? Denken Sie, es wäre eine leichte Sache, vor ihn hinzutreten und zu sagen: ‚Deine Frau, der du dein ganzes Herz geschenkt hast, und dein Bruder haben dich betrogen und verraten'? Sie haben selbst gesagt, wenn Ihnen so etwas widerführe, Sie würden beide totschlagen. Martin Lany würde keinen von euch töten, aber die Nachricht aus meinem Mund würde nicht nur sein Glück, das ihr ihm ohnehin genommen habt, töten, sondern auch ihn selbst. Ihm werde ich es nicht sagen. Aber Ihnen sage ich: Gott sieht und hört alles und wird Sie beide strafen für die Übertretung seiner Gebote. Ihr stürzt euch in den Abgrund. Haltet ein, solange es noch Zeit ist!"

„Ich kann mir nicht helfen!" stöhnte Joseph und bedeckte das bleiche Gesicht mit beiden Händen.

„Ich weiß, die Sünde hat euch ganz in der Gewalt;

aber darum ist der Sohn Gottes erschienen, daß er die Werke des Teufels zerstöre. Bittet ihn um Hilfe, er wird Sie erhören und Ihnen helfen!"

„Ich will mich nicht mehr verführen lassen, von heute an nicht mehr, glauben Sie mir!" versprach Joseph aufrichtig. „Und ich danke Ihnen, daß Sie mich aufmerksam gemacht haben."

Er drückte den Hut in die Stirn, und ohne auf weitere Worte zu warten, eilte er voraus. Er hörte den halblauten Seufzer nicht: „Selbst willst du dich vor der Sünde schützen, du Armer!"

Inzwischen hatte Anna Lany Eva eingeholt.

„Nun, hast du dein Leid schon vergessen, Eva?" fragte der schöne Mund ziemlich schonungslos.

„Ich werde es nie vergessen, nie, und brauche es auch nicht. Der Herr wird mir mein Kind zurückgeben, wenn er auch mich zu sich nehmen wird."

„Und weißt du das so bestimmt, daß du zu ihm kommen wirst? Wer kann denn das wissen?"

„Ich, weil Gott mich liebhat", bezeugten mit bescheidener Gewißheit die schmalen Lippen der jungen Müllerin.

„Dich?" lachte die Schwägerin. „Nimm mir's nicht übel, aber ich möchte gerne wissen, wie Gott dich lieben soll! Die eigene Mutter kümmert sich nicht um dich, Thomas kann dich nicht sehen, unsere Mutter ist froh, wenn du ihr aus den Augen gehst; ich kenne keinen Menschen, der nur einmal gesagt hätte, daß er dich liebhat. Und du willst behaupten, Gott habe dich lieb?"

Eine gewisse Bitterkeit klang aus der aufgeregten Stimme der Schwägerin. Eva wußte nicht, warum dies Wort sie so gereizt hatte.

„Ich kann nichts dafür“, sagte sie ruhig, „daß ich den Menschen nicht passe; aber Gott ist nicht wie die Menschen. Er hat es bezeugt, daß er mich liebhat. Ich weiß, daß ich es mir durch nichts verdient habe, aber ich glaube ihm, und er kann nicht trügen.“

„Ich möchte gerne wissen, wann du mit Gott gesprochen hast, daß er dir das bezeugt hätte.“

„Ich habe sein heiliges Wort“, sagte Eva und errötete dabei, „ihr habt es ja auch, und wenn du es lesen würdest, dann würdest du dort auch finden, was da geschrieben steht: *‚Also hat Gott die Welt geliebt, daß er seinen eingeborenen Sohn gab, auf daß alle, die an ihn glauben, nicht verloren werden, sondern das ewige Leben haben.‘*“

„Das wußte ich schon, als wir noch in den Konfirmandenunterricht gingen“, entgegnete Anna spitz. „Deswegen kannst du doch nicht behaupten, Gott hätte dich lieb.“

„Er gab mir das Kostbarste, was er hatte, seinen Sohn; Jesus gab sein Leben für mich am Kreuz, und ich sollte nicht glauben, daß er mich liebt?“ antwortete Eva hierauf. Sie richtete sich auf, und ein Strahl der Gewißheit und Begeisterung verschönte ihr liebes Gesicht.

„Hat er ihn nur dir gegeben? Ist Christus nur für dich gestorben?“ warf Anna stirnrunzelnd ein.

„Ich weiß, daß er ihn auch dir geschenkt hat und daß Christus auch für dich gestorben ist ...“, schüchtern ergänzte Eva, „auch für deine Sünden.“

Es war, wie wenn Anna eine Tarantel gestochen hätte.

„Was gehen dich meine Sünden an? Was fällt dir ein, mir so etwas zu sagen? Mich hat jeder lieb, daheim bei euch, bei uns, die Nachbarn, die Freunde, alle. Frage nur, ob du nur ein Schimpfwort über mich hören wirst, und du, meine Heilige, hast keinen Menschen, der dich lobt, außer dem blöden Georg.“

„Womit habe ich sie so gekränkt“, dachte Eva, als Anna an ihr vorbeiging, „daß sie mich so verächtlich behandelt? Und wie kommt es, daß mich niemand lieben kann?“ Sie fühlte plötzlich wieder die frühere Kälte im Herzen „Thomas kann dich nicht sehen“, tönte ihr in den Ohren. Ach, das schmerzte sie am allermeisten! Nicht einmal sehen, – und er war doch ihr Mann. Er hatte es ja auch selbst gesagt im Obstgarten. Sie setzte sich auf einen Baumstamm, und zum erstenmal seit Wochen rannen ihr die Tränen aus den Augen.

Wenn auch der Herr sie Unliebenswerte nicht liebte, was dann? Sie schaute auf zum Himmel und schüttelte dann den Kopf. „Er kann mich nicht betrügen, ich brauche keine weiteren Beweise. Ist er denn nicht für mich am Kreuz gestorben? Er war ja, als er am Kreuz hing, geradeso verlassen wie ich.“

Da hörte sie auf zu weinen und erhob sich. Sie

mußte einholen, was sie versäumt hatte, es würde ihr ohnedies schlecht ergehen, wie immer, wenn Anna in die Mühle kam.

„Du bist mir ein schöner Bote! Um den Tod könnte man dich schicken!" nahm die Müllerin die Schwiegertochter in Empfang. „Wo steckst du so lange?"

„Schimpf nicht, Mutter", sagte Anna spöttisch, „Eva mußte darüber nachdenken, wer sie liebhatte."

Thomas hörte die Worte der Schwester und maß seine Frau mit einem sonderbaren Blick. Man rief ihn in die Mühle, und obwohl dort viele Leute waren und jeder etwas anderes sprach, klang ihm immer in den Ohren: „Wer sie liebhat." Was hatte Anna damit gemeint?

Nach einer Weile rief er Eva einer Kleinigkeit wegen, und da seine Kunden gerade weggegangen waren, stand er mit ihr allein.

„Worüber dachtest du auf dem Heimweg nach?" fuhr er sie scharf an. Die traurigen Augen der Frau blickten ihn still, aber ohne Furcht an.

„Über Verschiedenes habe ich nachgedacht, Thomas. Anna verspottete mich, weil ich ihr gesagt hatte, daß Gott mich liebhat", sagte sie bescheiden. „Sie glaubt es nicht, weil ihr mich alle nicht liebhabt und ich keinen Menschen habe, der mich liebhätte."

Einerseits fiel ihm ein Stein vom Herzen, andererseits wurde es ihm schwer.

„Anna ist geschwätzig", sagte er, und es war zum

erstenmal, daß er so etwas über seine Schwester äußerte. „Auf das, was sie sagt, brauchst du nicht zu hören.“

Dann kamen Leute und unterbrachen sie. Eva ging ihren Pflichten nach; aber überall begleitete sie die Stimme ihres Mannes, wie er die letzten Worte gesagt hatte.

Die Müllerin führte die Tochter in den Obstgarten und zeigte ihr das kranke Vieh. „Ich habe schon alles versucht, und wenn auch diese Kräuter nicht helfen, müssen wir zu der Wahrsagerin gehen. Es ist nichts anderes, sie sind verhext.“

„Das ist ganz sicher“, bestätigte die Tochter, „schick nur recht bald, und wenn du willst, kann ich ja gehen. Du weißt ja, es ist besser, wenn ein junger Mensch die Sachen holt.“

„Wirklich, das ist wahr, und du bist ein Johanniskind. Wenn du kannst, so tu's.“

„Gleich morgen werde ich gehen; es ist gerade Vollmond, alles paßt gut.

Die Müllerin lebte nach dieser Zusage ordentlich auf und begleitete die Tochter, die mit dem Versprechen schied, morgen zu gehen, um sichere Hilfe zu bringen.

Anna teilte ihrem Mann mit, was für eine Not sie in der Mühle hätten und daß ihnen nichts anderes übrigbleibe, als zu der Wahrsagerin nach Zitkov zu gehen. Damit sie aber nicht ohne Hausfrau seien, habe die Mutter ihr versprochen, Eva herzuschikken. Der Bauer hatte nichts dagegen, nur sorgte er, der Weg möchte für Anna zu weit sein, darum sagte er: „In der Frühe fährt Joseph in den Wald bis an die Grenze; fahre nur mit ihm, da hast du es dann nicht mehr weit.

Anna machte sich an die Vorbereitungen für die morgige Fahrt. Joseph, der von der Stadt zurückgekehrt war, von wo er sich den Militärpaß geholt hatte, teilte der Bruder mit, warum und wohin Anna gehen würde, er solle sie mitnehmen und ihr dann den Weg über die Grenze zeigen.

Es war noch nicht drei Uhr morgens, als Lany seine Frau und den Bruder hinausbegleitete. Noch lange, lange schaute er ihnen nach, auch noch, als sie schon im Wald verschwunden waren.

9. Kapitel

Ungefähr um sechs Uhr kam Eva zu Lanys. Sie fand die Wirtschaft in Ordnung, aber im Haus überall Schmutz. Sie dachte an das Murany-Häuschen. Sie fegte das Haus und draußen den Hof, räumte das Zimmer auf, die Küche und überall, wo sich etwas tun ließ. Sie lüftete die Zimmer, dann wärmte sie Wasser, badete die Kleine und gab ihr zu essen. Lany konnte seinen Blick gar nicht von ihr wenden. Als sie das Frühstück austeilte, vergaß sie auch den Pozor nicht, der ihr die Hände leckte und sich mit ihr befreunden wollte. Alles tat sie so ruhig! Nach dem Frühstück wollte sie mit der Magd Unkraut jäten gehen, aber er erlaubte es nicht.

„Warum solltest du gehen?" meinte er. „Du hast doch zu Hause genug zu arbeiten; bald mußt du ja auch wieder das Mittagessen kochen."

Sie gehorchte.

„Ich bitte dich, wenn ich mich setzen kann, so möchte ich etwas in der Bibel lesen. Wo habt ihr sie denn?" fragte sie bescheiden.

Er nahm das Buch von dem oberen Bücherbrett, recht staubig. Er fand es merkwürdig, daß sie lesen wollte.

„Aber lies laut", sagte er, als sie das Buch abgewischt hatte. Sie öffnete es dort, wo alte Quittungen hineingelegt waren; es war das dritte Buch Mose. Evas Augen fielen auf das Wort: *„Wenn eine Seele* *sich zu den Wahrsagern und Zeichendeutern wenden wird, um Götzendienst mit ihnen zu treiben, so will ich mein Antlitz wider dieselbe Seele setzen und will sie aus ihrem Volk rotten.*"

Die junge Frau fühlte eine sonderbare Angst; sie dachte an die Schwägerin, die zu der Wahrsagerin gegangen war. Ängstlich flogen ihre Blicke über das Kapitel. Am Schluß stand wieder: „*Wenn ein Mann oder Weib ein Wahrsager oder Zeichendeuter sein wird, die sollen des Todes sterben, man soll sie steinigen, ihr Blut sei auf ihnen.*"

Gott zürnt so sehr über einen Zauberer, und die Mutter schickt die Anna zu einer Wahrsagerin. Wenn ihr so etwas geschähe! „*Ich will sie ausrotten*" – welch schreckliches Wort! Eva konnte sich nicht enthalten und teilte ihre Besorgnis Martin Lany mit.

Auch er stutzte. Er las das Kapitel selbst durch, es stand dort wirklich.

„Aber", sagte er, „damals war eine andere Ordnung als jetzt. Schau, Eva, hier steht ja auch, daß Ehebrecher und Ehebrecherinnen sterben sollen; heute, wenn so etwas geschieht, wird es nicht mehr bestraft."

„Aber Sünde ist es doch heute so wie damals", entgegnete sie. „Gott ist heute derselbe, der er damals gewesen ist. Er zürnt auch heute und wird gewiß strafen."

„Sieh, ich habe nie darüber nachgedacht", begann der Bauer wieder kopfschüttelnd. „Es steht doch auch im Katechismus, daß wir keine Zauberei treiben sollen und daß Gott droht alle zu strafen, die seine Gebote übertreten. Ich hätte Anna nicht schicken sollen; aber da wir leider nicht wissen, was Gott von uns fordert, so können wir auch seine Gebote nicht halten."

„Oh, Gott hat uns so lieb, und da sollten wir seine Gebote nicht halten können?" verwunderte sich Eva. „Er fordert ja von uns nichts Unmögliches. Ich wenigstens möchte mich um keinen Preis gegen ihn auflehnen oder ihn betrüben, seitdem ich zu ihm zurückgekehrt bin."

„Du hast recht, wir sind sehr ungehorsam gegen ihn", sagte er und nickte gedankenvoll mit dem Kopf, „wir sind wirklich, wie der Psalmist sagt: *‚Ich bin wie ein verirret und verloren Schaf'*, wir sind verlorene Schafe. Früher waren die Menschen ganz anders, sie glaubten Gott mehr und gehorchten ihm; wir gehen in die Kirche, handeln aber nicht danach, was uns dort gesagt wird."

„Und wenn du stirbst, was dann?" fragte sie schüchtern. Er schaute in ihre traurigen Augen, und achselzuckend sagte er: „Der liebe Gott wird uns schon gnädig sein. Meinst du nicht?"

„Das weißt du, daß es zwei Wege gibt, daß es Himmel und Hölle gibt?"

Er lächelte. „Ja, das weiß ich, Eva, daß die breite Straße in die Hölle und die schmale in den Himmel führt."

„Und auf welcher Straße wandelst du?"

Er senkte vor ihrem Blick seine Augen. „Ich habe

niemandem etwas zuleide getan, niemand kann sich über mich beklagen; und doch möchte ich nicht behaupten, daß ich auf dem schmalen Weg bin, da ich es nicht bestimmt weiß. Vielleicht weiß es auch niemand, wie und wohin er geht, man wird es erst am Ziel erfahren.

Sie schüttelte den Kopf und erwiderte: „Ich weiß es schon, Schwager."

„Du, Eva?"

„Ja, ich weiß es, daß ich auf dem breiten Weg, weit von Gott entfernt, irrte und die heiligen Gebote Gottes übertreten habe; aber der Herr Jesus fand mich, und jetzt gehe ich mit ihm."

Lany wunderte sich sehr, er lachte sie aber nicht aus. Er hatte gemerkt, daß sie seit dem Tod des Kindes anders geworden war. Sie mußte ihm erzählen, wie sie dazu gekommen war.

Sie verschwieg ihm nichts, auch nicht, daß sie sich aus Schmerz über das Evchen hatte ertränken wollen; aber mit keinem Wort klagte sie über ihren Mann und ihre Schwiegermutter. Er dachte sich aber ihre Not. Er fühlte ein inniges Mitleid mit ihr, besonders, da sie ihm zu erzählen anfing, wie glücklich sie jetzt sei, weil sie die Gewißheit habe, vielleicht bald dem Evchen nachfolgen zu können, und wenn sie dann zu dem Herrn Jesus kommen würde, wie sie ihm danken wolle, daß er allein sie doch geliebt habe.

Als sie ihm die Freude und den Frieden, welchen sie im Herzen fühlte, bezeugte, beunruhigte es ihn sehr; es war ihm, wie wenn ihm jemand die Augen langsam dafür öffnete, daß Gott es war, was ihm fehlte, und daß das ihn so einsam und verlassen machte, obwohl er eine Familie hatte. Er merkte, so nahe sie zu Gott stand, so weit war er von ihm entfernt. Als sie das Mittagessen bereiten ging, blieb er neben der Bibel sitzen.

Er schlug sich das Evangelium von den hundert Schafen auf; während er las, umleuchtete ihn das Licht der Wahrheit. Er erkannte, daß er verloren war, weil er nicht sagen konnte: „Ich bin gefunden."

Er ging hinaus, um draußen einiges zu besorgen, dann kehrte er zurück zu dem Buch; es zog ihn mächtig an.

Nach dem Mittagessen mußte Eva nach Hause gehen; sie nahm die kleine Annitschka samt dem Kindermädchen mit zur Großmutter. Er konnte kaum ihre Rückkehr erwarten. Während sie das Abendessen richtete, sprach er mit ihr über alles, was ihn drückte, obgleich er viele Fragen hatte, die sie ihm nicht beantworten konnte. Als sie alles aufgeräumt und das Kind zu Bett gebracht hatte, ging sie mit ihm in den Obstgarten, und sie lasen noch, solange sie sehen konnten. Sie zeigte ihm alles, was ihr wichtig und klar war. Sie war glücklich, daß sie es endlich jemandem mitteilen konnte, und das um so mehr, als auch Georg mit einem Auftrag zu ihnen gekommen war, der nicht nur zuhören, sondern auch bezeugen konnte, wie lieb er den Sohn Gottes habe.

„Weißt du was, Onkel“, riet er ihm, „geh zu Herrn Murany, der wird dir alles sagen, was du wissen willst.“

Noch im Weggehen empfahl er Lany, in die Sägemühle zu gehen. Spät schieden sie voneinander. Der Bauer ging, um nach seinem Bruder zu schauen. Dieser war um drei Uhr aus dem Wald heimgekommen. Die Magd brachte ihm das Mittagessen. Das Holz räumte er gar nicht erst fort; er legte sich, Kopfweh vorschützend, schlafen.

Lany wollte sehen, ob der Bruder schliefe. Dieser lag schlafend in der Scheune im Heu, war aber dabei unruhig. Auch redete er im Schlaf, was, konnte man jedoch nicht verstehen.

„Es wird schon wieder vergehen“, tröstete sich der Bauer, deckte seinen Bruder mit dem Mantel zu und ging zu Bett; aber er konnte nicht schlafen. In der Nacht sah er sein ganzes Leben, ohne Gott zugebracht, weit von Christus entfernt, auf einem Weg, der nicht in die ewige Herrlichkeit führte. Die Sünde war gewachsen. „Du hast das Wort Gottes im Haus gehabt“, beschuldigte ihn das Gewissen, „aber du warst nicht gehorsam und hast es nicht gelesen. Weil es vergessen war, war auch Gott vergessen worden. Wenn er dich jetzt nicht aufnimmt, was dann?“ Es fielen ihm die Worte des Zöllners ein: „*Gott, sei mir Sünder gnädig!*“ Er wiederholte sie so lange, bis er einschlief.

10. Kapitel

Wovon träumte wohl Joseph Lany? Er bewegte seine Hände so unruhig, als wolle er irgend etwas verscheuchen. Träumte er etwa von der Fahrt, die er mit Anna zusammen gemacht hatte? Es war ein herrlicher Weg durch die Wälder! Die Nacht war noch nicht vergangen und der Tag noch nicht angebrochen. Der Mond übergoß Berge und Täler mit seinem silbernen Schein. Überall zogen graue Schatten. In die märchenhafte Stille tönte der Gesang der Nachtigallen. Sie beeilten sich mit ihrem Gesang, denn bald mußten sie aufhören. Am Himmel erloschen die Sterne, und durch die Wälder zog ein geheimnisvolles Rauschen. Es war wie ein Echo der alten, in Vergessenheit geratenen slowakischen Märchen von den verwunschenen Prinzessinnen. Und diese zauberhafte Nachtlandschaft brachte zwei Menschen zusammen, für die es besser gewesen wäre, wenn das weite Meer sie getrennt hätte.

Joseph schritt neben den Ochsen her, Anna saß auf dem Wagen; beide hielten den Kopf gesenkt in tiefem Nachdenken. Wenn Joseph sich gestern nicht vor dem Bruder gefürchtet hätte, er hätte ihn gebeten: Schicke Anna nicht mit mir! Aber was sollte dann sein Bruder denken? „Es braucht ja, wenn wir auch zusammen fahren, noch nichts Böses zu geschehen“, dachte er, als er die Ochsen einspannte. Jetzt in der Morgenstille sann er nach, wie er sie ansprechen sollte. Er wollte sagen: „Wir dürfen uns nicht lieben, wir dürfen Martin nicht betrügen." Wie sollte er aber sein Herz losreißen von ihr? Aber geschehen mußte es! Murany hatte recht. So dachte er nach; er kämpfte mit sich selbst.

Und was tat sie? Ihr waren die Worte der verhaßten Schwägerin ins Gedächtnis gekommen: „Für deine Sünden", und obwohl sie auf die böse war, die diese Worte ausgesprochen, mußte sie jetzt doch darüber nachdenken. Auch sie wußte, daß sie nicht zusammenkommen durften. „Aber Martin hat uns doch selbst geschickt! Wenn er ahnen würde, was sie gestern einander gesagt hatten! Warum ist wohl Joseph so schweigsam?"

Der Weg ging bergauf; sie stieg vom Wagen ab, und an seiner Seite gehend, schaute sie in sein durch den Mondschein erleuchtetes, nachdenkliches Gesicht.

„Was fehlt dir? Bist du mir böse?" redete sie ihn mit erregter Stimme an.

„Ich bin nicht böse", antwortete er.

„Oh doch, du bist böse; wir sind so allein hier, und du sprichst gar nichts."

Er senkte den Kopf. „Ich möchte dir etwas sagen, aber ich weiß nicht, wie."

Sie fuhr zusammen wie in unguter Ahnung.

„Warum tust du es nicht? Sage es nur!" forderte sie ihn auf.

„Anna, wir dürfen uns nicht lieben, es ist gegen Gottes Gebot."

Sie fuhr von neuem zusammen und setzte sich, ohne ein Wort zu sagen, wieder auf den Wagen. Ihr Schweigen war für ihn über alle Maßen peinlich. Als sie die Anhöhe erreicht hatten, setzte er sich zu ihr.

„Ich bitte dich, Anna, sei nicht böse, und glaube mir, ich weiß nicht, was aus mir werden soll."

„Was aus dir werden soll?" sagte sie, kalt auflachend. „Du wirst gehen, wirst dir eine andere suchen und wirst ihr wiederholen, was du mir sagtest: wie sehr du sie liebhast, und es wird ungefähr ebenso Wahrheit sein, wie es das erstemal war."

„Schweig, Anna! Warum quälst du mich?" schrie er in schmerzlichem Zorn auf. „Du weißt sehr gut, daß, wenn ich dich nicht bekomme, ich eine andere schon gar nicht sehen mag." Sie sah und fühlte, daß er die Wahrheit sprach. „Ich will fortgehen, soweit mich meine Füße tragen, damit ich weder dich noch Martin sehen muß; sonst weiß ich nicht, was geschehen soll."

Fast wäre sie erstarrt vor Schrecken. Er würde fortgehen, und sie sollte hier bleiben mit Martin, sie sollte seine ergebene Frau sein und ihm Haus und Kind versorgen? Sie stellte sich vor, er ginge schon fort und ließ sie allein mit dem ungeliebten Mann.

„Wenn du wirklich fortgehst, so nimm mich mit", bat sie und schlang leidenschaftlich ihre Arme um den Hals des Mannes.

Er hatte keine Kraft, sich loszumachen. „Wir müssen uns ja doch trennen", dachte er, und so liebkoste er denn noch einmal und zum letztenmal leidenschaftlich ihre Lippen und Wangen.

„Anna, mein Herz, du gehörst ja Martin, mit mir darfst du nicht gehen, es wäre eine große Sünde", suchte er sein Gewissen zu stillen. „Du wirst dich schon zu trösten wissen!"

„Jawohl, zu trösten wissen!" entgegnete sie eisig. „Ich springe ins Wehr, dort wirst du mich finden."

„Anna!"

„Ich werde nicht warten auf dein Fortgehen." Sie machte sich aus seinen Armen frei. „Wenn du mich nicht lieben willst, so merke dir, daß ich nie zurückkehren werde. Warum solltest du das väterliche Gut verlassen? Ich will dir nicht im Weg stehen."

Er bat und flehte aufs Dringlichste.

Sie gingen wieder nebeneinander; sie war kühl gegen ihn, je länger sie gingen, desto kälter wurde sie.

„Ich werde nicht zurückkehren!" rief sie plötzlich in einem schrecklichen Entschluß aus. „Du hast Martin lieber als mich; geh zu Martin, und ich werde gehen, wo ich hingehöre, – ins Grab."

Ach, wo sollte Joseph soviel Kraft hernehmen, sich selbst und sie zu besiegen? Das Feuer in seiner Brust, das er anfänglich gewaltsam dämpfen wollte, loderte von neuem in wilder Flamme auf. Er vergaß alle guten Vorsätze, betäubte sein Gewissen und stürzte haltlos in den schweren Strudel. Der Bruder hinterging den Bruder, die Frau ihren Mann. Während über dem Land ein herrlicher Frühlingsmorgen anbrach, brach über zwei Menschen die Nacht der Sünde herein. Sie hatten das Feuer nicht gleich im Anfang gelöscht, nun konnten sie es nicht mehr auslöschen.

An der Grenze trennten sie sich. Anna ging jetzt allein. Ihr unruhiger Blick bewies, daß sie den Frieden für immer verloren hatte. Unwillkürlich schaute sie einmal zum Himmel auf, doch senkte sie augenblicklich die Augen wieder. Sie wollte nicht an Gott denken, auch nicht mehr an ihn glauben! Nein, es war ja niemand, der es gesehen und gehört hatte. „Joseph bleibt, ja, er wird bleiben!" jubelte sie siegestrunken. Er würde nie mehr von ihr gehen können. „Aber trotzdem", dachte sie, „wenn ich zur Wahrsagerin komme, will ich mich mit ihr beraten; sie muß mir helfen, ihn zu verzaubern, daß er keinesfalls fortgeht, und auch, daß Martin nichts merkt."

Erst spät gelangte sie an ihr Ziel und richtete alles aus.

„Geben Sie nur recht acht", sagte die Wahrsagerin, als sie Anna vor das Haus geleitete, „daß Sie die Wurzeln nicht verwechseln. Diese hier ist zum Ausräuchern des Stalles, und diese müssen Sie kochen und dem Vieh zum Trinken geben."

„Und wenn ich mich irren würde?" warf Anna scheinbar sorglos ein.

„Das ware ein gefährlicher Irrtum. Wenn von einem Trank aus diesen Wurzeln hier ein Mensch oder ein Vieh trinken würde, so würden sie auf ewig einschlafen."

„Seien Sie nur ohne Sorge, ich werde schon genau achtgeben."

Noch einmal wiederholte die alte Frau die Worte der „Beschwörung", welche die Müllerin bei dem Heilungsverfahren gebrauchen sollte, dann gingen sie auseinander. Anna eilte heim und blieb nicht eher stehen, als bis sie zu Zaradskys Mühle gekommen war. Sie kam gerade um elf Uhr an, und gleich zu Mittag machte sie sich mit der Mutter an die Zauberei.

Eva war nicht zu Hause, sie kochte bei Lanys und erwartete mit Martin voll Angst die Rückkehr der Schwägerin. Da Martin die Frau zu lange ausblieb, ging er in die Mühle, um zu sehen, ob sie zurückgekehrt sei. Sie war gerade mit der Mutter im Obstgarten, und sie redeten miteinander. Als Anna Martin erblickte, wurde sie feuerrot, dann aber lief sie, sich besinnend, ihm entgegen und schlang ihm, was sie noch nie getan hatte, die Arme um den Hals. Ganz glücklich führte dieser sie nach Hause und hörte aufmerksam zu, was sie ihm von der Welt draußen erzählte. Er war sehr froh, daß sie nichts von der Wahrsagerin erwähnte, und er nahm sich vor, ihr künftig nicht mehr zu erlauben, ähnliche Wege zu machen.

„Und Joseph ist zu Hause?" fragte sie, Unbefangenheit heuchelnd, in das arglose Gesicht ihres Mannes schauend.

„Nein, er ist zum Nachbarn gegangen, um ihm zu helfen, das Heu einzufahren."

Er merkte nicht, wie sie aufatmete. Und als er weitererzählte, wie es zu Hause gegangen sei, wie gut Eva sie versorgt hätte, da hörte sie kein Wort mehr. Ganz glücklich brachte er die geliebte Frau nach Hause. Aber es tat ihm aufrichtig leid, daß Eva sich gleich nach der Ankunft der Schwägerin verabschiedete; sie würde ihm sehr fehlen.

11. Kapitel

In der Nähe der Sägemühle saßen an einem schönen Abend Martin Lany und Michael Murany auf einem Holzstamm. Anfangs war auch der alte Hüter bei ihnen, aber man hatte ihn abgerufen, und so blieben sie allein.

Zu ihren Füßen rauschte ein Bächlein, mit wilden Sträuchern und verblühtem Vergißmeinnicht umwachsen. Weiter oben am Berg befand sich die Säge, ein Stück weiter abwärts erhob sich die neue Brücke, und rechts von der Säge, im Wald versteckt, stand wie eine schüchterne Jungfrau Muranys Hütte. Weiter hinten wand sich ein tiefes, enges Tal, an beiden Seiten von Hügeln und Bergen begrenzt. Es war hier wie in einem gewaltigen Tempel. Die ganze Natur schien den Herrn zu preisen. Die Sonne rief „Auf Wiedersehen" und küßte die Gesichter der beiden Männer. Besonders auf Lany heftete sie ihren Strahl; vielleicht war ihr der Ausdruck tiefen Nachdenkens bei ihm ungewohnt.

„Ich möchte Sie gern etwas fragen, Michael", sagte der Bauer plötzlich.

„Und das wäre?"

„Es ist schon über eine Woche her. Bei den Zaradskys erkrankte des Vieh, die Müllerin schickte meine Frau Anna zu einer Wahrsagerin. Während Annas Abwesenheit wirtschaftete meine Schwägerin Eva bei uns, und wir lasen zusammen die Bibel.

Eva fand dort, daß Gott die Zauberei verbietet. Ich kann und kann die Worte nicht vergessen; es ist mir immer zumute, als stünde jemand hinter meinem Rücken und riefe: ‚Die Seele, die sich zu den Wahrsagern wendet, soll ausgerottet werden!‘ Was ist damit gemeint? Das möchte ich gern wissen. Sie kennen sich in der Schrift sehr gut aus, das weiß ich, vielleicht können Sie es mir erklären. Wie meint Gott dies eigentlich? Ist das auch heute noch gültig?“

„Lieber Martin“, sagte der junge Mann, „der Herr Jesus spricht: *‚Himmel und Erde werden vergehen, aber meine Worte werden nicht vergehen!‘* Ist das nicht deutlich gesagt?“

Der Bauer nickte gedankenvoll mit dem Kopf und sagte: „Gott will also, daß wir sie halten, und nicht bloß die Juden. Aber die Wahrsagerin fängt auch alles mit dem Namen Gottes an und endigt immer damit.“

Die Stirn des jungen Mannes verfinsterte sich.

„Ja, Martin, aber Gott spricht: *‚Du sollst den Namen deines Gottes nicht unnützlich führen.‘* Gottes Namen aber rufen und dem Teufel dienen und mit teuflischer Macht Zauberei treiben, das ist eine greuliche Sünde. Denn wenn Gott die Zauberei verboten hat, kann er dann den, der die Zauberei treibt, segnen?“

Der Bauer schüttelte den Kopf; in seiner Seele dämmerte es.

„Ihr habt aber gefragt, was das bedeutet: *‚Aus dem*

Volk ausgerottet.' Wenn Ihr ein schädliches Ungeziefer am Boden kriechen seht und Ihr tretet darauf und vernichtet es gänzlich, als wäre es nie dagewesen, das heißt vernichten. ,*So spricht Jehova der Heerscharen: Also werde ich dieses Volk und diese Stadt zerschmettern, wie man ein Gefäß des Töpfers zerschmettert, welches nicht wiederhergestellt werden kann.*' *Er sagt es und wird nie widerrufen.* ,*Weil sie mein Gesetz verlassen haben, das ich ihnen vorgelegt, und auf meine Stimme nicht gehört und nicht darin gewandelt haben, sondern dem Starrsinn ihres Herzens und den Baalim nachgegangen sind, was ihre Väter sie gelehrt haben. Darum, so spricht Jehova der Heerscharen, der Gott Israels: Siehe, ich will sie, dieses Volk, mit Wermut speisen und sie mit bitterem Wasser tränken, bis ich sie vernichtet habe.*' Oh, glaubt, das Zaubern und Totenbeschwören und zu den Wahrsagerinnen zu laufen, – vor Gott aber ist es eine große Sünde, und Euer, die Ihr eine Bibel habt und ein evangelischer Christ seid und trotzdem noch zaubern könnt und Eurer Frau Zauberei zu treiben erlaubt, wartet desto größere Strafe. Die Bibel wird einmal vor dem Gericht gegen Euch zeugen. Der Herr Jesus sagt: ,*Das Wort, das ich geredet habe, das wird ihn richten an dem letzten Tage.*'"

Es wurde still im Wald. Der Bauer stützte seinen Kopf in die Hände. Das Wort Gottes wirkte auf ihn wie ein Hammer, der Felsen zerschlägt.

„Wir sündigen sehr gegen Gott; wir sollten seinen heiligen Willen erkennen, aber wir wollen nicht und tun von Jugend auf verkehrte Dinge", bekannte er geschlagen. „Ihr denkt also, Gott wird Anna sehr strafen dafür, daß sie zaubern gegangen ist, und auch mich, weil ich sie fortgelassen habe?"

„Wenn Ihr nicht Buße tut, so sagt der Herr Jesus: *‚So ihr nicht umkehrt und Buße tut, so werdet ihr alle umkommen!'*"

„Glaubt mir, Michael, mich drückt es sehr; schon eine Woche lang kann ich gar nicht schlafen, und es freut mich gar nichts mehr, obwohl ich sonst keinen Grund zum Klagen habe. Noch nie ging es mir so gut wie gerade jetzt; alles geht so, wie ich es haben will; aber ich habe keine Freude. Ich weiß, ich sollte meiner Frau sagen, daß sie gesündigt hat, indem sie hingegangen ist. Ich sollte ihr verbieten, zu der Mutter zu gehen, um ihr zaubern zu helfen; aber ich habe keinen Mut dazu. Ich will's Euch gestehen: Anna hat mich nur geheiratet, weil man sie dazu zwang. Ich habe sie sehr lieb, sie konnte sich aber bis jetzt nicht an mich gewöhnen. Aber seit einiger Zeit, besonders seit sie in Zitkov war, ist sie ganz anders, voller Liebe. Ich fürchte, wenn ich sie nun ermahne, würde sie mir zürnen, und ich werde wieder mit ihr dieselbe Qual haben wie früher. Ich bitte Sie, Michael, können Sie nicht zu uns kommen und ihr selbst etwas sagen? Auf Sie wird sie eher hören als auf mich, denn sie tut es unwissend. Wir leben alle ohne Gott, als ob uns das Gesetz Gottes gar nichts anginge."

Der Bauer seufzte. Der junge Mann nahm seine

Hand und sagte: „Martin, wollt Ihr so weiterleben, um dann schließlich verworfen zu werden? ‚*Aber die Befreiten Jehovas werden zurückkehren und nach Zion kommen mit Jubel, und ewige Freude wird über ihrem Haupt sein; sie werden Freude und Wonne erlangen, und Kummer und Seufzen wird entfliehen.*' Wollt Ihr nicht unter ihnen sein, Martin?"

„Ich möchte, Michael, glauben Sie mir, ich möchte, aber ich weiß nicht, wie ich es anfangen soll. Ich hielt mich für einen rechtschaffenen und ehrlichen Menschen, niemand hat etwas gegen mich; aber jetzt sehe ich, daß ich gegen Gott gesündigt habe. Ich möchte mich gern bessern, aber es geht nicht."

„Jesus sagt: ‚*Wen da dürstet, der komme und trinke*'. Sind Sie schon zu ihm gegangen? Er ist ein Arzt, der heilen kann. Haben Sie ihn noch nicht gebeten, Ihre Seele zu heilen?"

„Nein, noch nicht. Ich habe solche Gebete nicht im Gebetbuch!" seufzte Lany.

„Wenn Ihre kleine Annitschka etwas von Ihnen verlangt, liest sie es dann aus einem Buch vor?"

Der junge Mann lächelte, als er das sagte, und unwillkürlich spielte ein Lächeln auch um die Lippen Lanys, als er erwiderte: „Sie meinen, ich solle es Gott nur so sagen? Er ist doch Gott, und ich kann es nicht so gelehrt sagen."

„Er ist ein Vater! Hören Sie, wie die Menschen im Neuen Testament den Herrn Jesus anriefen: ‚*Wenn du nur willst, so kannst du mich gesund machen!*' rief der Aussätzige. ‚*Erbarme dich meiner, du Sohn Davids!*‘ bat der blinde Bartimäus. ‚*Herr, hilf mir!*‘ rief das kanaanäische Weib, – und der Herr verstand alle und erhörte sie. Meinen Sie, wenn Sie rufen würden: ‚Herr Jesus, heile meine Seele und gib mir das lebendige Wasser!‘ er würde Sie nicht verstehen? Vor einigen Jahren gab es eine Zeit, wo ich auch so dran war wie Sie heute. Auch ich war jung, gesund, frisch verheiratet, ich hatte alles; aber meine Seele hatte keinen Frieden. Eine Last lag auf ihr. Da traf ich auf gute Menschen, und sie bezeugten mir, daß mich Jesus sucht. Ich glaubte ihnen, ging zum Herrn und bat ihn, er möge mich, da er auch für mich gestorben ist, mit seinem Blut von meinen Sünden waschen und meine Seele heilen. Er erhörte mich. Lany, Sie können es mir glauben, meine Seele war sehr krank, aber er hat mich gesund gemacht, ich habe es erfahren. Ich war weit von Gott entfernt; er suchte und fand mich. Sie wissen, daß ich früher unbeherrscht war und den Eltern davongelaufen bin. Das letztere bereue ich nicht; Gott selbst trieb mich in die Welt hinaus, damit ich nicht hier in der Finsternis mit den übrigen umkommen mußte. Er schenkte mir Gesundheit, Kraft, Verstand, auch Geschick bei der Arbeit, obwohl ich ihn nicht kannte. In wenigen Jahren erwarb ich mir ein ziemliches Vermögen, so daß ich mir eine Farm kaufen konnte. Ein reicher Farmer in der Nachbarschaft gab mir seine Tochter zur Frau. Auch in der weltlichen Literatur erwarb ich mir

Kenntnisse. Es gibt in Amerika auch gebildete Slowaken, diese kümmerten sich um mich. Später, als ich schon gut Englisch sprechen konnte, begegnete ich gebildeten Amerikanern. Auch die sorgten für mich. Und als ich um die Hand der Farmerstochter bat, hätte niemand in mir den Michael Murany erkannt. Daß mein Herz infolgedessen stolz wurde, ist leicht erklärlich. Ich bildete mir ein, ich hätte das alles durch eigene Kraft erlangt. Anstatt Gott die Ehre zu geben, bewunderte ich mich selbst. Es ging mir so gut, so daß ich mir nichts Besseres wünschen konnte. Da öffnete mir Gott die Augen; er zeigte mir, daß ich ohne ihn lebte und verloren war. Da ging es mir so, wie es Ihnen geht, bis ich endlich zur Erkenntnis der Wahrheit kam und Gott mich durch seinen Heiligen Geist fand. Ich erzähle es Ihnen, um Ihnen zu zeigen, daß ein Leben ohne Gott, wie schön es auch immer sei, doch nichts ist als Eitelkeit und ein Haschen nach Wind. Ich bitte Sie, kehren Sie sich zu Jesus und zu seinem Wort und bitten ihn noch heute darum, er ist bereit, Ihnen zu vergeben und zu helfen, noch heute. Aber versäumen Sie es nicht, denn unser Leben ist wie Gras, morgen könnte es zu spät sein."

Der junge Mann erhob sich, als er seine herzlichen Worte beendet hatte. Auch Lany stand auf. Die Hüterin rief ihren Sohn, und die beiden Männer verabschiedeten sich voneinander.

„Warum", dachte der Bauer beim Heimgehen, „könnte Jesus, der anderen geholfen hat, die ihn baten, nicht auch mir helfen? Gilt sein Ruf nicht auch mir: ‚*Kommt her zu mir alle!*' Ich werde zu ihm gehen, so wie ich bin. Er sagt ja: ‚*Die Gesunden brauchen den Arzt nicht, sondern die Kranken.*' Ich werde gleich gehen."

Er ging in ein tiefes Gebüsch, kniete dort nieder, faltete die Hände und seufzte dreimal: „Herr Jesus Christus, heile meine Seele!" Dann weinte er, und obwohl seine Lippen schwiegen, rief er durch sein Schluchzen noch lange zu Gott, zu dem er erst von diesem Augenblick an endlich zurückgekehrt war. In der Tiefe seufzte ein verlorener, aber wiedergefundener Mensch. Bei den Engeln Gottes war Freude. Denn von den Lippen des guten Hirten tönte es: „Freut euch mit mir, denn ich habe das Schaf gefunden, das verloren war." Die heilige Hand tat das Buch des Lebens auf und schrieb dort den Namen ein, und daneben schrieb sie den neuen Namen ...

12. Kapitel

„Michael, komm einmal her!“ rief etwas später die Waldhüterin ihrem Sohn zu. „Hier hat mir der Nachbar einen Brief für dich gegeben. Er hat ihn gestern von der Post mitgebracht.“

Der junge Mann nahm das Schreiben aus der Hand der Mutter, und obgleich es schon dämmerte, so sah diese dennoch, wie sein Gesicht blaß wurde und wie er auf das Schreiben einen befremdeten Blick warf. Dann nahm er es an sich.

Sie hatte nicht den Mut gehabt, ihn zu fragen, weshalb er den Brief nicht öffnete; aber der Gedanke daran ließ sie abends keinen Schlaf finden. Langsam, auf den Zehenspitzen, schlich sie zum vorderen Zimmer. Dort brannte noch Licht. Behutsam öffnete sie die Tür und blieb da wie angewurzelt stehen. Der Sohn saß am Tisch, den Kopf auf die gefalteten Hände gelegt, und weinte. Der Atem versagte ihr. Endlich überwand sie sich und trat an den Tisch heran. Sie schlang ihre alten welken Arme um seinen Hals, lehnte das faltenreiche Gesicht auf das dichte Haar des Sohnes und sagte liebevoll: „Lieber Michael, warum weinst du denn?“

Er hörte sofort auf, zog die Mutter an sich, lehnte den Kopf an ihre Brust und verbarg so das Gesicht, in das sie so gerne geschaut hätte.

„Was ist denn geschehen?“ sagte sie mitleidsvoll, wie es nur eine Mutter kann, wenn sie ihr Kind im Leid sieht.

„Es ist schwer, Mutter, ja, es ist das Schwerste, was mich bis jetzt getroffen hat; aber ich kann es dir nicht erzählen“, sagte er nach einer Weile liebevoll.

„Warum denn nicht, Michael? Ich bin zwar nur eine einfache Frau, aber doch deine Mutter.“

„Sprich nicht so, Mutter! Ich habe dich doch immer geehrt und geliebt; das weißt du.“

„Ich weiß es, du warst immer gut zu mir; Gott wird es dir vergelten. Darum könntest du mir doch auch sagen, was dich bedrückt.“

„Ich kann nicht, glaub mir, ich kann es jetzt nicht.“ Er machte sich von ihr los und stand auf. Als er aber ihre Enttäuschung sah, fügte er hinzu: „Gedulde dich, bis ich auf den Brief, den ich heute schreiben werde, eine Antwort bekomme; dann sollst du alles erfahren. Ich bitte dich, sei nicht böse und glaub mir, daß ich es gut mit dir meine.“

„Ich glaube dir, Michael; wenn du mir's nachher sagen wirst, kann ich schon warten. Nun will ich dich aber nicht mehr stören, damit du früher fertig bist und zur Ruhe gehen kannst.“

„Geh auch du schlafen, Mutter; aber ich bitte dich, sag es niemand, auch dem Vater nicht, daß du mich weinen sahst, daß nicht jemand denkt, ich sei unglücklich.“

„Bist du denn glücklich, Michael?“ fragte die alte Frau wehmütig.

„Ja, ich bin es, Mutter. Jesus ist mir geblieben. *‚Wenn ich im Finstern sitze, so ist doch der Herr mein Licht.‘* Ich weiß es, daß ich einst dahin kommen werde, wo die Tage meines Leidens ein Ende haben sollen, und daß mich, solange ich hier bin, der Herr Jesus alle Tage trösten wird. Glaub mir, wenn ich ihn nicht hätte, könnte ich heute keineswegs bestehen. Darum bitte ich dich, nimm auch du ihn auf, damit er dir das Glück schenke, das in allem Leid nicht untergeht.“ „Lehre es mich, Michael, ich werde dir in allem folgen.“ „Bitte ihn, er wird dich alles lehren! Gute Nacht, Mutter!“ „Gute Nacht, mein Sohn!“

Sie ging, und im Bett weinte sie über das Leid ihres Sohnes. Sie dachte über seine Stärke und Geduld nach und betete still und demütig wie ein Kind zu dem, der ihn stärkte.

Als sie vor Sonnenaufgang erwachte, ging sie nach dem Sohn sehen. Sie fand ihn schlafend, und auf dem Tisch lag ein versiegelter Brief. Was würde sie nicht alles darum geben, wenn sie hätte lesen können! Dann würde sie sich die Adresse durchlesen, aber sie konnte es nicht. Sie schob ihm das Kissen unter dem Kopf zurecht. Dabei konnte sie sich nicht enthalten, ihm auf die klare Stirn einen Kuß zu drücken. Die Hände über der starken Männerbrust gefaltet, lag er vor ihr, als wäre er mit den Worten eingeschlafen:

Was Gott tut, das ist wohlgetan,
es bleibt gerecht sein Wille;
wie er fängt seine Sachen an,
will ich ihm halten stille.
Er ist mein Gott, der in der Not
mich wohl weiß zu erhalten,
drum laß ich ihn nur walten.

13. Kapitel

Eine schaurige Nacht breitete sich über dem Tal aus. Abends war ein Gewitter heraufgezogen; der Himmel war mit grauschwarzen Wolken bedeckt und von Elektrizität erfüllt. Von fern dröhnte der Donner, Blitze zuckten über den Bergen. Die schwüle Luft drückte alles zu Boden. Die Vögel waren verstummt, dagegen hörte man das Getöse des über das Wehr stürzenden Baches neben Zaradskys Mühle.

Jeder war froh, der nicht draußen weilen mußte. Aber unter denen, die draußen sein mußten, war Eva.

Eigentlich sollte sie im Stall sitzen, mit Georg auf das Vieh achtgeben und um Mitternacht die Müllerin wecken, die erst spätabends von Zitkov zurückgekehrt war und sich ausruhen mußte.

Es war ihnen gelungen, zwei Kühe soweit zu bringen, daß man sie verkaufen konnte; aber die dritte Kuh und zwei Stiere wollten nicht gesund werden.

So war die Müllerin selbst zu der Wahrsagerin gegangen und hatte neue Heilmittel geholt. Die Zauberin hatte verordnet, die Mittel um Mitternacht zu geben, und dabei waren verschiedene Vorschriften zu beachten. Dreierlei Wasser, neunerlei Lehm und Staub vom Friedhof mit zusammengestoßenen Menschenknochen vermischt, sollten verwendet werden.

Wenn die alte Müllerin nicht so müde gewesen wäre, hätte sie sich um keinen Preis hingelegt; denn sie traute Georg nicht, daß er sie aufwecken würde. Von Thomas konnte sie es nicht verlangen, der wachte bestimmt nicht auf, wenn er einmal eingeschlafen war; und bis Mitternacht aufzubleiben, dazu hatte er keine Lust gehabt. So befahl sie es Eva. Bis jetzt hatte sie sich von der Schwiegertochter in der Sache nicht helfen lassen, sondern immer Anna gebeten, aber heute brauchte sie Eva. Danach fragte sie nicht, ob Eva, die den ganzen Tag auf dem Feld und im Haus gearbeitet hatte, nicht auch einschlafen würde. Sie wußte, daß sie sich fürchten würde, ein Auge zuzumachen. Also konnte sie unbesorgt sein.

Obwohl Eva müde war, wich aller Schlaf von ihr. Wenn sie auch gewollt hätte, sie hätte kein Auge zutun können. Die aufgetragene Pflicht war ihr schrecklich. Wieviel Angst hatte sie ausgestanden während der anderthalb Wochen, in denen Tag für Tag die Mixturen gebraucht wurden! In dieser Zeit fand sie sehr viele Stellen in der Bibel, welche die Zauberei verdammen. Es schmerzte und ängstigte sie, daß ihre nächsten Angehörigen Gott erzürnten und daß Georg, der schon ganz abgehärmt war, dabei helfen mußte. Schon ein paarmal hatte sie den Mund zu der Bitte geöffnet, sie sollten es doch nicht tun; aber sie hatte nicht den Mut gehabt, es auszusprechen.

Von jenem Augenblick an, in dem Thomas sich

ihrer angenommen hatte, verfolgte die Schwiegermutter sie in seiner Abwesenheit, wo sie nur konnte; besonders in den letzten Tagen war sie sehr ungerecht zu ihr gewesen. Thomas tat ihr zwar nichts, aber er ging verstimmt im Haus umher; und wenn Anna kam, so spottete diese über sie. Sie hatte ihnen nichts sagen können, und heute, jetzt, sollte sie ihnen bei ihrem Treiben sogar selbst helfen! Das war ihr entsetzlich!

Als sie mit Georg im Stall zusammensaß und die schrecklichen Drohungen in der Bibel aufschlug, während draußen der Donner dröhnte, überfiel Eva eine so namenlose Angst, daß sie es im engen Raum nicht aushielt.

„Wenn ich jetzt der Mutter helfe, so erzürne ich den Herrn Jesus; denn ich weiß, was ich tue, und eine Seele, die vorsätzlich sündigt, wird ausgerottet. Gott würde mich verlassen, schon hier auf Erden, und in den Himmel zu ihm und zu Evchen würde ich auch nicht mehr kommen."

Es war ihr, als öffne sich zwischen Gott und ihr eine tiefe Kluft. Sie fühlte, daß sie Gefahr lief, alles zu verlieren.

„Ich werde die Mutter nicht aufwecken und ihr auch nicht helfen; nein, ich tue es nicht!" entschloß sie sich. „Aber wehe mir, wenn ich es nicht tue! Was wird morgen mit mir geschehen?"

Eine namenlose Angst überfiel sie. Die Schwiegermutter würde wütend werden, Thomas gegen sie aufstacheln, er würde vergessen, was er versprochen hat, und beide würden sie wieder quälen wie vor Evchens Geburt.

Wir Menschen haben immer Angst vor Leiden und zittern vor dem Schmerz; es ist kein Wunder, daß auch Eva sich fürchtete.

„Es ist ja nicht deine Sünde", sagte ihr die Vernunft; „du tust ja nur, was dir befohlen ist; die Schuld fällt auf die Schwiegermutter. Gott sieht ja selbst, daß du es nicht ändern kannst. Thomas hört gerade jetzt auf, dir böse zu sein, vielleicht wird er mit der Zeit sanfter und dich wenigstens ein bißchen liebhaben. Wenn du aber dein Vorhaben ausführen würdest und ihm bekennst, daß du nicht mit sündigen willst, würde er dir dann vielleicht für immer grollen."

Doch das Gewissen rief unerbittlich weiter: „Wer absichtlich sündigt, wird ausgerottet werden."

Was würde schlimmer sein: des Herrn Jesu oder Thomas' Zorn? Sie drückte die gefalteten Hände ans Herz und fiel in heftigem Seelenkampf zu Boden. Zwei mögliche Verluste standen ihr bevor: zeitlicher oder ewiger. Welchen würde sie wählen? Plötzlich sprang sie auf und ging geradewegs in den Stall.

„Georg, geh schlafen!" sprach sie mit merkwürdiger Stimme zu ihrem Freund, woraufhin dieser sie verwundert anschaute. Es schien ihm, als sei sie gewachsen, wie sie so vor ihm stand.

„Warum soll ich gehen? Was werden Sie hier allein machen?"

„Ich werde auch nicht dableiben, wir gehen beide schlafen."

„Was sagen Sie? Und die Müllerin? Sie wissen doch, daß wir sie aufwecken sollen."

„Ich weiß es, Georg, aber wir dürfen ihr nicht helfen, du nicht und ich auch nicht; denn Gott würde uns verwerfen. Aber auch sie darf es nicht tun."

Sie nahm den Krug mit den drei Sorten Wasser, die Schüssel mit den neun Lehmsorten und geriebenen Wurzeln und lief hinaus.

„Frau Eva, wo gehen Sie hin?" rief er entsetzt und lief ihr nach. Er holte sie erst bei dem Wehr ein, gerade in dem Augenblick, wo sie all die sorgsam zusammengebrachten Schätze der Müllerin ins Wasser warf. Ein Blitzstrahl erhellte gerade ihr vor Entschlossenheit leuchtendes Gesicht.

„Was haben Sie getan?" Entsetzt griff er nach ihrer Hand.

„Du sollst keine anderen Götter neben mir haben! – Ich habe unser Haus gereinigt."

„Aber wie wird es Ihnen dafür gehen? Ich zittere schon, wenn ich daran denke."

„Mag kommen, was da will, wenn ich nur den Herrn Jesus nicht erzürne. Ich kann sterben und alles verlieren, aber nicht Gott. Gute Nacht, Georg; geh in die Scheune schlafen, damit sie dich morgens nicht im Stall finden. Ich befehle es dir, und du wirst es tun."

Sie drückte seine schwielige Hand mit ihren beiden zitternden Händen und lief heim. Die Blitze leuchteten ihr, und in den Bergen dröhnte es feierlich wie Siegesmusik.

„Sie nimmt alles auf sich“, sprach Georg bewegt. „Oh, Herr Jesus, beschütze sie!“

Eva lief hinauf in das Dachstübchen, ohne daß sie jemanden aufgeweckt hätte. Sie fiel angekleidet auf das Bett und lag mit geschlossenen Augen, schlief aber nicht. Von der Aufregung und dem inneren Sturm war nichts mehr zu merken. Sie wurde plötzlich ruhig, still und glücklich. Freiwillig hatte sie sich für Jesus entschieden; jetzt fühlte sie, daß er sie angenommen hatte, und solange sie lebte, würde sie sein eigen sein und bleiben. Sie verstand jetzt den Spruch: „Mein Joch ist sanft, und meine Last ist leicht.“

„Mag kommen, was da will, ich werde es um Christi willen gerne ertragen!“ Mit diesen Gedanken schlief sie ein.

Gegen vier Uhr erwachte die Müllerin. Sie setzte sich im Bett auf. Ihr fiel ein, wo sie gestern gewesen war, was sie dort geholt und was sie heute nacht hatte tun wollen. Sie griff mit beiden Händen an ihren Kopf.

„Die Unglückliche ist eingeschlafen und hat mich nicht geweckt.“

Sie sah auf das andere Bett. Schnell warf sie sich in ihre Kleider und lief barfuß in den Stall; dieser war zugeschlossen. Das kranke Vieh brüllte, und Eva und Georg waren nicht da, und mehr noch, auch die wertvollen Zauberkraft bergenden Sachen, die sehr schaden können, wenn man sie irgendwohin wirft, fehlten. Sie meinte, zerbersten zu müssen vor Wut und Schrecken. Sie suchte, jedoch vergeblich. Es kam ihr nicht in den Sinn, was da geschehen sein konnte. Daß Eva und Georg hier gewesen waren, davon zeugte ihr Kopftuch und sein Hut. Wo waren sie aber?

Sie dachte, sie hätten sich vor Angst irgendwo verkrochen und wären eingeschlafen. Sie öffnete die Scheune, und – ein Wunder, daß sie nicht vor Zorn erstickte – dort auf dem Stroh schlief ganz ruhig Georg.

„Na, warte", drohte sie, „ich werde dich schon kriegen!" Sie schloß die Scheune und lief mit Geschrei wie eine Furie in das Haus zurück.

Sie weckte Thomas auf und beschwerte sich über Georg, so sehr sie nur konnte; dann lief sie ins Dachstübchen zu Eva und stand eine Weile ganz starr vor der ruhig schlummernden Schwiegertochter.

„Eva!" schrie sie dann, daß die Mühle zitterte. Die Schlafende erwachte davon.

„Was wünschst du, Mutter?" fragte die junge Frau, die sich sofort an alles erinnerte, was gestern geschehen war und was ihr nun bevorstand.

„Wo solltest du bleiben, wie ich es dir gestern befohlen habe?" schrie die Schwiegermutter wutverzerrt.

„Im Stall", antwortete Eva ruhig, aber mit einer erstaunlichen Festigkeit.

„Und warum bist du nicht dort . . . warum bist du nicht dort geblieben?“

„Ich war im Stall fast bis Mitternacht.“

„Warum hast du mich nicht aufgeweckt, wie ich es dir gesagt habe?“ Die Müllerin unterdrückte nur mit Mühe ihre Wut.

„Weil du Zauberei getrieben hättest und ich dir hätte helfen müssen; und das ist Sünde, wegen der Gott dir zürnt.“

Die Müllerin erstarrte fast bei der unerhörten Antwort der Schwiegertochter.

„Was sagst du? Du willst mich lehren, was Sünde ist? Also vorsätzlich hast du mich nicht aufgeweckt! Und wo hast du die Sachen hingetan?“

„Ich habe sie alle in das Wehr geworfen! – Du kannst mich, wenn du willst, erschlagen“, sagte die junge Frau ruhig und wich nicht zurück vor dem Schlag der knochigen Hand der Schwiegermutter. „Du kannst mich erschlagen, aber mit Unrecht tun werde ich nicht, denn auch du darfst nicht mit meinem Wissen sündigen.“

Weiter kam sie nicht. Die knochigen Finger bohrten sich in ihr Haar. Die Schwiegermutter warf sie zu Boden und zog sie bis zur Treppe; dort stieß sie sie hinunter, so daß sie sich im Fallen kaum an der Mauer festhalten konnte, um nicht bis ganz hinunterzustürzen.

„Hier wirst du es mir noch einmal wiederholen, was du oben gesagt hast!“ schrie sie.

„Was soll das bedeuten?“ rief Thomas, der hinzukam. Er schaute auf seine blasse, zitternde Frau, auf ihr zerrauftes Haar. „Was habt ihr denn miteinander?"

„Ich plage meine alten Füße stundenlang in den Wäldern herum, bis ich alle Heilmittel zusammen habe, welche für die Kühe nötig sind, und sie schüttet sie mir alle ins Wasser!"

Die Müllerin schlug der Schwiegertochter roh ins Gesicht und fuhr fort: „Sie hat mich vorsätzlich nicht aufgeweckt, auch Georg, den Taugenichts, hat sie dazu angestiftet. Hat man je solch ein Scheusal gesehen?"

„Eva, ist das wahr?" fragte Thomas, indem er, sein Erstaunen überwindend, zu seiner Frau trat.

„Ja, Thomas."

„Du gestehst es?" staunte er noch mehr.

„Ja, ich gestehe es, Thomas. Über eine Woche drückte mich die schwere Last, da ich fürchtete, daß Gott euch strafen würde, weil ihr andere Götter anruft neben ihm. Als mir gestern die Mutter zu wachen und sie dann aufzuwecken befahl und ich die Mixereien sah, stellte ich mir vor, was auf euch wartet. ‚*Denn eine Seele, die sich zu den Wahrsagern und Zauberern kehrt, wird ausgerottet werden aus dem Volk.*' Ich konnte Gott nicht erzürnen und mit euch sündigen; ja, ich wollte auch nicht, daß ihr sündigt. Deshalb habe ich die Mutter nicht aufgeweckt und schickte auch Georg schlafen, obwohl er nicht wollte. Ich selbst legte mich auch hin, vernichtete aber erst alle Zaubermittel. Das alles habe ich getan, weil ich Gott liebe und euch auch, und lieber will ich sterben als sündigen."

Eva schloß nur mit Mühe, denn es sauste ihr im Kopf; er war im Fallen schwer aufgeschlagen. Sie schloß die Augen und verlor das Bewußtsein. Sie sah nicht, daß der Mann sie auffing, und hörte auch nicht, welch einen schrecklichen Fluch er der davoneilenden Mutter nachsandte. Sie fühlte nur, wie fest er sie an sich drückte und an sein Bett trug. Freilich, was in seiner Seele vorging, konnte sie nicht ahnen, auch wenn sie bei Besinnung gewesen wäre.

„Sie war imstande, alles auf sich zu nehmen, um uns vor der Strafe Gottes zu schützen; sie hat etwas getan, was ich meiner Mutter gegenüber nicht gewagt hätte, sie, das furchtsame Weib", staunte er in seinen Gedanken. „Ich tat es, weil ich Gott liebe und euch auch", tönte es in seinen Ohren und berührte sein erregtes Herz ganz eigenartig.

„Eva, Eva!" rief er und küßte zum erstenmal im Leben ihren Mund. Er war kalt. Thomas erschrak. Wenn sie nicht mehr zu sich käme? Unmöglich! Nach längeren Wiederbelebungsversuchen öffnete sie die Augen. Sie schauten ihn groß, aber traurig an.

„Was schaust du mich so an, Eva? Kennst du mich nicht?" Sie schloß die Augen, antwortete aber nicht. „Sie ist noch ohne Besinnung", dachte er und fing von neuem an, sie ins Leben zurückzurufen. „Was fehlt dir, Eva?"

„Ich habe mich stark am Kopf verletzt", antwortete sie ruhig. „Ich danke dir, daß du so gut zu mir bist. Sei nicht böse über Georg, und laß ihn nicht bestrafen; er ist unschuldig."

„Hab' keine Angst", beschwichtigte er sie wie ein Kind, „aber wo hast du dich verletzt?"

Sie deutete an die Schläfe und an das Genick.

„Aber das Sausen hört schon auf", sagte sie. Sie setzte sich auf das Bett, aber der Kopf fiel ihr auf die Brust; sie konnte ihn nicht halten.

Er stand vor ihr und wußte sich nicht zu helfen. Das Gewissen hielt ihm vor: „Du hättest hinaufgehen sollen, als du den Lärm hörtest; die Mutter hat sie die Treppe hinuntergeworfen."

Sie hob langsam den Kopf und fing an, die Haare und die Kleider zu ordnen; dann schaute sie ihn bittend an. „Laß mich zu meiner Mutter!"

Er runzelte die Stirn und fühlte einen eigenen Schmerz im Herzen. „Willst du dich bei ihr beklagen, wie wir mit dir umgehen?" „Ich werde nicht klagen; laß mich nur gehen!" „Gut, so gehen wir zusammen."

„Du willst mitgehen?" freute sie sich.

Er nickte stumm mit dem Kopf. Wieder fühlte er einen Stich, als er sah, wie elend sie zu der Treppe schlich, wie sie überall anhalten mußte. Auf der dritten Stufe blieb sie stehen; er mußte sie stützen, denn sie verlor das Gleichgewicht.

Oben im Dachstübchen legte sie die Sonntagskleider an und schlang das Tuch um den Kopf. Er kleidete sich auch an und dachte nicht daran, was die Leute sagen würden, wenn sie sie so angezogen am Werktag sehen würden. Hinunter mußte er sie mehr tragen als führen. Als sie draußen waren, atmete sie auf, und nachdem sie das Gesicht mit frischem Wasser gewaschen hatte, wurde ihr leichter. So verließen sie die Mühle.

Zuweilen schritten sie schnell, dann wieder mußte Thomas seinen Schritt hemmen, denn er merkte, daß sich Eva mit Gewalt zum Gehen zwingen mußte. Als sie an der Säge vorübergingen, unweit von der Brücke, verließ sie die Kraft.

„Ich kann nicht weiter", sagte sie, in das Gras sinkend, „laß mich hier sterben."

Diese wenigen Worte erschütterten ihn. Er nahm sie in seine Arme, und ehe sie sich's versah, brachte er sie in die Hütte Muranys.

Nachdem die Hüterin sie wieder zur Besinnung gebracht hatte, bestürmte sie sie mit Fragen.

„Mir ist ein Unglück geschehen", sprach Eva, „ich bin die Treppe vom Dachstübchen heruntergefallen und habe mich verletzt. Ich wollte zu meiner Mutter gehen und dachte, die Bewegung würde mir guttun; aber ich kann nicht weiter. Laßt mich bei euch ausruhen, der Herr Jesus wird es euch vergelten."

„Ach, Evchen, wie könnte ich dich fortlassen!" sprach weinend die Hüterin.

„Ich gehe heim nach dem Ochsengespann und werde sie mit dem Wagen abholen", sprach Thomas.

„Laß sie bis abends bei uns, bis sie sich erholt hat; komm erst dann, um sie zu holen, damit sich die Leute nicht wundern, wenn sie dich sehen."

Sie bettete Eva in saubere Kissen und verband ihr den Kopf mit einem nassen Tuch. So verließ Thomas seine Frau. In der Mühle fand er keinen Menschen. Die Müllerin war zur Tochter gelaufen, um ihr zu klagen, was ihr die Schwiegertochter getan und wie ihr Sohn sie verflucht habe.

Der Junge war mit dem Wagen ins Getreide mähen gegangen. Georg weidete das Vieh. Thomas konnte also in der Einsamkeit nachdenken, aber die Einsamkeit war schrecklich für ihn. Immer wieder sah er Eva hinunterfallen und hörte ihr mutiges Bekenntnis. Sie liebte Gott und sie alle, und was hatte man ihr dafür getan? Die Mutter hatte sie hinuntergeworfen, und er hatte es nicht verhindert.

14. Kapitel

„Ich werde ihr schon heimleuchten“ versprach unter dem Lipovez Anna der weinenden Mutter. „Denke einer, alles in den Bach zu werfen! Was für ein Schaden kann für das Vieh entstehen, überall wo das Wasser fließt! Ich werde mit dir gehen, und wenn Thomas nicht gleich Abbitte tut und Eva nicht bestraft, so lasse ich dich nicht dort, Mutter; du kommst zu uns!“ sagte Anna. Es war ihr damit nicht ganz ernst, denn es lag ihr nichts daran, die Mutter zu sich zu nehmen! Sie würden sich ja nicht einen Tag miteinander vertragen. Die Mutter könnte befehlen wollen, aber die Tochter hatte das Gehorchen längst verlernt; sie war gewohnt, alles nach ihrem Wunsch gehen zu lassen.

„Ich werde Thomas schon den Kopf zurechtrükken“, dachte sie bei sich, während sie der Mutter ihre Liebe versicherte.

Ganz außer Atem kamen beide in der einsamen Mühle an. Ein Glück, daß Anna mit der Mutter gegangen war; denn als sie Thomas in der Küchentür trafen und die Müllerin in sein verändertes, blasses Gesicht schaute, hatte sie nicht den Mut, den Mund aufzumachen. Die Schwester hatte keine Angst vor ihm.

„Ich bitte dich“, begann sie scharf, „wie gehst du mit der Mutter um? Hat sie das verdient, daß du wegen solch einer nichtswürdigen Person fluchst?“

„Schweig!" schrie er sie an. „Wer hat dich denn gerufen?"

„Schreie nur, mein lieber Herr! Wo ist deine heilige Eva? Ich will sie fragen, ob so Schwiegertöchter gegen Schwiegermütter ungehorsam und frech sein sollen. Wo ist sie?"

„Was geht dich meine Frau an?" Stolz richtete sich der Müller auf. „Meine Frau ist nicht deine Magd!"

„Sieh nur, wie er seine Allerliebste verteidigt!" lachte sie spöttisch.

„Ja, ich verteidige sie und werde sie vor euch verteidigen, ihr Hexen! Ihr seid mir schöne Christinnen! Ihr treibt euch in den Kirchen herum und rennt trotzdem zu den Wahrsagerinnen!"

Nie hätte Anna solche Worte von ihrem Bruder erwartet. Sein Auftreten flößte ihr einen ordentlichen Schrecken ein. Die beiden Frauen traten unwillkürlich zurück.

„Was Eva getan hat", sagte er in wachsender Erregung, „hätte ich längst tun sollen. Dich hätte ich davonjagen sollen, als du mit der Zauberei daherkamst, und die Zaubermittel hätte ich ins Wasser werfen sollen. Eva hat richtig gehandelt. Sie hat das Haus bewahrt vor der göttlichen Strafe, und du, Mutter, hast sie deswegen mißhandelt."

„Was habe ich denn getan?" schrie die Müllerin.

„Ihr fragt noch? Wer hat sie hinuntergeworfen? Wer hat sie vor mir geschlagen?" Der Sohn trat ganz nah an die Mutter.

„Anna, hilf mir!" rief sie.

Er trat verächtlich zurück. „Fürchte dich nicht, ich werde dich nicht schlagen; aber wenn Eva sterben sollte, so werde ich dich dem Gericht übergeben. Ich werde sagen, wie ich sie behandelt habe, wie du mich dazu gereizt hast, wie du Zauberei getrieben und sie dann von der Dachstube heruntergeworfen hast."

„Aber wovon redest du denn? Bist du denn wahnsinnig geworden?" beschwichtigte die Müllerin. Sie kannte den starren Charakter des Sohnes, der das, was er versprach, auch hielt.

„Warum machst du davon so viel Aufhebens? Sage, wo Eva ist, damit wir zu ihr gehen und ihr helfen können, wenn sie sich weh getan hat", besänftigte Anna.

„Rührt sie bloß nicht an!" drohte er. „Ich wollte sie zu ihrer Mutter bringen, aber sie konnte nicht gehen, sie brach bei der Säge fast ohnmächtig zusammen; jetzt ist sie bei Muranys. Ich wollte sie mit dem Ochsengespann abholen; aber ich werde nicht fahren, sie soll dort bleiben, die Hüterin soll alles erfahren. Das sind zwar fremde Menschen, aber sie haben ihr nichts zuleide getan. Ja, ich lasse sie dort!"

Sie erschraken, redeten und baten, aber der Müller blieb fest wie ein Fels, er gab nicht nach.

„Wer hätte je gedacht, wieviel Kummer ich wegen diesem Scheusal noch haben muß!" schimpfte die Müllerin, als der Sohn in der Mühle verschwunden war.

„Ja, du wirst noch Scherereien bekommen, und was werden die Leute sagen?" meinte die Tochter. „Weißt du was? Ich gehe gleich hin, um zu sehen, wie es ihr geht, und werde der Hüterin erzählen, soviel ich kann."

„Das nützt alles nichts", jammerte die Müllerin, „sie hat ihr gewiß schon alles gesagt."

Schließlich gelang es der Tochter, die Mutter zu beruhigen. Sie ging noch einmal zu ihrem Bruder, um ihm zuzureden, die Mutter wegen Eva doch nicht so zu behandeln, diese sei eben zu gar nichts wert, sonst ginge ihm die Mutter davon und nähme ihr Vermögen mit. Aber sie kam damit schlecht an.

„Sie soll sich's nehmen", sagte er, „und gehen, ich kann sie ohnehin nicht mehr sehen. Sie selbst hat mir ja Eva gebracht und sie betört mit ihren Versprechungen. Dann stachelte sie mich gegen sie auf, daß ich sie fast erschlagen hätte, und jetzt, wo ich sie gerne mag, wirft die Mutter sie vom Dachstübchen hinunter und erschlägt sie fast vor meinen Augen. Sie soll nur gehen, wohin sie will, ich werde sie nicht aufhalten."

Anna erschrak vor der Aussicht, die Mutter zu sich nehmen zu müssen; sie ließ den Bruder stehen und stahl sich aus der Mühle fort.

Inzwischen lag die, um derentwillen die Familie Zaradsky auseinandergekommen war, in dem freundlichen Zimmer von Muranys. Die Hüterin und ihr Sohn standen neben dem Bett und betrachteten voller Mitleid das vom Fieber gerötete Gesicht.

„Wie schön sie ist, wie ein Bild!" meinte die Hüterin. „Schade um sie, daß sie in dieses Haus kommen mußte! Die Müllerin hat sie dem Sohn nur aufgedrängt, weil sie Geld haben sollte; und da sie nicht soviel bekam, wie sie dachten, wird sie von ihnen schlecht behandelt."

Sie erzählte dem Sohn, was die Leute sagten und was sie selbst wußte. Aber als sie bemerkte, wie traurig er dastand, hörte sie auf, davon zu reden.

Eva bewegte sich, stöhnte herzzerreißend und öffnete die Augen. Sie sah sich in dem fremden Raum um und heftete ihren Blick auf das Gesicht Muranys.

„Liebe Eva, was fehlt Ihnen?" Er beugte den Kopf zu ihr, durch den erhöhten Glanz ihrer Augen erschreckt.

„Ich habe nicht gesündigt", lächelte sie, „es ist alles dort im Wehr; sie können nicht zaubern, Gott wird sie nicht ausrotten. Ich habe mich sehr gefürchtet", sprach sie weiter, „aber jetzt fürchte ich mich nicht mehr. Sterben ist nicht so schlimm wie leben. Ich gehe heim, – *‚in meines Vaters Hause sind viele Wohnungen'* – dort zum Evchen."

Sie schloß die Augen. Der Sohn wechselte einen Blick mit der Mutter.

„Michael, es kann nicht sein, was sie sagt. Sie spricht im Fieber; was sollen wir mit ihr machen?"

Murany strich sich über die Stirn. „Zuerst werden wir den Herrn Jesus um Hilfe bitten, und dann schicken wir nach dem Arzt."

„Sie werden ihn aber nicht bezahlen wollen", sorgte sich die Hüterin.

„So werde ich ihn bezahlen, Mutter. Weißt du, was der barmherzige Samariter getan hat? Ich weiß, du möchtest nicht dem Priester oder Leviten gleich sein, welche den Verwundeten liegenließen."

Als die alte Frau ihren Sohn beim Bett niederknien sah, kniete sie auch, und sie beteten zusammen. Dann ging er den Arzt holen, und sie blieb bei der Kranken.

Unweit von der Säge begegnete er Anna Lany; sie sah ihm unsicher ins Gesicht.

„Ist unsere Eva bei Euch?" fragte sie und wollte in ihrer Stimme Festigkeit vortäuschen.

„Ja", erwiderte er ernst.

„Was macht sie?"

„Sie spricht im Fieber; bitte, was habt Ihr mit ihr gemacht?"

Sie stellte sich beleidigt und erwiderte keck: „Wir? Was sollten wir mit ihr gemacht haben?"

„Gott hat es gesehen und gehört, vor ihm könnt Ihr nichts verbergen. Die Menschen könnt Ihr betrügen, aber ihn nicht."

Sie wurde blaß. „Warum sagen Sie das mir?" meinte sie ausweichend „Aber damit Sie nichts Unrechtes von mir denken, will ich Ihnen lieber alles sagen."

Sie begann zu erzählen, wie sie mit der Mutter dem verhexten Vieh helfen wollte und wie Eva die Mutter verärgerte, indem sie alles, was sie sorgsam zusammengebracht hatte, ins Wasser warf. Als die Mutter sie dann im Dachstübchen fand und schimpfte, wollte sie die Flucht ergreifen und fiel die Stiegen hinunter.

„Eva soll also leiden und vielleicht sterben, und dies nur deshalb, weil sie nicht mit Ihnen mit wollte?“ fragte er mit einem Seufzer und setzte streng hinzu: „Sie sind noch so jung und wissen schon nicht mehr, was im Katechismus steht; daß wir in seinem Namen nicht fälschlich schwören, zaubern, lügen oder trügen sollen und daß Gott droht, alle zu strafen, die seine Gebote übertreten? Wenn Sie nicht den Sohn Gottes, der auch für Ihre Übertretungen gestorben ist, mit Tränen um Gnade bitten werden, muß Gott Sie für Zeit und Ewigkeit strafen.“

Er wandte sich um und ging weiter.

Anna stand noch an derselben Stelle und starrte ihm nach. Ihre erschrockene Seele kämpfte mit ihrem stolzen Herzen.

„Welch ein Herr!“ sprach sie endlich und warf den Kopf zurück. „Wer weiß, was er alles in der Welt getan hat, und jetzt kommt er und will uns belehren! Ich brauche deine Lehre nicht, ich werde nach meinem Willen handeln. Den Katechismus kenne ich besser als du!“

Ganz erbittert eilte sie der Sägemühle zu. Auf der Brücke blieb sie stehen „Was geht diese ganze Sache schließlich mich an? Ich bin hier unschuldig. Mag sich die Mutter selbst heraushelfen; sie hätte mehr

Verstand haben sollen“, sprach sie halblaut. Dann lenkte sie ihre Schritte dem Fußweg zu, der zu Lanys führte, und verschwand im Wald.

15. Kapitel

Draußen im Wald an einem hohen Berg waren die Brüder Lany mit dem Fällen einer mächtigen Buche beschäftigt. Der Stamm ächzte, als fühle er die tödlichen Schläge, besonders als man die starke Säge angelegt hatte. Als Joseph den letzten Schlag getan hatte und beide Brüder beiseite gesprungen waren, ächzte der Baum noch jämmerlicher und fiel kurz darauf mit großem Getöse zur Erde.

„Weißt du, Joseph“, sagte Lany, indem er an den Baum herantrat, während sein Bruder sich den Schweiß von der Stirn wischte, „auch im Wort Gottes ist die Rede von gefällten Bäumen. Da steht geschrieben: ‚*Es ist schon die Axt den Bäumen an die Wurzel gelegt. Darum, welcher Baum keine guten Früchte bringt, der wird abgehauen und ins Feuer geworfen.*‘ Das sind wir Menschen. Die ganze Welt ist ein großer Wald. Gott schaut auf uns, und er sieht, wenn keine gute Frucht an uns ist.“

Joseph schaute unter den Augenbrauen hervor und sah den Bruder verwundert an. Was erzählte er denn da? Schon seit mehreren Tagen redete er so.

„Warum bist du auf einmal so fromm?“ sagte er mit erzwungenem Lachen. „Du pflegtest ja früher nicht so zu sprechen.“

„Du hast recht“, stimmte der Bruder ihm bei. Sie ließen sich in der Nähe des gefällten Baumes nieder, um auszuruhen. Lany fühlte plötzlich den Drang,

Joseph zu erklären, was mit ihm vorgegangen war, und er fing an, ihm zu erzählen. Joseph schaute je länger, desto verwunderter auf ihn. „So bin ich zu Jesus gekommen", schloß Martin, „und er hat mich angenommen und mir vergeben."

„Und was wirst du nun anfangen?" fragte Joseph befremdet. Er konnte seinen Widerwillen gegen den Bruder nicht verbergen.

„Was ich anfangen werde? Mit Gottes Hilfe will ich leben, wie Gott es gebietet, nach seinen heiligen Geboten. Den Himmel werde ich mir hier nicht verdienen, den hat mir schon Jesus geschenkt; aber ich will recht leben aus Dankbarkeit dafür, daß er mich liebt und mir vergeben hat. Joseph, ich bitte dich", er nahm den Bruder bei der Hand, „kehre auch du zu Gott zurück, denn auch du bist von ihm weit entfernt."

„Ich fühle mich glücklich, so wie ich bin", sagte Joseph, die Hand des Bruders zurückweisend. Die Güte Martins war für ihn wie feurige Kohlen; er spürte, daß er von Gott weiter entfernt war als sein Bruder. Wenn Martin alles wüßte! „Ich will jetzt schlafen; wir haben uns genug geplagt", sagte er schließlich und vergrub das Gesicht in das duftende Moos. Er stellte sich so lange schlafend, bis er wirklich eingeschlafen war. Er sah nicht den Bruder, wie der über dem gefällten Baum stand und denselben betrachtete.

„So hätte Gott auch mich abhauen können in seinem Zorn", dachte er. Jesus hat gewiß auch für mich gebeten, wie es jener Weingärtner tat, dem befohlen wurde: *‚Haue ihn ab, was hindert er das Land?‘* Wie oft habe ich dieses Evangelium gehört und habe nichts davon verstanden! Nun verstehe ich es. Der gütige, barmherzige Gott hat sich meiner erbarmt und hat mit mir Geduld gehabt. Vielleicht hat es auch diesem Baum weh getan, als wir mit der Axt auf ihn schlugen, bis wir alle seine Adern durchgeschlagen hatten. Nun aber fühlt er gewiß keine Schmerzen mehr. Es ist gerade so wie bei uns Menschen. Der Tod kommt und fällt uns, manchmal nicht auf einmal, sondern nach und nach, bis er uns endlich den letzten Schlag versetzt. Wie mag es wohl sein, wenn der Mensch im Sterben liegt, wenn die Seele von dem Leib scheidet? Das muß doch weh tun, wenn sie so lange im Leib ihre Wohnung hatte und nun raus muß! Ob denn der Herr dann zu Hilfe kommt? Doch das werde ich erfahren, wenn meine letzte Stunde kommt. Ich denke, da ich sein Eigentum bin, wird er mich nicht verlassen, auch in der tiefsten Not nicht."

Lange stand Lany sinnend bei dem Baumstamm. Sein frühzeitig gealtertes Gesicht erschien verjüngt, und man sah es ihm heute an, daß er erst wenig über dreißig Jahre alt war. Es trug nicht mehr den Ausdruck nachgiebiger Schwäche, sondern es trug den Stempel wirklicher Güte, Sanftmut und Liebe.

„Aber warum denke ich an den Tod? Ich bin ja noch jung."

Er schüttelte den Kopf, legte sich nicht weit von

seinem Bruder hin und begann nachzudenken, wie er sein Leben nach dem Willen Gottes einrichten und wie er seine kleine Anna erziehen würde, damit sie recht würde und den Herrn lieben lernte. Im Halbschlaf träumte er, daß er Anna und seinen Bruder zu Gott führen wollte.

Als sie aber einige Stunden später nach Hause kamen, wurde Martin klar, daß es sehr lange dauern würde, seine Frau zu Gott zu führen. Gleich als sie ankam, erzählte ihnen diese, was bei Zaradskys geschehen war. Sie vergrößerte Evas Schuld, so sehr sie nur konnte. Wer beschreibt aber ihre Verwunderung, als ihr Mann sich entschieden auf Evas Seite stellte und hinzufügte, sie habe recht getan und beiden Familien eine Tat der Barmherzigkeit erwiesen.

Als er fortfuhr und ruhig, aber mit aller Bestimmtheit Anna verbot, je wieder in seinem Haus Zauberei zu treiben und den Wahrsagerinnen nachzulaufen, da war sie grenzenlos überrascht.

Es war so, daß Anna ernstlich böse wurde und wie er erwartet hatte, die ihm in der letzten Zeit erzeigte Liebe entzog.

Aber er konnte nicht anders handeln. Er hatte sich auf Gottes Seite gestellt, er konnte um keinen Preis zurück. Er war wie Eva bereit, alles zu verlieren, um Jesus dafür zu gewinnen.

16. Kapitel

Der Arzt, den Murany geholt hatte, untersuchte die Kranke und schüttelte den Kopf. Er verschrieb ihr verschiedene Arzneien und ordnete an, daß man sie weder bewegen noch verlegen dürfe. Als er schon im Begriff war, seinen Wagen zu besteigen, sagte er zu Murany: „Es wäre ein Wunder, wenn die junge Frau durchkäme, da ihr Gehirn bedenklich erschüttert ist. Nur sehr gute Verpflegung und Ruhe können sie vor dem Irrsinn bewahren."

Murany verschwieg zu Hause die Worte des Arztes; er fuhr selbst mit ihm in die Stadt, um die Medizin zu holen, und auf dem Rückweg kehrte er in der Mühle ein. Er fand Thomas bei dem Mahlwerk sitzend, den gebeugten Kopf in beide Hände gestützt.

„Was bringen Sie?" rief letzterer erschrocken.

„Ich komme, um Sie zu holen. Lassen Sie die Mühle Mühle sein, und kommen Sie mit. Eva ist bedenklich krank. Der Arzt hat verboten, sie zu transportieren. Sie müssen sie also unserer Pflege anvertrauen.

„Er hat doch nicht am Ende gesagt, daß sie sterben wird?" Thomas preßte die Hand des anderen wie ein Schraubstock; er spürte, daß dieser Mann freundlich gesonnen war."

„Leben und Tod sind in den Händen Gottes; doch laßt uns zu ihr gehen."

Thomas sah sich nicht einmal mehr in der Mühle

um; was kümmerte ihn das jetzt? Taumelnd wie ein Trunkener folgte er Murany zu seinem Gefährt, und obwohl die Pferde gut ausgriffen, schien es beiden eine Ewigkeit, bis sie zu der Hütte gelangten.

Als Thomas über seine Frau geneigt dastand, die wie eine geknickte Blume dalag, hätte er sich am liebsten zu Boden geworfen, so heftig packte ihn der Schmerz. Als ihn die Waldhüterin sah, wie er so unbeweglich und wortlos dastand und seine Frau anstarrte, da dachte sie voll Erbitterung: „Er ist wie ein Stein." Thomas hätte gewünscht, ein Stein zu sein, um die brennenden Vorwürfe des Gewissens nicht zu spüren, das ihm auf einmal alles in Erinnerung brachte, was er ihr vor Gott und Menschen gelobt, aber nicht gehalten hatte. Alles, was er damals in der Kirche versprochen hatte, war unwahr geworden. Er hatte Gott und Menschen angelogen, er hatte seine Frau angelogen – ach, und nichts mehr ließ sich gutmachen! Wenn sie nun sterben würde, bliebe er auf ewig ein Meineidiger. Seiner Mutter und Schwester hatte er mit eigensinnigem Widerwillen gedroht, daß er Eva hierlassen würde bei fremden Leuten, nun mußte er es wirklich tun. Er durfte sie nicht mitnehmen, obwohl er sie am liebsten auf den Händen heimgetragen hätte. Er mußte sie unter einem fremden Dach lassen, krank, und wenn sie gar sterben würde? Er hätte laut aufstöhnen mögen.

Murany machte die Arznei zurecht, und die Waldhüterin hob der Bewußtlosen den Kopf, um sie ihr einzugeben. Mütterlich und voller Liebe redete sie ihr zu. Wie dankbar war ihr Thomas dafür, obwohl ihm dabei das Herz brannte. Es fiel ihm ein, wie sie Eva nach der Geburt krank im Dachstübchen hatten liegen lassen; niemand hatte nach ihr gefragt, ihr nicht einmal Wasser gereicht.

Murany weckte sie aus dem Halbschlaf, in den sie gesunken war. Sie öffnete weit die Augen, sie waren klar, aber es war kein Leben darin; auch als sie die Medizin eingenommen hatte, bewegte sie die Augenlider nicht. Thomas konnte sich nicht länger zurückhalten; er schob die Waldhüterin beiseite, Murany machte ihm von selbst Platz, und über seine Frau gebeugt, zwang er ihre Augen, auf ihn zu schauen.

„Eva, Eva!" rief er voll Verzweiflung. „Kennst du mich nicht? Sprich nur ein Wort, ein einziges Wort: Was tut dir denn weh?"

Sie raffte sich auf und überwand gewaltsam ihre Erstarrung. „Ja", sagte sie nach einer Weile und legte die Hand auf ihre Stirn.

„Bist du böse auf mich, daß ich immer so grausam und grob war?"

„Nein." Sie versuchte zu lächeln. „Der Herr Jesus lehrt uns, auch die Feinde zu lieben." Sie schloß die Augen. „Ach, schlafe nicht! Sage mir doch: Was tut dir weh?"

„Der Kopf und das Herz."

„Fühlen Sie einen Schmerz um das Herz herum, liebe Eva?" sagte Murany, sich zu ihr neigend.

Sie hob die Augen auf. „Ja.“ Sie legte die Hand aufs Herz und fuhr fort: „Weil mich niemand gern hat, selbst meine Mutter kümmert sich nicht um mich. Die Müllerin kann mich nicht sehen. Thomas hat einen Widerwillen gegen mich. Es gibt keinen Menschen auf der Welt, der sich um mich kümmert, und das Evchen hat man mir begraben. Ich habe niemand. Ja, mein Herz tut mir weh. Ich werde in das Wasser gehen. Nein, ich gehe nicht, ich springe nicht hinein, das ist Sünde; so kommt man nicht in den Himmel. Dort sind die Zaubermittel. Und wenn ihr mich erschlagt, so darfst auch du doch mit meinem Wissen nicht sündigen.“

„Sie spricht im Fieber“, seufzte die Waldhüterin händeringend, „die Ärmste. Was sie quälte, obwohl sie sich niemals beklagte, das hat sie uns jetzt verraten.“

„Lassen wir sie in Ruhe. Der Arzt hat Ruhe verordnet, wir sollen nicht viel mit ihr sprechen.“

Murany führte Thomas vom Bett weg. Dieser ließ es geschehen, ging hinüber zum Fenster, sank auf den Boden, legte die Hände auf den Tisch und den Kopf darauf, und die Waldhüterin sah, daß er doch nicht aus Stein war; aber sie bedauerte ihn nicht, nein, von ganzer Seele zürnte sie ihm, und um nichts auf der Welt hätte sie zu ihm ein tröstendes Wort sagen mögen. Und gerade er hätte ein gutes Wort gebraucht. Wie ein Raubvogel, der auf sein Opfer herabschießt und dasselbe faßt, so nagte die Verzweiflung an seinem Herzen. Er hatte Eva früher merken lassen, daß er einen Widerwillen gegen sie hatte. Und nun, wenn er gleich zwei Leben dafür geben würde, konnte er sie doch nicht davon überzeugen, wie wertvoll sie ihm war und daß er lieber selbst sterben wollte, als sie hergeben zu müssen.

Hatte denn auch Murany kein Mitleid mit ihm? Er, der doch wußte, daß *„des Menschen Sohn gekommen ist, zu suchen und selig zu machen, was verloren ist"*, daß er also auch diese verlorene Seele suchte? Oh gewiß, er hatte mit ihm aufrichtiges Mitgefühl, aber er konnte ihm nicht helfen. Es gibt im Leben des Christen Augenblicke, in welchen, wenn Gott uns nicht Trostworte gibt für unseren Nächsten, auch wir keine finden. Das ist der beste Beweis dafür, daß der Trost nicht von uns, sondern von Gott kommt. Wenn Gott einen Menschen aufzuwecken beginnt, da darf ein anderer Mensch die Züchtigungen nicht mildern.

17. Kapitel

Lany kam als erster von den Verwandten in die Sägemühle. Als er seine Schwägerin schwer krank daliegen sah, setzte er sich ruhig zu ihr ans Bett. Er hörte mit Sorge, was ihm die Hüterin mitteilte. Zärtlich streichelte er die kleine heiße Hand Evas, und zwei große Tränen rollten über sein treues Gesicht.

Sein Blick irrte zum Fenster, da bemerkte er seinen Schwager; er tat ihm leid. Er ging zu ihm und redete ihm leise zu.

„Verzweifle nicht! Gott ist gut; er kann sie noch gesund machen. Lieber Schwager, komm mit raus, und erzähle mir, wie alles gekommen ist."

Thomas stand auf. In seiner Seele wurde es leichter. Ja, jemandem alles bekennen, da würde es ihm leichter werden. Sie gingen zusammen in den Wald. Thomas klagte über die Mutter, und als er erst einmal im Reden war, verklagte er auch sich selbst. Lany, der Eva nie etwas zuleide getan hatte, fand das alles schrecklich.

„Ach, Thomas, das Unheil ist sehr groß", sprach er, als der Schwager zuletzt schwieg. „Eva wird nicht über dich klagen, auch wenn sie vor Gott kommt. Gott sah und hörte es zwar alles; aber er hat keinen Gefallen am Tod des Gottlosen, sondern daß er sich bekehre von seinem Wesen und lebe. Der Sohn Gottes starb am Kreuz für meine und deine Sünden. Bitte ihn, er wird auch dich in Gnaden aufnehmen."

Lany hätte nie geahnt, daß er dem stolzen Thomas Zaradsky einmal würde bezeugen können, wie ihn Jesus gesucht und gefunden hatte, wie glücklich er jetzt sei, weil ihm Gott die Sünden vergeben und ihn in Gnaden angenommen habe. Er hätte auch nie gedacht, daß Thomas ihm so aufmerksam zuhören würde. Das sind die Wege Gottes.

„Wenn Gott dir Eva nähme, wäre es ein schweres Leid; aber denke nicht, daß er dich nicht mehr in Gnaden aufnehmen würde! Wenn mich mein Vater strafte, so blieb er doch mein Vater. Ebenso ist es auch bei Gott."

Die Herzen der Schwager fanden sich in diesen ernsten Minuten.

Als sie in die Stube zurückkehrten, fanden sie die Müllerin und Anna vor. Die Müllerin schaute den Sohn nicht an, wie auch Anna ihren Mann nicht. Sie waren hergekommen, damit die Leute nichts sagen konnten. Die Hüterin ging aus der Stube; sie hatte große Lust, der Müllerin die Wahrheit zu sagen. Murany war abgerufen worden; so blieben die Verwandten mit Eva allein. War sie nicht schuld an allem, was über sie gekommen war? Warum hatte sie zur Mutter gehen wollen? Wenn das nicht gewesen wäre, läge sie jetzt daheim, und kein Mensch hätte etwas davon erfahren; so aber würde sich jeder um sie bekümmern. Das Herz der Müllerin spürte keine Rührung beim Anblick der kranken

Schwiegertochter. Sie überlegte, wieviel sie dem Arzt geben solle, damit er die Erlaubnis erteilte, Eva in die Mühle hinüberzuführen, denn Eva mußte um jeden Preis heimkommen, damit die Sache in Vergessenheit geriete. Sie bereute nicht ihre Handlungsweise, sondern die unvorhergesehenen Folgen. In die Sägemühle kamen viele Menschen; sie, die Müllerin, konnte daheim nicht alles liegenlassen und hier sitzen. Außerdem zeigte ihr die Hüterin deutlich genug, was sie von ihr hielt. Eva mußte heimkommen.

Zuerst mußte aber Thomas ausgesöhnt werden, damit er sie nicht hinderte. Als sie mit dem Sohn nach einer Weile die Hütte verließ, während Anna mit ihrem Mann bei der Schwägerin blieb, fing sie weinend an zu erzählen, wie leid es ihr tue, daß sie so übereilt gehandelt hätte, und daß sie gerne gutmachen würde, was sie gegen Eva verschuldet habe. Sie versicherte ihm, daß sie Eva pflegen wolle wie ihren Augapfel, wenn sie nur daheim liegen könnte. Sie sprach lange und derart auf ihn ein, daß sie auch den Sohn mit Sehnsucht erfüllte. Er trug ja auch schwer daran, daß er die Frau nicht zu Hause haben konnte.

Er erlaubte ihr, zum Arzt zu gehen. Dieser war käuflich! Was lag ihm an einer Bäuerin! Er sah ihre guten Beweisgründe ein und nahm das Geschenk an. Er bestimmte, daß man die Kranke bis morgen in Ruhe lassen solle, dann könne man sie behutsam überführen, aber so, daß sie nicht erschüttert würde; er würde dann in die Mühle nachschauen kommen, wie es mit ihr stehe.

So befand sich Eva plötzlich wieder in der Mühle. Dort wurde sie so gepflegt, daß jeder über soviel Liebe staunte, nur sie selbst nicht. Sie wußte nichts von sich und von dem, was um sie her vorging. Sie sprach nicht irre, sondern lag mit geschlossenen Augen da, und wenn sie diese öffnete, war kein Leben darin. Sie aß nichts. Zur Stärkung gab man ihr etwas Suppe. Kein Wort konnte man aus ihr herausbekommen. Das dauerte wochenlang.

Murany kam jeden Tag nachschauen, wie es ihr ginge. Öfter traf er hier mit Lany zusammen. Sie sprachen dann über göttliche Dinge. Die Müllerin ging jedesmal hinaus, um nicht zuhören zu müssen; Thomas blieb. Er zehrte zusehens ab; nichts in der Welt konnte ihn trösten. Am Tag arbeitete er, und in der Nacht wachte er bei seiner Frau. Nur manchmal ließ er sich durch Georg vertreten. Die Mutter ließ er nicht bei Eva.

„Ich traue dir nicht", sagte er ihr einmal, als sie ihm deswegen Vorwürfe machte, „wer weiß, was du mit ihr machen würdest!"

Sie durfte nicht einmal zeigen, daß er sie gereizt hatte; es war mit ihm kein Handeln möglich.

An einem Sonntagvormittag ging die Müllerin wieder einmal in die Kirche. Sie hatte um Evas Genesung beten lassen und mußte nun auch dabeisein.

Thomas saß allein bei seiner Frau. Sie sah in dem weißen Nachthemd aus wie vor der Frühlingssonne schmelzender Schnee. Sie litt vor sich hin. Da er sich allein glaubte, fing er an zu weinen und erleichterte so sein Herz, das ihm schier brechen wollte.

„Weine nicht, Onkel!" sagte eine Stimme neben ihm.

Er wandte sich unwillig um und wies mit der Hand nach der Tür.

„Jag mich nicht hinaus, ich bitte dich!" bat Georg. Auf seinem Gesicht war solch ein Schmerz zu lesen, daß sich selbst die gebieterisch ausgestreckte Hand des Müllers senkte.

„Wenn sie solchen Schmerz hätte wie wir", sprach er traurig, „sie nähme die Bibel und würde dort Trost suchen. Ich bitte dich, Onkel, lies daraus etwas vor für dich und für mich."

Er wartete gar nicht auf die Antwort, sondern brachte dem Müller das Buch und bat ihn, dort zu lesen, wo Eva aufgehört hatte, als sie ihm zum letztenmal im Stall vorgelesen hatte.

Thomas fing an zu lesen von dem Gichtbrüchigen in Kapernaum, welchen man zu Jesus gebracht hatte und dem er zuerst die Sünden vergeben und ihn dann gesund gemacht hatte.

Georg stützte den Kopf in die Hand und horchte auf. Plötzlich fuhr er auf und sagte: „Onkel, wir handeln nicht recht!"

Thomas schaute verwundert auf.

„Die, welche den Gichtbrüchigen zum Herrn gebracht haben, baten für ihn, und Jesus machte ihn gesund.“

„Ich habe für sie in der Kirche beten lassen“, versetzte Thomas.

„Hier die haben aber nicht beten lassen, sondern beteten selbst. Beten wir auch, und beten wir gleich! Er wird uns erhören und sie gesund machen.“

Die Worte des Knechtes wirkten eigenartig auf Thomas. Unwillkürlich, als er Georg knien sah, kniete auch er nieder. Er hörte, wie Georg betete, als sähe er den Sohn Gottes neben dem Bett stehen. Als aber die Reihe an ihn kam, brachte er nichts heraus. Er spürte plötzlich: Gott ist heilig, und er war sündig; zwischen Christus und ihm stand seine Sünde. *„Mein Sohn, deine Sünden sind dir vergeben“*, hatte Jesus zu dem Gichtbrüchigen gesagt. Ihm galten jene Worte noch nicht. Seine Sünden waren noch nicht vergeben. Die einzige Bitte, die er imstande wäre zu bitten, hieß: „Gott, sei mir Sünder gnädig!“

Umsonst wartete Georg, daß der Müller beten würde; doch seine Lippen blieben stumm. Als er endlich aufstand, war der Hausherr nicht mehr im Zimmer. So setzte er sich am Bett nieder und verfolgte mit seinem treuen Blick den Ausdruck in Evas Gesicht und fächelte ihr mit einem grünen Zweig kühlende Luft zu.

18. Kapitel

Inzwischen stand der junge Müller über dem Wehr und grübelte. „Warum kann ich nicht beten? Georg, dieser dumme Georg, kann beten, und ich nicht! Ich bin doch nicht so schlecht wie andere. Ich kenne Söhne, die ihre eigenen Väter geschlagen haben; Männer, die mit ihren Frauen noch schlimmer umgingen als ich; Trunkenbolde, die ihre Kinder erschlagen haben, – nein, ich bin noch lange nicht der Schlechteste! Warum können jene beten? Können sie's denn?" – Hier blieb er in seinen Gedanken stehen. – „Beten sie denn? Habe ich je in meinem Leben gebetet? Ich habe wohl mitgesagt, was mich einst die Mutter gelehrt hat; aber heißt denn das beten? Georg hat gebetet, als sähe er den lebendigen Gott bei uns stehen."

Plötzlich, als wenn eine Binde von den Augen des jungen Mannes gefallen wäre, erkannte er, daß er sich noch nie, weder mit dem Mund noch mit dem Herzen, dem lebendigen Gott genaht hatte und daß die Menschen, unter denen er lebte, dies ebensowenig taten.

„Erbarme dich meiner, Christus, du Sohn Gottes", seufzte er in seiner Verzweiflung, „sei mir Sünder gnädig!" Dann ging er langsam schreitend ins Haus. An der Tür mußte er sich an den Türpfosten lehnen, so erbebte er vor Schreck, hörte er doch die freudige Stimme Georgs, und danach – ach, war es möglich? – Eine schwache, wohlbekannte Stimme, die er so lange nicht mehr gehört hatte, erreichte jetzt sein Ohr, und er hörte die Worte: „Der Herr Jesus ist gut!"

„Eva!" schrie er auf, und alle Vorsicht vergessend, eilte er an ihr Bett.

Dunkle Röte bedeckte die bleichen Wangen der erwachten Kranken. Sie war nicht immer bewußtlos gewesen, wie man glaubte. Sie wußte, daß ihr Mann sie pflegte. Sie war aber der Meinung, es sei nur ein Traum, aus dem sie erwachen würde, um wieder das alte Elend um sich her zu finden. Nun war sie wirklich aufgewacht und sah seine große Freude. Sie hörte die zärtlichen Liebkosungen, mit denen er sie ansprach, sie fühlte seine stürmischen Küsse. Sie sah in sein blasses, abgehärmtes Gesicht, in die mit Tränen gefüllten Augen. Ein Traum war es nicht; war denn ein solches Glück auf Erden möglich? Um sich zu überzeugen, hob sie ihre Arme und schlang sie um seinen Hals. Er fing an zu schluchzen wie ein Kind.

„Gott, vergib mir! Eva, verzeihe mir!" war das einzige, was er sagen konnte.

„Weine nicht!" tröstete sie ihn.

Er hörte auf, damit er ihre Stimme hören konnte.

„Der Herr ist ja so gut; er ist doch gekommen, zu suchen und selig zu machen, was verloren ist, mich und dich. Er hat dich lieb, auch mich."

„Nicht nur er hat dich lieb, sondern auch ich. Glaube mir's, ich bitte dich, Eva, glaube mir's!

Wenn du gesund bist, werde ich es dir beweisen. Ich hab mein Ehegelöbnis und meine Versprechungen nicht gehalten; nun aber werde ich es tun. Ach, schließe nicht wieder die Augen!“ sagte er erschrokken. „Schlafe nicht wieder ein!“

Sie war sehr schwach, doch sie überwand sich und machte sie wieder auf. Sie dachte, wie selig es sein müßte, in diesem Augenblick zu sterben, doch wollte sie ihm nicht weh tun. „Bitte, gib mir etwas Milch; ich bin hungrig“, sagte sie bescheiden.

Er hätte aufjauchzen mögen über diesen Wunsch und eilte aus dem Zimmer. Sie schaute ihm nach, und dann blieben ihre Augen auf dem vor Freude strahlenden Georg haften.

„Georg, hat er mich wirklich lieb?“

„Gewiß“, versicherte dieser. „Wie sollte er Sie nicht liebhaben! Wie hat er sich um Sie gesorgt, wieviel hat er geweint! Er ist jetzt ganz anders, als er vorher war. Habe ich doch nicht umsonst gebetet, daß der Herr Jesus auch ihn finden möge. Bis Sie gesund sein werden, wird er ihn gewiß gefunden haben. Er war sehr traurig darüber, daß Sie so krank wurden; aber ich denke, wenn es nicht so gekommen wäre, wäre er wohl nie so geworden. Schließlich ist doch alles gut, was Gott zuläßt.“

* * *

Thomas brachte die Milch. Eva konnte jedoch vor Schwäche nicht trinken; er mußte sie füttern wie ein kleines Kind.

Inzwischen war die Müllerin zurückgekehrt; sie kam gerade hinzu und sah, welche große Liebe ihr Sohn seiner kranken Frau erwies. Für einen Augenblick schlich eine weiche Regung in ihr Herz. Sie trat schüchtern an das Bett und wartete, was die Schwiegertochter zu ihr sagen würde. Sie merkte nicht, wie die Kranke bei dem Anblick der Schwiegermutter unruhig wurde. Sie hörte bloß die bescheidenen Worte: „Verzeih, Mutter, daß du mit mir so viel Arbeit hast!" – und diese Worte gaben ihr solch einen Stich, daß sie sich mit Mühe soweit überwand, der Schwiegertochter die Hand zu reichen; dann ging sie wieder, angeblich um ihr die Hühnersuppe zu wärmen.

„Eva, bist du wirklich nicht böse auf die Mutter?"

Thomas neigte den Kopf zu seiner Frau, seine Stimme zitterte. Er sah ihr in die sanften, glänzenden Augen, die jetzt strahlten, als hätte die Krankheit den Trauerschleier von ihnen genommen.

„Nein, Thomas, ich bin der Mutter nicht böse. Der Herr hat uns so viel vergeben, und wir sollten nicht einmal wenig vergeben?"

„Hast du auch mir alles verziehen?"

„Ja, Thomas, alles."

„Und fürchtest du dich nicht, das Leben an meiner Seite noch einmal anzufangen?" Die Stimme des jungen Mannes zitterte.

„Der Herr Jesus wird mir helfen."

„Oh, daß er auch mir helfe, damit ich dir beweisen kann, wie sehr, ja, wie über alles ich dich schätze und liebe!"

Was er darüber hinaus sagte, hörte sie nicht, denn sie versank in einen Schlaf, um den sich niemand Sorgen machte; denn mit ihm würde, wie nachmittags der Arzt versichert hatte, die Genesung eintreten.

19. Kapitel

Wieder zog eines Nachts ein Gewitter über die Berge. Langsam verklang das Rollen des Donners. An den Bäumen, die dann und wann vom Blitz erleuchtet wurden, hingen schwere Regentropfen.

In dem freundlichen Stübchen ihres Sohnes saß die Waldhüterin und wartete sehnsüchtig auf sein Kommen. Er war mit dem Vater im Wald gewesen. Der Waldhüter war noch vor dem Gewitter nach Hause gekommen; sein Sohn war, wie er sagte, zu Lanys gegangen, wohin er in letzter Zeit öfter ging. Gewiß hatte ihn dort das Gewitter überrascht. Sie hatte zwar keine Angst um ihn und würde normalerweise nicht so auf ihn gewartet haben; aber auf dem Tisch lag das Schreiben, auf das sie so sehnsüchtig gewartet hatte. Der Sohn hatte ihr versprochen: „Wenn ich auf den Brief, den ich jetzt schreiben werde, Antwort bekomme, dann werde ich dir alles sagen."

Die Antwort war nun da. Wie sie wohl lauten mochte? Würde sie wieder Tränen in den Augen des lieben Sohnes sehen? Würde sie ihm den Trost bringen, dessen er so sehr bedurfte? Wohl ließ er es niemanden merken, daß Sorgen an ihm nagten, er war immer lieb und freundlich zu allen; aber den sorgenden Mutteraugen entging es nicht, daß er, wenn er manchmal am Bach stand und hineinschaute, plötzlich seufzte, als ob er sich danach sehne, von den Wellen weit fortgetragen zu werden, oder daß sie ihm etwas Verlorenes herbeibrächten.

Als er gegen Ende des Winters zu ihnen gekommen war und für sie alles herzurichten begann, hatte er ihnen nicht gesagt, ob er bei ihnen bleiben oder ob er wieder fortgehen wolle. Auch jetzt deutete er nie an, ob er vielleicht wieder fortgehen wollte. Als aber gestern etliche von den Bauern, die das Holz in die Sägemühle brachten, die Bemerkung machten: „Wenn der Winter kommt, Michael, dann wollen wir bei Ihnen Zusammenkünfte haben, und Sie werden uns aus der Heiligen Schrift und aus Ihren Erfahrungen belehren", hatte er traurig dazu gelächelt: „Verschiebt es nicht bis auf den Winter, der ist noch weit."

Die Mutter hatte es herausgespürt, daß auch er bis dahin schon wieder weit weg sein würde. Wenn er doch bleiben würde! Die Leute fingen an, ihn zu ehren und zu schätzen, bis auf etliche Spötter. Sie redeten gerne mit ihm. Sonntags kam immer ein ganzer Kreis zu ihm, Martin Lany kam auch werktags. Wenn er hier länger bleiben würde, könnte er den Leuten zeigen, wie man sich zu Gott bekehrt, da sich doch hier in den Wäldern sonst keine Menschenseele um sie kümmerte. Doch dann mußte sie wieder daran denken, was er jenseits des Meeres gehabt hatte, daß er dort ein ganz anderes Leben gewöhnt war. Wenn sie wenigstens wüßte, ob seine Frau am Leben sei, da er sie noch mit keinem Wort erwähnt hatte. Wenn sie lebte, so würde er nicht lange bleiben. Sie ahnte, daß all das Glück, das ihr am Abend ihres Lebens begegnet war, mit ihm in die weite Welt ziehen würde. Es war ja wahr, mit der Sägemühle und dem Häuschen hatte er sie sehr gut versorgt. Auch einen Gehilfen, einen anständigen jungen Mann aus der Verwandtschaft, hatte er in die Sägemühle übernommen. Wenn er jedoch fortgehen würde, wie sollten sie leben ohne ihn?

Plötzlich hörte sie die wohlbekannten Schritte. Der Sohn legte im Wohnzimmer den nassen Rock und die Schuhe ab und trat ein.

„Warum schläfst du denn noch nicht?" fragte er besorgt.

„Ich habe auf dich gewartet, Michael."

Sie wußte nicht, ob sie ihm das Schreiben gleich geben sollte. Wenn es eine gute Nachricht brächte, wozu sie verschweigen? Enthielt sie aber eine schlimme, so war noch immer Zeit, daß er sie erführe. Aber sein Blick fiel auf den Tisch, und an ihn herantretend, streckte er die Hand nach dem Brief aus.

Das Herz der Mutter schlug heftig. Da er ihr beim Lesen den Rücken kehrte, konnte sie ihm nicht ins Gesicht sehen. Plötzlich sank seine Hand, mit der er den Brief hielt. Er wandte sich um, – die Waldhüterin würde kein ähnliches Gesicht mehr auf Erden erblicken, bis einst dort, wo die Erlösten des Herrn zusammenkommen.

„Michael!" rief sie freudig erstaunt aus und

streckte, auf den Stuhl sinkend, die Hände nach ihm aus. Doch der Sohn kniete schon zu ihren Füßen.

„Mutter, freu dich mit mir! ‚*Das Los ist mir gefallen auf liebliches Land; mir ist ein schönes Erbteil geworden.*‘ Der Herr hat mir hundertmal mehr geschenkt, als ich von ihm erbeten habe.“

„Ach, Michael, nun wirst du es mir wohl sagen, warum du damals geweint hast und warum du dich nun freust.“

„Ja, Mutter, ich will es dir sagen. Ich habe jenseits des Meeres eine liebe Frau, von welcher ich mich trennen mußte, weil sie den schmalen Weg nicht gehen wollte. Ich habe sie so entlassen, wie es der Apostel sagt: ‚*So jemand ein ungläubig Weib hat und dieselbe lässet es sich gefallen, bei ihm zu wohnen, der scheide sich nicht von ihr. So aber der Ungläubige sich scheidet, so laß ihn sich scheiden.*‘ Ich habe sie in der Hoffnung entlassen, daß sie zu mir zurückkehren würde, wenn sie zu dem Herrn Jesus käme. Unlängst hatte mir ihr Bruder geschrieben, daß sie die Scheidung beantragt habe, und er bat mich um meine hierzu nötige Unterschrift. Das war ein großer Schmerz für mich, doch der Herr hat mir geholfen. Ich sandte ihr die verlangte Unterschrift, weil ich sie nicht zwingen wollte, an mich gebunden zu sein. Zugleich schrieb ich ihr einen Brief und bat sie noch einmal, sie möchte zum Herrn und zu mir zurückkehren. Oh, wie sehr habe ich darum zu Gott gebetet! Wie schnürte sich alles in mir zusammen! Noch gestern wachte ich eine Stunde im Gebet, nicht ahnend, daß ich schon erhört sei. Sie hat sich entschlossen, den schmalen Weg zu betreten, und sie will zu mir zurückkehren, ja, und sie wird nicht allein kommen. Der gütige Gott hat uns einen Sohn geschenkt, für den ich, bevor er das Lebenslicht erblickte, so viele Gebete emporsandte. Mutter, ich danke dir, daß du wachgeblieben bist, denn mein Herz ist zu schwach, um so viel Glück allein zu tragen."

Es war die glücklichste Nacht, die die Waldhütte je gesehen hatte. Der Sohn war zu bewegt, um ans Schlafen zu denken, und die Mutter ließ es sich nicht nehmen, mit ihm Lobpsalmen zu singen und Dankgebete emporzusenden. Er zeigte ihr das Bild seiner Frau und seiner verstorbenen Kinder. Wie freute sie sich mit ihm, daß Gott ihm einen Ersatz gegeben hatte für die, welche ihm genommen!

Der Gesang weckte den alten Vater Andreas auf, und auch er kam herbei. Dann erfuhr auch er, welche Freude seinem Sohn widerfahren war, und er nahm innigen Anteil daran. Er sagte aber gleich: „Dann wirst du uns wohl schon bald verlassen?"

Die Waldhüterin ließ den Kopf sinken, sie wußte, daß der Sohn gehen mußte. Wer wollte ihn auch halten, da er jetzt sein ganzes irdisches Glück hatte!

Der Sohn schaute die traurigen Eltern an, drückte dem Vater die Hand, umarmte die Mutter und sagte: „Ich hätte ja ohnehin nicht lange bei euch bleiben können. Ich war nur gekommen, euch zu

Jesus, der euch sucht, zu rufen, damit, wenn einst die Kinder Gottes nach Hause kommen werden, die einen aus Europa, die anderen aus Amerika, auch wir uns dort gegenseitig begrüßen und uns ewig miteinander freuen können. Vater, Mutter, versprecht mir, daß ihr nicht aufhören wollt zu bitten, bis Gott euch den lebendigen Glauben an den Heiland gibt und mit ihm das ewige Leben, das schon hier auf Erden beginnt und das mit dem Tod nicht aufhört."

Gerührt versprachen es ihm die Eltern. Er versprach ihnen, einmal zu kommen und ihnen seinen Sohn zu zeigen, wenn dieser etwas größer sei. „Sorgt euch nicht, ich gehe ja morgen noch nicht fort."

20. Kapitel

Vor der Scheune im Obstgarten saß in derselben Nacht, in gedrückter Stimmung, Joseph Lany; in ihm nagte ein Schmerz. Martin hatte bestimmt, daß morgen, am Sonntag, alle zum Abendmahl oder, wie man es noch nannte, „zur heiligen Beichte" gehen sollten. Es war dabei ja nichts Besonderes. In der ganzen Umgebung war es so Sitte, daß ab und zu die ganze Familie miteinander zum Abendmahl ging. Auch Lanys hatten es früher oft getan. Aber als man es diesmal besprochen hatte, war auch Murany dabeigewesen; und als Anna und Joseph beschlossen hatten mitzugehen, da sah er sie mit einem merkwürdigen Blick an und sagte: „Zum Abendmahl wollt ihr gehen? Habt ihr euch das gut überlegt? Seid ihr auch vorbereitet? Seid ihr dessen gewiß, daß ihr würdige Gäste an dem Tisch des Herrn seid, daß ihr das Unterpfand der Gnade Gottes nicht zu eurer Verdammnis empfangen werdet?"

Ihm, Joseph, war es dabei, als bekäme er einen Messerstich. Es hatte sich eine lange Aussprache entsponnen. Anna behauptete, daß sie gehen könnte. Der sündige Mensch solle ja doch gerade zur Beichte gehen. Aber Murany nahm die Bibel und las ihnen vor, was Gott zu den Juden sagte, als er ihnen das Passahlamm anordnete, daß keiner, der unrein wäre, von dem Lamm essen dürfe. Ebenso habe der, welcher hartnäckig in seinen Sünden verbleibe, kein Recht, das Abendmahl zu empfangen.

„Doch dazu ist ja gerade der Pfarrer da, daß er uns die Sünden vergibt“, bemerkte Anna hierauf.

„Er kann nicht Sünden vergeben“, sagte Martin kopfschüttelnd. „Ich erinnere mich, öfter als ein mit Gott Unversöhnter zum Abendmahl gegangen und danach ebenso geblieben zu sein.“

So und ähnlich wurde darüber gesprochen, bis Murany sagte, daß Gott nur dem Menschen die Sünde vergeben könne, welcher verlange, von ihr gereinigt zu werden. Wer jedoch in derselben Sünde, die er sich habe vergeben lassen, verharre, der würde vergehen. Murany fügte hinzu, daß nur der, der seine Sünden den Menschen, an denen er gesündigt und Gott bekannt habe und sich von ihnen Vergebung erbeten habe, mit Segen zum Abendmahl gehen könne.

Nachher wurde noch weiter von den Geboten Gottes gesprochen, bis Joseph endlich verschwand. Er war aus dem Zimmer hinausgelaufen, aber die gehörten Worte gingen mit ihm; wo er sich auch hinwendete, überall verfolgten sie ihn, und schließlich hatten sie ihn bis hierher in den Obstgarten getrieben.

Er wußte, daß er morgen nicht zum Abendmahl gehen durfte, denn es heißt: „*Gehe zuvor hin und versöhne dich mit deinem Bruder!*“ Er mußte Martin alles bekennen. Ach, wenn es nur allein seine Sünde wäre, er würde es tun, nur damit er die schreckliche

Last, die auf ihm lag, loswürde. Murany dachte vielleicht, daß er sein Versprechen gehalten und sich von seinem falschen Tun nicht mehr hatte überwinden lassen, aber er hatte es nicht gehalten. Beide hatten sich schwer gegen Gott und auch gegen Martin vergangen. Sie lebten hinter dem Rücken seines Bruders wie Mann und Frau und konnten sich auf keine Weise voneinander lösen. Von dem Hausgesinde hatte es noch niemand bemerkt; wie lange würde es aber so gehen? Und Martin ahnte nichts. Er wurde von Tag zu Tag freundlicher. Von dem Augenblick an, als er sich zu Gott bekehrt hatte, war er ganz verändert. Obwohl er nicht viel älter war als Joseph, war er doch dem Stiefbruder mehr als ein Bruder. Er sorgte für ihn wie ein Vater; und er, womit lohnte er es ihm? Wenn Joseph wüßte, daß er dadurch von dieser Sünde loskommen könnte, wie gerne würde er morgen zur Kirche gehen! Er wußte aber, daß er, wenn er dort die Absolution erhalten haben würde, es nachher doch wieder tun würde; es war also alles vergeblich. Seine Seele lechzte nach Vergebung, nach Gnade; ihm graute vor der Zukunft und vor sich selbst.

Dieser Zwiespalt nagte schrecklich an seinem Herzen. „Gehe zu Martin, sage ihm alles, bitte ihm ab, vielleicht vergibt er dir“, riet ihm sein Gewissen.

„Und wenn er dich auch aus dem Haus jagt, wäre es besser als so; wenigstens kämst du weg von Anna, du könntest dich irgendwo in der Ferne verheiraten und dich so für immer von ihr losmachen.

Wenn dir Martin vergibt, wird auch Gott dir vergeben. Gehe hin zu ihm!"

Er sprang jäh auf. „Ich will der Qual ein Ende machen, ich nehme die ganze Schuld auf mich", gelobte er sich. „Ich will sagen, ich hätte sie verführt, obwohl es nicht so war. Aber von mir wird es dem Bruder nicht so schmerzen, als wenn ich sagen würde, sie sei die Verführerin."

Er machte sich auf und eilte in die Scheune; dort pflegte er mit Martin zusammen zu schlafen. „Der Bruder schläft so friedlich, wie nur ein von der Arbeit ermüdeter und mit Gott versöhnter Mensch schlafen kann, und ich soll ihn wecken? Ach, wie kann ich ihn aufwecken, um ihm ein Messer ins Herz zu stoßen?" stöhnte Joseph, und sich auf das Lager hinwerfend, bedeckte er sein Gesicht. „Morgen in der Frühe, bevor die anderen aufstehen, werde ich es ihm sagen."

Aber wer am kommenden Morgen als letzter aufwachte, war Joseph. Anna mußte kommen und ihn aufwecken: „Es ist höchste Zeit aufzustehen, damit wir uns nicht verspäten."

Das Abendmahl wurde morgens um halb zehn ausgeteilt, und sie hatten mehr als eine halbe Stunde zu gehen. „Steh auf, du weißt doch, daß du zum Abendmahl gehen sollst."

Er sprang auf und erwiderte: „Anna, du willst gehen? Du willst wirklich gehen?"

„Was ist denn da dabei?" sagte sie und warf den Kopf zurück.

„Sind wir denn mit Gott und den Menschen versöhnt?“ Er sah sie angstvoll an.

„Mir scheint, auch du hast dich beschwatzen lassen von dem Scheinheiligen aus der Sägemühle.“ Sie verzog spöttisch den Mund.

Zornig richtete er sich auf und erwiderte heftig: „Überreden habe ich mich zwar nicht lassen, aber was wahr ist, das ist wahr, und mich quält das furchtbar, daß wir so gehandelt haben. Weder du noch ich sind würdig, in das Gotteshaus zu gehen, es sei denn, wir sagen Martin alles offen.“

Sie erschrak; es war ihr, als hätte er sie ins Gesicht geschlagen. „Geh hin, klage; wir werden sehen, wem Martin mehr glauben wird, dir oder mir“, sagte sie. „Ich werde mich zu nichts bekennen, was du auch behaupten magst, verstanden?“

Er spürte, daß sie fähig war, durchzuführen, was sie androhte; deshalb sagte er milder: „So gehen wir wenigstens nicht zum Abendmahl; bitte, laß uns nicht gehen!“

„Du brauchst ja nicht, ich werde schon gehen. Warum soll ich nicht mit meinem Mann gehen?“

„Sündige nicht gegen Gott!“ schrie er.

„Ist er denn nicht mein Mann?“

„Das fällt dir erst heute ein?“ fragte er, indem er gereizt an sie herantrat. „Damals hast du nicht daran gedacht, als du ...“

„Schweig! Was geschehen ist, das laß ruhen, das laß vergessen sein! Ich gehe nun zum Abendmahl, lasse mir die Sünden vergeben, und es wird wieder alles sein wie vorher, ehe du gekommen bist.“ Sie wandte sich um und ging.

„Laß sie gehen!“ riet ihm das Gewissen. „Es wird so das beste sein; nun kannst du auch zum Abendmahl gehen, und die Sache ist wieder in Ordnung“, riet ihm der trügerische Feind!

So ging die Familie Lany zum Abendmahl! Anna vergab in Josephs Gegenwart ihrem Mann in der gewohnten Formel; als sich aber Martin zu Joseph wandte und ihm zu vergeben begann, da war es diesem, als ob sich die ganze Stube mit ihm im Kreis drehte. Um nichts auf der Welt hätte er die Worte aussprechen können: „Gott der Herr vergebe dir!“

Auf dem Weg waren Annas Augen nur auf ihren Mann gerichtet. Sie lächelte ihn an wie eine Braut ihren Bräutigam, als wolle sie ihm alle Liebe ersetzen, die er bisher bei ihr entbehrt hatte. Unwillkürlich mußte Joseph sie anschauen. In seinem Herzen entstand brennende Eifersucht, die ihn, bis sie zur Kirche gekommen waren, ganz beherrschte. Anna hatte keinen einzigen Blick für ihn; ihre ganze Aufmerksamkeit galt nur ihrem Mann. Joseph fühlte erst jetzt, wo er sie verloren wähnte, wie fest er an sie gefesselt war mit jeder Faser seines leidenschaftlichen Herzens. In der Kirche dachte er nicht an die Handlung und deren Bedeutung. Die Rede des Pfarrers zog an seinen Ohren wie ein unverständliches Geräusch vorüber, die Fragen beantwortete er nicht; mechanisch trat er an den Altar, und das dreimal hintereinander. Zum erstenmal die Absolution für die Sünden, von denen er nicht lassen wollte, um dann das Abendmahl zu empfangen, gestiftet für die, welche an die Worte glauben: *„Für euch gegeben zur Vergebung der Sünden, die da mit Gott versöhnt sind, die zukünftigen Erben des Himmelreichs."*

Als er zum drittenmal neben Martin niederkniete, schaute er zufällig in dessen stilles, vor Glück strahlendes Gesicht, und von Eifersucht und Neid hingerissen, mußte er sich bezwingen, daß er den knienden Bruder nicht niederstieß.

Anna beugte andächtig den Kopf über ihr Gesangbuch. Die Beichtfragen beantwortete sie ganz deutlich. Nun konnte Murany sagen, was er wollte, ihre Sünden waren vergeben, – nun konnte sie weiterleben wie bisher. Als sie zur Kirche hinausgingen, erhaschte sie einen Blick, mit dem Joseph Martin anschaute. Ein triumphierendes Lächeln umspielte ihre Lippen. Sie war sich gewiß, daß sie auch diesmal das Spiel gewonnen hatte, und je treuer sie sich ihrem Mann gegenüber stellen würde, desto begehrenswerter würde sie für Joseph werden.

21. Kapitel

Auf dem Heimweg kehrten sie in der Mühle ein. Sie fanden Eva am Fenster sitzen.

In der einen Woche, seit sich ihre Krankheit gewendet hatte, war sie schon etwas kräftiger geworden. In den ersten Tagen hatte Thomas sie beim Gehen unterstützen müssen. Jetzt konnte sie schon langsam allein gehen. Sie war so zart und schön. Thomas konnte seinen Blick gar nicht von ihr wenden. Eben hatte er ihr aus der Bibel vorgelesen.

Anna merkte, wie sehr er seine Frau liebgewonnen hatte, und obwohl sie sich freundlich stellte, war ihr doch in der Nähe ihrer Schwägerin nicht wohl. Lieber ging sie zu ihrer Mutter in die Küche.

„Nun, Mutter, ist Thomas wieder netter zu dir?" fragte sie die finster dreinblickende Müllerin.

„Er sagt nichts, aber ich werde hier nicht bleiben. Wenn du nur sehen könntest, welche Komödie er mit ihr aufspielt! Lany tut dir gewiß alles, was er dir an den Augen ablesen kann, aber das ist alles nichts dagegen, wie Thomas mit Eva umgeht. Gestern abend, als niemand im Zimmer war, ging sie hinaus; du hättest sehen sollen, wie besorgt er war, wie er sie suchte, und als er sie fand, auf den Händen zurückbrachte."

Anna wurde ganz neidisch. Bis jetzt glaubte sie sich in der ganzen Umgebung am meisten geliebt von ihrem Mann; jetzt merkte sie, daß Eva es noch besser hatte. Wäre Joseph ihr Mann, dann würde sich zeigen, wer mehr geliebt würde, Eva oder sie.

„Ich kann sie nicht ausstehen", flüsterte die Müllerin, um von dem Sohn nicht gehört zu werden. „Ich kann mich kaum halten, daß ich ihr kein böses Wort gebe. Sie wird die große Dame spielen, und ich soll sie bedienen."

„Da wärst du nicht gescheit, Mutter. Du hast ja schon immer gesagt, daß du zu der Tante gehen wolltest. Sie wünscht es ja schon lange. Du weißt doch, daß wir dort noch etwas zu erwarten haben. Wenn sie stirbt, würde sie es dann dir vermachen und nicht Thomas."

„Ich ginge ja gern, aber soll ich so einer aus dem Weg gehen? Sie wird sich hier breitmachen in dem, was ich mit meinen Händen erarbeitet habe", schluchzte die Müllerin. „Aber wenn mich Thomas nicht bitten wird, zurückzukommen, dann soll er's merken. Die Kühe gehören mir, die nehme ich mit; eine werde ich dir schenken, und alles, was ich nur nehmen kann, werde ich ihnen davontragen. Von den Feldern und der Mühle muß er mir die Hälfte des Ertrages geben. Dann wird er sehen, was ihm nützlicher ist. Was wird ihm das Beten nützen, das sie jetzt einführen?"

„Bete oder bete nicht, aus einer leeren Schüssel wird man nicht satt", sprach Anna wegwerfend. „Es wird sehr gut sein, – mache es so."

So sprachen sie weiter. Keine von beiden dachte

daran, daß Anna beim Abendmahl gewesen war und versprochen hatte, ihr Leben zu bessern.

Inzwischen fragte Martin in der Stube, was Thomas gelesen habe, bevor sie gekommen waren. Sie sprachen noch darüber. Joseph hörte ihnen ungeduldig zu. Wenn er nicht daran gedacht hätte, daß er vom Tisch des Herrn kam, so hätte er Thomas seine frühere Gesinnung vorgehalten. So fragte er ihn bloß, ob er nicht mitkommen wolle, sich am Nachmittag ein wenig zu zerstreuen, da Eva ja schon gesund sei. „Eva wird bestimmt nicht böse darüber sein", setzte er hinzu, da er den schnellen Blick, mit dem Thomas nach Eva schaute, bemerkt hatte. „Sie kann dich doch nicht immer zu Hause halten."

„Eva ist noch nicht ganz gesund", entschuldigte sich der junge Müller, „und wenn auch, ihr müßt schon ohne mich fertig werden, es war bisher genug der Sünde."

„Das ist wahr", sprach Martin. „Und du, Joseph kommst gerade aus der Kirche", setzte er mahnend hinzu.

„Ich bin eben noch nicht so heilig wie ihr beiden", spottete der junge Mann.

Lany tat es leid, daß er Joseph zum Abendmahl mitgenommen hatte. Murany hatte recht gehabt, als er sagte: „Es ist Sünde, aus Gewohnheit zum Tisch des Herrn zu gehen." Joseph war kein würdiger Teilnehmer – wie schade! Er selbst, Martin, war so glücklich, seine Seele war gespeist mit dem Leib und Blut des Sohnes Gottes. Er freute sich, daß Thomas Joseph in der Mühle etwas zeigen wollte, wenigstens konnte er so einige Worte mit Eva allein sprechen. Er fühlte, sie allein konnte ihn verstehen.

„Ich dachte nicht, daß Gott dich gesund machen würde, und fast hätte ich gewünscht, daß er dich zu sich nähme", sagte er herzlich. „Wir kurzsichtigen Menschen verstehen eben gar nichts. Ich hätte nie geahnt, daß Gott es bei euch so zum Guten wenden würde. Und nun ist Thomas so ganz anders!"

„Gott hat ihm etwas von seiner Liebe ins Herz gegeben", sagte die junge Frau freudig erregt. „Wie gern wäre ich zu Evchen gegangen; aber wenn mich Thomas braucht, so will ich auch gern bleiben. Nur bin ich noch so sehr schwach. Aber sie haben mich so gut gepflegt, daß ich es nie gutmachen kann."

„Sorge nicht darum, du wirst es schon wiedergutmachen, wenn du wieder gesund sein wirst."

„Ich bat sie, mich zu meiner Mutter gehen zu lassen, bis ich gekräftigt sein werde, aber Thomas will nichts davon wissen."

Lany verstand, warum sie gerne zur Mutter ginge; es war ihr schwer, sich von der Schwiegermutter bedienen lassen zu müssen. Damit sie nicht weiter daran denke, erzählte er ihr, wie glücklich er in der Kirche gewesen sei. „Ich kann dir gar nicht sagen, wie mir war", sagte er warm. „Wie einem hungrigen Menschen, den man zu Tisch bittet und der sich satt gegessen hat, so daß er dankbar ruft: ‚Vergelt's Gott!' Der Herr Jesus hat recht, wenn er spricht:

‚Wer zu mir kommt, den wird nicht hungern noch dürsten.'"

Weiter kamen sie nicht. Anna kam herein und erinnerte daran, daß es Zeit sei, heimzugehen.

„Und du, Eva, werde nur bald gesund", sprach sie mit erzwungener Freundlichkeit. „Die Mutter hat dich schon lange genug gepflegt; sie möchte gern zur Tante gehen und kann deinetwegen nicht."

„Und warum nicht?" fragte der eben eintretende Thomas. „Wenn die Mutter nach Hradovo gehen will, kann sie ruhig gehen, schon morgen; wir werden uns schon helfen, so gut wir können."

Der Stimme des jungen Mannes konnte man es anmerken, wie sehr er sich danach sehnte, endlich mit seiner Frau allein zu sein. Doch die Müllerin hatte er dadurch schwer beleidigt. Gleich am Nachmittag traf sie Vorbereitungen für die Reise. Sie hatte nur den einen Wunsch, noch eine Weile mit der Schwiegertochter allein zu sein; doch der Müller ahnte es und wich nicht von der Seite seiner Frau.

22. Kapitel

Hätte die Müllerin, die vor Zorn die ganze Nacht hindurch weinte, gekonnt – der Stolz erlaubte es ihr jedoch nicht –, so hätte sie am liebsten gesagt, daß sie nirgendshin wolle. Sie fühlte, wenn sie erst einmal wegginge und die Herrschaft aus den Händen gäbe, daß sie dieselbe nie mehr wiederbekommen würde. Zu ihrer großen Befriedigung mußte der Sohn in der Frühe eine Stunde lang in der Mühle bleiben. Sie nutzte die Gelegenheit und quälte Eva ganz bösartig. Das Herz der armen jungen Frau zitterte wie Espenlaub, als ihr die Worte entgegengeschleudert wurden: „Ich gehe nur wegen dir aus dem Haus. Ich kann dich nicht ausstehen; du stellst dich so heilig und lehrst Thomas, gegen das vierte Gebot zu sündigen. Ich habe ihn erzogen; wieviel habe ich mich mit ihm geplagt, und jetzt auf meine alten Tage muß ich vom eigenen Haus weggehen wegen dir, denn du hast Unfrieden zwischen uns gebracht! Durch deine Schuld hat er seine Hand gegen mich erhoben. Eine schöne Heilige! Aber wie er mir, so ich ihm! Gib nur acht, du wirst dich nicht in meinem Erarbeiteten mästen! Wenn ich alles, was mir gehört, mitnehme, dann wirst du sehen, wie alles bergab gehen wird."

Eva mußte alle Kraft zusammennehmen, um ihren Schmerz zu verbergen. Nie hätte sie einen

Streit zwischen Mutter und Sohn stiften wollen. Es schien ihr, als habe sie sich wirklich gegen die Schwiegermutter vergangen. Heimlich weinte sie sich aus. Dann fand sie Trost im Wort Gottes und im Gebet.

Es war zum Verwundern. Kaum war die Müllerin fort – und sie wußten gut, daß sie nicht so bald zurückkommen würde –, so wurde ihr besser. Vorher hatte sie nie nach ihrem Ermessen und nach eigenem Willen handeln dürfen, es wurde ihr nur immer befohlen. Jetzt endlich konnte sie den Haushalt selbständig führen. Obwohl sie anfangs nur sehr wenig tun konnte, war sie doch unentbehrlich.

Thomas gab ihr Kätchen Pribis, ein junges kräftiges Mädchen, zu Hilfe; diese tat alles, was Eva ihr befahl, sei's im Haus, in der Küche oder bei dem Vieh oder mit dem Feld.

Kätchen war das Arbeiten gewöhnt, kam sie doch aus einem Haus, in dem der Vater und eine Stiefmutter die Kinder mit Geschrei und Fluchen an die Arbeit trieben.

Es war ihr unerhört, daß Eva sie um jede Kleinigkeit bat. Öfter, wenn sie die junge Frau bei einer Arbeit bemerkte, wozu ihre schwachen Kräfte noch nicht reichten, sprang sie hinzu und nahm sie ihr aus der Hand.

„Warum fassen Sie das an? Wozu bin ich denn hier?" Oder sie sagte: „Gleich rufe ich den Müller, wenn Sie es nicht stehenlassen." Das half; sie wollte ihrem Mann nicht unnütz Sorge machen. Sie lebten in Eintracht und Liebe zusammen. Den Tag begannen sie mit Lesen des Wortes Gottes und mit Gebet. Wer war glücklicher dabei als Georg? Auch der Lehrling rühmte den Meister, er sei zu ihm so gut wie nie zuvor.

Es wurde dieselbe Arbeit geschafft, aber nicht mehr mit Schelten und Fluchen. Manchmal ärgerte sich Thomas zwar, aber wenn Eva zu ihm trat und bat: „Ärgere dich nicht, ein anderes Mal werden wir es besser machen!" und er ihr in die sanften Augen schaute, verließ ihn der Zorn. Wenn sie zu ihm in die Mühle kam, obwohl sie ihm noch kaum helfen konnte, war er doch immer froh.

Als die Leute sahen, wie nett er zu ihr war, wunderten sie sich anfangs; dann aber mußten sie einsehen, wie gut Eva war, wie ruhig sie umherging, wie liebenswürdig sie sprach. Wenn man traurig war, so trauerte sie mit einem; war man fröhlich, so freute sie sich mit. Aber fluchen durfte man nicht vor ihr. Wer hätte das je gedacht! Und wie schön hatten sie es in der Mühle, wie bei Herrschaften, überall alles sauber, auch im Hof!

Es war kein Wunder, daß Thomas nicht mehr ins Wirtshaus ging, wenn er es zu Hause so schön hatte. Aber wie lange würde er es aushalten? Auch die Armen erzählten von Eva. Bald brachte sie dem einen, bald dem anderen Lebensmittel. Von einer Witwe nahm sie die Kinder ins Haus, damit sie zur Arbeit gehen konnte.

Man bezweifelte, daß Thomas das alles wußte.

Dann fragten sie Kätchen, diese sagte ihnen aber, Thomas wisse von allem.

Heute könnte niemand sagen: „Dich hat niemand lieb." Viele fingen an, die stille Eva Zaradsky als ein besseres Wesen zu betrachten. Überall säte sie Liebe und Frieden.

Martin Lany kam fast täglich zum Schwager und von der Säge die Hüterin und auch Murany, der noch für kurze Zeit hier weilte.

Er war in das Tal gekommen, von niemandem erwartet. Er erwies den Eltern so viel Liebe, daß man einen solchen Sohn in der ganzen Umgebung nicht wieder finden würde. Er zeigte den nahen und fernen Nachbarn, wie ein wahrer Christ leben soll, dann ging er wieder fort.

Die alten Eltern weinten, die Freunde und die Bekannten bedauerten sein Weggehen, am meisten aber tat es Thomas leid, weil er nicht mehr Gelegenheit hatte, ihm seine Dankbarkeit zu erweisen.

Nur Eva trauerte nicht: Vor seinem Weggang war wieder einmal solch ein schöner Nachmittag gewesen, wie damals, das erstemal an der Quelle.

Thomas war in die Sägemühle gerufen worden. Eva, die mitging, blieb dort bis zum Abend, und Murany begleitete sie nach Hause. Unterwegs erfüllte er sein ihr damals gegebenes Versprechen, und er teilte ihr mit, daß nicht nur ihr, sondern auch sein Leid nun ein Ende habe; er habe von seiner Frau schon den zweiten Brief bekommen, in dem sie ihn um seine Rückkehr bitte. Wenn er es nicht täte, so würde sie selber kommen; sie könne nicht von Herzen an die göttliche Vergebung glauben, bevor sie der beleidigte Mann an sein Herz schließe.

„Sie fragten mich, warum ich euch verlasse", sprach er. „Sie sehen nun, daß ich muß. Aber es wird einmal eine Zeit kommen, wo wir zusammenkommen und nie mehr getrennt werden."

Obwohl Eva damals ihren besten Freund verlor, trauerte sie doch nicht; vielmehr freute sie sich von Herzen über sein Glück und begleitete ihn auf seiner langen Reise mit treuen Gebeten. Sie stellte sich als ein Engel des Trostes an die Seite seiner alten Eltern. Sie wurde von ihnen immer mit Freuden willkommen geheißen, las ihnen die Briefe ihres Sohnes vor und schrieb ihm die Antworten, einfältig, oft ohne große Anfangsbuchstaben und ohne Zeichen. Es kostete sie immer viel Arbeit, bis sie einen Brief zusammengestellt hatte; aber was sie schrieb, besonders von sich aus, das waren verborgene Edelsteine einer frommen Seele, die sich nicht einen Schritt wegwagte vom Herzen Jesu. Von ihm nahm sie immer neue Kraft und Licht und trug es still, unbemerkt weiter.

Murany, auf den jenseits des Ozeans manche Kämpfe warteten, obwohl er ein glücklicher Mann und Vater geworden war und obwohl ihm der Herr ein weites Arbeitsfeld geschenkt hatte im Lande der freien Nationen und der freien Evangelisation, – Murany sah, daß das Opfer, welches er den Eltern gebracht hatte, nicht umsonst gewesen war.

Er bereute es nie, daß er die kurze Zeit in seiner Heimat zugebracht hatte, unter den verlorenen Leuten, um die sich niemand kümmerte, und daß er ihnen hatte Licht bringen dürfen, besonders ihr, die unter ihnen die Verachtetste, Verlassenste und Verlorenste gewesen war, gerade wie ein Schäflein, das man in die Wüste hinausgetrieben, wo es vor Durst und Hitze umgekommen wäre. Jetzt lernte er verstehen, was Jesus Christus getrieben hatte, in die Wüste dieser Welt zu kommen und zu suchen: Er sah die verlorenen Schafe, der Verdammnis preisgegeben, der menschlichen Würde entraubt; er wußte, daß, wenn Jesus fand, er sie reinigte und heiligte, aus ihnen Edelsteine für seine Krone entstehen würden, und das hat ihn so bewegt, daß er bereit war, sein Leben für sie zu lassen. Er liebte in ihnen nicht das, was sie waren, denn Gott kann niemals Sünde lieben, aber das, was er aus ihnen machen wollte.

23. Kapitel

Unterdessen wurden die Verhältnisse bei Lanys immer schlimmer, wenn auch die Außenwelt nichts davon erfuhr. Martin kam sich in seinem eigenen Haus wie ein Fremder vor. Wenn er seine Häuslichkeit mit der von Thomas verglich, dann hätte er weinen können. Auch er hatte sich vorgenommen, den Tag mit Bibellesen und Gebet zu beginnen, doch ging es dabei nie ruhig zu. Anna nahm sich dann das Kind auf den Schoß, um das sie sich sonst nie kümmerte, so daß natürlich keine Ruhe war. Die Magd ging während der Andacht hinaus und ließ die Tür offen; das Geflügel kam in das Zimmer, man mußte es hinausjagen, und so ging es fortwährend. Am Abend waren alle schläfrig, gähnten laut und schliefen.

Im Haus herrschte nun immer größere Unordnung und Unsauberkeit. Die kleine Anna war nur dann sauber, wenn der Vater sie mit in die Mühle nahm, wo Eva sie badete und kämmte. Sie behielt sie mit dem Kindermädchen manchmal zwei bis drei Tage bei sich, dann kamen sie immer sauber zurück; doch Anna sah und merkte das nicht. Sie schaute nur, wie sie sich selbst aufputzen konnte; um die übrigen kümmerte sie sich nicht. Joseph fing an, in die Wirtshäuser zu laufen. Besonders sonntags trieb er sich ganze Nächte herum, und am Montag war er zu keiner Arbeit fähig. Martin konnte sich nicht erklären, was die Ursache sei; er ahnte nicht, daß Anna immer mehr die Flamme der Eifersucht in dem Schwager schürte, daß sie sich an ihm rächte für jenen Sonntagmorgen, wo er ihr gesagt hatte, sie sei nicht würdig, zum Abendmahl zu gehen. Wie oft war Joseph in sie gedrungen um einen Beweis ihrer Liebe. Er verzehrte sich in der Glut der versteckten, brennenden Begierde. Er suchte in Trinken, Schlägereien und Ausschweifungen seine Qual zu vergessen. Wenn Martin gewußt hätte, welche Qualen der Eifersucht sein Bruder litt, wenn Anna sich neben Martin setzte und nett zu ihm war, wie es jetzt öfter geschah, hätte er sie gewiß nicht an seiner Seite geduldet. So aber ließ er sich ihre Zärtlichkeiten gefallen, obwohl sie ihn nicht glücklich machten, weil er das, wonach er sich sehnte, nämlich, daß sie sich zu Gott bekehren möchte, bei ihr nicht erreichen konnte. Dazu kam noch alle Augenblicke die Müllerin, und wenn diese mit der Tochter zusammenkam, dann nahm das Geklatsche um Thomas und Eva kein Ende. Verteidigte er sie, so wurde es ganz schlimm.

Vergebens wartete die Müllerin darauf, daß der Sohn sie zurückrufen würde. Endlich begab sie sich selbst einmal zu ihm, aber sie erkannte fast die Mühle nicht wieder. Sie machte dem Sohn Vorwürfe, wo sie nur konnte; Eva überhäufte sie so mit Beleidigungen, daß Thomas sich zusammennehmen mußte, die Mutter nicht hinauszuwerfen. Sie brachte ihn soweit, daß er sie bat, sie solle doch alles mitnehmen, was ihr Eigentum sei, und nicht mehr wiederkommen, um unter ihnen Zwietracht zu stiften. „Du willst dein gottloses Leben weiterführen, du würdest mein Haus wieder zur Hölle umwandeln. Wir haben angefangen, Gott zu dienen, und wir wollen ihm treu bleiben. Es würde gut sein, wenn wir im Frieden auseinandergingen!" Sie gingen auseinander, und zwar so, daß ihnen die alte Müllerin, wie sie schon gedroht hatte, alles, was sie nur konnte, davontrug. Es blieb ihnen fast kein Stuhl zum Sitzen und kein Löffel zum Essen mehr übrig. Eine Kuh rettete ihnen Lany durch seinen Einspruch.

Thomas' Christentum ging durch diese Prüfung siegreich hindurch und brachte seiner Seele einen großen Gewinn. Gott konnte ihn auf diese Weise vom Geiz befreien, und merkwürdig: Noch nie hatte er so viel Getreide zum Mahlen und ein so gutes Geschäft mit dem Mehl wie jetzt. Im Herbst zahlte er der Mutter aus, was ihr zukam, und für seinen Bedarf blieb noch genug übrig. Dazu kam noch etwas Unerwartetes. Eva bekam aus der Waisenkasse den letzten Teil ihrer Mitgift, um derentwillen sie vorher so viel hatte leiden müssen, gerade zu der Zeit, wo sie es am notwendigsten brauchten. Thomas machte sich von seinen Schulden frei. Sie richteten sich im Haus alles nach ihrem Geschmack ein und hatten nun alles neu und schön. Thomas wurde durch Eva auch für den äußeren Wohlstand bedeutend geholfen, und er hatte dadurch nicht zu bereuen, daß er sie zur Frau genommen hatte. Doch hieran dachte er nicht mehr. Gern würde er sie auch durch Tagelohn ernährt haben, wenn sie nur seine war. Die alte Müllerin wurde von den Leuten nicht gelobt, daß sie mit ihrem Sohn so verfuhr, und so mancher freute sich, daß es den jungen Zaradskys trotzdem so gutging. Am meisten freute sich Lany darüber. Er war bereit gewesen, dem Schwager mit Geld auszuhelfen. Da aber Gott selbst geholfen hatte, war die Freude um so größer. So kam der Herbst. Die Felder waren verlassen, in den Wäldern verstummte der Gesang der Vögel. Die Schwalben zogen nach wärmeren Ländern. In den Gärten wurde das Obst reif. In den Scheunen hörte man das Klopfen der Dreschflegel. Bei den Bauern gab es alle Hände voll zu tun, und die Bäuerinnen waren wieder viel im Haus beschäftigt. So mancher Bauer überarbeitete sich oder bekam, von der Arbeit erhitzt, nachher erkältet, Lungenentzündung. Zu diesen gehörte auch Lany. Er bekam Schmerzen im Hals, und sobald er sich legte, spürte er in allen Gliedern Schmerzen. Anna rief den Arzt. Er schrieb ihm Arznei auf und einen Tee zum Schwitzen und sagte zur Beruhigung, daß die Entzündung nicht stark sei und in zwei bis drei Tagen alles wieder gut sein würde. Doch es wurde nicht gut. Als am dritten Tag Thomas kam, um ihn zu besuchen, lag Martin da wie betäubt, und als er Eva zu ihm schickte, fand sie ihn schlafend. Sie blieb bei ihm sitzen, denn Anna hatte gerade Drescher und backte Kuchen für sie. Sie nahm sich vor, über Nacht dazubleiben. Wohl sah sie, daß ihr Kommen Anna nicht angenehm war, aber sie ließ es sich nicht anmerken. Sie nahm das kleine Annchen auf ihren Schoß und lehrte sie, für den Vater zu beten. Sie sah, daß der Schwager zuweilen vor Schmerzen das Gesicht verzog. Endlich öffnete er die Augen.

„Eva, du bist hier?“ fragte er erfreut.

„Martin, wie geht es dir?“ Sie nahm teilnehmend seine Hand in die ihre.

„Mir geht es wirklich nicht gut, es wird immer schlimmer.“ Sie erschrak.

„Gott wird geben, daß es vorübergeht.“ Er sah so traurig sein Kind an.

„Was tut dir weh, der Hals oder die Brust?“

„Der Hals nicht mehr, auch in der Brust hört es schon auf, aber in dem Leib habe ich zuweilen solche Schmerzen, als wollte mir alles zerreißen, und es wird immer schlimmer. Bald schüttelt mich die Kälte, bald ist mir wieder heiß.“

„War der Arzt heute da?“ fragte sie besorgt.

„Nein, er ist nicht dagewesen. Joseph holte die Arznei. Morgen, heißt es, soll der Arzt kommen. Anna habe ich nicht gesagt, wie ich mich fühle; aber ihm werde ich es sagen. Die Schmerzen sind zuweilen fast unerträglich.“

Sie wischte ihm die Schweißtropfen von der Stirn; er wurde kalt und gleich darauf wieder heiß.

„Was hast du heute gegessen?“ fragte sie.

„Man hat mir Rindssuppe gegeben, aber ich hab’

gar keinen Geschmack; auch Kaffee hat man mir gebracht, aber ich konnte ihn nicht trinken. Es ist mir, als sei mein Magen mit einer Klammer zusammengepreßt."

Sie sah es ihm an, daß er große Schmerzen hatte; es tat ihr leid, daß er so einsam dalag.

„Ich werde mit dir zum Herrn Jesus beten, daß er dir hilft."

Er streichelte ihre Stirn und streichelte auch sein Kind, das auf ihrem Arm eingeschlafen war.

„Du tust wirklich gut, wenn du mit mir betest, daß der Herr mir Geduld gibt, daß ich alles ertragen kann, daß er mich selbst hindurchführen möge durch das dunkle Tal des Todes."

„Aber du mußt ja doch nicht sterben!" sagte sie weinend.

„Ich weiß es, daß ich sterben werde, Eva. Es gibt keine Hilfe für mich, ich fühle es. Weine nicht, bete lieber, hat doch meine Seele ihren Ruheplatz gefunden; dort findet sie gewiß den Trost, den sie auf dieser Erde vergeblich gesucht hat. Mein Gott, ich bitte durch Christi Blut, mach's nur mit meinem Ende gut!" Er hatte ausgeredet, und die Schwäche übermannte ihn. Er verstand jedoch, was sie danach betete; denn als sie still war, sagte er ein lautes „Amen".

Als er dann eingeschlafen war, legte sie Annitschka in die Wiege und ging hinaus, Anna zu suchen. Die Drescher hatten gerade Abendbrot gegessen und dazu tüchtig getrunken. Ausgelassenes Gelächter tönte von der Scheune her, wo sie saßen. Anna stand bei ihnen und war voll Übermut. Eva dachte bei sieh: „Wenn Thomas krank wäre, würde ich keine Ruhe haben, und Anna, die kann sogar noch lachen!“ Eine sonderbare Angst legte sich auf sie. „Meine Seele hat ihren Ruheplatz gefunden; dort findet sie gewiß den Trost, den sie auf dieser Erde vergeblich gesucht hat“, tönte es in ihren Ohren. Würde es nicht besser für Martin sein, wenn ihn der Herr zu sich nähme, da er doch in seiner Ehe gar keine Freude hatte? Sie blickte auf zum gestirnten Himmel. Die Sterne waren so fern! Wenn er fortginge, würde sie selbst mehr als einen Bruder an ihm verlieren; für ihn aber würde es gut sein. Wenn sie Thomas nicht hätte, so würde auch sie wie Martin gerne heimgehen. Sie hörte Schritte. Da kam Joseph.

„Bist du es, Eva? Was machst du hier?“ Er blieb stehen. „Ich warte auf Anna und möchte ihr gerne sagen, sie möge so bald als möglich die Dreseher heimschicken und zu Martin kommen.“

„Warum? Wünscht er es?“

„Nein, er verlangt es nicht, aber es steht schlimm mit ihm.“

Er trat näher zu ihr. „Schlimm? Wieso? Der Arzt hat doch versichert, es wäre weiter nichts Schlimmes.“

„Der Arzt kann sich täuschen.“

„Ich gehe zu den Arbeitern und schicke Anna zu ihm. Du gehst schon nach Hause, ja?“

„Ich warte, bis Thomas kommt.“

Eva ging in die Stube zurück. Martin lag ganz zusammengekrümmt und schlief. „Vielleicht ist ihm besser“, tröstete sie sich. Als sie so bei seinem Bett saß, dachte sie: „Wenn er wirklich sterben sollte, wie würde es hier weitergehen? Er hat es immer bedauert, daß er es in seinem Haus nicht so sauber haben konnte, wie es bei uns ist. Er würde aus diesem Schmutz dorthin kommen, wo lauter Reinheit, Schönheit, Licht und Friede ist.“

Sie hielt seine harte, schwielige Rechte in ihren Händen. Er hatte einst erzählt, daß sein Vater ihm von seiner Kindheit an keine Ruhe gegönnt habe. Wenn andere Buben mit den Kindern spielten, hatte er keinen Augenblick Ruhe, er mußte arbeiten wie ein Erwachsener. Josephs Mutter hatte ihren eigenen Sohn geschont, indes arbeitete Martin für zwei. Er hatte es ohne Murren getan, obwohl er jetzt wußte, daß es nicht richtig ist, die Kinder über Gebühr anzustrengen, sich später selbst nur abzuquälen und nicht an das Heil der Seele zu denken. „Dort oben kann er ausruhen“, dachte Eva weiter. „Aber wenn diese Hände sich nicht mehr rühren und dieser Kopf denken wird, dann wird bei Lanys alles verkehrt gehen. Dann werden sie alle erkennen, was sie an ihm hatten.“

24. Kapitel

Lärmend trat Anna, als sie endlich kam, ein. Da sie merkte, daß ihr Mann schlief, neigte sie sich über ihn.

„Meinst du, daß er nicht wieder aufstehen wird?" sprach sie mit einem Seufzer.

„Er meint selbst, daß er sterben wird."

Anna erschrak. „Wann sagte er es, und warum meinte er's?"

„Er hat innerlich große Schmerzen. Sieh, wie er zittert und wie ihm der Schweiß ausbricht. Vielleicht sollten wir ihm etwas den Magen wärmen."

„Ich werde ihm etwas wärmen und gleich bringen."

Eva merkte, daß Anna entsetzt war. Sie wurde blaß wie der Tod. Nachdem sie einen warmen Umschlag gebracht hatte, ging sie wieder, um die Arznei zuzubereiten.

Inzwischen trat Joseph ein. Er blieb am Bett des Bruders stehen, dem es etwas wohler geworden war. Er schaute ihn mit einem sonderbaren Blick an. Dieser Bruder war ihm im Weg. In den letzten Tagen hatte er begonnen, ihn von Grund auf zu hassen. Wenn er jetzt stürbe! Dann würde er nie erfahren, wie sie beide ihn hintergangen hatten. Anna würde frei sein; dann würde er sie zwingen, sein zu werden, und er würde sich für die ganze Qual rächen, die er um ihretwillen erduldet hatte.

Joseph betrauerte nicht die Jugend seines Bruders. Mit diesem Bruder würde alles verschwinden, was ihn an seinem Glück hinderte. Wenn diese Lippen im Tod erstarrten, gäbe es niemanden, der ihn strafen und ermahnen durfte. Sterben muß ja jeder, früher oder später. Sind nicht schon jüngere Leute gestorben? Hätte Eva in den Gedanken Josephs lesen können, sie hätte sich entsetzt über diese Roheit und hätte über die Verdorbenheit ihres Schwagers geweint; aber sie wußte es nicht, und es war vielleicht auch gut so.

Als dann auch Thomas kam, bat sie ihn, sie über die Nacht hierzulassen.

„Ohne mich soll ich dich hier lassen?“ fragte er erschrocken. „Das tue ich nicht, wir werden beide bleiben. Georg und Kätchen werden daheim schon aufpassen.“

Plötzlich erwachte der Kranke. „Joseph, bist du hier?“

„Ja, was willst du?“

„Erinnerst du dich daran, als wir den Baum im Wald gefällt haben? Ich sagte dir damals, wir wären solche Bäume. Mich hat der Tod schon gefällt, obwohl ich noch jung bin. Auch du bist jung. Gedenke an meinen Tod! Wenn ich nicht wüßte, wohin ich gehe, wäre ich verloren, ich könnte mich jetzt bei den großen Schmerzen nicht mehr zu Gott bekehren. Der himmlische Weingärtner, der Herr Jesus, hat auch für mich gebetet, denn er wußte, daß ich schon bald würde gefällt werden. Wenn ich zu ihm komme, werde ich ihm dafür danken. Du aber bist auf schlechtem Weg. Du bist alt genug, dich zu verheiraten. Mit Anna hast du dich immer so gut vertragen, daß es euch die Leute sogar schlecht ausgelegt haben. Sie erzählten mir böse Sachen, ich glaubte ihnen aber nicht. Wie könnte ich Schlechtes glauben vom eigenen Bruder und der Frau! Damit aber die Reden aufhören, wenn ich nicht mehr da bin, so heiratet euch dann! Und ich bitte dich, Joseph, behandle meine kleine Annitschka gut!"

„Habe keine Sorge", sprach da Joseph, „wir werden ihr nichts abgehen lassen."

Aber Joseph sank neben dem Lager des Bruders wie gebrochen zusammen. Martin ahnte alles, aber er wollte es nicht wissen, nicht glauben. Er war zu gut und glaubte nur ihnen. Wie schändlich hatten sie ihn hintergangen!

„Joseph, wirst du sie heiraten, wenn sie dich möchte?"

Der Bruder legte die Hand auf seinen Kopf.

„Ja, ich nehme sie", stöhnte er. „Und wegen Annitschka sorge dich nicht; dein ganzes Teil werden wir ihr geben und sie gut versorgen, aber", fügte er plötzlich mit leidenschaftlichem Schluchzen hinzu, „du mußt doch noch nicht sterben!"

„Wo ist Anna?" Lany schaute sich um. „Sie hat keine Zeit, bei mir zu sein", sagte er mit trauriger Stimme, halb entschuldigend.

„Sie ist die Arznei bereiten gegangen", entschuldigte sie Eva.

„Bist du hier, Evchen?“ lächelte er dankbar. „Ich danke dir. Dich hat der liebe Gott in unser Haus geschickt, damit du mir die Frage vorlegtest, auf welchem Weg ich wandle. Jetzt weiß ich, daß ich auf dem schmalen gehe. Er ist sehr schmal und bereitet Schmerzen. Betet für mich, damit ich glücklich hinüberkomme zu deinem Evchen, dort, wo der Herr Jesus ist. Ach, mein Herz!“ Er fuhr plötzlich auf und sank dann in den Armen des Schwagers zusammen.

„Was macht die Anna, daß sie nicht kommt?“ fragte Thomas stirnrunzelnd.

Anna stand in der alten Küche beim Herd, wo sie im Sommer gewöhnlich kochten, und schaute auf kochende Kräuter. In einem Topf daneben hatte sie den vom Arzt vorgeschriebenen Tee. Nachdem die Kräuter aufgekocht hatten, seihte sie dieselben in den Topf ab und füllte ihn damit an. Dann schüttete sie den Absud in das Feuer, spülte den Kessel aus und stand wartend, bis das bereitete Getränk so weit ausgekühlt war, daß es ihr kranker Mann auf einmal austrinken konnte. Sie bereitete ihm ein starkes Mittel. Sie wußte, daß er nach diesem einschlafen und nie mehr über Schmerzen klagen würde. Hätte sie geahnt, daß er Schmerzen fühlen würde, so würde sie ihm gleich zuerst ein stärkeres Mittel gekocht haben. Sie wollte ja nicht, daß er Schmerzen haben sollte, nein, nur daß er einschlafe, und zwar so, daß er nicht mehr aufwachte.

Ungefähr vor einer Woche war es zwischen ihnen

zu einer Unterredung gekommen, die sie sehr beunruhigt hatte. Martin beklagte sich über Josephs liederliches Leben und sagte: „Es wäre besser, wenn Joseph ein ordentliches Mädchen heiratete, dann würde er sich mehr ans Haus gewöhnen.“

Da war sie feuerrot geworden. Unwillkürlich entfuhr ihr, sie würde mit einer Schwägerin nicht unter einem Dach wohnen wollen und dergleichen mehr. Das war morgens gewesen. Martin hatte sie damals so merkwürdig angeschaut. Er war, ohne ein Wort zu sagen, fortgegangen, hatte den ganzen Tag nichts mit ihr gesprochen, ging umher, aß nichts und ging auch ohne Abendbrot schlafen. Aber am anderen Morgen war er wieder so freundlich wie immer; über Josephs Heirat sprach er nicht mehr. Anna fühlte, daß sie sich verraten hatte.

Wenn er nun darauf bestünde, daß Joseph heiraten solle, würde Joseph es gewiß ihr zum Trotz tun, schon um sich zu rächen dafür, daß sie ihn so lange gequält hatte. War ihr das Leben an Martins Seite früher schon langweilig gewesen, jetzt, wo er sich mit ganzem Herzen zu Gott bekehrt hatte und sie so bleiben wollte, wie sie war, war es ihr unerträglich. Sie konnten in nichts übereinstimmen. Sie spürte, obwohl Martin sich Mühe gab, freundlich zu ihr zu sein, so war er doch nicht mit ihr zufrieden. Oft tadelte er etwas, „es sei nicht christlich“, „es solle in einem christlichen Haus nicht so zugehen.“ So weiterleben war unmöglich. Unerwartet kam dann seine Krankheit. Der Arzt verschrieb

Tee. Was im Herzen schon lange gekeimt hatte, reifte plötzlich zur Tat. Anna erinnerte sich, daß sie von der Zauberin in Zitkov giftige Kräuter mitgebracht hatte. Es kostete sie nur einen kurzen inneren Kampf, dann kochte sie dieselben, mischte sie in die Arznei und gab sie ihrem Mann. Sie erwartete, daß er einschlafen würde. Er schlief zwar nicht gleich ein, aber ohne Folgen blieb der Trank nicht. Sie sah, daß es ihm so schlechter ging. Er hatte es selbst gesagt: „Sowie ich den Tee getrunken hatte, wurde mir gleich viel schlechter."

Dann kochte sie das zweite Mal; Martin sagte nichts mehr, schaute sie und das Gefäß nur mißtrauisch an. Jetzt verschlimmerte sich sein Zustand. Morgen sollte der Arzt kommen, – wenn dieser nun etwas merkte! Vielleicht würde er ihm auch noch helfen können. Was sollte dann aber aus ihr werden? Nein, ihm war nicht mehr zu helfen, sterben mußte er ohnehin. Also je eher, desto besser, damit er nicht unnötig litte. Sie konnte ihn nicht mehr leiden sehen, auch sein Stöhnen nicht mehr hören, er würde jetzt einschlafen, und dann war alles gut!

Ihre Hände zitterten, der Angstschweiß trat ihr in die Stirn. Scheu blickte sie sich um. Niemand hat es gesehen, niemand würde es wissen, daß sie in dem Topf Gift brachte.

Gut, daß so viele bei ihm waren, sie brauchte nicht allein mit ihm zu sein; auch mußte sie es ihm nicht selbst geben, sie würde den Topf Eva reichen, damit diese es ihm gab.

Als sie die Zimmertür öffnete, drang Pozor mit ihr hinein; es fehlte nicht viel, und er hätte sie umgerannt. Als sich alle nach ihr umschauten, hätte sie den Topf fast fallen lassen, denn es schien ihr, als wüßten sie, was sie brachte.

„Wo bleibst du so lange? Martin wartet auf dich, es steht schlecht mit ihm", sagte Thomas vorwurfsvoll.

„Bringst du die Medizin, so gib schnell her, damit ihm leichter wird." Es war ihr, als presse ihr jemand das Herz zusammen. Sie wußte, daß ihm bald leichter werden würde, wenn er das austränke, aber anders, als die anderen meinten. Thomas nahm ihr das Gefäß aus der Hand, hob den Kopf des Schwagers und sagte: „Martin, bitte, nimm das ein!" Lany öffnete die Augen.

„Ich will nicht", sagte er schwach.

„Warum willst du nicht?" sagte Eva liebevoll. „Gott wird geben, daß es dir besser wird, wenn du dich innerlich erwärmst."

Er lächelte sie an wie ein Bruder die gute Schwester. „Gut, aber Anna soll es mir selbst geben." Dabei sah er seine Frau an. Sie wünschte, in die Erde versinken zu können. Aber jetzt gab es kein Zurück mehr, es war zu spät. Alle schauten auf sie, wie sie den Topf Thomas aus den Händen nahm und ihn ihrem Mann an den Mund führte. Er trank alles aus, ohne ein Wort zu sagen, auch das Wasser, das Eva ihm reichte.

Dann nahm er die Hände seiner Frau und sagte mit einer Stimme, die die Anwesenden nie vergessen würden: „Vergib mir, daß ich dich gegen deinen Willen geheiratet habe, es war Sünde. Ich habe dich sehr liebgehabt, und ich glaubte in der letzten Zeit, auch du würdest mich liebhaben. Aber das Herz kann man nicht zwingen, man kann es eher brechen. In meinem Herzen tauchte ein böser Argwohn auf. Gott möge es mir vergeben. Auch du vergib mir! Was auch immer geschehen ist, so trage auch ich mit Schuld daran und vergebe alles. Ihr seid beide noch so jung, Joseph und du. Schon wegen der Leute könnt ihr nicht weiter zusammen leben im Haus. Heiratet deshalb! Zaradskys sind Zeugen, daß ich es am Sterbebett von euch gefordert habe. Joseph, komm her – schnell!"

Lany griff nach seinem Herzen. Als der Bruder herantrat, nahm Martin seine Hand und schloß sie beide, Josephs und die seiner Frau, in seine erkaltenden Hände und sagte: „Ich verzeihe euch und segne euch. Joseph, mache sie glücklicher, als ich es tun konnte."

Joseph fiel mit wildem Schluchzen auf die Brust des verstummten Bruders, und Anna sank lautlos neben das Bett. Sie sah, daß der Tod kam, den sie selbst gerufen hatte, ihre greuliche Tat war vollendet. Da hörte Joseph auf einmal von den Lippen des Bruders die abgerissenen Worte, die er niemals vergessen konnte: „Und doch ist es so, es war der Tod darin. Mein Gott, warum hast du mich verlassen? Vergib und rechne es nicht zur Sünde, – ich vergebe ihr." Auch Eva hörte die Worte.

„Der Herr Jesus geht mit dir durch das Todestal, Martin, fürchte dich nicht, er wird dich nicht verlassen“, tröstete sie ihn und küßte die feuchte Stirn und die blassen Wangen des Schwagers. Der Sterbende zuckte dreimal krampfhaft zusammen. Sein Herz schlug so laut, daß alle es hörten. Mit Mühe nur öffnete er nochmals die Augen. Sie blickten so schmerzlich in das Gesicht der treuen Schwägerin.

Noch einmal hauchten die blauen Lippen die letzten Worte: „Mein Jesus, hilf, nimm mich bald zu dir! Dieser Verrat tut weh! Mache der Qual ein Ende!“ – Noch ein schwacher, schmerzlicher Schrei, zwei, drei laute Herzschläge, die das Reißen des Lebensfadens verrieten, und Martin Lany hatte ausgelitten.

In das laute Weinen der Trauernden mischte sich das Geheul Pozors. Auch das vom Schlaf erwachte Kind, nach dem sich niemand umsah, weinte laut. Es rief wie gewöhnlich nach dem Vater. Arme Waise, dein Vater fühlt wohl keine Schmerzen mehr, aber wer wird dir ersetzen, was du heute verloren hast?

25. Kapitel

Schon waren Herbst und Winter seitdem vergangen; man konnte wieder die fröhlichen Frühlingslieder anstimmen. Das Tal, in dem Zaradskys wohnten, sah in der Pracht des schönen Wonnemonats wieder aus wie das schöne Paradies. Heute waren in diesem Tal zwei glückliche, mit Gott versöhnte Menschen, die zu Ehren ihres Heilandes und den Menschen zum Wohl lebten. Gott hatte sie gesegnet. Eva bekam noch einmal ein herziges, gesundes Kind, der Augenstern des glücklichen Vaters. Es ruhte auf ihrem Schoß, als sie an einem Sonntagabend zusammen am Wehr saßen und aller Güte gedachten, die Gott, der Herr, ihnen erwiesen hatte. Georg und Kätchen hatten einander geheiratet und nahmen sich vor, auch weiter im Dienst Zaradskys zu bleiben. Sie wünschten sich nichts mehr, als bis zu ihrem Tod friedlich leben zu können in dem Hause, in dem man Tag und Nacht Gott diente. Georg hatte den Winter über lesen gelernt, das übrige würde ihm Kätchen weiter beibringen. An Thomas' Seite saß die Waldhüterin, später auch der Waldhüter. Sie waren gekommen, ihnen mitzuteilen, daß ihr lieber Sohn mit Frau und Kind schon unterwegs zu ihnen sei, da die Schwiegertochter die Eltern ihres Mannes kennenlernen wolle. Sie würden, obwohl sie sich nicht lange aufhalten wollten, viel Glück mitbringen. So saßen sie nun hier, und die untergehende Sonne beleuchtete sie. Eva war auch jetzt noch zart, aber dennoch rosig; man merkte ihr an, daß sie nun gesund war. Sie war sehr lieblich geworden. Auch Thomas hatte sich ganz und gar verändert. Man würde so schnell keinen Mann finden, der ihm gleichkäme. Auch jetzt würde eine Offiziersmütze seinem Kopf gut stehen; doch besser noch wird ihn einst die Krone der Gerechtigkeit zieren, wenn er alles, was ihn heute noch quält, besiegt haben und er dorthin gekommen sein wird, wo die Palme des ewigen Friedens auf die Sieger wartet. Daß die Liebe, das Glück und der innere Friede dem Menschen Schönheit verleihen, das sah man in Georgs Gesicht. Kätchen konnte mit ihm zufrieden sein. Nur ein Gesicht voller Güte und Sanftmut fehlte, das Gesicht dessen, den Murany nur auf dem Friedhof würde besuchen können. So oft sie seiner gedachten, konnten sie sich einer großen Traurigkeit nicht erwehren, obwohl sie wußten, daß er dahin gegangen war, wo ihn die Sonne nicht mehr des Tages stechen würde noch der Mond des Nachts, wo das Lamm ihn weiden und zu den lebendigen Wasserbrunnen leiten würde. Auf seinem Tod lag für sie ein Schleier des Geheimnisses, der in dieser Welt vielleicht nie gelüftet werden würde. Es gibt Dinge, die erst an dem großen Tag der Vergeltung offenbar werden, wenn die Bücher des Lebens aufgetan und alle nach ihren Werken befragt werden.

26. Kapitel

Auf Lanys Gut kam mit dem neuen Hausherrn auch eine neue Ordnung auf. Daß Anna Joseph heiratete, wunderte die Leute nicht. Sie wunderten sich vielmehr darüber, daß sie so lange, bis zum Faschingsende, in Trauer ging. „Aber", meinten viele, „Joseph ist kein Martin, sie wird nun anders gehorchen müssen." Sie hatte jetzt wirklich mehr Arbeit bekommen. Auch ging sie nicht mehr so geputzt wie ein Pfau umher. Soviel wußte die Welt. Das übrige wußten nur zwei enttäuschte Herzen, die, als sie die begierig ersehnte Frucht erlangt und genossen hatten, bald merkten, daß sie voll Bitterkeit war.

Da Joseph wußte, daß Anna ihrem Mann nicht treu gewesen war, traute er ihr auch nicht mehr. Oft, manchmal ohne Ursache, verdächtigte er sie der Untreue. Die Qual der Eifersucht war in ihm erwacht; nun erntete sie, was sie damals gesät hatte. Wenn ihm schien, er habe einen Grund dazu, wurde er wütend, und oft schlug er sie in seinem Zorn. Außerdem nagte an seinem Herzen der Argwohn, den er nicht loswerden konnte, nämlich, daß Anna Martin vergiftet hatte. Er konnte jedoch der Wahrheit auf keine Weise auf die Spur kommen. Joseph war einer von den Männern, die dazu geschaffen zu sein scheinen, ihre Frauen unglücklich zu machen. Anna hatte dazu beigetragen, daß er so wurde. In der Wirtschaft wurde alles anders. Das Gesinde wechselte. Denn wo Martin Bitten angewendet hatte, da fluchte Joseph; wo Martin liebevoll, mit gutem Beispiel vorangehend, die Arbeit zeigte, befahl Joseph lautstark allen im Haus, Anna mit eingeschlossen. Zwar erreichte er, daß es im Haus wenigstens äußerlich sauber war; aber nie mehr ertönte hier Gesang, auch kein Lesen des Gotteswortes. Ja, alles wurde anders. Wenn Martin aufstünde und zurückkäme, was würde er zu seinem Haus sagen? Würde Anna bei ihm Schutz suchen? Tausendmal nein! Zwar hatte sie schon bereut, Joseph ihre Hand gereicht zu haben; sie verfluchte sich selbst und auch jene Stunde, in der sie Martin verraten hatte; doch am Herzen des durch Meuchelmord umgebrachten guten Mannes könnte sie keine Ruhe mehr finden. Sie steckte viel zu tief in der Sünde, um sein reines Herz aufzusuchen. Kaum waren nach dem Tod ihres Mannes etliche Jahre vergangen, begann sie auffallend zu altern, so daß die Müllerin, die ab und zu kam, um sie vor der Roheit ihres jetzigen Mannes zu schützen, sich entsetzte. Wie sollte sie auch nicht sichtlich verfallen, da sie ja Martin ganze Nächte lang in jenen großen Qualen sterben sah? Es gab keinen Menschen, dem sie sich hätte anvertrauen können.

Es ist etwas Schreckliches, vor Gericht stehen und vor den Augen aller Leute seine Schuld bekennen zu müssen. Doch solch ein Gericht dauert höchstens einige Stunden. Aber hundertmal schrecklicher ist das heimliche Gericht, unter dem Tage, Wochen, Monate, ja, Jahre hindurch der gerichtete Sünder sich nicht einmal zu rühren wagt, um sich nicht zu verraten. Er geht, umlagert von seiner Qual, der Stunde des ewigen Gerichts entgegen. Martin Lany und sein armes, zweifach verratenes Herz wurde furchtbar gerächt. – Die kleine Annitschka hatte der Herr Jesus am Anfang des Frühjahres zu sich genommen; sie war zu ihrem Vater gegangen. Über den beiden Gräbern rauschte der sanfte Wind, als wollte er sagen: *„Meine Schafe hören meine Stimme, und ich gebe ihnen das ewige Leben, und sie werden nimmermehr umkommen, und niemand wird sie aus meiner Hand reißen. – Denn des Menschen Sohn ist gekommen, zu suchen und selig zu machen, was verloren ist.“*